Frederick Marryat
Sigismund Rüstig

Illustrationen von Klaus Müller

Bechtermünz Verlag

Frederick Marryat
Sigismund Rüstig

Titel der Originalausgabe:
Masterman Ready, or the Wreck of the Pacific
Nach einer alten Übersetzung bearbeitet von Gisela Gnausch

Genehmigte Lizenzausgabe für
Bechtermünz Verlag im
Weltbild Verlag GmbH, Augsburg 1997
© Verlag Neues Leben, Berlin 1988
Illustrationen, Schutzumschlag und Einband: Klaus Müller
Gesamtherstellung: Istituto Grafico Bertello
Printed in Italy
ISBN 3-86047-649-1

1.

Im Oktober 18.. wurde die »Pacific«, ein großes Transportschiff, von einem schweren Sturm durch den Atlantik gejagt. Das Fahrzeug hatte nur wenig Segel gesetzt, die wütenden Windstöße, die es durch die haushohen Wellen trieben, hätten sie in Fetzen gerissen. Die Wogen folgten dem Schiff fast so schnell, wie es durch das kochende Wasser schoß. Bisweilen hob sich der Stern, und der Bug senkte sich so tief in die Wellen, daß es den Anschein gewann, als wolle das Fahrzeug untergehen. Doch es war ein gutes Schiff und der Kapitän ein tüchtiger Seemann, der mit der Situation fertig wurde.

Er stand hinter den beiden Matrosen, die das Steuerrad hielten, und achtete darauf, daß sie seinen Anweisungen genau folgten. Wenn man von einem schweren Sturm gejagt wird, erfordert das Steuer alle Aufmerksamkeit. Und doch fand er Zeit, zum Himmel aufzublicken.

Der hatte sich in schwarze Wolken gehüllt, die wütend vor dem Wind einherflogen. Das Meer warf berghohe Wogen, die sich in großen weißschäumenden Kämmen brachen. Nirgends war ein anderes Schiff zu sehen. Der Sturm heulte wild durch das Takelwerk. Wie zum Trotz sang der Kapitän ein altes Seemannslied:

»Ringsum nur ein weites Wasser,
 schwarz der Himmel über uns.«

Oft allerdings mußte er sich unterbrechen, um neue Anweisungen zu geben.

Außer dem Kapitän und den beiden Leuten am Steuer befanden sich noch zwei Personen auf Deck. Die eine war ein Junge von ungefähr zwölf Jahren, die andere ein kräftiger Seemann, dessen graue Locken im Wind flatterten. Er begab sich mit dem Jungen zum Hinterschiff und schaute über das Heck.

Als der Knabe eine schwere Woge auf den Stern zukommen sah, packte er den Arm des alten Mannes.

»Wird diese Welle nicht über uns hinwegschlagen, Rüstig?«

»Nein, Master William. Seht Ihr nicht, wie das Schiff ihr seine Windvierung zuwendet? Der Kapitän gibt schon acht. – Und jetzt ist sie unter uns weggegangen. Aber haltet Euch gut an mir fest, denn es könnte doch einmal geschehen. Was dann? Allein habt Ihr nicht genug Kraft. Ihr würdet über Bord gespült werden.«

»Die See gefällt mir heute gar nicht, Rüstig; ich wünschte, wir wären wohlbehalten wieder an Land«, sagte der Knabe. »Die Wellen sehen ja aus, als wollten sie das Schiff in Stücke schlagen.«

»Ihr habt recht. Und wißt Ihr, warum sie so brüllen? Sie zürnen, weil sie das Schiff nicht unter sich begraben können. Glaubt mir, William, ich bin an so etwas gewöhnt und mache mir nicht viel daraus. Wenn man sich auf einem so guten Schiff wie diesem befindet und einen guten Kapitän und tüchtige Matrosen hat, ist alles halb so gefährlich.«

»Aber man hört doch immer wieder, daß Schiffe versinken, und dann muß alles, was darauf ist, ertrinken.«

»Ja, William; und manchmal gehen gerade die Schiffe unter, die man für die allersichersten hält. Doch ist dann der Sturm noch schlimmer.«

»Was sind das für kleine Vögel, die so dicht über dem Wasser fliegen?«

»Das sind Mutter Careys Küchlein, so nennen wir Matrosen sie jedenfalls. Man sieht sie selten, meist im Sturm oder wenn ein Sturm im Anzug ist. Ihr richtiger Name ist darum auch Sturmvögel.«

»Rüstig, habt Ihr eigentlich je an einer öden Insel Schiffbruch erlitten wie Robinson Crusoe?«

»Wie kommt Ihr denn darauf? Doch, William, ich habe schon Schiffbruch erlitten; von Eurem Robinson Crusoe weiß ich allerdings nichts. Viele haben nach dem Untergang ihres Fahrzeugs große Mühseligkeiten überstanden, und noch weit mehr haben es nicht überlebt und konnten von ihren Leiden nicht berichten. Wie soll ich da den einen kennen, von dem Ihr sprecht.«

»Oh, es gibt ein Buch über Robinson Crusoe, das ich gelesen habe. Das war spannend. Ich kann Euch das Ganze erzählen, aber erst wenn das Schiff wieder ruhig läuft. Jetzt muß ich runter, denn ich habe Mama versprochen, nicht lange oben zu bleiben. Helft Ihr mir bitte?«

»Was man versprochen hat, muß man halten«, versetzte der alte Mann. »Gebt mir Eure Hand, und ich garantiere, daß wir ohne Stolpern die Luke erreichen. Wenn das Wetter wieder schön ist, erzähl ich Euch mal, wie es bei meinem Schiffbruch zuging. Und Ihr erzählt mir dafür die Geschichte Eures Robinson Crusoe.«

Rüstig brachte William zur Kajütentür und kehrte dann auf das Deck zurück, denn er hatte Wache.

Sigismund Rüstig, so hieß der alte Mann, fuhr schon mehr als fünfzig Jahre zur See. Als Zehnjähriger hatte er bei einem Kohlenschiffer, der von South Shields aus segelte, seine Lehrzeit angetreten. Wind und Wetter hatten sein Gesicht gebräunt, und auf seinen Wangen zeigten sich tiefe Furchen. Dennoch war er ein gesunder und rühriger Mann. Viele Jahre hatte er an Bord eines Kriegsschiffes gedient, unter allen Himmelsstrichen war er schon gewesen, und er wußte viele seltsame Geschichten zu erzählen. Er verstand es, ein Schiff zu lenken, und konnte auch lesen und schreiben. Der Name Rüstig paßte zu ihm. Er geriet selten in Verlegenheit, und selbst der Kapitän nahm keinen Anstand, ihn um seine Meinung zu fragen, gerade in schwierigen und gefährlichen Situationen. Rüstig war der zweite Maat des Schiffes.

Die »Pacific« führte mehr als vierhundert Tonnen Last und war eben mit einer wertvollen Ladung englischer Eisenwaren auf der Fahrt nach Neusüdwales begriffen. Der Kapitän war nicht nur ein guter Schiffer, sondern auch ein rechtschaffener Mann von heiterem, zufriedenem Charakter, der den Dingen stets die beste Seite abgewann. Wenn Zwischenfälle eintraten, wie jetzt dieser Sturm, war er eher geneigt zu lachen, als eine ernste Miene zu machen. Er hieß Osborn. Der erste Maat, namens Mackintosh, war ein rauher, finsterer Schotte, der seinen Obliegenheiten mit unwandelbarem Eifer nachkam und im Dienst das volle Vertrauen des Kapitäns genoß, obschon ihn der sonst nicht gerade liebte. Von Rüstig haben wir bereits gesprochen: die Zahl der übrigen an Bord befindlichen Seeleute betrug dreizehn – zuwenig für ein so großes Schiff. Als man im Begriff war auszulaufen, hatten fünf Matrosen das Schiff verlassen. Die Behandlung durch den ersten Maat gefiel ihnen nicht. Kapitän Osborn mochte nicht warten, bis er ihre Stelle mit andern besetzt hatte. Die Fracht wurde dringend erwartet, und es war auch der günstigste Zeitpunkt für die lange Reise.

Wenn es sich ergab, nahm das Segelschiff Passagiere mit, diesmal eine sechsköpfige Familie. Der Vater entstammte einer bekannten Familie, er war ein Seagrave, ein tüchtiger Mann, der in Sydney, der Hauptstadt in Neusüdwales, viele Jahre einen Regierungsposten bekleidet hatte und jetzt nach einem dreijährigen Urlaub wieder dahin zurückkehrte. Er hatte von der Regierung mehrere tausend Morgen Land angekauft, deren Wert sich seitdem beträchtlich gesteigert hatte. Der Verwalter, dem er während seines Aufenthalts in England sein Eigentum anvertraut, hatte gut gewirtschaftet, besonders das Vieh warf großen Gewinn ab. Mr. Seagrave führte verschiedene Gegenstände zur Verbesserung seiner Landwirtschaft und zum eigenen Gebrauch mit: Möbel für sein Haus, Ackerbaugerätschaften, Saatfrüchte, Pflanzen, Vieh und vieles andere.

Seine Gattin war eine liebenswürdige Frau, zur Zeit jedoch nicht von kräftiger Gesundheit. William war das älteste Kind, ein verständiger, heiterer Knabe, ihm folgte der sechsjährige Thomas, ein gutmütiger, phantasievoller Junge. Dann waren da die fünfjährige Karoline und Albert, ein schönes, kräftiges Bübchen, das noch kein Jahr zählte und unter der Obhut eines schwarzen Mädchens stand. Wir haben nun alle an Bord der »Pacific« erwähnt, dürfen aber wohl nicht die beiden Schäferhunde vergessen, die Herrn Seagrave gehörten, und einen kleinen Dachshund, der bei seinem Herrn, Kapitän Osborn, hoch in Gunst stand.

Der Sturm legte sich erst am vierten Tag. Langsam ebbte er ab, und endlich wehte nur noch ein sanfter, milder Wind. Die Matrosen, die während des ungestümen Wetters Nacht um Nacht hart gearbeitet hatten, hängten ihre von Regen und Gischt durchnäßten Kleider im Takelwerk zum Trocknen auf. Auch die wasserdurchtränkten gerefften Segel wurden jetzt losgemacht und ausgebreitet, damit sie nicht stockig wurden. Der Wind blies stetig; der Seegang hatte sich gelegt, und das Schiff lief mit einer Geschwindigkeit von ungefähr vier Knoten in der Stunde. Mrs. Seagrave saß, in einen Mantel gehüllt, auf einem Lehnstuhl in der Nähe des Sterns, auch ihr Gatte und die Kinder freuten sich des schönen Wetters. Kapitän Osborn, der eben mit seinem Sextanten eine Standortbestimmung vorgenommen hatte, trat zu ihnen.

»Na, Tommy, bist du froh, daß der Sturm vorüber ist?«

»Ich hätte mir ja nicht viel daraus gemacht«, versetzte Tommy, »wenn er mir nur nicht meine Suppe ausgeschüttet hätte. Und Juno ist von ihrem Stuhl heruntergepurzelt und mit dem Kleinen fortgerollt, bis Papa beide wieder aufhob.«

»Ein Glück, daß sich Albert dabei nicht verletzt hat«, sagte Mrs. Seagrave. »Heftig genug war der Sturz!«

»Das haben wir Juno zu verdanken. Sie hat den Sturz mit ihrem Körper abgefangen«, fügte Mr. Seagrave hinzu.

»Ja, Sir«, entgegnete Kapitän Osborn. »Sie hat das Kind geschützt und, wie ich gehört habe, selbst dabei Schaden genommen.«

»Ich hab mir nur den Kopf gestoßen«, sagte Juno lächelnd.

»Ja, so daß du geblutet hast. Nun stell dein Licht nicht unter den Scheffel«, versetzte Kapitän Osborn lachend. »Die Seagraves sind zufrieden, daß sie dich haben.«

Juno wurde verlegen und war froh, daß der erste Maat kam.

»Nach der Sonne ist es zwölf Uhr, Sir«, sagte Mackintosh zum Kapitän.

»Dann meßt die Breite, Mackintosh, ich werde mit dem Sextanten noch einmal die Länge feststellen. In fünf Minuten, Mr. Seagrave, werde ich imstande sein, Euch unsere Position auf der Karte zu zeigen.«

»Da kommen die Hunde«, rief William. »Ich glaube, die sind ebenso froh über das schöne Wetter wie wir. He, komm her, Romulus! Hierher, Remus!«

»Mit Erlaubnis, Sir«, sagte Rüstig, der in der Nähe stand, »ich möchte gern eine Frage an Euch stellen. Eure Hunde da haben kuriose Namen, ich habe sie nie zuvor gehört. Wer waren denn Romulus und Remus?«

»Romulus und Remus«, entgegnete Mr. Seagrave, »waren die Gründer Roms, so behauptet die Sage. Sie waren Brüder, Schäfer von Beruf, und wurden die ersten Könige von Rom.«

»Und sie wurden von einer Wölfin gesäugt, Rüstig«, warf William ein. »Was sagt Ihr dazu?«

»Eine seltsame Amme, Master William«, sagte Rüstig.

»Anfangs haben sie alles gemeinsam entschieden. Aber dann hat Romulus den Remus umgebracht«, sagte William.

»Kein Wunder bei einer solchen Erziehung«, entgegnete Rüstig schmunzelnd. »Und warum hat er ihn umgebracht?«

»Weil er zu hoch sprang«, versetzte William.

»Macht Euer Sohn da einen Scherz?« fragte Rüstig, sich an Mr. Seagrave wendend.

»Nein, durchaus nicht. Die Sage berichtet, Remus habe Romulus dadurch beleidigt, daß er über eine Mauer wegsprang, und Romulus, der das nicht schaffte, nahm ihm in seinem Zorn das Leben.«

»Ich glaube, ich sollte wieder hinuntergehen, mein Lieber«, sagte Mrs. Seagrave. »Mir haben die Sturmtage wohl doch stark zugesetzt. Vielleicht ist Rüstig so gut, den Kleinen hinabzubringen.«

»Gern, Madam«, entgegnete Rüstig.

»Gib mir das Kind, Juno, und geh zuerst hinunter – mit dem Stern voran, du dummes Mädchen! Wie oft habe ich dir das schon gesagt. Gib acht, es ist steil.«

Nach ein paar Minuten folgte der Kapitän der Familie. Auf einer Seekarte zeigte er Mr. Seagrave die Position des Schiffes. Sie waren hundertdreißig Meilen vom Kap der Guten Hoffnung entfernt.

»Wenn der Wind anhält, laufen wir morgen ein«, sagte Mr. Seagrave zu seiner Gattin. »Juno, vielleicht wirst du deine Eltern wiedersehen. Du stammst doch von hier.«

Juno schüttelte den Kopf, und Tränen liefen über ihre dunklen Wangen. »Vater und Mutter sind nicht mehr in der Stadt«, sagte sie. »Sie waren Sklaven und gehörten einem holländischen Bauern, der mit ihnen ins Landesinnere gezogen ist. Ich weiß nicht, wohin. Ich war noch ein Kind und war wohl für den Bauern eine Last. Jedenfalls ließ er mich zurück. Irgendwie habe ich mich durchgeschlagen. Von den Eltern habe ich nie wieder gehört.«

»Aber du bist jetzt frei, Juno«, sagte Mrs. Seagrave, »denn du bist in England gewesen, und wer in England seinen Fuß ans Ufer setzt, gewinnt von diesem Augenblick an seine Freiheit.«

»Ja, ich bin frei, aber ich hätte so gern von Vater und Mutter gehört«, entgegnete Juno weinend. »Wenn ich wenigstens wüßte, ob sie noch leben.« Der kleine Albert streichelte ihre Wange.

»Warum hast du uns das nicht eher erzählt. Ich werde von Australien aus einem Anwalt in Kapstadt schreiben. Vielleicht bringt er etwas heraus. Den Namen des Holländers kennst du doch?«

Juno nickte.

Am nächsten Morgen langte die »Pacific« am Kap an und ankerte in der Tafelbai. Sigismund Rüstig und William standen nebeneinander an der Reling.

»Tafelbai, ein seltsamer Name«, sagte William. »Warum heißt sie so?«

»Ich vermute, weil sie jenen großen Berg dort den Tafelberg nennen, William. Seht Ihr, wie flach er auf der Höhe ist.«

»Ja, er ist so eben wie ein Tisch.«

»Ganz recht. Bisweilen sieht man weiße Wolken über die Kanten herunterrollen, das nennen die Matrosen das Ausbreiten des Tafeltuchs. Es ist ein Vorzeichen von schlechtem Wetter.«

»Dann hoffe ich, daß der Tisch nicht gedeckt wird, solange wir hier sind«, entgegnete William, »ich habe wahrhaftig keinen Appetit darauf. Schlechtes Wetter haben wir genug gehabt, Mama leidet noch immer darunter. Aber es ist hübsch hier.«

»Wir bleiben zwei Tage, Sir«, sagte Kapitän Osborn zu Mr. Seagrave. »Haben Sie vielleicht Lust, mit Ihrer Gattin an Land zu gehen?«

»Ich werde meine Frau sofort fragen«, versetzte Mr. Seagrave und stieg die Leiter hinab. William folgte.

Mrs. Seagrave meinte, sie sei zufrieden, daß das Schiff jetzt ruhig liege, Sehnsucht nach Neuem verspüre sie noch nicht. Es wurde ausgemacht, daß sie mit den beiden jüngeren Kindern an Bord bleiben, Mr. Seagrave aber mit William und Tommy an Land gehen sollte, damit sie sich Kapstadt ansehen konnten. Abends wollten sie dann wieder an Bord zurückkehren.

Am andern Morgen befahl Kapitän Osborn, eins der großen Boote zu Wasser zu lassen, und Mr. Seagrave fuhr, von dem Schiffer begleitet, mit William und Tommy an Land. Der Kapitän hatte einen guten Freund in Kapstadt, den er bei dieser Gelegenheit besuchen wollte. Die Sonne schien heiß. Der Freund hieß auch die Fremden willkommen und ließ ihnen Limonade bringen. Dann schlug er vor, die Kompaniegärten zu besuchen und die wilden Tiere dort. Die beiden Jungen waren begeistert.

»Was sind denn Kompaniegärten, Papa?« fragte William.

»Sie wurden von der Holländisch-Ostindischen Kompanie angelegt, als das Kap der Guten Hoffnung noch in ihrem Besitz war, eigentlich sind es botanische Gärten, obschon man Tiere darin hält.«

»Was für Tiere?«

»Vor allem eine Menge Löwen, die in einem großen Käfig zusammengesperrt sind«, antwortete Kapitän Osborn.

»Oh! Ich möchte einen Löwen sehen«, rief Tommy.

»Aber merk dir, du darfst nicht zu nahe an den Käfig gehen.«

»Nein, das tue ich nicht«, versprach Tommy.

Sobald sie durch das Tor eingetreten waren, machte sich Tommy von Kapitän Osborn los und eilte fort, um die Löwen zu suchen; doch der Kapitän holte ihn ein und hielt ihn an der Hand fest.

Bald kamen sie zum Löwenzwinger. Es war ein großer, mit hohen, starken Steinmauern eingefaßter und oben offener Platz, der mit einer Öffnung versehen war, durch welche die Zuschauer hineinsehen konnten. Die Öffnung war breit und durch starke, senkrechte Eisenstangen gesichert. Allerdings konnte ein Löwe mit Leichtigkeit seine Tatze herausstrecken. Ein Schild warnte die Besucher, sich dem Gitter zu sehr zu nähern.

Es war ein herrlicher Anblick. Die zehn Tiere, augenscheinlich gleichgültig gegen die Leute draußen, lagen behaglich da, wärmten sich in der Sonne und schwenkten langsam ihre Quastenschwänze hin und her. William musterte sie aus achtungsvoller Entfernung durch das Gitter. Tommy, der in Furcht und Erstaunen den Mund weit aufsperrte, tat das gleiche. Nach einiger Zeit aber wurde er dreister. Der Freund des Kapitäns, der sie begleitet hatte und schon lange auf dem Kap wohnte, erzählte allerlei Geschichten über Löwen und ihr Verhalten. Die Erwachsenen und William hörten so interessiert zu, daß sie nicht bemerkten, wie Tommy zu der vergitterten Öffnung des Löwenkäfigs schlüpfte. Der Junge sah zu den Löwen und wünschte sich, daß sie aufständen und hin und her gingen. Er hatte Löwen noch nie gesehen. Am Gitter lag ein schönes, ausgewachsenes, noch junges Tier. Tommy hob einen Stein auf und warf ihn vorsichtig gegen die Mähne. Der Löwe schien es nicht zu merken, er rührte sich nicht. Nur der Blick seiner Augen richtete sich auf den Jungen. Tommy warf zum zweiten- und drittenmal, jetzt mit Kraft, wobei er sich dem Gitter immer mehr näherte.

Da stieß der Löwe ein furchtbares Gebrüll aus und sprang auf Tommy zu. Er prallte mit solcher Gewalt gegen die Eisenstangen, daß sie, wären sie nicht so stark gewesen, hätten zerbrechen können. Sie rasselten und schüttelten, daß Mörtelbrocken von den Steinen fielen. Tommy schrie und taumelte zurück, so konnten ihn die Tatzen des Löwen glücklicherweise nicht erreichen. Kapitän Osborn und Mr. Seagrave eilten herbei und hoben den Jungen auf, der, sobald er wieder zu Atem gekommen war, mörderlich zu schreien anfing. Der Löwe peitschte mit dem Schweif seine Flanken und zeigte knurrend die großen scharfen Zähne.

»Nehmt mich fort!« rief Tommy.

»Was hast du denn getrieben?« fragte Kapitän Osborn.

»Entschuldigung, Herr Löwe. Ich will keine Steine mehr werfen, gewiß nicht!« rief Tommy.

Mr. Seagrave, obgleich selbst erschrocken, mußte lachen. »Glaubst du, der Löwe nimmt deine Entschuldigung an?« fragte er.

Endlich wurde Tommy gefaßter; er erholte sich aber erst wieder richtig, als er den Löwenkäfig weit im Rücken hatte.

Sie betrachteten nun auch die übrigen Tiere, ein Querschnitt durch die Fauna des Landes. Tommy hielt sich stets in achtungsvoller Entfernung und wollte nicht einmal einem breitschwänzigen Kapschaf zu nahe kommen.

Nachdem sie alles gesehen hatten, kehrten sie zum Haus des Kapstädter Herrn zurück, aßen dort Mittag und begaben sich dann wieder an Bord.

Tommys Abenteuer mit dem Löwen wurde der Mutter erzählt.

»Junge«, sagte sie, »dich darf man auch nicht einen Augenblick aus den Augen lassen.«

»Aber ich habe gesehen, wie ein Löwe springt«, sagte Tommy, der sein Selbstbewußtsein wiedergefunden hatte.

Am nächsten Morgen wurden Lebensmittel und Süßwasser an Bord genommen. Die »Pacific« setzte Segel und lief aus. Man hoffte, daß die Reise bald zu Ende gehen würde. Viele Tage fuhren sie unter günstigem Wind. Dann jedoch trat plötzlich eine Windstille ein, die beinahe drei Tage anhielt. Auf der weiten Wasserfläche war nicht ein Lufthauch zu spüren. Die ganze Natur schien zu ruhen, nur hin und wieder ließ sich in einiger Entfernung hinter dem Stern des Schiffes ein Albatros nieder und schwamm träge umher, um die Speisereste aufzulesen, die über Bord geworfen wurden.

Ohne Sigismund Rüstig wäre William die Zeit lang geworden. Der alte Seemann hatte jetzt Muße. Es gab wenig zu tun auf dem Schiff. Er ließ sich die Geschichte von Robinson Crusoe erzählen und berichtete von seinen Erlebnissen in fernen Ländern. William hörte gespannt zu. Das war alles so interessant, so fremd, so bemerkenswert wie die Geschichten aus seinen Büchern. Und der alte Mann verlor nie die Geduld.

»Was ist das für ein großer Vogel?« fragte William.

»Es ist ein Albatros, der größte Seevogel. Seine Schwingen sind sehr lang. Ich habe einmal bei einer Jagd vom Wasser aus etliche erlegte Tiere gesehen. Die Flügel maßen ausgebreitet, von einer Spitze bis zur andern, elf Fuß.«

»Es sind die ersten, die mir zu Gesicht kommen«, sagte William. Er wandte sich an seinen Vater, der hinzugetreten war. »Papa, wieso kann der eine Vogel schwimmen und der andere nicht? Du erinnerst dich,

Tommy hat einmal die Hühner in den großen Teich getrieben; sie flatterten umher, bekamen nasse Federn, konnten sich nicht länger oben halten und ertranken. Wie kommt es nun, daß ein Seevogel so lange auf dem Wasser sein kann?«

»Weil die Seevögel eine Art Öl produzieren, womit sie ihre Federn einfetten, dadurch kann das Wasser nicht eindringen. Hast du nie bemerkt, wie die Enten an Land ihre Federn mit den Schnäbeln streichen? Dies geschieht, um mit diesem Öl die Federn wasserdicht zu machen.«

Am dritten Tag der Windstille sank das Barometer so tief, daß Kapitän Osborn einen schweren Sturm befürchtete. Er ließ alle Vorkehrungen treffen. Osborn hatte sich nicht getäuscht. Gegen Mitternacht ballten sich die Wolken zu dichten Massen, die unter heftigen Blitzen den ganzen Horizont überzogen. Mit den Wolken erhob sich auch der Wind, anfänglich nur in einzelnen schweren Stößen, dann wurde es wieder völlig still.

Es war keine Zeit zu verlieren. Ihre Vorbereitungen waren kaum beendet, als von Nordosten ein heftiger Wind aufkam, der rasch zum Sturm wurde. Die See schwoll an; Marssegel um Marssegel wurde beschlagen, und mit Einbruch der Dunkelheit flog die »Pacific«, den Wind auf der Vierung, unter gerefften Fock- und Sturmstagsegeln durch das Wasser. Die Stöße, die das Schiff von den schweren Wellen erhielt, waren so heftig, daß drei Männer Mühe hatten, das Steuerrad zu halten. So gleichgültig Matrosen auch im allgemeinen bei Stürmen sind, die ja zu ihrem Alltag gehören, so nutzte doch diesmal keiner seine Freiwache zum Schlaf, der Sturm war gar zu schrecklich. Gegen drei Uhr morgens legte sich der Wind plötzlich. Die erfahrenen Seeleute wußten, was das bedeutete. Nach ein paar Minuten brach der Sturm erneut los, heftiger noch und aus anderer Richtung. Das Focksegel wurde zerfetzt, der Himmel sah pechschwarz aus, das einzige Licht ging vom Wellenschaum aus, der zu beiden Seiten des Schiffes wirbelte. Das Umschlagen des Windes nach Westnordwest machte eine Änderung des Kurses notwendig, man konnte nun nichts anderes tun, als unter kahlen Stengen zu lavieren. Da die See die Wogenrichtung beibehalten hatte, gerieten sie in eine sogenannte Widersee, und alle Augenblicke brachen Wogen über das Schiff herein. Ein Matrose wurde über Bord gefegt, niemand konnte ihm helfen. Kapitän Osborn stand bei dem Luvschandeck und hielt sich an einem der Belegnägel. Der erste Maat stand neben ihm, an eine Leine geklammert.

»Wie lange, denkt Ihr wohl, wird das noch währen?« Der Kapitän mußte schreien, um sich verständlich zu machen.

»Länger, als das Schiff durchhält«, versetzte der Maat ernst.

»Das wollen wir nicht hoffen«, sagte der Kapitän, »obschon es noch schlechter aussehen könnte. – Was meint Ihr, Rüstig?«

»Für den Augenblick ist mehr von oben als von unten zu fürchten«, entgegnete Rüstig, auf die Nocken der Rahen deutend, auf denen kleine Flämmchen zuckten. »Elmsfeuer. Schaut nach jenen beiden Wolken, Sir, die gegeneinanderrauschen. Wenn nicht...«

Er hatte nicht Zeit, seinen Satz zu Ende zu bringen. Mit einemmal flammte ein so furchtbarer Blitzstrahl auf, daß alle für einige Sekunden geblendet waren. Unter dem darauffolgenden Donnergekrach erzitterte das Schiff. Gleichzeitig ließ sich ein schweres Krachen vernehmen, und als das Augenlicht wieder zurückkehrte, sahen alle, daß der Fockmast durch den Blitz zersplittert war und das Schiff in Flammen stand. Die Männer am Rad, die so geblendet wie erschrocken waren, vermochten nicht mehr zu steuern; das Schiff drehte bei – der Großmast brach zur Seite. Die Szene rief Entsetzen und Verwirrung hervor.

Zum Glück hatten die schweren Wogen, die über Backbord hereinbrachen, die Flammen bald gelöscht, sonst hätten alle zugrunde gehen müssen. Hilflos lag das Schiff da und war dem Ungestüm der Wellen preisgegeben. Sie schlugen gegen die in der See schwimmenden Masten, die noch immer durch das Takelwerk mit dem Schiff verbunden waren. Sobald Rüstig und der erste Maat den Schreck überwunden hatten, eilten sie zum Steuerrad, um das Schiff wieder vor den Wind zu bringen. Es gelang nicht, weil der Großmast und der Fockmast fehlten. Der Besanmast war nur hinderlich. Rüstig übergab das Steuer zwei Matrosen und verständigte sich mit Mackintosh durch Zeichen, denn der Wind brüllte jetzt zu laut, als daß einer die Worte des andern hätte verstehen können. Dann begaben sie sich mit Äxten zum Hinterschiff und hieben das Besantakelwerk durch. Die Besanstenge und der Kopf des Besanmastes gingen über Bord. Jetzt reichte der Stumpf des Fockmastes zu, das Schiff wieder vor den Wind zu bringen. Aber es währte lange, bis man das Takelwerk der Masten kappen konnte. Als endlich das Notwendigste getan war und man sich genauer umsah, stellte sich heraus, daß durch den Blitz und den Sturz des Fockmastes vier Matrosen getötet worden waren, außer Kapitän Osborn und seinen beiden Maaten blieben nur noch acht Leute, um das Schiff über Wasser zu halten.

Der Seemann verliert nie den Mut, solange er noch Aussicht hat, sich durch eigene Anstrengungen zu helfen. Der Verlust der Kameraden, der schlimme Zustand des Schiffes, die gewaltigen Wellen, das Geheul des Windes, das unaufhörliche Flackern der Blitze und die heftigen Donnerschläge, die sie begleiteten, hinderten sie nicht, das auszuführen, was die Not forderte. Der erste Maat ermutigte die Leute, er schaffte es, einen Block an dem immer noch rauchenden Fockmaststumpf anzubringen. Ein Tau wurde durch den Block gezogen und das große Bramsegel aufgehißt, damit das Schiff schneller vor dem Sturm lief und besser dem Steuer gehorchte.

Die »Pacific« war vor dem Wind und in Sicherheit, obwohl sie unablässig von den nachsetzenden Wogen gepeitscht wurde. Wieder brach die Nacht herein, aber es gab keine Ruhe für die Besatzung. Die Matrosen fühlten sich durch das stete Ringen mit den Elementen völlig erschöpft. Kapitän Osborn und Rüstig waren so oft wie möglich hinuntergegangen, um den Passagieren in der Kajüte Beistand und Trost zu bringen. Mrs. Seagrave war ernstlich krank geworden. Mr. Seagrave wich nicht von ihrer Seite; die Kinder hatten sich überreden lassen, in ihren Betten zu bleiben, Juno ließ den kleinen Albert nicht aus den Augen.

Der dritte Morgen des Sturms brach an, nichts deutete auf eine Wetterbesserung. Die Wellen hatten das Kompaßhäuschen weggespült, es war unmöglich, über den Kurs, der gesteuert wurde, oder über die zurückgelegte Strecke ins klare zu kommen. Das Schiff hatte heftig gelitten, und man sah deutlich, daß es der Gewalt der Wogen nicht mehr lange standhalten würde.

Kapitän Osborns Gesicht zeigte Besorgnis, denn eine schwere Verantwortung lastete auf seinen Schultern. Er konnte, selbst wenn sich das Wetter besserte, ein wertvolles Schiff mit einer noch wertvolleren Ladung verlieren, weil sie sich jetzt einer Gegend näherten, wo das Meer mit niedrigen Koralleninseln besät war, auf die sie durch Wind und Wellen geworfen werden konnten, das Schiff ließ sich ja kaum steuern.

»Die Sache will mir gar nicht gefallen, Rüstig«, sagte er. »Wir laufen geradezu auf die Gefahr los und können's nicht ändern.«

»Das ist leider wahr«, versetzte dieser. »Wir müssen uns damit trösten, daß wir uns nicht geschont und unser Bestes gegeben haben.«

»Amen«, versetzte Kapitän Osborn in feierlichem Ton. Nach einer Pause fuhr er fort: »Viele Kapitäne haben mich beneidet, als ich das Kommando dieses schönen Schiffes erhielt – würden sie wohl jetzt mit mir tauschen?«

»Ich glaube kaum, Kapitän Osborn; aber wir wissen ja nicht, was die Zukunft bringt. Wir müssen hoffen. Wer weiß, vielleicht legt sich der Zorn von Wind und Wellen, und morgen sind unsere Aussichten schon viel besser. Jedenfalls habt Ihr Eure Schuldigkeit getan, und mehr vermag man von einem Mann nicht zu verlangen.«

»Ihr habt recht«, versetzte Kapitän Osborn. »Doch haltet Euch fest, Rüstig — da kommt eine Welle über Bord.«

Rüstig hatte eben noch Zeit, sich mit beiden Händen an den Belegnägeln zu halten. Die Woge goß eine solche Menge Wasser auf Deck, daß Rüstig und der Kapitän fast niedergerissen wurden. Sie klammerten sich an und gewannen zuletzt wieder festen Fuß.

»Ich glaube, dieser Stoß hat einige Planken losgerissen«, sagte Rüstig.

»Ich fürchte es gleichfalls«, entgegnete Kapitän Osborn. »Das beste Schiff vermag derartigen Erschütterungen auf Dauer nicht standzuhalten, und ich sehe keine Möglichkeit, bei unserer schwachen Bemannung mehr Segel zu setzen.«

Das Schiff flog die ganze Nacht vor dem Sturm dahin. Mit Tagesanbruch legte sich der Wind, und die See glättete sich. Die »Pacific« mußte jedoch noch immer vor dem Wind gehalten werden, denn sie hatte zuviel gelitten, als daß man es hätte wagen können, ihre Breitseite dem Wellenschlag preiszugeben. Es wurden Vorbereitungen zum Aufstellen von Notmasten getroffen, die ermatteten Seeleute waren unter der Anweisung des Kapitäns und seiner beiden Maate emsig damit beschäftigt, als Mr. Seagrave und William auf Deck kamen.

William blickte sich mit großen Augen um. Die hohen Masten mit all ihrem Takel- und Segelwerk waren verschwunden, das ganze Deck befand sich in wüster Unordnung. Das schöne Schiff war nicht wiederzuerkennen.

»Ja, betrachte diese Zerstörung, mein Kind«, sagte Mr. Seagrave, »wir Menschen sind so stolz auf alles, was wir geschaffen haben. Doch vor den Elementen sind wir machtlos.«

»Ja, William«, fügt Sigismund Rüstig hinzu, »schaut Euch um. Erinnert Ihr Euch an Robinson Crusoe? Nun sind wir fast in derselben Lage. Aber Kopf hoch, auch wir werden uns was einfallen lassen.«

»Vater«, sagte William nach einer Pause, »wie sollen wir denn ohne Masten und Segel nach Sydney kommen?«

»Ich sagte doch schon, wir werden uns etwas einfallen lassen«, antwortete Rüstig, da Mr. Seagrave schwieg. »Matrosen sind nicht so leicht in Verlegenheit zu bringen, und ich nehme an, noch vor Abend werdet Ihr uns wieder unter einer Art von Segel finden. Da wir unsern Großmast verloren haben, müssen wir Notmasten aufpflanzen — das heißt kleine Masten mit kleinen Segeln daran; Material dafür haben wir. Aber wie geht es Euern Geschwistern?« Rüstig wandte sich an Mr. Seagrave. »Und Eurer Frau Gemahlin? Befindet sie sich besser?«

»Leider nein, sie ist sehr schwach. Seit Beginn des Sturms hat sie nichts essen können. Es wird wirklich Zeit, daß schönes Wetter kommt. Glaubt Ihr, daß wir Aussicht darauf haben?«

»Ich fürchte, daß es noch nicht am Ende ist; wenn man fünfzig Jahre zur See gefahren ist, spürt man so etwas. Und seht Ihr dort den Wolkenstrich? Der will mir gar nicht gefallen. Es sollte mich nicht wundern, wenn es wieder zu blasen anfängt, und zwar noch ehe es dunkel wird.«

»Da kann man nichts machen«, versetzte Mr. Seagrave; »aber es ist mir bange für meine arme Frau. Sie hat sich fast zu einem Schatten abgezehrt. Zugeben will sie es nicht, doch sie ist zu schwach aufzustehen.«

»Ihr solltet Euch nicht so viele Gedanken machen. Ich habe noch nie gehört, daß Leute an der Seekrankheit gestorben sind. Übrigens, habt Ihr gehört, daß wir, solange Ihr drunten wart, einige unserer Matrosen verloren haben, William?«

»Nein, ich hörte den Steward draußen etwas vom Fockmast sagen, mochte aber nicht fragen, um Mama nicht zu beunruhigen.«

»Das war sehr rücksichtsvoll von Euch, William. Ja, wir haben fünf Mann verloren. Wilson wurde über Bord gewaschen, Fennings und Masters traf der Blitz, Jonas und Emery wurden von dem fallenden Fockmast erschlagen. Das verschlimmert unsere Lage natürlich, Mr. Seagrave, ich möchte Euch nichts vormachen. Wir waren ja ohnehin zuwenig Leute. Aber darf ich fragen, wie es Tommy, den übrigen Kindern und Juno geht?«

»Eigentlich ganz gut, obwohl sie ein paar Beulen davongetragen haben«, antwortete Mr. Seagrave. »Doch ich gehe jetzt besser nach unten, meine Frau wird vielleicht Hilfe brauchen. William, willst du auf Deck bleiben?«

»Geht lieber mit hinunter, William; wir alle hier haben viel zu tun. Es fehlt uns an Händen, und mag nun das Wetter gut bleiben oder schlimm werden, keiner von uns wird heute nacht zum Schlafen kommen.«

Mr. Seagrave und William stiegen hinunter. In der Kajüte fanden sie alle in großer Aufregung; der Steward hatte eine Schüssel heiße Erbsensuppe für die Kinder gebracht; Tommy, der neben seiner Schwester auf dem Bett saß, hatte sie Juno aus der linken Hand nehmen wollen —

mit der rechten hielt sie den kleinen Albert – und dabei die heiße Suppe über Karoline ausgeschüttet, die laut schrie, Juno, die Karoline hatte beispringen wollen, war mit Albert ausgeglitten, der jetzt gleichfalls erschrocken weinte, obwohl er keinen Schaden genommen hatte. Zu allem Unglück war Juno auf den Dachshund Vixen gefallen, der sie daraufhin ins Bein gebissen hatte, so daß auch Juno schrie, Mrs. Seagrave versuchte aufzustehen, um Beistand zu leisten, doch es gelang ihr einfach nicht. Mr. Seagrave kam daher gerade zur rechten Zeit, er hob Juno und den Kleinen auf und tröstete Karoline, die zum Glück nicht stark verbrüht war.

»Tommy, du bist ein garstiger Knabe«, rief Juno, ihr Bein reibend.

Tommy hielt es für das beste, nichts zu sagen, er nahm die Standrede widerspruchslos hin, der Steward reinigte die Kajüte, und die Ordnung war wiederhergestellt.

Inzwischen war man auch auf dem Deck nicht müßig gewesen. Der Zimmermann hatte eine Stenge an die Stelle des Mastes gesetzt, und die Matrosen waren mit der Anfertigung des Takelwerks beschäftigt. Unglücklicherweise hatte das Schiff ein Leck, vier Matrosen mußten an den Pumpen arbeiten. Wie Rüstig prophezeit hatte, kam vor Einbruch der Nacht erneut ein schwerer Sturm auf. Die Wellen schlugen hoch, und das Leck wurde größer, wegen des Pumpens mußte alle übrige Arbeit eingestellt werden. Der Sturm hielt zwei Tage an, die Mannschaft war so erschöpft, daß sie nicht länger pumpen konnte. Beim Rollen des Schiffes zeigte es sich, daß bereits viel Wasser eingedrungen war.

Dann geschah das Unglück, welches das Schicksal der »Pacific« besiegelte. Kapitän Osborn erteilte eben auf der Back seine Befehle, als das Tauwerk des Blocks, an dem die Bramrahe an den Stumpf des Fockmastes aufgehißt war, zerriß. Die Rahe und das Segel stürzten auf das Deck herab und trafen den Kapitän. Er sank besinnungslos nieder.

Solange Kapitän Osborn das Kommando führte, hatten die Matrosen ihre Arbeit gern und gut verrichtet, sie hatten eine hohe Meinung von seinen Fähigkeiten, und wenn er ihnen Mut zusprach, fühlten sie sich sicher. Nun aber, da er besinnungslos und handlungsunfähig dalag, wollten sie keinem Befehl mehr gehorchen. Mackintosh war unbeliebt, seine Worte hatten nicht genug Gewicht. Man beachtete seine Anweisungen nicht, die Matrosen fingen an, sich untereinander zu beraten.

»Der Sturm hat sich gelegt, wir werden bald wieder schönes Wetter haben«, sagte Rüstig und trat zu ihnen.

»Ja«, versetzte einer der Leute. »Und das Schiff geht unter, das ist ebenso gewiß.«

»Wenn wir tüchtig an den Pumpen arbeiten, würde uns das schon weiterhelfen«, erwiderte Rüstig. »Was haltet ihr davon?«

»Ein paar Gläser Grog würden uns noch weiterhelfen«, entgegnete der Matrose, der sich zum Sprecher der anderen gemacht hatte. »Was meint ihr, Kameraden? Ich denke, der Kapitän würde es uns nicht verweigern, wenn wir ihn fragen könnten.«

»Was soll das bedeuten, Leute?« fragte Mackintosh. »Ihr wollt euch hoffentlich nicht betrinken?«

»Warum nicht?« antwortete der Sprecher. »Das Schiff wird doch untergehen.«

»Kann sein, ich will es nicht in Abrede stellen«, antwortete Mackintosh, »aber wir können dennoch gerettet werden. Freilich, wenn ihr euch betrinkt, gibt es keine Aussicht, daß irgendeiner mit dem Leben davonkommt. Mir ist das meine teuer. Ich bin bereit, mich euch in allem anzuschließen, was ihr für gut und richtig haltet, und ihr dürft auch entscheiden, was geschehen soll; soviel freilich ist gewiß: Solange ich's verhindern kann, werdet ihr euch nicht betrinken.«

»Und wie wollt Ihr's verhindern?« entgegnete der Matrose mürrisch.

»Zwei entschlossene Männer vermögen viel zu tun – ich könnte sagen drei, denn in dem Fall wird nicht nur Rüstig auf meiner Seite sein, auch der Kajütenpassagier wird es an Beistand nicht fehlen lassen. Vergeßt nicht, daß alle Feuerwaffen in der Kajüte sind. Also, warum sollen wir uns streiten? Beratet euch miteinander, ich will hören, was ihr vorzuschlagen habt.«

Da der Mut und die Entschlossenheit des ersten Maats wohlbekannt waren, folgten die Matrosen diesmal seiner Anweisung und suchten nach einem Ausweg.

»Ein gutes Boot haben wir noch übrig, die neue Jolle. Die übrigen sind ja weggewaschen worden, das kleine Boot im Stern ausgenommen, aber das ist nutzlos, es ist leck geschlagen. Wir können nun nicht mehr sehr weit von den Inseln weg sein, vielleicht befinden wir uns sogar schon mitten unter ihnen.«

»Gut«, sagte Mackintosh, »laßt uns das Boot mit allem, was wir benötigen, ausstatten. Wir brauchen uns nicht zu beeilen. Die ›Pacific‹ kann sich noch lange halten. Trinkt so viel Grog, wie ihr braucht, um euch auf den Beinen zu halten. Aber merkt euch, wer sich betrinkt, wird nicht mitgenommen. Das Boot hat seine Masten, Segel und Ruder behalten.

Mundvorrat für ein paar Tage findet auch Platz. Wir müßten viel Pech haben, wenn wir uns nicht irgendwohin retten können. – Rüstig, ist mein Rat gut oder nicht?«

»Euer Rat ist sehr gut, Mackintosh, doch was wird aus den Kajütenpassagieren, aus der Frau und den Kindern? Und wollt Ihr den Kapitän verlassen, der ohne Besinnung dahinten liegt? Habt Ihr auch hieran gedacht?«

»Nein, den Kapitän lassen wir nicht zurück«, sagte einer der Matrosen. Die andern stimmten zu.

»Und die Passagiere?«

»Tut uns leid um sie«, entgegnete der Sprecher der Matrosen, »wir haben einfach nicht genug Platz. Überladen dürfen wir das Boot nicht, Vorräte brauchen wir auch...«

»Gut, ich bin einverstanden«, sagte Mackintosh. »Die Barmherzigkeit beginnt bei der eigenen Haut. Was sagt ihr anderen? Wollen wir so verfahren?«

»Ja«, erwiderten die Matrosen einhellig.

Rüstig sah ein, daß alle Vorhaltungen vergeblich sein würden, die Matrosen schickten sich bereits an, das Boot auszurüsten. Zwiebeln, gesalzenes Schweinefleisch, drei kleine Tonnen Wasser und ein Rumfaß wurden zur Laufplanke gebracht; Mackintosh holte Quadranten, Kompaß und etliche Musketen samt Munition, und der Zimmermann hieb mit Beistand eines anderen Matrosen das Schanzkleid bis auf das Schandeck nieder, damit das Boot über Bord gelassen werden konnte. Nach einer Stunde war alles bereit. Man befestigte lange Taue am Boot, schaffte es zum Schandeck und brachte die Breitseite des Schiffes gegen den Wind.

Rüstig hatte an diesen Arbeiten nicht teilgenommen, sondern den Pumpensod untersucht, um sich zu überzeugen, ob das Wasser in dem Schiff noch stieg. Dann setzte er sich an die Seite des Kapitäns, der noch immer besinnungslos dalag.

Als das Schiff gegen den Wind gebracht war, kam Mr. Seagrave auf das Deck. Er bemerkte das bereitgehaltene Boot, die Mundvorräte und Wassertonnen auf der Laufplanke, das langsame Rollen des Schiffes unter den Wellen. Dann sah er Sigismund Rüstig, der noch immer neben dem wie tot daliegenden Kapitän saß.

»Was soll dies alles bedeuten, Rüstig?« fragte Mr. Seagrave. »Wollen die Leute das Schiff verlassen, haben sie etwa Kapitän Osborn getötet?«

»Nein, Sir. Ganz so schlimm ist es nicht. Der Kapitän wurde von einer

Rahe niedergeschlagen und ist seitdem ohne Besinnung. Was den andern Punkt betrifft, fürchte ich, daß er entschieden ist. Ihr sehr ja, daß sie das Boot zu Wasser lassen.«

»Aber meine Frau, sie ist nicht imstande zu gehen, sie fühlt sich so schlecht, daß sie sich kaum rühren kann.«

Rüstig sah Mr. Seagrave prüfend an. »Ich muß Euch etwas sagen. Es fällt mir unendlich schwer. Doch in Kürze wird es ohnehin offenbar, und dann müßt Ihr vorbereitet sein, damit Ihr Eurer Familie zur Seite stehen könnt. Sie denken nicht daran, Euch, Eure Frau oder Eure Kinder mitzunehmen.«

»Wie? Sie wollen uns hier zugrunde gehen lassen? Barmherziger Himmel! Wie barbarisch!«

»Ja, es ist barbarisch. Aber wenn sich's um das Leben handelt, ist jeder sich selbst der Nächste. Sie benehmen sich nicht unfreundlicher gegen Euch, als sie gegeneinander handeln würden. Wenn das Boot nicht groß genug ist für alle, müssen einige zurückbleiben. Ich habe schon früher etwas Ähnliches erlebt«, fügte Rüstig hinzu.

»Meine Frau! Meine Kinder!« rief Mr. Seagrave. »Sollten sie nicht zuerst gerettet werden! — Ich will mit ihnen reden«, fuhr er nach einer Pause fort. »Sicherlich werden sie doch den Geboten der Menschlichkeit Gehör schenken; jedenfalls wird Mr. Mackintosh einige Gewalt über sie haben. Meint Ihr nicht, Rüstig?«

»Nein, Mr. Seagrave, wenn ich einmal nun sprechen muß, so will ich Euch auch sagen, daß es unter ihnen keinen härteren Menschen gibt als Mackintosh, es ist vergeblich, ihm oder irgendeinem anderen Vorhaltungen zu machen. Ihr dürft sie auch nicht zu streng beurteilen. Es ist Tatsache, daß das Boot außer dem Mundvorrat, den sie mitnehmen, gerade noch die Mannschaft zu fassen vermag. Wollten sie Euch und Eure Familie mit ins Boot nehmen, müßten alle miteinander zugrunde gehen. Wäre es nicht so, würde ich versuchen, sie umzustimmen. Vielleicht wäre es dann auch gar nicht nötig.«

»Aber was können wir denn tun?«

»Wir müssen unser Vertrauen auf einen barmherzigen Gott setzen und für unsere Rettung arbeiten.«

»Wir? Wollt Ihr denn nicht mit ihnen gehen?«

»Nein, Mr. Seagrave. Ich habe in dieser letzten Stunde viel nachgedacht und bin mit mir eins geworden, bei Euch zu bleiben. Sie gedenken, den Kapitän mitzunehmen, und auch mir haben sie dies angeboten, aber ich werde hierbleiben.«

»Um zugrunde zu gehen?« versetzte Mr. Seagrave überrascht.

»Ich bin ein alter Mann, und ich hoffe, daß ich mich nach Kräften auf den Heimgang vorbereitet habe. Ich denke an die Kinder, William ist so ein prächtiger Bursche. Ich hab ihn gern und die drei anderen auch. Wenn ich sie im Stich ließe, ich würde es mir nie verzeihen. Vielleicht kann ich Euch noch nützlich werden.« Er lächelte Mr. Seagrave aufmunternd zu. »Es steckt ein alter Kopf auf meinen Schultern, der hat viele Erfahrungen gespeichert. Ich glaube fest, daß wir gerettet werden, wenn wir es richtig anfangen. Da kommen die Matrosen schon, das Boot ist bereit, sie werden jetzt den armen Kapitän holen.«

Die Matrosen hoben den noch immer besinnungslosen Osborn auf, Mr. Seagrave beachteten sie nicht, vielleich hatten sie doch ein schlechtes Gewissen. Als sie abzogen, rief einer von ihnen: »Kommt, Rüstig, es ist keine Zeit zu verlieren.«

»Kümmert euch nicht um mich, ich bleibe auf dem Schiff«, versetzte Rüstig. »Ich wünsche euch von ganzem Herzen guten Erfolg – und Ihr, Mackintosh, müßt mir ein Versprechen geben, das Ihr mir hoffentlich nicht verweigern werdet. Wenn Ihr Euch rettet, so vergeßt die nicht, die hier an Bord bleiben. Veranlaßt, daß sie unter den Inseln gesucht werden.«

»Unsinn, Rüstig, kommt ins Boot«, erwiderte der erste Maat.

»Ich werde hierbleiben, Mackintosh. Einer von uns Seeleuten muß es tun, finde ich, damit auch unsere Passagiere eine Chance haben. Vor der Reederei sind wir für sie verantwortlich, Ihr und ich, jetzt, da der Kapitän ausfällt. Von Euch verlange ich nichts, als daß Ihr mir das Versprechen gebt, um das ich Euch eben gebeten habe. Teilt Mr. Seagraves Freunden mit, was sich zugetragen hat und wo wir wahrscheinlich gefunden werden können. Gebt Ihr mir diese Zusage?«

»Natürlich, Rüstig, wenn Ihr es denn einmal nicht anders wollt; aber«, er trat auf Rüstig zu und flüsterte ihm ins Ohr, »es ist Wahnsinn. Kommt mit!«

»Gott behüte Euch, Mackintosh«, entgegnete Rüstig, ihm seine Hand hinreichend. »Ihr werdet Euer Versprechen halten?«

Mackintosh nickte. »Ich wünsche Euch und den Passagieren alles Gute. Lebt wohl.« Er wandte sich um und ging. Das Boot stieß ab und segelte in nordöstlicher Richtung davon.

3.

Der alte Rüstig sah eine Weile schweigend mit verschlungenen Armen dem abfahrenden Boot nach. Mr. Seagrave stand an seiner Seite; er fand keine Worte, es war ihm, als entschwinde mit dem Boot der letzte Strahl Hoffnung. Sein Gesicht spiegelte seine Verzweiflung wider, denn er sah sich, seine Gattin, seine Kinder dem Untergang preisgegeben.

Endlich sagte Rüstig: »Sie meinen, daß sie sich retten können und wir zugrunde gehen müssen. Aber glaubt mir, Mr. Seagrave, es kann auch anders kommen. Ich wünsche meinen Kameraden alles Gute. Wenn sie einen Hafen erreichen, wird man uns suchen. Wir müssen überlegen, wie es hier weitergeht.«

»Ihr habt recht«, versetzte Mr. Seagrave mit gedämpfter Stimme; »doch ich gestehe, daß ich einfach nicht begreife, welche Hoffnung uns auf einem sinkenden Schiff bleibt, zwei Männer, zwei Frauen, vier Kinder. Wir sind hilflos.«

»Wir müssen unser Bestes tun und uns Gottes Willen unterwerfen«, entgegnete Rüstig. Er ging zum Hinterschiff, zum Steuer, um das Fahrzeug wieder vor den Wind zu bringen.

Wie Rüstig vorausgesagt, hatte sich der Sturm gelegt. Das Schiff schleppte sich langsam durch das Wasser. Rüstig band das Steuer fest und kam wieder nach vorn. Mr. Seagrave hockte auf dem Segel, auf dem Kapitän Osborn nach seinem Unfall gelegen hatte, und brütete vor sich hin.

»Sir, Ihr dürft nicht den Mut verlieren, schon um Eurer Frau und der Kinder willen.«

»Daran denke ich doch gerade. Wie soll ich meiner Frau nur mitteilen, was geschehen ist. Die Sorge um die Kinder wird sie zur Verzweiflung treiben.«

»Wenn ich unsere Lage für hoffnungslos hielte«, entgegnete Rüstig, »würde ich Euch dies aufrichtig sagen; ich glaube, jeder hat ein Recht auf Wahrheit, wie schlimm sie auch sein möge, aber unsere Lage ist nicht hoffnungslos. Ich will Euch sagen, worauf ich baue. Das Schiff ist halb voll Wasser, wir haben ein Leck. Aber jetzt hat sich der Wind gelegt, es dringt kaum noch Wasser ein. Ich habe den Pumpensod untersucht, in den letzten zwei Stunden ist das Wasser kaum ein paar Zoll

gestiegen, die provisorische Abdeckung scheint zu halten. Wenn das günstige Wetter andauert, brauchen wir nicht zu fürchten, daß das Schiff bald sinkt. Und dann: Wir befinden uns jetzt unter den Inseln, es ist sehr wahrscheinlich, daß wir irgendwo aufs Ufer laufen und so unser Leben retten. Als ich die anderen überreden wollte, nicht in das Boot zu gehen, habe ich daran gedacht. Hier, wo es soviel Inseln gibt, haben wir eine gute Chance. Ihr seid kein Seemann, allein wärt Ihr vielleicht nicht imstande, aus günstigen Zufällen Vorteil zu ziehen. Ich bin auch darum hiergeblieben, weil ich hoffe, Euch und Eurer Familie in dieser schlimmen Lage nützlich zu werden. Im Augenblick brauche ich Eure Hilfe hier oben nicht. Geht in die Kajüte hinunter und kündigt Eurer Frau mit heiterem Gesicht die Veränderung des Wetters an, erzählt ihr, daß wir vielleicht bald einen sicheren Platz erreichen. Möglich, daß sie noch nichts von dem Abzug der Matrosen weiß, in diesem Fall ist es sicher am besten, ihr nichts davon zu sagen. Erklärt einfach, der Steward sei bei den anderen Matrosen – das ist nicht einmal gelogen. William kann man schon vertrauen, und wenn Ihr ihn zu mir schickt, werde ich mit ihm über die Sache reden. Oder habt Ihr andere Vorschläge?«

»Ich weiß kaum, was ich denken oder wie ich Euch danken soll für Eure Selbstaufopferung, Rüstig; denn so muß ich Euer Benehmen doch nennen. Euer Rat ist vortrefflich. Sollten wir dem Tod entgehen, so wird meine Dankbarkeit ...«

»Ach, laßt; ich bin ein alter Mann mit wenig Bedürfnissen, wenn ich

Euch nicht helfe, welchen Nutzen hat dann mein Leben? Auch bin ich ein gläubiger Mensch und versuche, den Forderungen meiner Religion zu folgen, so gut ich vermag. Wenn ich Weib und Kind hätte, würde ich gern Hilfe annehmen. Aber so? Nein, jedenfalls danke ich Euch für Eure Freundlichkeit.«

Mr. Seagrave drückte Rüstig die Hand und begab sich in die Kajüte hinab. Seine Gattin schlief noch. Auch die Kinder lagen ruhig in ihren Betten. Nur Juno und William waren auf.

William sagte in flüsterndem Ton: »Ich mochte die Kajüte nicht verlassen, solange du auf dem Deck warst; aber der Steward ist seit zwei Stunden nicht hier gewesen. Er ist fortgegangen, um für den Kleinen die Ziege zu melken, allerdings noch nicht wieder zurückgekehrt. Niemand von uns hat bisher sein Frühstück erhalten. Wenn Tommy wach wird, gibt es Geschrei. Und ich habe auch Hunger.«

»William, geh bitte auf das Deck, Rüstig wünscht mit dir zu sprechen. Ich werde hierbleiben.«

William ging zu Rüstig hinauf, und dieser erzählte ihm, was geschehen war. »Bitte, William, Ihr müßt jetzt allen Euren Mut zusammennehmen. Euer Vater und ich werden Eure Hilfe brauchen. Und zeigt vor Eurer Mutter und den Kleinen ein zuversichtliches Gesicht. Wir dürfen sie nicht erschrecken.« William versprach, sein Bestes zu tun.

»Ihr wißt, Rüstig, daß der Steward mit den übrigen Leuten fort ist«, sagte er, »und wenn Mutter erwacht, wird sie fragen, warum die Kleinen kein Frühstück erhalten haben. Was kann ich tun? Wenn es kein Essen gibt, wird sie sich denken, daß etwas Schlimmes passiert ist.«

»Nun, Ihr könnt, wenn ich's Euch zeige, eine von den Ziegen melken, während ich in die Kombüse gehe und die anderen Dinge vorbereite. Ich kann wohl von Deck abkommen. Ihr seht, das Schiff steuert von selber. Es zieht auch nicht mehr viel Wasser. Ich habe den Pumpensod untersucht.« Rüstig schaute zum Himmel. »Ich glaube, William, wir werden noch vor Abend schönes Wetter und glatte See haben.«

Durch Rüstigs und Williams vereinte Anstrengungen wurde das Frühstück bereitet, während Frau Seagrave noch immer in einem gesunden Schlaf lag. Die Bewegung des Schiffes war jetzt gering, es rollte ganz langsam von einer Seite zur andern. Wind und See hatten sich gelegt, und die Sonne schien klar über ihren Häuptern. Das Boot war schon einige Zeit außer Sicht. Das Schiff schnitt mit etwas mehr als drei Knoten durch das Wasser. Das war wenig, aber es hatte ja nur das große Bramsegel, das an dem Stumpf des Fockmastes aufgehißt war. Rüstig, der das Frühstück in

die Kajüte gebracht hatte, machte Mr. Seagrave den Vorschlag, daß Juno alle Kinder auf das Deck bringen sollte.

»Man kann ihnen nicht zumuten, daß sie sich so lange ruhig verhalten«, sagte er; »und da Ihre Frau so fest schläft, wäre es schade, sie zu wecken. Vielleicht schlummert sie noch stundenlang, erschöpft wie sie ist, und je länger sie schlafen kann, desto besser ist es.«

Mr. Seagrave ging auf den Vorschlag ein und begab sich mit Juno und den Kindern auf das Deck, während William in der Kajüte zurückblieb, um bei seiner Mutter zu wachen. Juno erschrak, als sie den kläglichen Zustand des Schiffes und auch die Abwesenheit der Matrosen bemerkte; Mr. Seagrave sagte ihr, was vorgefallen war, und schärfte ihr aufs nachdrücklichste ein, sie solle ja keine Silbe davon gegen seine Frau verlauten lassen. Juno versprach Gehorsam, sah aber die Gefahr, die allen drohte, und drückte den kleinen Albert an ihre Brust, wobei ihr ein paar Tränen die Wangen herunterrollten. Selbst Tommy und Karoline schienen die Bedrohung zu spüren, sie fragten, wo die Masten und Segel hingekommen und was aus Kapitän Osborn geworden sei.

»Seht dort, Sir«, sagte Rüstig zu Mr. Seagrave, indem er auf eine Stelle deutete, wo eine kleine Insel aus Seegras schwamm.

»Ich bemerke es wohl«, versetzte Mr. Seagrave; »was ist damit?«

»Für sich allein hätte es nicht viel zu bedeuten«, sagte Rüstig, »doch es gibt noch andere Anzeichen, die uns Matrosen Land ankündigen. Seht Ihr jene Vögel, die über den Wellen hinschweben?«

»Sicher.«

»Gut, Sir; diese Vögel entfernen sich nie weit vom Ufer. Ich werde meinen Quadranten holen, zwar kann ich jetzt die Länge nicht ermitteln, doch unsere Breite vermag ich ausfindig zu machen. Wenn wir dann auf der Karte nachsehen, sind wir imstande, ungefähr zu erraten, wo wir sind.« Er ging hinunter.

»Es ist jetzt nahezu Mittag«, sagte er, als er mit dem Quadranten wieder hochkam. »Die Sonne hebt sich sehr langsam. Wenn ich die Breite bestimmt habe, hole ich die Karte.«

Mr. Seagrave blieb auf Deck und beobachtete seine Kinder. Sie hatten sich beruhigt und spielten unbefangen. Nur Juno war Sorge anzusehen.

»Hier ist die Karte, Sir«, sagte Rüstig. »Ich habe mit dem Bleistift eine Linie durch unsere Breite gezogen. Das hier könnte ungefähr die Länge sein. Ihr bemerkt, daß sie durch diese Inselgruppe führt. Ich glaube, wir müssen uns unter derselben oder doch ganz in ihrer Nähe befinden. Ich will jetzt etwas zum Mittagessen zusammensuchen und dann scharf nach Land ausschauen. Haltet auch ein wenig die Augen offen.«

Rüstig ging in die Kombüse, um zu sehen, was er für die Mahlzeit fände; die Matrosen hatten, als sie das Schiff verließen, eingepackt, was ihnen zuerst unter die Hände kam. Aber es war genügend übriggeblieben. Rüstig brachte bald einige Stücke Pökelfleisch und eine Kiste Kartoffeln. Er bereitete eine Suppe vor, stellte sie auf den Herd und kehrte dann auf das Deck zurück.

Mr. Seagrave stand auf dem Vorschiff und schaute über den Bug. Als er Rüstig sah, winkte er. »Seht Ihr dort. Ich glaube etwas auszumachen, kann aber kaum sagen, was es ist. Es scheint, als schwebe es in der Luft, und doch hat es nicht das Aussehen von Wolken. Schaut in diese Richtung, die ich mit meinem Finger andeute.«

»Ihr habt recht, Sir«, versetzte Rüstig; »dort ist etwas. 's ist übrigens nicht Land, was Ihr seht, sondern nur eine sogenannte Refraktion der Bäume, eine Art Luftspiegelung, so daß es, wie Ihr sagt, den Anschein gewinnt, als schwebten sie. Verlaßt Euch drauf, Sir, das Luftbild rührt von einer Insel her; ich hole sofort mein Glas.«

Rüstig stapfte hinunter, während Mr. Seagrave voller Aufmerksamkeit nach vorn starrte.

»Da ist wirklich Land«, sagte Rüstig, nachdem er mit seinem Fernrohr die Gegend untersucht hatte. »Ja, es ist Land«, fuhr er nachdenklich fort. »Wollte Gott, wir hätten es früher gesehen.«

»Warum?«

»Weil das Schiff so langsam durch das Wasser geht, Sir. Ich fürchte, wir werden es nicht vor Dunkelheit erreichen, und es wäre mir lieb gewesen, ich hätte bei Tageslicht anlegen können.«

»Wir haben jetzt wenig Wind.«

»Hoffen wir, daß er etwas stärker wird«, erwiderte Rüstig. »Wenn nicht, so werden wir uns eben gedulden. Doch jetzt muß ich ans Steuer und auf die Insel zuhalten. Wir müssen sie auf jeden Fall erreichen, denn obgleich das Schiff nicht viel Wasser zieht, länger als vierundzwanzig Stunden läßt es sich nicht mehr flotthalten. Heute früh war ich anderer Meinung; aber als ich vorhin noch einmal runterging, hab ich gesehen, daß wir in größerer Gefahr sind, als ich dachte. Das Wasser ist wieder gestiegen. Doch dort ist Land, und wir haben alle Aussicht, es zu erreichen.«

Rüstig begab sich zum Rad und steuerte auf das Ufer zu, das nicht so weit entfernt lag, als er zunächst geglaubt hatte. Die Insel war flach, das hatte ihn getäuscht. Allmählich frischte der Wind auf, und sie kamen schneller voran. Die Bäume, die zuvor in der Luft zu schweben schienen, vereinigten sich jetzt mit dem Boden, und sie konnten erkennen, daß sie einen mit Kokoswäldern bedeckten Landstrich vor sich hatten.

Hin und wieder gab Rüstig das Steuer an Mr. Seagrave ab und ging nach vorn, um Umschau zu halten. Als sie noch etwa drei oder vier Meilen vom Land entfernt waren, sagte er: »Ich glaube, ich sehe jetzt ziemlich klar, Sir. Ihr bemerkt, wir sind windwärts vom Ufer, und an derartigen Inseln ist das Wasser auf der Luvseite stets tiefer, während sich die Riffe und Untiefen mehr in Lee befinden. Wir müssen irgendeinen kleinen Spalt in den Korallenfelsen suchen, um das Schiff sozusagen in ein Dock zu bringen, damit es nicht wieder ins tiefe Wasser zurückrutscht, nachdem es Grund gefaßt hat. Ich habe übrigens eine Stelle ausgemacht, die mir günstig erscheint. Seht Ihr jene drei Kokosbäume, die dicht am Wasser nebeneinander stehen? Leider kann ich sie beim Steuern nicht im Auge behalten; geht bitte nach vorn, und wenn ich mehr nach rechts steuern soll, so streckt Eure rechte Hand aus, mit der linken haltet es ebenso. Steht der Schiffsschnabel richtig, so laßt die erhobene Hand wieder sinken.«

»Alles verstanden, Rüstig«, erwiderte Mr. Seagrave und ging nach vorn, um das Steuern des Schiffes in der festgelegten Weise zu leiten. Etwa eine halbe Meile vom Ufer wechselte das Wasser seine Farbe, Rüstig war es zufrieden, denn er entnahm daraus, daß die Luvseite der Insel nicht so steil sein würde, wie es meistens der Fall war. Langsam lief das Schiff auf das Gestade zu. Sie waren nun nur noch eine Kabellänge entfernt. Unter dem Kiel ließ sich ein Knirschen vernehmen, einige Korallenbänke, die gleich Wäldern unter dem Wasser wuchsen, waren abgebrochen. Dann ein neues Knirschen, und endlich eine heftige Erschütterung, wobei das schwellende Wasser den Rumpf vorschob. Jetzt saß das Schiff fest und ruhig. Rüstig konnte das Steuer loslassen. Er schaute über den Stern und ging um das ganze Fahrzeug herum. Das Schiff saß vorn und hinten auf einem Bett von Korallenfelsen fest.

»Soweit wäre ja alles gut«, sagte er aufatmend, »wir sind in Sicherheit, jedenfalls für den Augenblick.«

Er kniete auf Deck nieder, nahm seinen Hut ab und verharrte eine kurze Zeit betend in dieser Stellung. Mr. Seagrave schaute ihn nachdenklich an. Wer so fest glauben kann, hat manches leichter, dachte er. Dann schalt er sich ungerecht. Rüstig war nicht nur ein gläubiger, er war vor allem ein tatkräftiger Mann.

William kam an Deck gestürzt und rief: »Vater, die Mutter schickt mich nach dir. Sie ist erwacht von dem Lärm unter dem Schiff und ist jetzt sehr besorgt. Willst du nicht zu ihr hinuntergehen?«

»Ja, mein Kind«, versetzte Mr. Seagrave. »Jetzt muß ich ihr wohl alles erzählen. Geh zu deinen Geschwistern.«

Langsam stieg er hinunter in die Kajüte.

»Was ist denn los? Wo steckt ihr alle, und was war das für ein Lärm?« rief seine Frau.

»Bitte, meine Liebe«, versetzte Mr. Seagrave. »Ich muß dir etwas gestehen. Wir haben in großer Gefahr geschwebt, sind aber jetzt, hoffe ich, in Sicherheit. Sag mir, fühlst du dich nach deinem langen Schlaf besser?«

»Ja, viel kräftiger. Doch jetzt will ich wissen, was ist vorgefallen?«

»Viel. Schon ehe du einschliefst. Sehr viel, was wir vor dir verhehlten. Jetzt werden wir wahrscheinlich in kurzer Zeit an Land gehen.«

»Wie bitte? An Land gehen?«

»Ja, an Land. Hab ein bißchen Geduld. Ich erzähl dir alles.«

Mr. Seagrave berichtete ausführlich, und seine Frau hörte ihn aufmerksam an. Als er zum Schluß gekommen war, warf sie sich in seine Arme. «Warum habt ihr mich nicht geweckt? Ich hätte ein Recht darauf gehabt. Traut ihr mir gar nichts mehr zu?« Sie weinte.

Mr. Seagrave blieb bei ihr, bis Juno, da es jetzt spät wurde, mit den Kindern erschien. Dann kehrte Mr. Seagrave auf das Deck zurück, um sich mit Rüstig zu beraten.

»Sir«, sagte Rüstig, »ich habe mich umgesehen und glaube, daß wir allen Grund haben, dem Himmel zu danken. Das Schiff sitzt fest und wird sich vorerst nicht von der Stelle rühren. Neuen heftigen Stürmen wäre es natürlich nicht mehr gewachsen, doch im Augenblick spricht alles für freundliches Wetter. Der schwache Wind, der jetzt noch weht, legt sich mehr und mehr, und morgen werden wir Windstille haben.«

»Der unmittelbaren Gefahr sind wir also entronnen, Rüstig, aber wie sollen wir an Land kommen? Und wenn wir dort sind, wie fristen wir unser Dasein?«

»Ich rechne dabei nicht nur auf Euren, sondern auch auf Williams Beistand. Wir müssen das kleine Boot, das wir haben, reparieren. Freilich ist der Boden eingestoßen, doch an Bord lernt man auch Zimmermannsarbeiten. Ich hoffe, es mit etwas wohlgeteerter Leinwand so weit abzudichten, daß es uns alle sicher an Land schafft. Später, wenn Zeit dafür ist, werde ich es richtig in Ordnung bringen. Sicher brauchen wir es noch. Gleich mit Tagesanbruch werden wir ans Werk gehen.«

»Und wie halten wir's an Land?«

»Je nun, wo es so viele Kokosbäume gibt wie auf dieser Insel, braucht man sich nicht vor dem Verhungern zu fürchten, und wir haben ja auch noch die Schiffsvorräte. Wegen des Trinkwassers mache ich mir Sorgen, denn die Insel ist niedrig – sehr niedrig und dabei klein, und wir dürfen nicht erwarten, alles so zu finden, wie wir es uns wünschen.«

»Ich bin dankbar, daß wir mit dem Leben davongekommen sind«, sagte Mr. Seagrave, »aber manche Gefühle kann ich einfach nicht überwinden. Wir sind hier an eine verödete Insel geworfen, sicher weit entfernt von allen Schiffahrtsrouten. Was für Aussichten haben wir denn, aufgelesen zu werden? Möglich, daß wir hier leben und sterben müssen, daß meine Kinder hier aufwachsen – ja, und alt werden, nachdem sie Euch, ihren Vater und ihre Mutter beerdigt haben, und uns endlich ins Grab folgen. Ihre und meine Lebenshoffnungen, alles ist vernichtet, alles über den Haufen geworfen. Ihr müßt zugeben, Rüstig, daß das ein trauriges Schicksal ist.«

»Darum würde ich mir jetzt keine Gedanken machen, Sir. Wenn die Matrosen Land erreichen, werden sie veranlassen, daß man uns sucht. In der Hinsicht traue ich Mackintosh. Und wenn Kapitän Osborn wieder gesund wird, forscht er selber nach. Irgendwann wird man uns finden. Darauf müssen wir vertrauen. Ein erfahrener Mann wie der Kapitän weiß, wo er ungefähr suchen muß. Er kann berechnen, wo das Schiff aufgegeben wurde, aus welcher Richtung der Wind kam, wo es hingetrieben sein könnte. Natürlich müssen wir uns in Geduld fassen. Aber wir werden so viel zu tun bekommen, daß wir für dumme Gedanken keine Zeit haben.«

»Na gut«, entgegnete Mr. Seagrave. »Ich will nicht mehr murren, sondern zum schlimmen Spiel eine gute Miene machen. Es hilft ja doch nichts, wir müssen an das Nächstliegende denken. In der gegenwärtigen Lage seid Ihr mein Vorgesetzter. Vermögen wir heute noch etwas zu tun?«

»Nur wenig, Sir. Helfen könnt Ihr mir erst morgen. Im Augenblick sind nur diese beiden Spieren nach hinten zu schaffen. Ich takle dann ein paar Scherbalken auf und bereite alles vor, um morgen früh das Boot seetüchtig zu machen.«

Mr. Seagrave half Rüstig, die beiden Spieren nach hinten zu schaffen.

»So, Sir, jetzt könnt Ihr hinuntergehen. Master William wird gut tun, die drei Hunde loszulassen und ihnen ein bißchen Fressen zu geben. Wir haben ja die armen Tiere ganz vergessen. Ich werde die Nacht über Wache halten. Also, schlaft gut, Sir.«

Mr. Seagrave begab sich in die Kajüte. Der alte Seemann blieb an Deck und bereitete die Morgenarbeit vor. Sobald das getan war, setzte er sich auf einen der Hühnerställe im Hinterschiff, um alles rundum zu beobachten. Doch von der Anstrengung des Tages und dem vielen Wachen erschöpft, versank er endlich in Schlaf. Bei Tagesanbruch wurde er durch die Hunde geweckt. William hatte sie am Abend losgelassen, und nach einem Spaziergang über das Schiff hatten sie sich vor der Kajüte zum Schlafen niedergelegt. Morgens wurden sie munter, liefen aufs Deck und fanden dort den alten Rüstig, der tief und fest schlief. In ihrer Freude, nicht ganz allein zu sein, leckten sie ihm das Gesicht.

»Ja«, sagte der alte Mann und rappelte sich vom Hühnerstall hoch. »Ich müßte mich sehr irren, wenn ihr alle drei nicht gelegentlich recht nützlich werden könntet. Leg dich, Vixen, leg dich, armes Tier, ich fürchte, du hast einen guten Herrn verloren. Romulus und Remus, Platz.« Er setzte sich, um zu überdenken, was als nächstes zu tun war. Wie viele alte Leute neigte er zu Selbstgesprächen, und da er allein war, gab er dieser Neigung nach.

»Halt, laßt mich jetzt sehen. Zuerst — doch ich will das Logbrett und ein bißchen Kreide holen, um alles aufzuschreiben, mein Gedächtnis ist nicht mehr das beste. Ich vergeß noch das Wichtigste.«

Rüstig legte das Logbrett auf den Hühnerstall und schrieb dann mit Kreide darauf: »Drei Hunde, zwei Ziegen und das Böckchen Billy. Und dann, ja, wir haben auch fünf Schweine. Hühner haben wir genug. Dazu drei oder vier Tauben – ja, so viele ganz gewiß. Damit kann man ziehen. Die Kuh – sie hat sich hingelegt und will nicht wieder aufstehen, ich fürchte, daß wir sie schlachten müssen. Das gibt eine Menge Fleisch. Und da sind auch die Merinoschafe, die Mr. Seagrave gehören – nun, ein hinreichender lebender Vorrat. Was bringen wir nur zuerst ans Ufer, nachdem wir alle an Land gegangen? Eine Spiere und ein Bramsegel für ein Zelt, ein paar Tauringe, ein paar Matratzen für Mrs. Seagrave und die Kinder, zwei Äxte, Hammer und Nägel. Etwas zu essen – ja, und auch etwas, um Stangen zu schneiden.«

Er stand auf. »Aber als erstes will ich jetzt Feuer anzünden und Wasser aufsetzen. Ja, und weil ich eben daran denke, ich kann auch zwei oder drei Stücke Ochsen- oder Schweinefleisch kochen, das nehmen wir dann mit an Land. Und Mr. Seagrave muß ich jetzt wecken, ich glaube, es wird heute ein hartes Tagewerk geben.«

Sobald Rüstig Wasser aufgesetzt und die Tiere gefüttert hatte, begab er sich zur Kajüte, um Mr. Seagrave und William zu rufen. Mit ihrem Beistand wurden die Scherbalken aufgerichtet, an ihren Plätzen festgemacht und an das Boot angehakt, doch es fehlte ihnen noch jemand, das Boot zu bewegen.

»William, lauft zu Juno hinunter und sagt ihr, sie solle aufs Deck heraufkommen, um uns zu helfen.«

William kehrte bald mit Juno zurück, und mit ihrem Beistand gelang es, das Boot an seinen Platz zu schaffen; dann wurde sie wieder zur Kajüte entlassen.

Das Boot wurde umgestürzt, und Rüstig begann seine Arbeit, während Mr. Seagrave, der ihm erteilten Weisung folgend, den Pechtopf auf das Feuer setzte und alles bereithielt, damit die angenagelte Leinwand geteert werden konnte. Rüstig arbeitete hart, aber es wurde Mittag, bis er fertig war. Dann verpichte er die Leinwand und die mit Werg ausgestopften Fugen von innen und außen.

»So, jetzt wird's gehen, Sir«, sagte er. »Wir wollen das Fahrzeug zur Laufplanke schleppen und dort zu Wasser lassen. Es ist ein Glück, daß sie das Schanzkleid niedergehauen haben; da haben sie uns viel Mühe erspart.«

Sie banden ein Tau an das Boot, um es am Schiff zu halten, dann ließen sie es hinunter. Zu ihrer Freude zog das Fahrzeug nur wenig Wasser.

»Nun, Sir«, sagte Rüstig, »womit fangen wir an? Bringen wir zuerst die Sachen oder die Kinder an Land?«

»Ja, was schlagt Ihr vor?«

»Sir, mit Erlaubnis – ich meine, da das Wasser jetzt so glatt ist wie ein Spiegel und wir überall landen können, sollten wir beide zuerst ein wenig auf Erkundung aussein. Es sind keine zweihundert Ellen bis ans Ufer, und wir werden nur wenig Zeit verlieren.«

»Gut, Rüstig, ich will nur hinuntergehen und meine Frau davon in Kenntnis setzen.«

»Mittlerweile schaffe ich das Segel und ein bißchen Handwerkszeug ins Boot; wir sparen dadurch Zeit.«

Rüstig brachte das Segel in das Boot und nahm eine Axt, eine Muskete und einiges Tauwerk mit. Sobald Herr Seagrave wieder heraufgekommen war, stiegen sie ein und ruderten an Land. Das Ufer war so dicht mit Bäumen bestanden, daß sie nicht weit sehen konnten. Zu ihrer Rechten, etwa eine Viertelmeile entfernt, bemerkten sie aber eine kleine sandige Bucht, wo vor den Kokospalmen Gebüsch wuchs.

»Dort«, sagte Rüstig, darauf hindeutend, »sollten wir unser Lager aufschlagen. Für den Anfang jedenfalls, später findet sich vielleicht noch ein besserer Platz. Wir wollen wieder einsteigen, Mr. Seagrave, und hinrudern. Es ist nicht weit, aber wenn wir die Gegenstände im Boot dahin tragen müßten, wäre es doch beschwerlich.«

Es dauerte nur einige Minuten, bis sie in die Bucht gelangten. Sie fanden dort seichtes, kristallhelles Wasser. Auf dem Grund wuchsen die schönsten Muscheln, Fischschwärme zogen hin und her.

Der Sand erstreckte sich bis ungefähr vierzig Schritt vom Ufer, dann begann das Gebüsch, das ungefähr ebensoviel Breite einnahm und nur da oder dort von einer einzelnen Kokospalme unterbrochen wurde. Daran schloß sich der Wald an. Sie stiegen an Land.

»Welch ein lieblicher Ort«, rief Mr. Seagrave, »und vielleicht wurde er bisher noch nie von einem Sterblichen betreten. Diese Kokosbäume haben Jahr um Jahr ihre Früchte getragen, sind hingestorben und haben andern Platz gemacht. Vielleicht ist dieser Ort schon eine Reihe von Jahrhunderten bereit, den Menschen aufzunehmen und ihm Unterhalt zu bieten, wenn er einmal käme.«

»Ja, Sir«, versetzte Rüstig, »für unsere Bedürfnisse ist hier gesorgt. Wenn es Euch recht ist, wollen wir ein kleines Stück in den Wald hineingehen. Nehmt zur Vorsicht das Gewehr mit, wahrscheinlich werden wir es nicht brauchen, denn es gibt auf diesen Inseln kaum wilde Tiere, wenn nicht etwa freundliche Christenmenschen einige Schweine oder Ziegen darauf ausgesetzt haben. Ich bin einmal auf diesem Meer gesegelt, und der Kapitän landete nie an einer öden Insel, ohne ein paar Zuchtschweine an Land bringen zu lassen, für den Fall, daß jemand dort Schiffbruch erleiden sollte. Ich fand das sehr fürsorglich gedacht. Dann erfuhr ich, daß er selbst mit seiner Mannschaft einmal an solch einer Insel gestrandet war. Die Schweine, die sie fanden, halfen ihnen zu überleben. Der Kapitän wollte sich auf diese Art bedanken. Ein sinnvoller Dank, nicht war?«

»Allerdings, Rüstig, doch was haltet Ihr von diesem Hain?«

»Ich habe mich nach einem Platz umgesehen, wo wir ein Zelt aufschlagen können, Sir, und denke, daß jene kleine Anhöhe recht gut geeignet ist. Im Augenblick haben wir nicht viel Zeit, wir müssen noch ein paarmal zur ›Pacific‹ und zurück, ehe die Nacht anbricht. Wenn's Euch recht ist, holen wir gleich das Segel und die anderen Dinge an Land und kehren wieder an Bord zurück.«

Mr. Seagrave war vorausgegangen. Plötzlich blieb er stehen und winkte Rüstig heran. »Das sieht doch aus, als seien diese Bäume gefällt worden«, sagte er und wies auf ein paar Stümpfe. »Vielleicht waren vor uns schon Matrosen hier, und die Insel ist gar nicht so verlassen.«

Rüstig sah sich die Stelle an. »Nein, Matrosen waren das wohl nicht«, sagte er. »Seht Ihr, Sir, hier sind Brandspuren, und dort liegen Steinkeile. Das ist Eingeborenenarbeit. Die Inseln hier sind teils bewohnt. Vielleicht hat es jemanden hierherverschlagen, und er brauchte ein neues Boot.«

»Bedeutet das Gefahr für uns?« wollte Mr. Seagrave wissen.

»Ich glaube nicht«, versetzte Rüstig. »Die Leute von den Inseln waren uns gegenüber immer freundlich. Sie haben uns an die Süßwasserstellen gelassen und Obst und Gemüse gegen ein paar Sachen aus Eisen getauscht. Ihre Hilfsbereitschaft soll ihnen sogar schon zum Verhängnis geworden sein. Piraten oder auch verwilderte Schiffsbesatzungen mochten nichts bezahlen, sie haben die Dörfer überfallen, beraubt und niedergebrannt und manchmal auch Leute getötet, die ihr Eigentum verteidigen wollten. – Aber wir müssen uns beeilen, gehen wir ins Boot.«

Während sie zurückruderten, sagte Rüstig: »Ich denke gerade daran, wie wir am besten verfahren, Mr. Seagrave. Wird es Eurer Frau recht sein, wenn Ihr sie allein laßt? Wenn nicht, würde ich vorschlagen, wir schaffen zuerst Juno und William an Land, sie können sich hier nützlich machen.«

»Ich glaube nicht, daß sie etwas dagegen hat, wenn ich sie mit den Kindern an Bord lasse, vorausgesetzt, daß wir sie bald nachholen.«

»Dann lassen wir William an Bord, Sir. Ich schaffe das nächste Mal Euch, Juno, Tommy und die Hunde an Land; die Tiere werden sich im Fall einer Ungelegenheit als Schutz erweisen. Ihr könnt mit Juno den Zeltbau vorbereiten, bis ich mit den übrigen erforderlichen Sachen zurückkehre.«

Sobald sie an Bord waren, ging Mr. Seagrave in die Kajüte hinunter, um seiner Gattin zu berichten, was sie vorgefunden hatten, und ihre Zustimmung zu Rüstigs Vorschlag einzuholen.

Rüstig machte derweil die Taue von den beiden Spieren los, die als Scherbalken gedient hatten, schleppte sie nach vorn und ließ sie mit Hilfe von angknüpften Leinen über die Seite hinunter, damit sie ans Ufer gebracht werden konnten. Einige Minuten später erschienen Juno und Tommy auf dem Deck. Rüstig schaffte noch einiges Werkzeug, unter dem sich auch ein paar Schaufeln befanden, in das Boot, dann half er Mr. Seagrave, Juno, Tommy und den Hunden hinein. Abermals ruderten sie dem sandigen Gestade der Bucht zu. Als Tommy am Ufer stand, machte er große Augen, sprach aber kein Wörtchen, bis er endlich die Muscheln sah. Jetzt schrie er vor Entzücken und begann, so schnell er konnte, davon einzusammeln. Die Hunde bellten und sprangen umher, froh, daß sie wieder einmal festen Boden unter den Füßen hatten. Juno sah sich lächelnd um.

»Was für ein schöner Platz!« sagte sie, genau wie Mr. Seagrave es getan.

»Ich werde jetzt ein bißchen bei Euch bleiben und für den Notfall zuerst die Muskete laden«, sagte Rüstig. »Tragt aber Sorge, daß sie Tommy nicht unter die Hände kommt, der hat seine Finger überall. Schön, daß er keine Furcht hat vor dem fremden Ort. So, jetzt wollen wir das Segel heraufnehmen, Sir. Juno, du kannst die Werkzeuge tragen; dann holen wir die Spieren, die Taue und die übrigen Dinge. Komm, Tommy; du magst eine Schaufel tragen und dich ein bißchen nützlich machen. Niemand von uns darf die Hände in den Schoß legen.«

Nachdem die genannten Gegenstände auf den Hügel geschafft worden waren, wo das Zelt stehen sollte, kehrte man zurück zum Boot. Nach zwei Gängen war alles an Ort und Stelle, und Tommy war stolz, daß er jedesmal seine Schaufel hatte tragen dürfen.

»Da sind zwei Bäume, die stehen sehr günstig«, sagte Rüstig; «gerade weit genug voneinander; wir binden die Spieren zwischen ihnen fest und werfen das Segel so darüber, daß es mit seinen beiden Enden bis auf den Boden reicht. Das ist immerhin ein Anfang. Ich bringe dann noch mehr Leinwand an Land, ein zweites Zelt können wir zwischen jenen Bäumen dort aufschlagen. Später können wir auch die Vorder- und die Hinterseite schließen. So gewinnen wir einen sicheren Schirm für die beiden Frauen und die jüngeren Kinder, das zweite Zelt soll Obdach sein für William, Tommy und uns Männer. Ihr könnt schon immer anfangen, während ich wieder an Bord zurückgehe.«

»Aber wie kommen wir an den Bäumen hoch? Wir müssen doch die Spieren ziemlich weit oben anbringen.«

»Ach ja, Sir, daran habe ich gar nicht gedacht, wir müssen zuerst eine Spiere in mittlerer Höhe anmachen, dann stellen wir uns darauf, um die andere zu befestigen. Ich werde noch Spieren mit an Land bringen, damit wir auch für das andere Zelt welche haben.«

Auf diese Weise gelang es, die eine Spiere hoch genug anzubringen und das Segel darüber zu werfen. Rüstig und Seagrave breiteten es aus und fanden, daß es recht geräumig war.

»So, Sir, jetzt werde ich wieder an Bord zurückrudern. In der Zwischenzeit solltet Ihr aus dem Buschholz Pflöcke schnitzen, damit wir das Segel am Boden festmachen können. Wenn wir dann noch einige Schaufeln Sand auf die Ränder werfen, wird es genug Halt haben und dicht verschlossen bleiben, wenn alles fertig ist. Da ist mein Messer, Sir, wenn Ihr nicht selbst eins bei Euch habt.«

»Natürlich nicht«, entgegnete Mr. Seagrave lachend. »Eine Landratte wie ich. Aber Pflöcke werde ich schon schnitzen können. Juno wird mir helfen, die Leinwand zu spannen, wenn ich die Pflöcke einschlage.«

»Ja, und inzwischen mag Juno eine Schaufel nehmen und das Innere des Zeltes säubern. Diese alten Kokosblätter müssen hinaus; vor allem gilt es nachzusehen, ob nicht irgendein Gewürm darunter versteckt ist. Tommy, du darfst nicht weglaufen und auch nicht die Äxte anrühren, denn sie schneiden dich, wenn du's tust. Falls etwas vorfallen sollte, Mr. Seagrave, was meinen Beistand nötig macht, so braucht Ihr nur das Gewehr abzufeuern; ich komme dann augenblicklich zu Euch an Land.«

Sobald Rüstig auf dem Schiff war, ging er in die Kajüte, um Mrs. Seagrave und William Bericht zu erstatten. Mrs. Seagrave war etwas besorgt darüber, daß sich ihr Gatte allein am Ufer befand. »Er hat mir von den Baumstümpfen erzählt«, sagte sie.

»Wenn nun doch Eingeborene auftauchen? Juno kann ihm da nicht helfen.«

Rüstig erzählte von dem vereinbarten Zeichen. Dann ging er zum Segelraum hinunter, um Leinwand zu holen. Er fand ein neues Bramsegel, Nadeln, Fingerhut und Zwirn, und er war Kapitän Osborn dankbar, daß dieser nicht an Vorräten gespart hatte. Kaum hatte er alles heraufgeschafft, als er den Knall der Muskete vernahm. Rüstig ergriff ohne Zögern ein anderes Gewehr, sprang ins Boot und ruderte, so schnell er konnte, dem Ufer zu. Als er ganz atemlos anlangte, fand er — was er vorher nicht hatte sehen können, da er beim Rudern den Rücken dem Land zugekehrt hielt — Mr. Seagrave und Juno eifrig am Zelt beschäftigt, während Tommy laut heulend auf dem Boden saß. Es stellte sich heraus, daß der Junge, während sein Vater und Juno beschäftigt waren, zu der Stelle hingeschlichen war, wo die Muskete an einer Kokospalme stand, und den Drücker gezogen hatte. Das Gewehr ging los. Da die Mündung nach oben gerichtet war, hatte die Ladung ein paar große Kokosnüsse heruntergeholt, die dicht neben Tommy niederfielen. Mr. Seagrave, der wohl wußte, welchen Schreck der Knall an Bord des Schiffes verursachen mußte, hatte Tommy tüchtig ausgeschimpft, und jetzt weinte der aus Leibeskräften, um zu beweisen, wie reuig er war.

»Das hätte leicht schiefgehen können«, sagte Rüstig zu dem Jungen. »Denkst du gar nicht an deine Mutter und William und an die Angst, die die beiden jetzt ausstehen?«

Tommy sah mit rotgeweinten Augen hoch. »Es war so langweilig«, schluchzte er, »keiner hatte Zeit für mich.«

Und Seagrave dachte: Eigentlch hat er ja recht. Er ist noch zu klein, als daß er immer vernünftig sein könnte. Sonst haben wir seine Neugier und seinen Tatendrang unterstützt, jetzt verbieten wir ihm alles.

»Ja, da werde ich mal augenblicklich wieder an Bord zurückkehren«, sagte Rüstig, »um Eure Frau zu beruhigen. Sie fürchtet, Eingeborene könnten auftauchen.«

»Ich bitte, tut dies, mein lieber Freund«, versetzte Mr. Seagrave. »Wenn wir erst einmal wieder beieinander sind, werden wir alle ruhiger sein.«

Rüstig ruderte an Bord zurück und berichtete, was geschehen war.

»Dann war also Tommy der Wilde?« Mrs. Seagrave lachte erleichtert. »Eigentlich hätte ich es mir denken können. Wo Tommy auftaucht, passiert etwas.«

Rüstig war froh, daß er nicht trösten mußte und seinen Geschäften nachgehen konnte.

Er schaffte den Beutel des Segelmachers samt Nadeln und Fingerhut, zwei Matratzen, etliche Decken aus der Kajüte des Kapitäns und die Pfanne mit dem Ochsen- und dem Schweinefleisch in das Boot und holte ein paar Spieren herbei. Das Boot war voll beladen, doch da er keine Person zu befördern hatte, erreichte er ziemlich schnell das Land. Nachdem er mit Seagraves und Junos Beistand alles auf den Hügel geschafft hatte – auch Tommy versuchte, sich nützlich zu machen –, befestigte er die Spiere für das zweite Zelt und überließ es Seagrave und Juno, es fertigzustellen. Er selbst kehrte wieder an Bord zurück. Vorher gab er Tommy einen Stock und sagte ihm, er solle das Fleisch bewachen und nicht zulassen, daß es die Hunde fräßen. Tommy bezog seinen Posten und hielt gravitätisch Wache.

Rüstig unternahm noch zwei weitere Fahrten und brachte Bettzeug, einen Sack mit Schiffszwieback, einen andern mit Kartoffeln, Teller, Messer, Gabeln, Löffel, Bratpfannen, sonstiges Kochzubehör und noch allerlei andere Gegenstände mit. Dann zeigte er Juno, wie sie die offenen Seiten des ersten Zeltes mit der Leinwand, die er an Land geschafft hatte, schließen konnte, eine Arbeit, die das Mädchen mit Nadel und Zwirn recht gut zustande brachte. Sobald sich Sigismund Rüstig überzeugt hatte, daß Juno allein zurechtkommen würde, ging er zu Mr. Seagrave und sagte: »Sir, wir haben nur noch zwei Stunden Tag, und ich finde, es ist an der Zeit, Eure Frau an Land zu holen; seid so gut und begleitet mich. Wegen der Kinder müssen wir auf der Rückfahrt gut aufpassen. Es ist besser, wenn ein Erwachsener mehr dabei ist. Die erste Nacht werden wir schon gut durchstehen, es ist alles vorbereitet, das Wetter ist schön, morgen sehen wir weiter. Da gibt es wieder etliches zu tun. Überhaupt müssen wir das günstige Wetter nutzen, um soviel wie möglich an Land zu schaffen; ein einziger harter Sturm könnte das Schiff in Stücke schlagen. Ich habe das Laden beaufsichtigt und weiß, wo alles zu finden ist. Leider wird es nicht möglich sein, alle Gegenstände, die wir brauchen können, herauszuschaffen. Das Boot ist klein, und wer weiß, wie lange wir Zeit haben.«

Wieder auf dem Schiff, begab sich Mr. Seagrave zu seiner Gattin hinunter, um ihr und den Kindern nach oben zu helfen. Sie war noch im-

mer schwach, versuchte aber, es zu verbergen. »Denk an die Kinder«, flüsterte sie, »sie müssen nicht merken, wie schwer mir alles fällt.« Dann stieg sie voraus. Seagrave folgte ihr und stützte sie. William nahm den Kleinen auf den Arm, während Rüstig Karoline trug. Es kostete einige Mühe, bis man sie alle in das Boot gebracht hatte; und Seagraves Hilfe war dringend notwendig. Endlich legte der alte Seemann ab. Mrs. Seagrave konnte ihre Schwäche jetzt nicht mehr überspielen, so daß ihr Mann sie mit seinen Armen stützen mußte. »Gut, daß wir an Land gehen«, sagte sie, »Wasser scheint mir nicht zu bekommen.« William ergriff eins der Ruder, und trotz der Unruhe der Kleinen gelangten sie wohlbehalten an Land. Mrs. Seagrave wurde zum Zelt geführt, wo man sie auf eine der Matratzen niederlegte. Sie bat um etwas Wasser.

»Gerade das mitzubringen, habe ich vergessen«, sagte Rüstig. »Was ich nicht für ein einfältiger alter Bursche bin! In meinem Eifer, alles mögliche an Land zu schaffen, habe ich das größte Bedürfnis des Lebens vergessen! So bald wie möglich müssen wir auf der Insel danach ausschauen. Wenn wir eine Quelle finden, können wir uns viel Mühe ersparen.«

Rüstig kehrte eilig an Bord zurück und schaffte zwei Tönnchen Wasser an Land, die er mit William zu dem Zelt hinaufrollte. Nachdem Mrs. Seagrave getrunken hatte, erklärte sie, daß sie sich viel besser befinde. »Danke, lieber Rüstig«, sagte sie. »Ohne Eure Hilfe wären wir ziemlich verloren.«

»Heute kehre ich nicht mehr an Bord zurück«, sagte Rüstig. »Ich fühle mich müde und erschöpft.«

»Das glaube ich gern«, versetzte Seagrave. »Ihr habt so viele Nächte gar nicht geschlafen und den Tag über schwer gearbeitet. Denkt ja nicht daran, heute noch etwas anfangen zu wollen.«

»Ich habe den ganzen Tag nichts gegessen und nicht einmal meinen Durst gestillt«, erwiderte Rüstig, sich niedersetzend. »Aber wir haben jetzt alles, was wir brauchen.«

»Ihr fühlt Euch unwohl?« fragte William.

»Ein bißchen schwach, William; ich bin halt nicht mehr der Jüngste. Könnt Ihr mir nicht ein wenig Wasser geben?«

»Halt, William, das will ich besorgen«, sagte Mr. Seagrave, eine Zinnkanne aufnehmend, die er für seine Gattin gefüllt hatte. »Da, Rüstig, trinkt dies.«

»Das wird schon wieder, Sir. Ich werde mich ein wenig hinlegen und dann Zwieback und etwas Fleisch zu mir nehmen.«

Sigismund Rüstig hatte seine Erschöpfung in der Tat bald überwunden, und nachdem er etwas gegessen hatte, fühlte er sich wie neubelebt. Juno war eifrig beschäftigt; sie hatte den Kindern Salzfleisch und Zwieback gegeben, den kleinen Albert, Tommy und Karoline zu Bett gebracht, und das zweite Zelt war auch beinahe bereit.

»Es ist gut, Juno«, sagte Mr. Seagrave. »Wir haben heute genug gearbeitet.«

»Ja, Sir«, versetzte Rüstig, »wir können uns beruhigt schlafen legen.«

Mr. Seagrave war der erste, der am andern Morgen erwachte und sich von seinem Lager erhob. Er trat vor das Zelt hinaus und schaute sich um. Der Himmel war hell und klar. Eine leichte Brise kräuselte die Oberfläche des Wassers, und kleine Wellen schlugen spielerisch gegen den weißen Sand der Bucht. Links stieg das Land an und bildete Hügelchen, hinter denen sich die Kokoswälder fortzusetzen schienen. Rechts erhob sich eine Reihe von niederen Korallenfelsen fast wie eine Mauer aus dem Meer. Das Wrack der »Pacific« lag da wie ein gestrandetes Ungeheuer. Wo ihre Strahlen hindringen konnten, entfaltete die Sonne große Kraft; aber die Stelle, auf der Mr. Seagrave stand, lag im Schatten, denn die Kokospalmen breiteten ihr gefiedertes Laub darüber aus. Ein Gefühl der Bewunderung angesichts der unendlichen Schönheit der Landschaft, gedämpft durch die Wehmut über den Anblick des zertrümmerten Schiffes, erfüllte Mr. Seagrave.

Ja, dachte er, wenn ich der Welt und ihrer Sorgen müde wäre und einen Aufenthalt in Frieden und Schönheit suchen wollte, so würde ich einen Ort wählen wie diesen hier. Wie lieblich ist die Landschaft, welche Ruhe, welche Zufriedenheit und süße Wehmut weckt sie in der Seele! Alle Hoffnung schien entschwunden, aber nun sind wir gerettet. Ich müßte dankbar sein, und doch erdreistete ich mich zu murren. Möge Gott mir vergeben. Gattin und Kinder in Sicherheit, nichts weiter zu beklagen als den Verlust einiger zeitlicher Güter und die Abgeschiedenheit von der Welt. — Ja, aber für wie lange! Wie soll das für die Kinder ausgehen? Sie brauchen doch Menschen um sich, wenn sie zu Menschen heranwachsen sollen.

Mr. Seagrave hatte seinem Zelt den Rücken zugewandt, wo William, Tommy und der alte Rüstig noch immer in festem Schlaf lagen.

Vortrefflicher alter Mann! Mr. Seagrave hing weiter seinen Gedanken nach. Ohne seine Erfahrungen hätten wir nicht in Ruhe und Frieden schlafen können. Wenn wir gefungen werden, sollst du bei uns leben, die Kinder mögen dich. Welch ein gutes Herz ist unter der rauhen Rinde verborgen! Du hättest dich retten können! Auch wenn ich über manche Dinge anderer Ansicht bin, ich schulde dir unendliche Dankbarkeit.

Die Hunde, die in das Zelt gekrochen waren und sich neben William und Tommy auf die Matratzen gelegt hatten, begrüßten jetzt Mr. Seagrave mit wedelnden Schwänzen. William erwachte von ihrem Winseln. Der Vater hielt den Finger an die Lippen. »Weck Rüstig nicht auf«, mahnte er.

In aller Eile kleidete sich William an und kam heraus.

»Soll ich Juno rufen, Vater?« fragte er. »Ich paß schon auf, daß Mama nicht gestört wird.«

»Ja, tu das, mein Sohn; ich werde indessen nachsehen, was Rüstig für Kochgerätschaften an Land gebracht hat.«

William kehrte bald zum Vater zurück und berichtete, daß die Mutter noch in tiefem Schlaf liege, Juno dagegen aufgestanden sei.

»Nun, so wollen wir sehen, ob wir nicht ein Frühstück für uns alle bereiten können, William. Die trockenen Kokosblätter müssen ein vortreffliches Feuer geben.«

»Aber Vater, wie sollen wir Feuer machen? Wir haben weder Zunder noch Schwefelhölzchen.«

»Nein, doch es gibt andere Methoden. Die Eingeborenen bei uns in Australien machen Feuer an, indem sie ein weiches Stück Holz gegen ein hartes reiben. Die hiesigen sicher auch. Ich fürchte nur, wir würden zu lange brauchen, wenn wir dies versuchen wollten; aber wir haben ja Schießpulver. Statt Zunder nehmen wir ganz trockene, zerbröselte Blätter, die fangen sofort Feuer, besonders wenn wir etwas Pulver dazwischentun. Es gibt zweierlei Arten, Schießpulver anzuzünden – einmal durch Stahl und Stein und dann, wenn man die Sonnenstrahlen durch ein Vergrößerungsglas in einem Brennpunkt sammelt.«

»Wir haben kein Vergrößerungsglas.«

»Nein; wir können freilich die Linsen aus einem Fernrohr ausbauen, wenn wir wieder an Bord gehen. Heute früh haben wir allerdings kein Mittel als die Muskete.«

»Und was kochen wir, wenn wir das Feuer ankriegen? Es ist weder Tee noch Kaffee da.«

»Du hast recht«, versetzte Mr. Seagrave. »Aber wir sollten das Wasser abkochen. Das ist sicherer.«

»Bereiten wir Kartoffeln zum Frühstück, Vater?«

»Meinst du nicht auch, es wäre besser, wenn wir kaltes Ochsen- und Schweinefleisch zu Schiffszwieback essen? Die Kartoffeln brauchen wir vielleicht noch, um sie anzupflanzen.« Mr. Seagrave überlegte, dann faßte er einen Entschluß. »Warum gehen wir nicht einfach an Bord und holen, was wir brauchen. Du kannst ein Ruder ziemlich gut führen, und wir alle müssen jetzt arbeiten lernen, damit nicht der arme alte Rüstig alles allein zu tun gezwungen ist. Es wird freilich einige Zeit dauern, ehe wir so geschickt sind wie der alte Mann, lernen jedenfalls müssen wir es.«

Mr. Seagrave begab sich zur Bucht hinunter, wo das kleine Boot am Gestade lag, von den sich kräuselnden Wellen umspült. Sie schoben es an und stiegen hinein.

»Ich weiß, wo der Steward Tee und Kaffee aufbewahrte, Vater«, sagte William, als sie auf das Schiff zusteuerten. »Mama wird gewiß Kaffee oder Tee abgekochtem Wasser vorziehen; und ich kann auch die Ziegen melken, der kleine Albert braucht Milch.«

Obgleich sie die Ruder nicht sehr geschickt handhabten, langten sie bald am Schiff an und klommen, nachdem sie das Boot festgemacht hatten, an Bord.

William stieg zuerst in die Kajüte hinunter, um Tee und Kaffee zu holen; dann ging er zu den Ziegen. Statt eines Eimers mußte er eine Blechpfanne benutzen. Er goß die Milch um in eine ausgespülte Flasche, so würden sie sie gut transportieren können. Dann kletterte er wieder an Deck.

»Ich habe diese zwei Körbe mit allerlei Gegenständen gefüllt, die deiner Mutter recht angenehm sein werden«, sagte der Vater. »Was sollen wir noch mitnehmen? Das Fernrohr natürlich.«

»Ja, das Fernrohr – und dann auch einen Packen Kleider. Die sauberen sind alle in der Schublade – wir können sie in ein Tuch binden.«

»Gut«, sagte Mr. Seagrave, »ich bringe die Sachen in das Boot, und dann rudern wir zurück.«

Juno, die sich inzwischen gewaschen hatte, harrte ihrer schon an der Bucht, um ihnen beim Ausladen zur Hand zu gehen.

»Nun, Juno, wie fühlst du dich heut morgen?«

»Danke, ganz wohl, Sir«, versetzte Juno etwas verlegen, denn nach ihrem Befinden wurde selten gefragt. Um abzulenken, deutete sie auf das klare Wasser. »Hier gibt es viel Fisch«, sagte sie. »Das wird unseren Speisezettel erweitern.«

»Ja, wenn wir nur Leinen hätten«, versetzte Mr. Seagrave. »Ich glaube übrigens, daß Rüstig irgendwo sowohl Angeln als Netze hat. Nimm dieses Bündel Wäsche mit zum Zelt, Juno. Mit dem übrigen kommen wir ohne dich zurecht.«

»Nimm auch diese Flasche Milch mit, Juno; ich habe sie zum Frühstück für Albert gemolken.«

»Danke, Master William, das war lieb von Euch.«

»Du mußt dich tummeln, Juno; Tommy ist schon auf den Beinen und läuft im Hemd umher.«

Als sie bei dem Zelt anlangten, waren alle wach bis auf den alten Rüstig, der noch immer in tiefem Schlaf lag. Mrs. Seagrave hatte eine gute Nacht gehabt und fühlte sich frisch. William fertigte aus Pulver und Papier Zunder an und entzündete ihn mit einem der Gläser aus dem Fernrohr. Bald loderten Flammen. Juno ging zum Ufer hinunter, um drei große Steine zu holen, die der Pfanne Halt geben sollten, und nach einer halben Stunde hatten sie kochendes Wasser zum Tee.

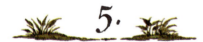

5.

Juno hatte die Kinder zur Bucht hinuntergeleitet, war knietief ins Wasser hineingegangen und hatte sie — einfachste Methode des Waschens — untergetaucht, dann zurückgebracht, angekleidet und bei ihrer Mutter gelassen. Jetzt half sie William, Tassen und Teller für das Frühstück zusammenzusuchen. Alles wurde nett und ordentlich zwischen den beiden Zelten hingestellt.

»Jetzt sollten wir Sigismund Rüstig wecken«, sagte William, »er wird staunen.«

»Ja, mein Kind«, versetzte der Vater, »er wird ein gutes Frühstück brauchen, weck ihn. Und außerdem wäre es ihm sicher nicht recht, wenn wir ihn noch lange liegen ließen.«

William ging hinein und klopfte Rüstig auf die Schulter.

»Habt Ihr ausgeschlafen?« fragte William, als sich der alte Mann aufsetzte.

»Ja, Master William. Ich fühle mich ausgeruht. Jetzt will ich aufstehen und sehen, was ich für Euch zum Frühstück machen kann.«

»Tut es«, versetzte William lachend.

Rüstig war bald angekleidet, da er beim Niederlegen bloß seine Jacke ausgezogen hatte. Er warf sie um und trat aus dem Zelt. Zu seinem Erstaunen fand er die ganze Familie versammelt, denn auch Mrs. Seagrave war mit den Kindern herauskommen. Das Frühstück stand bereit.

»Guten Morgen, Rüstig«, sagte Mrs. Seagrave, ihm ihre Hand entgegenstreckend, »das haben Juno und William doch sehr schön gemacht. Zwar müssen wir von der Erde essen, aber wir können uns ja vorstellen, dies sei ein Picknick.«

»Ich bin froh, daß Ihr so lange geschlafen habt, Rüstig«, sagte Mr. Seagrave. »Ihr habt gestern so viel getan, daß ich ein schlechtes Gewissen habe.«

»Ich danke Euch, Sir, und freue mich, daß Ihr Euch wohl fühlt, Madam. Es tut mir nicht leid, zu sehen, daß Ihr Euch auch ohne mich gut zurechtfindet.«

»Ich fürchte, ohne Euch geht es nicht«, entgegnete Mrs. Seagrave. »Wo wären wir wohl jetzt, wenn Ihr uns nicht Beistand geleistet hättet?«

»Wir können ohne Euch zwar ein Frühstück zubereiten«, fügte Mr. Seagrave hinzu, »aber ohne Euch, mein lieber Freund, hätten wir kein Frühstück mehr gebraucht. Während des Essens erzählen wir Euch, was wir heute schon getan haben. Dann stellen wir einen Plan auf für den Rest des Tages.«

Während sie aßen, berichtete William dem alten Seemann voller Stolz, wie sie an Bord gegangen waren und was sie mitgebracht hatten und wie Juno alle Kinder in die See getaucht hatte.

Rüstig erschrak. »Das darf Juno nicht wieder tun, bis ich die gehörige Vorsorge getroffen habe«, sagte er. »Es gibt sehr viele Haie um diese Inseln, es ist gefährlich, in das Wasser zu gehen.«

»Hier gibt es Haie?« rief Mrs. Seagrave schaudernd.

»Ja«, antwortete Rüstig, »in der Regel halten sie sich nicht auf der Windseite der Inseln auf. Aber diese glatte Bucht mit den vielen Fischen ist sicher ein anlockendes Plätzchen für sie, darum ist es besser, du gehst nicht wieder ins Wasser, Juno, bis ich Zeit finde, eine Schutzvorrichtung zu bauen, wo du und die Kinder baden können. Gleich geht es nicht, es gibt noch viel Arbeit, ehe wir daran denken dürfen. Und wenn wir von dem Schiff herangeschafft haben, was wir brauchen, müssen wir uns entscheiden, ob wir hierbleiben wollen oder nicht.«

»Wir waren doch nur im Flachen«, sagte Juno, »da konnte nichts passieren.«

»Ich weiß, das denken die meisten Leute. Haie greifen oft im flachen Wasser an, und sie sind so schnell, daß man sie nicht kommen sieht.«

»Hierbleiben oder nicht, Rüstig?« fragte Mrs. Seagrave, die ihren Schrecken überwunden hatte. »Was meint Ihr damit.«

»Nun ja, wir haben noch kein Wasser gefunden, und Wasser brauchen wir unbedingt. Wenn wir auf dieser Seite der Insel keine Quelle finden, müssen wir unsere Zelte anderswo aufschlagen.«

»Das ist sehr wahr«, entgegnete Mr. Seagrave. »Ich wünschte, wir hätten Zeit, uns ein wenig umzusehen.«

»Die haben wir schon noch, Sir; aber vorderhand dürfen wir das schöne Wetter nicht ungenutzt vorbeigehen lassen. Es kann schon morgen Wind aufkommen, und dann sind wir nicht imstande, noch etwas vom Schiff zu holen. Wir wollen gleich anfangen. Ihr und William bleibt an Bord, um die Dinge zusammenzutragen, und ich bringe sie an Land. Juno schafft sie dann zu unserem Lagerplatz.«

Der ganze Tag wurde darauf verwendet, Gegenstände aller Art ans Ufer zu transportieren. Alles konnte von Nutzen sein. Noch vor dem Mittagessen wurden die kleinen Segel, Tauwerk, Zwirn, Leinwand, kleine Fässer, Sägen, Meißel, große Nägel und Planken aus Ulmen und Eichenholz gelandet. Nachdem alle ein kräftiges Mahl eingenommen hatten, ging es wieder ans Werk. Die Kajütentische und Stühle, sämtliche Kleider, einige Kisten mit Kerzen, zwei Säcke mit Kaffee, zwei weitere mit Zwieback, alles vorrätige Ochsen- und Schweinefleisch, Säcke mit Mehl, Wassertonnen, der Schleifstein und Mrs. Seagraves Reiseapotheke wurden ans Ufer gebracht.

Als Rüstig wieder an Bord kam, sagte er: »Unser Boot wird leck und kann nicht mehr viel leisten, wenn es nicht ausgebessert wird. Auch hat Juno kaum die Hälfte der Gegenstände hinaufschaffen können, sie ist ein kräftiges Mädchen, aber manches ist zu schwer für eine Person. Ich denke, wir sollten versuchen, vor Einbruch der Dunkelheit noch alle Tiere an Land zu befördern. Es wird zwar beschwerlich sein, dennoch möchte ich sie nicht an Land schwimmen lassen wegen der Haie. Mit einem Schwein können wir ja den Versuch wagen. Dann werden wir weitersehen. Während ich eins heraufhole, bindet Ihr und Master William den Hühnern die Füße zusammen und schafft sie ins Boot. Leider können wir die Kuh nicht mitnehmen, sie liegt noch immer und wird wahrscheinlich nicht wieder aufstehen. Das ist so die Art dieser Tiere, sie vertragen starken Seegang nicht. Ich habe ihr übrigens Heu vorgeworfen, für alle Fälle. Wenn sie durchaus liegenbleiben will, müssen wir sie schlachten und ihr Fleisch einsalzen.«

Rüstig ging hinunter, und bald ließ sich das Quieken des Schweins vernehmen. Nach einer Weile kehrte er zurück. Er hatte sich das Tier, dessen Beine er festhielt, über den Rücken gehängt. über das Schandeck warf er es in die See. Das Schwein zappelte anfänglich, wandte aber nach einigem Hin und Her den Kopf vom Schiff ab und schwamm dem Ufer zu.

»Es wählt die kürzeste Strecke«, sagte Rüstig, der mit Mr. Seagrave und William dem Tier zusah. Plötzlich rief er: »Ich habe mir's ja gedacht — es ist hin!«

»Warum?« fragte Mr. Seagrave. »Es ist doch fast drüben.«

»Seht Ihr das schwarze Ding über dem Wasser, das so schnell auf das Schwein zuschwimmt? Das ist die Rückenflosse eines Haies, er wird das arme Tier bald genug gefaßt haben — ja, da hat er's!« Das Schwein verschwand mit einem schweren Plätschern unter Wasser. »Es ist verloren — aber wir wissen nun sicher, daß es im Wasser gefährlich ist.«

»Ja, in der Tat. Das Ungeheuer hätte ebensogut in der Nähe sein können, als Juno die Kleinen mit in das Wasser nahm.«

»Ich glaube, es war nicht weit weg«, versetzte Rüstig. »Indes, die Bestie muß sich mit dem begnügen, was sie hat, denn mehr soll sie nicht kriegen. Wir wollen hinuntergehen und den übrigen Schweinen die Beine zusammenbinden, um sie dann heraufzubringen. Mit dem, was bereits im Boot ist, werden sie eine ziemlich schwere Ladung abgeben. Doch das schafft das Fahrzeug noch.«

Sobald die quiekenden und grunzenden Schweine eingeladen waren, ruderte Rüstig wieder dem Ufer zu. Mr. Seagrave und William holten die Ziegen und die Schafe herauf, die als nächste an Land gebracht werden sollten. Rüstig kehrte bald wieder zurück.

»Damit wollen wir's für heute beschließen; offen gestanden, ich fühle mich wie zerschlagen. Und wenn ich mich recht auf das Wetter verstehe, wird's für einige Tage unsere letzte Fahrt sein; es dämmt sich dick auf in der See draußen. Wir sollten diesmal auch einen Sack voll Korn für die Tiere mitnehmen. Ja, dann wollen wir dem Schiff für ein paar Tage adieu sagen. Ich habe der Kuh Wasser gegeben, auch einige Bund Heu, ein letzter Versuch, ich glaube kaum, daß sie noch leben wird, wenn wir wieder zurückkehren.«

Sie schafften alles in das Boot und kamen glücklich an Land, obwohl das Boot wegen des Lecks viel Wasser zog. Nachdem sie die Ziegen und die Schafe ausgeschifft hatten, brachte William sie zu den Zelten hinauf, wo sie auch ganz ruhig blieben. Die Schweine und die Hühner waren davongelaufen, aber damit hatten sie gerechnet. Sie hatten so viel Last mitgebracht, daß das ganze Ufer mit Gegenständen wie übersät war.

»Das nenne ich mir ein gutes Tagewerk, Mr. Seagrave«, sagte Rüstig. »Das kleine Boot hat sich wacker gehalten; ich werde es möglichst bald reparieren.«

Juno hatte Kaffee für sie bereitet. Während sie diese Labung schlürften, erzählten sie Mrs. Seagrave vom Tod des armen Schweins.

»Der böse Hai«, sagte Tommy voller Mitleid.

Mrs. Seagrave umarmte Albert, der neben ihr saß, und als sie ihren Kopf wieder hob, rollte eine Träne ihre Wange herunter. Auch Juno war entsetzt über die Gefahr, in der die Kinder geschwebt hatten.

»Wir werden morgen alle Hände voll zu tun haben, wenn wir die Dinge dort unterbringen wollen«, bemerkte Mr. Seagrave und wies auf einen großen Stapel.

»Vermutlich wird's uns noch einige Zeit so ergehen«, sagte Rüstig. »In zwei Monaten ungefähr setzt die Regenzeit ein, bis dahin müssen wir möglichst unter Dach sein. Wir können nicht erwarten, daß das Wetter das ganze Jahr über schön bleibt.«

»Was soll zuerst geschehen, Rüstig?« fragte Mr. Seagrave.

»Morgen schlagen wir noch ein paar Zelte auf, um die Gegenstände, die wir an Land geholt haben, unterzubringen. Das ist ein gutes Stück Arbeit für einen Tag; aber wir wissen dann auch, wo wir etwas holen können, wenn wir's brauchen.«

»Und danach?«

»Dann, Sir, machen wir einen Ausflug, um die Insel zu erkunden und ausfindig zu machen, wo wir unser Haus bauen.«

»Können wir denn ein Haus bauen?« fragte William.

»O ja, und zwar einfacher, als Ihr glaubt. Es gibt dafür keinen tauglicheren Baum als die Kokospalme, und der Wald ist so licht, daß wir die Stämme leicht an Ort und Stelle schaffen können.«

»Was haben denn die Kokospalmen für besondere Eigenschaften?« erkundigte sich Mrs. Seagrave. »Ihr schwärmt ja geradezu für sie.«

»Erstlich liefern sie das Holz, mit dem wir das Haus bauen; dann haben wir den Bast, aus dem man Taue, Leinen und Fischnetze machen kann; die Blätter dienen zum Dach für das Haus und auch zu einem Dach für den Kopf, denn man kann Hüte und auch Körbe daraus fertigen. Ferner haben wir die Frucht, eine gute Nuß, die zum Kochen brauchbar ist, und die Milch der jungen Nüsse, die ist sehr gesund. Aus der Frucht gewinnt man Öl, und aus den Schalen fabrizieren wir Tassen, wenn wir keine mehr haben. Aus dem Baum läßt sich Toddy zapfen, der frisch sehr angenehm zu trinken ist, aber berauschend wirkt, wenn man ihn zu lange aufbewahrt. Und endlich kann man aus dem Toddy Arrak bereiten, einen sehr starken Branntwein. Es gibt keinen Baum, der dem Menschen zu soviel nützlichen Zwecken dient.«

»Jaja«, entgegnete Mrs. Seagrave lachend, »besonders wenn man Schnaps daraus brennt.«

»Auf alle Fälle haben wir sie in reichlicher Menge«, sagte William.

»Ja, Master William, es ist kein Mangel daran, und das ist ein großes Glück für uns, denn hätten wir ihrer nur wenige, wäre es mir nicht lieb, wenn ich sie zerstören müßte. Andere Leute können hier ebenso wie wir schiffbrüchig werden. Vielleicht gelingt es ihnen nicht, soviel von Bord zu schaffen wie wir, und da wäre es leicht möglich, daß sie für ihren Unterhalt allein auf die Kokospalme angewiesen wären.« .

»Ihr denkt ja wie der Kapitän, von dem Ihr uns erzählt habt«, rief William.

»Schluß jetzt, es ist Zeit für uns alle, zu Bett zu gehen.« Mr. Seagrave stand auf, und sie begaben sich in ihre Zelte. —

Am anderen Morgen, nach dem Frühstück, sagte Rüstig: »Mr. Seagrave, wir müssen jetzt Kriegsrat halten und über den Ausflug einig werden. Ich schlage vor, wir gehen gleich morgen. Wenn wir heute die Zelte aufstellen, ist die andere dringliche Arbeit getan. Die Frage ist: Wer geht? Hierüber möchte ich Eure Meinung hören.«

»Je nun, Rüstig«, versetzte Mr. Seagrave, »ich meine, Ihr und ich, wir beide sollten gehen.«

»Oh, doch nicht ihr beide, mein Lieber«, warf Mrs. Seagrave ein. »Ihr kommt doch wohl ohne meinen Mann zurecht, Rüstig. Ich halte es für besser, wenn ein Mann im Lager bleibt.«

»Es wäre mir allerdings lieb gewesen, zur Beratung Mr. Seagrave mitzunehmen, Madam«, versetzte Rüstig, »aber ich glaube, Ihr habt recht. Master William ist noch zu unerfahren, und falls irgend etwas passiert, wüßte er vielleicht keinen Rat. Wenn daher Mr. Seagrave nichts dagegen hat, ist's besser, wenn er bei Euch bleibt.«

»Wollt Ihr denn allein gehen, Rüstig?« fragte Mr. Seagrave.

»Nein, Sir; ich glaube nicht, daß dies recht wäre. Es könnte sich etwas zutragen, zwar lauern hier keine Gefahren, aber man kann sich zum Beispiel ein Bein brechen. Es wäre mir schon lieb, wenn jemand mit mir ginge, entweder William oder Juno.«

»Nehmt mich mit«, sagte Tommy.

»Dich mitnehmen, Master Tommy?« sagte Rüstig lachend. »Dann müßte ja Juno doch dabeisein, um auf dich aufzupassen. Nein, ich glaube, daß man dich hier nicht entbehren kann. Die Mama wird dich brauchen, du bist so geschickt im Sammeln von Brennholz und beim Spielen mit dem kleinen Albert, daß dich deine Mutter vermissen würde. Ich muß daher Juno oder deinen Bruder William haben.«

»Und wen würdet Ihr vorziehen, Rüstig?« fragte Mrs. Seagrave. »Tommy können wir hier wirklich nicht entbehren. Wir würden uns ja langweilen.«

»William, wenn Ihr ihn mitziehen lassen wollt. Das Mädchen kann sich hier besser nützlich machen, bei dem Ausflug genügen Williams Kräfte. Ich fürchte nur, Ihr würdet Einwendungen erheben.«

»In der Tat, es will mir nicht gefallen, und ich möchte lieber Juno für eine Weile entbehren«, entgegnete Mrs. Seagrave. »Doch Ihr habt recht. Juno kann meinem Mann bei der Arbeit hier besser helfen. Ich bin ja noch zu schwach, um viel auszurichten.«

»Master William wird mir eine große Hilfe sein«, sagte Rüstig. »Er ist zuverlässig und umsichtig.«

»Ich bin davon überzeugt, mein Freund«, entgegnete Mrs. Seagrave. »Aber eine Mutter ist bisweilen töricht.«

»Nicht töricht, Madam, nur ein bißchen zu ängstlich«, erwiderte Rüstig.

»Also, William wird mit Euch gehen, Rüstig, dabei bleibt es«, bemerkte Mr. Seagrave abschließend. »Was jetzt weiter?«

»Wir müssen uns auf unsere Reise vorbereiten. Wir brauchen etwas Mundvorrat und Wasser, ein Gewehr mit Munition, eine große Axt für mich und ein Beil für William. Wenn Ihr nichts dagegen habt, würde ich auch Romulus und Remus mitnehmen, Vixen ist nicht so geeignet. Juno, steck ein paar Stücke Ochsen- und Schweinefleisch in den Topf. Master William, Ihr füllt bitte vier Quartflaschen mit Wasser, und ich nähe für jeden von uns aus Segeltuch einen Rucksack.«

»Und was tue ich?« fragte Mr. Seagrave.

»Ja nun, Sir, Ihr könntet wohl so gut sein, auf dem Schleifstein die Axt und das Beil zu schärfen, wir müssen uns vielleicht ein Stück Weg freihauen. Tommy ist ein starker kleiner Mann und ein Freund vom Arbeiten, er mag den Schleifstein drehen.«

Tommy sprang augenblicklich auf. Er war stolz, daß Rüstig eine so hohe Meinung von ihm hatte, und wollte beweisen, was er konnte. Immer wenn Tommy bei seiner eintönigen Beschäftigung müde werden wollte, lobte ihn Rüstig, der in der Nähe saß und an den Rucksäcken nähte. In der Freude über das Lob trieb Tommy den Schleifstein so eifrig, daß ihm der Schweiß von der Stirn herunterrann. Bald waren die Vorbereitungen abgeschlossen, und bis zum Abend standen auch die Zelte.

»Wann gedenkt Ihr aufzubrechen, Rüstig?« fragte Mr. Seagrave.

»Mit Tagesgrauen, dann ist die Hitze noch nicht so groß.«

»Und wann wollt Ihr wieder zurück sein?« fragte Mrs. Seagrave.

»Wir haben Mundvorrat für drei Tage, Madam. Wenn wir daher morgen früh, also Mittwoch, aufbrechen, müßten wir am Freitagabend wieder dasein. Wir bleiben keinesfalls länger aus als bis Samstag morgen. Vorher müßt Ihr Euch keine Sorgen machen.«

»Gute Nacht und bleib gesund, Mutter«, sagte William, »morgen werde ich dich nicht sehen. Sei nicht böse, daß ich mitgehe. Ich freue mich so auf den Weg.«

»Gott segne und beschütze dich, mein Kind«, versetzte Mrs. Seagrave. »Tragt Sorge für ihn, Rüstig, und lebt wohl, bis wir uns wiedersehen.«

Mrs. Seagrave ging in das Zelt hinein, um die Tränen zu verbergen, die sie nicht unterdrücken konnte.

»Es ist alles neu für sie«, bermerkte Rüstig. »Noch eine kleine Weile, und sie wird sich nichts mehr draus machen.«

»Sehr wahr«, sagte Mr. Seagrave. »Aber sie ist noch sehr angegriffen und schwach. Ich finde, sie trägt es ziemlich tapfer, wenn man bedenkt, daß sie sich bisher nie von ihren Kindern getrennt hat und daß sie nicht weiß, wohin Williams Weg führt.«

»Allerdings, Sir, allerdings«, versetzte Rüstig. »Die Furcht einer Mutter ist ebenso natürlich wie ihre Liebe. Wenn ich in der genannten Zeit nicht alles, was ich wünsche, erkundet habe, kehre ich zunächst zurück und breche ein zweites Mal auf.«

»Tut dies, Rüstig, sie wird dadurch mehr Vertrauen gewinnen. Und jetzt lebt wohl, hoffentlich habt Ihr Erfolg.«

Rüstig stand vor der Morgendämmerung auf und weckte William, schweigend kleideten sie sich an, um die anderen nicht zu stören. Die Rucksäcke waren bereits gepackt. Sie enthielten je zwei Flaschen mit Wasser, die, damit sie nicht zerbrachen, mit Kokoslaub umwickelt waren, außerdem eine tüchtige Portion Ochsen- und Schweinefleisch. Rüstig trug noch Zwieback und andere Dinge, die unterwegs vielleicht gebraucht würden. Der alte Mann wickelte zwei Stricke um den Leib, um erforderlichenfalls die beiden Hunde anzubinden.

Sobald sie die Rucksäcke übergeworfen hatten, ergriff Rüstig die Axt und das Gewehr und forderte William auf, einen kleinen Spaten, der mit den Schaufeln an Land gebracht worden war, auf die Schulter zu nehmen, falls er glaube, ihn längere Zeit tragen zu können. »Ich will es immerhin versuchen«, sagte William. Die Hunde, die zu wissen schienen, daß sie mitdurften, standen bereit. Rüstig ging zu einem der kleinen Wasserfässer, er trank, dann William, und zuletzt gab er den Hunden so viel zu saufen, wie sie mochten. Mittlerweile hatte sich die Sonne über dem Horizont erhoben. Sie brachen auf und hatten bald die Zelte aus ihrem Blick verloren.

»Wißt Ihr auch, Master William«, fragte Rüstig, haltmachend, »wie wir

es anpacken müssen, unsern Rückweg zu finden? Denn Ihr seht, die Bäume könnten uns ziemlich in Verlegenheit bringen, es gibt keinen Pfad, der uns leitet.«

»Nein, das weiß ich wahrhaftig nicht. Ich habe mir eben darüber Gedanken gemacht. Ich hab mich an Hans Däumling erinnert. Der hat Erbsen auf den Weg gestreut, um den Rückweg zu finden; aber es ist ihm nicht gelungen, weil die Vögel sie gefressen hatten.«

»Das hat Hans Däumling falsch gemacht, und wir müssen uns etwas Besseres einfallen lassen. Folgen wir dem Beispiel der Amerikaner, die flammen in ihren Wäldern die Bäume.«

»Die Bäume flammen? Sollen wir sie denn anzünden?« fragte William verwundert.

»Nein, nein, William. Ich weiß nicht, warum sie gerade diesen Ausdruck gebrauchen, sie verstehen unter ›flammen‹ das Heraushauen eines Stückes Rinde. Dies geschieht mit einen einzigen Schlag einer scharfen Axt. Sie flammen nicht jeden Baum, an dem sie vorbeikommen, sondern nur etwa jeden zehnten und wechseln links und rechts ab. Das verursacht nicht viel Mühe, denn sie tun es im Weitergehen, ohne daß sie dabei haltmachen. Wir wollen jetzt anfangen. Ihr nehmt die rechte Seite, die für Euch günstiger liegt, da Ihr Euer Beil mit der rechten Hand führt; ich kann meine Axt mit der Linken schwingen. Seht her — wir brauchen nur ein kleines Schnipfelchen Rinde —, das Gewicht der Axt tut es fast allein, und wir haben auf Jahre einen Wegweiser durch den Wald.«

»Ein vortrefflicher Einfall«, sagte William.

»Ich habe noch einen Freund in meiner Tasche«, entgegnete Rüstig, »und wir werden ihn bald brauchen.«

»Was ist das?«

»Ein Taschenkompaß von Kapitän Osborn. Das Flammen wird uns zwar sagen, wie wir wieder zurückkommen, aber wir müssen ja auch wissen, welchen Kurs wir steuern. Vorderhand weiß ich, daß wir geradeaus gehen, weil wir noch durch das Gehölz hinter uns sehen, wo die Küste liegt; doch bald wird das nicht mehr möglich sein, und dann machen wir von dem Kompaß Gebrauch.«

»Das verstehe ich alles; nur sagt mir, Rüstig, warum ich den Spaten habe mitnehmen müssen. Gestern morgen habt Ihr nicht davon gesprochen.«

»Ich wollte Eurer Mutter keine Sorgen machen, ich weiß nämlich nicht, ob wir auf dieser Insel überhaupt eine Quelle haben. Ist dies nicht der Fall, so müssen wir sie früher oder später verlassen. Wir können auch dadurch Wasser erhalten, daß wir im Sand graben, das wird freilich zu schlammig sein, und es steht zu befürchten, daß wir alle davon erkranken. Von dem Schiff haben wir nicht viel an Land gebracht, und wenn schlimmes Wetter kommt, können wir auch keins mehr holen. Man findet allerdings oft Wasser, wenn man danach gräbt, und deshalb wünschte ich, daß wir den Spaten mitnehmen. Auch wenn es schlammig ist, vermögen wir damit unseren Wasservorrat zu strecken.«

»Ihr denkt an alles, Rüstig.«

»Nein, leider nicht, Master William; aber in dieser Lage besitze ich mehr Erfahrung als Euer Vater und Eure Mutter. Sie haben nie kennengelernt, was es heißt, von allen Hilfsquellen abgeschnitten zu sein, und sind nie in Situationen gewesen, wo sie daran denken mußten, wie man sich Wasser verschafft. Ein Mann wie ich jedoch, der sein ganzes Leben auf dem Meer zugebracht und schon einmal die Gefahren und Mühseligkeiten eines Schiffbruchs erlitten hat, besitzt nicht nur eigene Kenntnisse, sondern weiß auch aus den Berichten anderer, wie man sich verhalten muß. Die Not, heißt's im Sprichwort, ist die Mutter der Erfindung, und das ist richtig, Master William, sie schärft den Verstand des Menschen, und man glaubt gar nicht, was die Leute, namentlich die Matrosen, zu leisten imstande sind, wenn ihnen das Elend so recht bis an die Kehle geht. Na ja, ich glaube, das klingt alles ein bißchen großsprecherisch. Ich meine, hier auf der Insel sind meine Kenntnisse sicher will-

kommen. Aber Euer Vater kann Vieh züchten und ein großes Gebiet verwalten, Eure Mutter weiß, wie man einen Haushalt führt. Das alles ist für mich ein Buch mit sieben Siegeln. Darum glaubt nur nicht, ich will mich überheben.«

William hatte schweigend zugehört. »Ja, ich denke auch, als Robinson seid Ihr nicht zu schlagen«, sagte er. »Und wohin gehen wir jetzt?«

»Geradeaus, zur Leeseite der Insel, ich hoffe, wir werden vor Dunkelheit dort sein.«

»Warum nennt Ihr's die Leeseite?«

»Weil auf diesen Inseln der Wind fast immer von einer Seite her bläst. Wir landeten auf der Windseite und haben den Wind jetzt im Rücken. Haltet nur Eure Finger hoch, und Ihr werdet ihn sogar unter den Bäumen spüren.«

»Ich spüre nichts«, versetzte William.

»Macht Eure Finger naß und versucht es noch einmal.«

»Ja, jetzt fühle ich ihn.«

Plötzlich begannen die Hunde zu knurren; dann stürzten sie vorwärts und bellten.

»Was mag da los sein?« rief William, der ein Abenteuer witterte.

»Bleibt ruhig stehen, William«, entgegnete Rüstig flüsternd, indem er den Hahn seines Gewehres spannte, »ich will vorausgehen und nachsehen.«

Vorsichtig schritt Rüstig mit bereitgehaltenem Gewehr weiter. Die Hunde bellten noch wütender, und endlich brachen aus einem Haufen von Kokoswedeln die Schweine hervor, die sie an Land gebracht hatten; sie galoppierten, so schnell sie konnten, grunzend davon. Die Hunde setzten ihnen nach.

»Ich hätte nie gedacht, daß mich ein zahmes Schwein erschrecken würde«, sagte Rüstig lächelnd. »He, Romulus, he, Remus! Zurück da!« rief er den Hunden nach. »Nun, Master William, das war unser erstes Abenteuer.«

»Die sind also schon weiter vorgedrungen als wir«, erwiderte William lachend. »Aber ich muß zugeben, ein bißchen Angst hatte ich schon.«

»Ich auch. Zwar ist es unwahrscheinlich, daß es hier wilde Tiere oder gar feindliche Menschen gibt, möglich ist es freilich. Wir haben ja Spuren gefunden. In einer unbekannten Gegend muß man stets auf das Schlimmste gefaßt sein. Also macht Euch keine Vorwürfe. Ihr habt der Furcht standgehalten und seid nicht davongelaufen.«

»Aber Rüstig, ich werde doch nicht davonlaufen und Euch allein lassen, wenn eine Gefahr auftaucht.«

»Ich glaube Euch, Master William; doch seid nicht voreilig. Ich habe schon Leute in panischer Furcht gesehen, die bei anderer Gelegenheit mutig waren. Jeder ist manchmal mutig und manchmal ängstlich. So, jetzt können wir weitergehen, ich will nur noch den Hahn in Ruhe setzen. Da ich eben daran denke, Master William – Ihr müßt hier vielleicht oft ein Gewehr tragen; versäumt dabei nie, den Hahn zu entspannen. Ich habe schwere Unfälle gesehen, weil Leute ihre Gewehre gespannt und dann vergessen hatten, das rückgängig zu machen. Ihr dürft den Hahn Eures Gewehres nie zurückziehen, bis Ihr Feuer geben wollt.«

»Hat Vater mir auch eingeschärft.« William lachte. »Wahrscheinlich halten mich alle für äußerst leichtsinnig. Aber ich bin doch nicht mehr so klein wie Tommy. Das Mißgeschick mit der Muskete wäre mir nicht passiert.«

Auch Rüstig lachte. »Verzeiht, ich bin ein alter Schwätzer. Die Matrosen haben mir auch schon vorgeworfen, ich wolle alle Leute belehren. Tragt's mit Geduld. Jetzt muß ich auf meinen Kompaß sehen, denn wir sind seitlich gegangen, und jetzt weiß ich nicht mehr, welche Richtung wir einzuschlagen haben. Nun, 's ist alles richtig – he, vorwärts, Hunde!«

Rüstig und William setzten ihren Weg durch den Kokospalmenwald mehr als eine Stunde fort und zeichneten im Weitergehen rechts und links die Bäume. Endlich ließen sie sich nieder, um ihr Frühstück einzunehmen, und die beiden Hunde legten sich an ihre Seite.

»Gebt den Hunden kein Wasser, Master William, auch nichts von dem Salzfleisch, Zwieback ist gut genug für sie.«

»Sie sind durstig; darf ich ihnen nicht wenigstens ein bißchen geben?«

»Nein; erstens werden wir alles selbst brauchen, und zweitens ist es mir lieb, wenn sie durstig sind. Auch Euch möchte ich raten, nur ein klein wenig Wasser zu trinken; das reicht, um den Durst zu stillen. Je mehr Ihr trinkt, desto mehr braucht Ihr.«

»Dann sollte ich wohl auch nicht soviel Salzfleisch essen?«

»Allerdings – je weniger, desto besser. Wenn wir Wasser finden und unsere Flaschen wieder füllen können, werden wir alles nachholen.«

»Wir haben ja unsere Äxte und können zu jeder Zeit einen Kokosbaum fällen, dessen junge Nüsse würden uns Milch genug geben.«

»Richtig; und es ist ein Glück, daß uns dieser Ausweg bleibt. Aber es würde uns sehr aufhalten, wenn wir ein Palme fällten. Wir wollen gleich wieder aufbrechen, wenn Ihr Euch nicht zu müde fühlt, Master William.«

»Eher bin ich's müde, nichts als die Stämme von Kokospalmen zu sehen, hoffentlich bringen wir den Wald bald hinter uns.«

»Dann beeilen wir uns«, sagte Rüstig. »Nach dem, was ich bei unserer Ankunft von der Insel gesehen habe, müßten wir jetzt die Hälfte des Wegs zurückgelegt haben.«

Rüstig und William nahmen ihre Wanderung wieder auf. Nach etwa einer halben Stunde bemerkten sie, daß der Boden nicht mehr so eben war wie bisher – bisweilen ging es ein wenig bergauf und dann wieder abwärts.

»Schön, daß die Insel hier nicht so flach ist, William. Wir haben jetzt bessere Aussicht auf Wasser.«

»Je weiter wir kommen, desto stärker werden die Steigungen«, entgegnete William, indem er einen Baum flammte. »Das ist ja eigentlich schon ein Berg.«

»Um so besser. Vorwärts! Keine Müdigkeit vorschützen!«

Der Boden wurde nun wellenförmig. Die Kokospalmen standen hier dichter. Sie mußten gelegentlich den Kompaß zu Rate ziehen. Der Wald war schwieriger zu passieren als im Anfang.

»Wie viele Meilen mögen wir wohl jetzt zurückgelegt haben?« fragte William, der nun doch Müdigkeit fühlte.

»Etwa acht, glaube ich.«

»Nicht mehr als acht?«

»Nein, schwerlich mehr. Wir haben im Durchschnitt etwa zwei Meilen in der Stunde geschafft. Es geht langsam voran, wenn man nach dem Kompaß sehen muß und zugleich die Bäume zeichnet. Aber ich hoffe, der Wald wird lichter, wenn wir die Spitze dieses Berges erreicht haben.«

»Ich auch«, sagte William, »ich glaube, ich sehe dort drüben blauen Himmel.«

»Schon möglich. Eure Augen sind jünger als die meinen. Wir werden's bald ausfindig machen.«

Sie stiegen nun in ein kleines Tal hinunter, und dann ging es abermals bergan. Als sie die Spitze des Hügels erreicht hatten, rief William aufgeregt: »Die See, Rüstig – dort ist die See.«

»Ihr habt recht, Master William.« Auch Rüstig freute sich.

»Ich dachte schon, wir würden nie wieder aus diesem langweiligen Wald kommen«, sagte William und lief ungeduldig vorwärts, bis er den Kokospalmenwald im Rücken hatte.

Rüstig folgte ihm langsam, und sie betrachteten schweigend die vor ihnen liegende Landschaft.

»Oh, wie schön!« rief William endlich. »Ich bin überzeugt, Mama würde gern hier wohnen. Die andere Seite der Insel ist mir schon herrlich vorgekommen, aber jetzt finde ich es hier noch viel schöner. Seht nur, die Aussicht.«

»Ja, es ist schön hier, Master William«, versetzte Rüstig gedankenvoll.

Eine lieblichere Landschaft war wirklich kaum vorstellbar. Der Wald hörte ungefähr eine Viertelstunde Wegs vom Ufer plötzlich auf; wo sie standen, fiel das Land etwa vierzig Fuß ziemlich steil ab. Dann kam die Uferzone, auf der grasbewachsene kleine Hügel und buschbestandene Niederungen abwechselten. Ungefähr vierzig Schritt vom Wasser entfernt begann ein Gürtel blendend weißen Sandes, aus dem hier und da schmale Felsenriffe aufragten, die sich landeinwärts fortsetzten. Das Wasser war tiefblau, die Stellen ausgenommen, wo es sich an den Riffen brach, die sich meilenweit in die See hineinstreckten und teilweise über dem Wasser sichtbar wurden. Dort lag schneeweißer Schaum. Auf den Felsen saßen Scharen von Rotgänsen und Fregattvögeln, andere Seevögel wirbelten in der Luft und stürzten hin und wieder auf die blaue See nieder, wo sie mit ihren Schnäbeln aus dem sich kräuselnden Wasser Fische herausholten. Die Bai hatte etwa die Gestalt eines Pferdehufs, zu beiden Seiten ragten mit Gesträuch bestandene Landzipfel weit ins Meer hinaus. Am Horizont schieden sich der blaue Himmel und das blaue Meer. Es war klar, ein schöner, sonniger Tag.

Rüstig stand eine Zeitlang schweigend. Er spähte zum Horizont, dann nach rechts und links, betrachtete die Riffe und ließ seine Blicke über das Land gleiten.

Endlich sagte William: »Über was denkt Ihr nach, Rüstig?«

»Ich glaube, wir müssen uns so schnell wie möglich nach Wasser umsehen.«

»Warum seid Ihr so besorgt?«

»Weil ich in Lee keine andere Insel sehe. Das hatte ich eigentlich nicht erwartet, Master William. Wir hätten dann versuchen können, von hier wegzukommen. So schön diese Bai auch sein mag, sie ist voll von Riffen, und ich sehe keine Einfahrt; ich weiß nicht, ob hier Schiffe vorbeifahren. Doch wir dürfen nicht nach dem ersten Anblick schon ein Urteil fällen. Setzen wir uns erst einmal und nehmen unser Mittagsmahl; nachher gehen wir auf Erkundung. Halt – ehe wir diese Stelle verlassen, markieren wir den Punkt gut, wo wir aus dem Wald herausgekommen sind, damit wir dann später nicht lange nach dem Rückweg suchen müssen.«

Rüstig hieb tiefe Kerben in die Stämme von zwei Kokospalmen und stieg dann mit William zur Uferzone hinab, wo sie sich niederließen, um zu Mittag zu essen. Sie beeilten sich beide, denn sie wollten so bald wie möglich alles in Augenschein nehmen. Zuerst gingen sie zum Ufer. Rüstig sandte prüfende Blicke landeinwärts, um festzustellen, ob er nicht einen Taleinschnitt oder eine Schlucht entdeckte, wo möglicherweise eine Quelle entsprang.

»Es gibt ein paar Plätze«, Rüstig zeigte mit dem Finger darauf, »durch die das Wasser in der Regenzeit herunterläuft; die werden wir sorgfältig untersuchen – aber nicht jetzt, wir haben morgen genug Zeit dazu. Ich möchte zuerst ausfindig machen, ob es nicht doch eine Möglichkeit gibt, unser kleines Boot durch diese Felsenriffe zu bringen. Wenn wir tatsächlich hierherziehen wollen, müßten wir sonst unsere Vorräte durch den Wald schaffen. Wir hätten Wochen, wenn nicht Monate zu tun. Verbringen wir daher den Rest des Tages damit, die Küste zu untersuchen. Morgen wollen wir dann sehen, ob wir Süßwasser auftreiben.«

»Schaut nur, Rüstig, wie die Hunde, die armen Tiere, das Seewasser trinken.«

»Ich glaube, sie werden bald genug haben – ah, es schmeckt ihnen schon jetzt nicht mehr. Keine Angst, sie werden nicht gleich krank.«

William trat ans Ufer.

»Wie schön diese Korallen sind – seht da, sie wachsen wie kleine Bäume unter dem Wasser – und hier, da ist wahrhaftig eine Blume in voller Blüte unter dem Wasser.«

»Versucht, sie anzufassen, William«, sagte Rüstig.

William tat es, und die vermeintliche Blume schloß sich augenblicklich.

»Ei, die ist ja lebendig!«

»Ja, so ist's; ich habe sie früher oft gesehen. Man nennt sie, glaube ich, Seeanemone. Es sind lebende Geschöpfe, aber ich weiß nicht, ob sie zu den Schaltieren gehören. Fragt mal Euren Vater, vielleicht kennt er sie. Wir wollen jetzt auf die rechte Landspitze hinausgehen und sehen, ob wir nicht eine Öffnung in dem Riff entdecken. Die Sonne geht bald unter, und wir haben nur noch eine Stunde Tag; dann müssen wir uns einen Platz zum Schlafen suchen.«

»Und was ist dies?« rief William. »Das runde, schwärzliche Ding, das durch den Sand kriecht.«

»Eine Schildkröte. Sie kommen abends um diese Zeit auf den Sand, legen ihre Eier und scharren sie ein. Sie werden uns helfen, unseren Speiseplan zu erweitern.«

»Können wir sie fangen?«

»Jawohl, wenn wir leise genug sind – aber nicht von hinten, sonst wirft sie Euch mit ihren Hinterbeinen einen solchen Schauer von Sand ins Gesicht, daß Ihr nichts mehr seht und sie inzwischen entkommt. Man fängt sie, indem man von vorn auf sie zugeht, sie an einem Vorderbein packt und dann auf den Rücken wirft; sie schaffen es nicht, sich selbst wieder umzudrehen.«

»So laßt uns hingehen.«

»Nein, William; wir können sie nicht mitnehmen, und morgen würde sie in der Sonnenhitze sterben. Es ist nicht recht, ein Tier nutzlos zu töten.«

»Daran habe ich nicht gedacht, Rüstig. Wenn wir hier wohnen, werden wir sie wohl fangen, sooft wir sie brauchen?«

»Sie kommen nur zur Eiablage an Land. Aber wir werden später irgendwo einen Schildkrötenteich anlegen. Wir fangen sie dann, setzen sie hinein und haben immer einen Vorrat von ihnen.«

Sie nahmen ihren Erkundungsgang wieder auf und brachen sich Bahn durch das Gebüsch, das auf der Landspitze sehr dicht war. Endlich hatten sie deren Ende erreicht.

»Was ist das dort draußen?« fragte William, nach rechts deutend.

»Da ist doch eine andere Insel, Master William. Zwar würde es nicht leicht sein, sie zu erreichen, aber es bleibt eine Hoffnung, falls wir genötigt sein sollten, aus Mangel an Wasser diese Insel hier zu verlassen. Die dort drüben ist jedenfalls weit größer«, fuhr Rüstig fort, indem er zum Horizont hinspähte, über dem man deutlich die Baumwipfel sah. »Nun, William, wir haben uns am ersten Tag nicht übel gehalten. Ich bin müde, und Euch wird es wahrscheinlich nicht besser gehen. Suchen wir uns jetzt einen Platz, wo wir uns niederlegen und die Nacht verbringen.«

Sie kletterten zurück zum Waldrand, sammelten Blätter und Zweige und machten sich daraus ein gutes, weiches Bett unter den Bäumen.

»Jetzt trinken wir ein bißchen Wasser, und dann legen wir uns hin. Betrachtet die langen Schatten der Bäume. Die Sonne wird gleich untergehen.«

»Darf ich nicht jetzt den Hunden etwas Wasser geben, Rüstig? Seht nur, der arme Remus leckt die Flasche ab.«

»Nein, sie kriegen nichts. Es mag Euch grausam erscheinen, aber ich brauche morgen den Instinkt der Tiere, der Mangel an Wasser wird ihn schärfen. Sie sollen uns helfen, Wasser zu finden. Schlaft jetzt. Wir wissen nicht, was der morgige Tag bringt. Oder hättet Ihr Euch vor einem Monat träumen lassen, daß Ihr auf einer einsamen Insel in der Gesellschaft eines alten Mannes unter freiem Himmel schlafen würdet? Ihr hättet's nicht geglaubt, wenn's Euch jemand gesagt hätte. Und nun seid Ihr hier, ein Bruder von Robinson Crusoe. Gute Nacht.«

William schlief so fest, als läge er auf englischem Boden in einer warmen Stube auf weichem Lager. Auch Rüstig fand Schlaf. Als sie am anderen Morgen erwachten, war es bereits heller Tag. Die Hunde lechzten nach Wasser, sie taten William leid. Mit heraushängenden Zungen blickten sie ihn keuchend und winselnd an.

»Wie ist's, Master William«, fragte Rüstig, »wollen wir erst frühstücken oder uns zuvor ein wenig umtun?«

»Rüstig, ich kann wahrhaftig keinen Tropfen Wasser trinken, obwohl ich sehr durstig bin, wenn Ihr mir nicht erlaubt, den Hunden ein wenig zu geben.«

»Ich habe auch Mitleid mit den armen Tieren, das dürft Ihr mir glauben, und auch ich mag sie nicht zusehen lassen, wie wir unseren Durst stillen. Wenn's Euch recht ist, machen wir uns gleich auf den Weg und sehen, ob wir nicht Wasser finden. Wir beginnen bei dem kleinen Tal rechts, und wenn wir dort nichts finden, versuchen wir es weiter links, wo das Waser während der Regenzeit heruntergelaufen ist.«

William stand schweigend auf und ging los. Die Hunde folgten ihm mit hängenden Köpfen. Rüstig hatte den Spaten aufgenommen und trug ihn über der Schulter. Sie erreichten das Tal, die Hunde hielten schnüfelnd die Nasen auf den Boden und legten sich dann keuchend nieder. Rüstig beobachtete sie.

»Laßt uns weitergehen, William«, sagte er.

Sie begaben sich zu der Rinne, wo das Wasser heruntergeschossen war. Die Hunde schnüffelten noch gieriger umher als zuvor.

»Ihr seht, Master William, die armen Tiere sind nun so auf Wasser erpicht, daß sie es, wenn welches da wäre, auffinden würden. Wenn es sich lohnt, zu graben, werden sie es uns durch ihr Verhalten zeigen. Hier oben erwarte ich kein Wasser; aber vielleicht findet sich's weiter unten.«

»In dem Sand dort? Würde es nicht salzig sein?« entgegnete William.

»Nein, nicht, wenn die Entfernung zum Ufer groß genug ist. Der Sand wandelt durch Filtrieren das Meerwasser allmählich zu Süßwasser um. Die Frage ist nur, wieviel Schlamm es enthält. Besser als gar nichts ist es auf jeden Fall. Ich hab das von dem Kapitän gelernt, der selbst auf eine Insel verschlagen war. Wenn diese Tatsache mehr Seeleuten bekannt wäre, könnte es ihnen viel Leid ersparen. Es gibt nichts Schrecklicheres als Durst, Master William. Ich weiß, was es heißt, täglich auf eine halbe Pinte gesetzt zu sein, es ist schlimm.«

William war mit seinen Gedanken bei den Hunden, die auch entsetzlichen Durst litten. Darum sah er als erster, daß sie hinuntergelaufen waren und dort offenbar etwas aufgestöbert hatten.

»Schaut doch Romulus und Remus an, Rüstig – die graben mit den Pfoten in der Höhlung dort. Vielleicht haben sie etwas gefunden.«

»Gott sei Dank, William; Ihr wißt nicht, wie glücklich sie mich dadurch machen. Offen gestanden, ich fing an, unruhig zu werden.«

»Meint Ihr wirklich, sie wittern Wasser?«

»Etwas anderes würde sie jetzt nicht interessieren. Ihr seht, es war schon richtig, sie einige Stunden leiden zu lassen. Wahrscheinlich werden wir alle dadurch gerettet. Wir hätten diese Insel verlassen müssen. In dem kleinen Boot! Wir wollen jetzt den Hunden mit dem Spaten helfen.«

Rüstig ging rasch hinunter. Die Hunde scharrten ohne Unterlaß. Sie waren bereits auf feuchte Erde gestoßen und kratzten so heftig, daß Rüstig sie nur mit Mühe zur Seite drängte, um für den Spaten Raum zu gewinnen. Er hatte keine zwei Fuß tief gegraben, als sich schon Wasser sammelte, und in vier oder fünf Minuten war es so viel, daß die Hunde ihre Nasen hineinstecken und reichlich trinken konnten. Auf den Spaten gestützt, sah Rüstig zu.

»Nun haben wir auf dieser Insel alles, was wir nur wünschen«, sagte er nachdenklich, »und wenn wir genügsam sind, so steht unserem Glück nichts im Wege. Ja, wir können sogar viel glücklicher sein als diejenigen, die sich mit Anhäufung von Reichtümern abquälen, ohne daß sie wissen, wer sie genießen wird. Seht, die armen Tiere haben endlich genug — richtig dicke Bäuche haben sie sich angesoffen! Wollen wir jetzt zurückkehren und frühstücken?«

»Ja«, versetzte William. »Jetzt wird es mir schmecken und ein guter Trunk Wasser auch.«

»Verlaßt Euch darauf, dies ist eine ergiebige Quelle«, sagte Rüstig, als sie an ihrer Lagerstatt anlangten, wo sie die Rucksäcke abgelegt hatten; »aber wir müssen sie weiter oben unter den Bäumen ausgraben, damit sie im Schatten liegt. Das Wasser bleibt dann kühl, und sie trocknet nicht aus. Wir haben Arbeit für ein ganzes Jahr, wenn wir hierbleiben. Was meint Ihr? Ich finde, der Platz hier oben eignet sich ganz vortrefflich für ein Haus.«

Kauend nickte William, und auch Rüstig widmete sich dem Essen mit Hingabe. Als sie satt waren, sagte er: »Wir müssen jetzt hinuntergehen und die andere Landspitze untersuchen. Da unser kleines Boot alles Notwendige herbringen soll, werden wir uns bemühen, eine Durchfahrt zu finden. Gestern schien es mir, als breche sich das Wasser drüben nicht so scharf. Vielleicht haben wir auch hierbei Glück.«

Sie erreichten bald das Ende der Landspitze. Rüstig hatte mit seiner Vermutung recht gehabt; das Wasser war sogar dicht am Ufer tief, und es gab eine Einfahrt von vielen Ellen Breite. Das Meer war hier glatt und das Wasser so klar, daß sie bis auf den felsigen Grund hinuntersehen konnten, über den Fische schwammen.

»Seht«, sagte William, indem er hinaus auf die See deutete, »da, etwa fünfzig Ellen vom Ufer. Ein großer Hai.«

»Ja, ich sehe ihn«, entgegnete Sigismund Rüstig. »Glaubt mir, es gibt viele in diesen Gewässern hier, man muß sehr vorsichtig sein, wenn man ins Wasser will. Aber wir müssen ja nicht ins Wasser. Ich bin jetzt völlig zufriedengestellt, William, wir haben, was wir zum Leben brauchen, und vermögen uns einzurichten. Ich muß mit Eurem Vater reden, ich finde nämlich, wir sollten so schnell wie möglich umziehen.«

»Kehren wir heute noch zurück?«

»Ja, hier können wir nichts mehr ausrichten, und Eure Mutter macht sich wahrscheinlich große Sorgen um Euch. Meiner Schätzung nach ist's noch nicht zwölf Uhr, wir haben also reichlich Zeit; diesmal brau-

chen wir ja keine Bäume zu flammen, und es geht meistens bergab. Spaten und Axt lassen wir hier; wozu sollten wir sie wieder mit zurücknehmen? Hier kommt nichts weg! Nur die Muskete nehmen wir mit, es ist sicherer so. Vor dem Aufbruch gehen wir erst noch zur Quelle, um zu sehen, wie das Wasser fließt, dann treten wir den Heimweg an.«

Während sie sich zur Quelle begaben, flogen die Seevögel dicht an ihnen vorbei zum Ufer hin. Sie sahen ihnen nach. Da warf sich mit einemmal eine große Anzahl Fische auf den Sand; zappelnd sprangen sie weiter landwärts. Größere folgten ihnen. Die Seevögel stürzten nieder, griffen die Fische und flogen mit ihnen fort.

»Sonderbar«, sagte William.

»Das geschieht hier öfter. Die kleinen Fische wurden von größeren, die Bonettas heißen, verfolgt, und in ihrer Angst sprangen sie an Land. Die Bonettas waren so gierig, daß sie gleichfalls auf den Sand sprangen, und die Rotgänse machen nun mit allen kurzen Prozeß, mit den Jägern und den Gejagten. So leichte Beute finden sie nicht jeden Tag.«

Das Loch, das Rüstig gegraben hatte, war voll Wasser. Sie kosteten es und fanden, daß es gut schmeckte, Schlamm hatte sich kaum angesammelt. Sie füllten die leeren Flaschen und brachten die Gegenstände, die sie zurücklassen wollten, zu den gezeichneten Kokospalmen, riefen die Hunde heran und begannen ihren Rückweg.

7.

Durch die Zeichen an den Bäumen geleitet, kamen die beiden Wanderer rasch vorwärts. Nach ungefähr zwei Stunden hatten sie die Strecke durch den Wald, die sie tags zuvor viermal soviel Zeit gekostet hatte, beinahe hinter sich gebracht.

»Ich fühle den Wind, Rüstig«, bemerkte William. »Der Wald muß bald zu Ende sein; aber es ist so dunkel.«

»Ich habe eben dasselbe gedacht«, versetzte Rüstig. »Es sollte mich nicht wundern, wenn ein Ungewitter im Anzug wäre, und wenn dies der Fall ist, so tun wir gut, unseren Schritt zu beschleunigen, vielleicht wird unsere Hilfe gebraucht.«

Während sie eilig weitergingen, begannen die Palmenblätter zu rauschen und zu rasseln, hin und wieder brach sich ein Windstoß ächzend Bahn. Als sie aus dem Wald heraustraten, war der Himmel, so weit sie sehen konnten, von bleiernem Dunkel.

»Da kommt wahrhaftig ein schwerer Sturm, Master William«, rief Rüstig. »Eilen wir, so schnell wir können, zu den Zelten, wir müssen sehen, ob alles so gut wie möglich gesichert ist.«

Die Hunde stürzten voraus und meldeten die Ankömmlinge. Mr. Seagrave und Juno kamen aus den Zelten heraus. Sobald sie sich vergewissert hatten, daß Rüstig und William wirklich zurück waren, teilten sie dies Mrs. Seagrave mit, die mit den Kindern drinnen geblieben war. Noch einige Augenblicke, und William lag in den Armen seiner Mutter.

»Welch Glück, daß Ihr wieder da seid, Rüstig«, sagte Mr. Seagrave und drückte dem alten Seemann die Hand. »Ich fürchte, daß jetzt schlimmes Wetter eintritt.«

»Darauf könnt Ihr Euch verlassen«, entgegnete Rüstig. »Wir müssen uns auf eine stürmische Nacht gefaßt machen. Dieses Unwetter ist ein Vorläufer der Regenzeit. Wir haben jedoch gute Neuigkeiten mitgebracht, Sir, wir haben Wasser gefunden. Der Sturm soll uns eine Mahnung sein, unsere Abreise zur Leeseite möglichst zu beschleunigen. Wir werden noch etwa einen Monat lang schönes Wetter behalten, wenn es auch hin und wieder Sturm gibt. Bis dahin müssen wir das meiste bewältigt haben. Drüben sind wir geschützter. Aber jetzt gilt's zunächst, für den Augenblick zu sorgen. Wenn es Euch recht ist, so wollen wir, das heißt Ihr, Juno, Master William und ich, die nötigen

Vorsichtsmaßregeln treffen. Zuerst müssen wir vor allem hinuntergehen und das kleine Boot so weit wie möglich heraufholen, damit die Wellen es nicht zerschlagen, denn das kleine Fahrzeug brauchen wir auf alle Fälle.«

Rüstig zersägte eine Spiere. Nun hatten sie Rollen, die sie unter den

Kiel legten. So schafften sie es relativ schnell, das Boot hochzuschieben und unter dem Gebüsch festzumachen, wo es nach Rüstigs Ansicht völlig sicher war.

»Ich hatte eigentlich vor, es gleich zu reparieren«, sagte Rüstig. »Nun muß ich warten, bis der Sturm vorüber ist. Und morgen wollte ich wieder an Bord gehen. Da ist noch allerlei, was wir gut gebrauchen können. Und dann wollte ich mich auch überzeugen, ob die Kuh noch am Leben ist; jetzt fürchte ich«, er sah zum Himmel empor, »daß wir nie wieder an

Bord unserer guten ›Pacific‹ gelangen werden. Hört nur, wie der Sturm lärmt, Sir, jetzt schon, wo er noch gar nicht richtig angefangen hat, und schaut, wie die Seevögel kreischend umherfliegen, ganz, als wollten sie den Untergang des Wracks prophezeien. Doch wir dürfen hier nicht rumstehen und abwarten, die Zelte müssen besser gesichert werden, die werden heute nacht allerlei auszuhalten haben. Der Frau und den Kindern würde es wahrscheinlich nicht gefallen, wenn es die Leinwand in die Wälder bläst.«

Bei den Zelten trafen sie auf Tommy, der herausgekommen war, um seine Neugier zu befriedigen.

»Hallo, wie geht's?« begrüßte ihn William.

»Na, gut natürlich, und auch Mama fühlt sich wohl. Du hättest dich nicht so beeilen müssen, ich habe für alles gesorgt.«

»Ich zweifle nicht daran, daß du für deine Mutter eine große Hilfe warst, Tommy«, sagte Rüstig, »darum möchte ich dich auch bitten, uns zu helfen. Wir müssen einiges Tau- und Segelwerk aus dem Vorratszelt holen. Dann dichten wir die Zelte ab, damit der Regen nicht in die Wohnung deiner Mama dringt. Da, nimm meine Hand und komm mit – William erzählt deiner Mama dann, wie fleißig du warst.«

Mit Hilfe Mr. Seagraves schaffte Rüstig eine Partie schwerer Leinwand heran und begann, sie als doppelte Decke über die Zelte zu breiten. Mit zusätzlichen Seilen wurden die Zelte an Bäumen und an rasch in den Boden getriebenen Pflöcken festgebunden, damit der Wind sie nicht umreißen konnte. Juno vertiefte mit einer Schaufel den Graben, der um die Zelte gezogen worden war, damit das Wasser besser ablaufen konnte. Erst als alles fertig war, gönnten sie sich Zeit zum Essen.

Bei dieser späten Mahlzeit erzählte Rüstig Mr. Seagrave, was sie während ihres Ausflugs entdeckt und getan hatten; das Abenteuer mit den Schweinen brachte alle zum Lachen. »Ich hätte keine Angst gehabt«, beteuerte Tommy.

Mit Sonnenuntergang wurde das Wetter bedrohlich schlecht. Der Wind blies jetzt stark, und das felsige Gestade, an dem sich die Wellen brachen, war mit dichtem Gischt bedeckt. Die Brandung wurde lauter und lauter. Die Familie hatte sich niedergelegt, nur Rüstig blieb auf, um das Wetter zu beobachten. Der alte Mann ging zu dem Boot, das sie zum Gebüsch heraufgebracht hatten, und lehnte sich dagegen. So blieb er lange stehen und spähte mit den scharfen grauen Augen in die Ferne. Das Wasser war wie eine schwarze Masse, den weißen Schaum ausgenommen, der hell durch das Dunkel der Nacht leuchtete. Er dachte an das Schiff, das er geliebt hatte und das der Sturm nun endgültig zerschlagen würde. Wie viele Schiffe hatte er schon überlebt? Er wußte es nicht mehr.

Endlich schob er die traurigen Gedanken beiseite. Der Sturm nimmt uns Arbeit ab, sagte er sich. Er wird die Wrackteile und ein groß Teil der Ladung ans Ufer werfen. Wir müssen sie dann nur aufsammeln.

Ein greller Blitz blendete ihn für eine Weile.

»Der Sturm erreicht jetzt bald seinen Höhepunkt«, er redete wieder einmal mit sich selbst. »Ich muß zu den Zelten und sehen, ob sie der Gewalt des Wetters standhalten.«

Rüstig ging langsam zurück. Inzwischen hatte es zu regnen begonnen. die Tropfen klatschten hart auf Gesträuch und Bäume, und der Wind heulte laut. In wenigen Minuten war es so dunkel geworden, daß er kaum seinen Weg fand. Bei den Zelten wandte er sich um, doch er sah das Meer nicht, der schwere Regen verhüllte alles. Da er nichts mehr tun konnte, begab er sich in das Zelt, um Schutz vor dem Gewitter zu suchen, niederlegen wollte er sich nicht. Vielleicht mußte er gleich wieder hinaus, um die Zelte zu sichern. Die anderen hatten sich zwar zu Bett begeben, mit Ausnahme Tommys und der Kleinen aber ihre Kleider auf dem Leib behalten. Mr. Seagrave hatte sich angekleidet ausgestreckt, und William hatte das gleiche getan. Mrs. Seagrave mochte zwar ihre Unruhe nicht zeigen, war jedoch gleichfalls in ihren Kleidern geblieben, und Juno war ihrem Beispiel gefolgt.

Der Sturm tobte, das Unwetter stand genau über ihnen, die Blitze wurden von dröhnenden Donnerschlägen begleitet, und die Kinder, die davon erwachten, weinten vor Angst. Es gelang, sie zu beschwichtigen, doch ihr Schlaf blieb unruhig. Der Wind zerrte an den Zelten, während der Regen in Strömen herunterkam. Manchmal bauschte sich die Zeltleinwand unter dem Druck von Wasser und Sturm nach innen, daß die Taue strammten und krachten, dann wieder ließ ein wirbelnder Windstoß das Tuch hin- und herschlagen, die Leinwand wurde an einigen Stellen undicht, Nässe drang in die Zelte. Man konnte die Hand vor Augen nicht sehen. Wie bereits bemerkt, stand das Zelt, in dem Mrs. Seagrave und die Kinder untergekommen waren, näher am Meer. Daher war es dem Wetter stärker ausgesetzt. Um Mitternacht frischte der Sturm noch einmal auf, er blies mit größerer Heftigkeit denn je, und mit einem Male hörten Rüstig und Seagrave ein lautes Krachen, dann entsetztes Schreien. Die Pflöcke des anderen Zeltes waren herausgerissen worden und die Bewohner den wütenden Elementen preisgegeben. Rüstig eilte hinaus, und Mr. Seagrave folgte ihm mit William. Unter den ungestümen Sturmstößen, dem windgepeitschten Regen und in der undurchdringlichen Dunkelheit kostete es viel Mühe, die Frauen und die Kinder von der Leinwand zu befreien. Tommy war der erste, den Rüstig in Sicherheit brachte; der Mut des Kindes war dahin, es heulte seinen Kummer laut hinaus. William nahm den kleinen Albert auf den Arm und brachte ihn zu dem unbeschädigten Zelt. Endlich wurden auch Juno, Mrs. Seagrave und die kleine Karoline herausgeholt. Glücklicherweise hatte niemand Schaden genommen, doch die erschreckten Kinder wollten sich nicht beschwichtigen lassen und stimmten in Tommys Zeterkonzert ein. Es störte wenig, denn der Wind brüllte so laut, daß man sich kaum gegenseitig verständigen konnte. Man vermochte nichts weiter zu tun, als die Kinder zu Bett zu bringen, die andern blieben den Rest der Nacht über auf. Sie lauschten nach draußen, auf Wind und See und Regen. Die Stunden dehnten sich endlos, alle fühlten sich traurig, sie hatten sich geborgen geglaubt und sahen nun, wie trügerisch das gewesen war. Bei Morgengrauen verließ Rüstig das Zelt. Der Sturm hatte seine Kraft erschöpft, der Wind ging nur noch mäßig. Es war jedoch keiner von jenen herrlichen Morgen, an die sie sich seit ihrer Ankunft auf der Insel gewöhnt hatten, der Himmel war noch immer dunkel, und die Wolken jagten wild hintereinanderher. Es regnete, und die Erde war weich und schwammig. Die kleine Bucht, die den Tag vorher so friedlich dagelegen hatte, war jetzt eine Masse schäumender Wogen. Der Horizont hatte sich verwischt — man konnte die Linie zwischen Wasser und Himmel nicht ausmachen; das ganze Ufer war mit weißem Schaum gesäumt. Rüstig sah zu der Stelle hinüber, wo das Schiff auf dem Felsen gesessen hatte. Es war nicht mehr da! Die Trümmer und der Inhalt des Laderaums schwammen umher. Einiges war von der Brandung bereits ans Ufer geworfen worden.

»Ich dachte mir's wohl«, sagte Rüstig zu Mr. Seagrave, der ihm nachgegangen war, und deutete zu der Stelle, wo das Schiff gestanden hatte. »Der Sturm hat es zum Sinken gebracht. Es tut mir leid darum, die ›Pacific‹ war ein schöner Segler. Aber für Gefühle ist keine Zeit. Vor der Regenzeit gibt es noch viel freundliches Wetter, wir müssen es für unseren Umzug nutzen.«

»Einverstanden, Rüstig«, versetzte Mr. Seagrave, »das umgefallene Zelt hat mir zu denken gegeben. Wie leicht hätte jemand Schaden nehmen können. Wir brauchen eine sichere Unterkunft.«

»Der Sturm legt sich, morgen schon werden wir ruhiges Wetter haben. Wir beide werden uns das Zelt genauer ansehen. Vielleicht läßt sich damit noch etwas anfangen. Inzwischen bereiten William und Juno Frühstück. Etwas Warmes wäre schön, aber wie Feuer bekommen?«

Sie gingen ans Werk. Rüstig und Mr. Seagrave befestigten die Leinwand mit neuen Tauen und Pflöcken. Bald war alles wieder in Ordnung, die Betten freilich waren durchnäßt. Als Juno zum Frühstück rief, waren sie mit der Arbeit fertig.

»Vorerst gibt es nichts weiter zu tun, Sir«, sagte Rüstig. »Abends wird es nicht mehr so naß sein, dann erledigen wir den Rest. Seht Ihr, die Wolken zeigen bereits eine Bresche, bald werden wir schönes Wetter haben – der Sturm war zu ungestüm, als daß er lange währen würde, jedenfalls um diese Jahreszeit. Aber heute abend, Sir«, fügte er hinzu, »werden wir scharf ans Werk gehen müssen, es ist möglich, daß wir viele Dinge bergen, die an den Klippen zerschellen würden, wenn wir sie nicht ans Ufer holen. Für uns kann alles von Nutzen sein, auch wenn wir jetzt noch nicht wissen, wozu. Wir kommen ohne Juno zurecht und werden auch Tommy nicht brauchen, der mag hierbleiben und für seine Mama Sorge tragen.«

Tommy war nach den Schrecknissen der Nacht etwas störrisch, er gab keine Antwort.

Am Nachmittag gingen sie zum Ufer hinunter. Ein leichter Wind hatte für leidliche Trockenheit gesorgt. Rüstig hatte zuvor aus den Vorratszelten gute starke Taue geholt und an den Enden Schlingen geknüpft. Wenn Tonnen oder Schiffsplanken durch die Wellen in die Höhe gehoben wurden, so warf er rasch die Schlingen darum, damit sie nicht wieder zurückgespült wurden; dann zogen sie mit den Seilen die Beute herauf, bis sie sie wohlbehalten an Land hatten. Damit beschäftigten sie sich den größten Teil des Nachmittags, und doch hatten sie noch nicht ein Viertel der Gegenstände geborgen, die am Ufer umherschwammen, abgesehen von vielen anderen, die in der See draußen und am Eingang der Bucht umhertrieben.

»Nun, Sir, ich denke, wir haben ganz schön viel geschafft. Morgen werden wir sicher noch mehr bergen; seht Ihr, der Wellengang hat nachgelassen, und die Sonne zeigt sich dort drüben. Wir wollen jetzt zu Abend essen und dann zusehen, ob wir's uns für diese Nacht nicht gemächlich machen können.«

Das Zelt, das standgehalten hatte, wurde Mrs. Seagrave und den Kindern zugewiesen. William und die beiden Männer richteten das zweite wieder auf. Weil das Bettzeug noch zu feucht war, holten sie aus den Vorratszelten, die weiter im Wald aufgestellt worden waren und unter dem Sturm nicht groß gelitten hatten, einige Segel herbei, die zusammengefaltet wurden und als Lager dienten. So überstanden sie die Nacht ohne Ungemach. Der Wind hatte sich in eine angenehme Brise verwandelt, am anderen Morgen war die See heiter und klar. Die Luft war frisch und belebend, ein mäßiger Wind kräuselte das Wasser. Die Schiffstrümmer wurden von dem leichten Wellenschlag hin und her geworfen; viele Gegenstände, die im Lauf der Nacht angeschwemmt worden waren, lagen an Land. Augenscheinlich lief eine Strömung in die Bucht, alles, was in der See draußen umhertrieb, kam allmählich heran. Rüstig und Mr. Seagrave arbeiteten bis zum Frühstück, und es gelang ihnen, viele Tonnen und Packen in Sicherheit zu bringen. Nach dem Essen gingen sie erneut ans Gestade hinunter, um die Arbeit wiederaufzunehmen.

»Schaut, Rüstig, was ist das?« fragte William, der sich ihnen angeschlossen hatte. Er wies auf eine weiße Masse, die in der Bucht trieb.

»Das ist die Kuh, und wenn Ihr genau hinguckt, werdet Ihr bemerken, daß sich die Haie um sie versammelt haben. Seht Ihr sie nicht?«

»O ja, welch eine Menge!«

»Ja, 's ist kein Mangel daran, Master William. Erzählt das auch Tommy und Karoline, möglichst drastisch, damit sie sich fürchten und nicht ins Wasser gehen; die Haie stören sich wirklich nicht an seichten Stellen, wenn sie einen Fraß wittern. Aber jetzt, Sir«, er wandte sich an Mr. Seagrave, »muß ich's Euch und William überlassen, soviel wie möglich zu bergen. Ich will das Boot wieder instand setzen. Wir werden es bald brauchen, und je früher wir es in Ordnung haben, desto besser.«

Rüstig ließ die beiden allein und ging, um Werkzeuge zur Ausbesserung des Bootes zu holen. Mr. Seagrave und William arbeiteten verbissen weiter. Kisten und Fässer brachten sie so weit hinauf, daß die Wellen sie nicht erreichten, auch wenn es wieder stürmisch werden sollte. Was das Schiffsgebälk und die Planken betraf, so ließen sie sie liegen, wo sie der Zufall hingeworfen hatte, für den Augenblick war mehr als genug vorhanden, und auch in Zukunft würde man soviel nicht brauchen.

Da die Ausbesserung des Bootes Rüstig einige Tage in Anspruch nahm, beschloß Mr. Seagrave, mit William zur anderen Seite der Insel zu gehen, um den Platz für die geplante Wohnung kennenzulernen. Da Mrs. Seagrave nichts dagegen hatte, mit Rüstig und Juno zurückzubleiben, brachen sie am dritten Tag nach dem Sturm auf. William machte den Führer. Die geflammten Kokospalmen erleichterten ihm seine Aufgabe, und nach ungefähr zwei Stunden hatten sie den Weg durch den Wald zurückgelegt.

»Ist es hier nicht schön?« fragte William, als sie ihr Ziel erreicht hatten.

»Ja, Junge«, versetzte Mr. Seagrave. »Ich glaubte, man könnte nichts Schöneres finden als die Stelle auf der anderen Seite der Insel; aber hier ist die Landschaft abwechslungsreicher und alles viel weiter.«

»Das gleiche habe ich empfunden, als ich das erstemal hier oben stand. Und nun wollen wir die Quelle untersuchen, Vater.« William ging voran.

Die Quelle war voll. Sie kosteten; das Wasser hatte keinen Beigeschmack, es war klar und erfrischend. Dann lenkten sie ihre Schritte zu der sandigen Bucht, gingen eine Weile am Ufer entlang und setzten sich endlich auf einem Korallenfelsen nieder.

»Kannst du dir das vorstellen, William«, sagte Mr. Seagrave, »daß diese Insel und viele andere das Werk von Tieren sind, nicht größer als ein Stecknadelkopf?«

»Von Tieren, Vater?« William guckte erstaunt.

»Ja, von Tieren. Und es wimmelt im Stillen Ozean von Inseln. Gib mir jenes Korallenstück, William. Siehst du nicht an jedem Zweig Hunderte von kleinen Löchern? Nun, in jedem dieser Löcher hat einmal ein Tierchen gelebt, und wie sie sich vermehren, so vermehren sich auch die Zweige der Korallenbäume.«

»Ja, das verstehe ich wohl; aber woher weißt du, daß die Inseln von ihnen geschaffen wurden? Das kann ich mir nicht erklären.«

»Und dennoch ist es so, William, fast alle Inseln in diesen Meeren verdanken der Mühe und der Fortpflanzung derartiger kleiner Tiere ihr Dasein. Die Korallen wuchsen ursprünglich auf dem Grund des Meeres, wo sie nicht durch Wind und Wellen beunruhigt werden. Wenn sie sich vervielfachen, steigen sie immer höher und höher an die Oberfläche, bis sie endlich in die Nähe des Wasserspiegels kommen. Sie sehen dann aus wie jene Riffe dort. Nun wird das weitere Gedeihen durch die Gewalt der Winde und Wellen gehemmt, welche die Zweige abbrechen. Natürlich bauen die Tierlein nicht über die Wasseroberfläche hinaus, da sie sonst sterben würden.«

»Wie kann eine Insel daraus entstehen?«

»Das geschieht allmählich, und die Zeit, die dazu erforderlich ist, hängt von vielen zufälligen Momenten ab. Ein umherschwimmender Holzstamm, der mit Muscheln bedeckt ist, sitzt zum Beispiel auf den Korallenriffen auf. Dies ist schon ein zureichender Anfang, denn er bleibt über dem Wasser und verleiht den Korallen im Lee Schutz, bis sich ein flacher Fels gebildet hat, der zum Wasserspiegel heraussteigt. Die Seevögel sehen sich stets nach einem Platz um, auf dem sie ausruhen können, und sie finden so eine Stelle bald. Im Lauf der Zeit wird durch ihren Besuch ein kleiner Flecken über dem Wasser gebildet, an dem andere schwimmende Gegenstände hängenbleiben. Landvögel, die durch den Wind in die See hinausgeworfen wurden, setzen sich nun darauf nieder, und die Samen, die unverdaut mit ihren Ausleerungen abgehen, wachsen zu Bäumen oder Büschen heran.«

»Jetzt verstehe ich.«

»Ja, William, auf diese Weise hat die Insel einen Anfang genommen; und ist es einmal geschehen, so erweitert sie sich bald, da die Korallen im Lee Schutz haben und sich nun in dieser Richtung vermehren. Du siehst, wie sich die Korallenriffe auf dieser Seite, wo sie vor Wind und Wellen geschützt sind, ausdehnen. Ganz anders verhält es sich auf der Windseite, die wir eben verlassen haben. Dort können sich die Korallen nicht so vermehren. Darum wachsen die Inseln immer zum Lee hin. Bald lassen sich die Vögel nicht bloß darauf nieder, sondern bauen Nester, ziehen Junge auf, und so hebt sich der Boden mit jedem Jahr. Endlich wird vielleicht eine Kokosnuß in ihrer großen, äußeren Schale herangeschwemmt – eine einzige genügt. Die Schale scheint wie dazu geschaffen, denn sie ist wasserdicht, hart und zugleich sehr leicht, so daß sie monatelang umherschwimmen kann, ohne Schaden zu nehmen. Die Kokosnuß, die in der Schale saß, faßt nun Wurzeln, wird zu einem Baum und wirft jedes Jahr ihre großen Wedel ab, die sich bei ihrer Zersetzung zu Humus umwandeln. Eine abgefallene Nuß schlägt gleichfalls Wurzeln und findet in dem nährstoffreichen Boden gutes Gedeihen. So geht es dann fort, Jahr um Jahr, bis die Insel so groß wird und so dicht mit Bäumen bedeckt ist wie die, auf der wir jetzt stehen. Ist dies nicht wunderbar?«

»Ja!« rief William, »das ist interessant.«

»Es gibt so viele wunderbare Dinge. Betrachte diese Muschel – ist sie nicht wirklich schön gezeichnet, könnte ein Maler, und sei es der beste der Welt, ein solches Farbenspiel hervorbringen?«

»Nein, gewiß nicht.«

»Und doch haben wir ihrer Tausende vor Augen, und Millionen davon leben im Wasser. Sie sind nicht so schön gefärbt, damit man sie, wie die Werke der Menschen, bewundert, denn diese Insel ist bis jetzt wahrscheinlich unbewohnt gewesen, und niemand hat sie je gesehen. Sie sind eben da, und auf ihre besondere Art da, wie alles in der Natur!«

Nach diesem Gespräch trat für einige Minuten eine Pause ein. Beide hingen ihren Gedanken nach. Endlich erhob sich Mr. Seagrave.

»Komm, William, wir wollen jetzt den Rückweg antreten. Wir haben noch drei Stunden Tag, da schaffen wir es bequem bis nach Hause. Ich sag ›nach Hause‹, so hab ich mich an den Platz gewöhnt.«

»Ja, zur Abendessenszeit sind wir da, Vater«, entgegnete William; »und ich fühle, daß ich meinem Mahl alle Ehre antun werde. Je früher wir also aufbrechen, desto besser.« —

Alle Zeltbewohner trafen nun Vorbereitungen zum Aufbruch. Rüstig hatte das Boot gründlich ausgebessert und es mit Mast und Segel versehen. Jetzt war es seetüchtig. William und Mr. Seagrave fuhren fort, die verschiedenen angelandeten Gegenstände, namentlich die, welche durch das Wetter Schaden nehmen konnten, in Sicherheit zu bringen. Sie brachten sie zum Kokospalmenwald, um sie vor der Sonne zu schützen und auch vor neuen Regengüssen. Es wurden Tag um Tag so viel Dinge an Land geworfen, daß sie kaum wußten, was alles darunter war. Sie bargen die Kisten und Fässer erst einmal, rollten sie hoch, trugen sie, schleiften sie an Seilen nach, eins ums andere, und warteten auf eine Ruhepause, um den Inhalt zu untersuchen. Schließlich mußten sie sich damit begnügen, alles zu großen Haufen zu stapeln und mit Sand zu bedecken, es war unmöglich, noch mehr vom Ufer wegzubringen, sie hatten einfach nicht soviel Zeit.

Auch Mrs. Seagrave, die sich gut erholt hatte, und Juno blieben nicht müßig. Sie schnürten Packen zusammen mit allem, was man auf der anderen Seite der Insel brauchte. So würde es sich leichter transportieren lassen. Am achten Tag nach dem Sturm waren sie bereit, und nun wurde eine Beratung gehalten. Man kam überein, daß Rüstig das Bettzeug und ein Zelt mitnehmen sollte. William würde ihn auf der ersten Fahrt begleiten. War die Fracht sicher angelandet, würde Rüstig zurückkehren, um eine Ladung der nötigsten Gegenstände mitzunehmen. Am nächsten Tag wollte die Familie durch den Wald zur Leeseite der Insel laufen und mit Mr. Seagrave dort bleiben, während Rüstig und William das andere Zelt brachten. Das Boot sollte so viele Fahrten machen, wie das Wetter erlaubte. Vielleicht konnte man es schaffen, alles, was man notwendig brauchte, gleich an den ersten Tagen nachzuholen.

Es war ein lieblicher Morgen, als Rüstig und William in dem schwerbefrachteten Boot abruderten. Sobald sie die Bucht im Rücken hatten, hißten sie das Segel auf, um vor dem Wind an der Küste hinzufahren. In zwei Stunden hatten sie das östliche Ende der Insel erreicht. Das Horn der Bai, an dessen Ende sich die Durchfahrt befand, war keine Meile mehr von ihnen entfernt. Sie holten nun das Segel ein und ruderten landwärts.

»Ein Glück, Master William, daß wir immer günstigen Wind haben, wenn wir beladen herunterkommen, und nur zum Ruder greifen müssen, wenn das Boot leer ist.«

»Wieviel Meilen mag es von diesem Teil der Insel bis zu der anderen Bucht sein?«

»Ungefähr sechs oder sieben, mehr nicht. Die Insel ist lang und schmal. Wir wollen die Sachen herausschaffen und gleich hinauftragen, wir können dann bald wieder zurück. Eure Mama war doch unruhig, als Ihr ins Boot stiegt, Master William.«

Das Fahrzeug war bald ausgeladen, aber sie mußten die Gegenstände eine ziemliche Strecke tragen.

»Wenn wir hier unsere Zelte aufgeschlagen haben, kann uns ein Sturm wie der von letzthin nicht mehr viel anhaben, William, der ganze Kokospalmenwald wird uns schützen«, sagte Rüstig. »Ja, den Sturm werden wir kaum spüren, den fängt der Wald ab. Gegen den Regen allerdings, der in Strömen niederschütten wird, kommen wir nicht so leicht an.«

»Ich will noch hingehen und nach unserer Quelle sehen«, bemerkte William. »Ich habe Durst bekommen von dem Schleppen.«

»Tut das und kommt gleich zum Boot herunter.«

William berichtete, daß die Quelle immer noch bis an den Rand voll Wasser sei und daß er in seinem Leben noch nie einen so vortrefflichen Trunk genossen habe. Sie fuhren ab und erreichten nach zweistündigem Rudern den Eingang der Bucht, wo ihnen Mrs. Seagrave mit dem Schnupftuch zuwinkte; Tommy stand neben ihr.

Sie stiegen an Land und nahmen die Glückwünsche der ganzen Gesellschaft entgegen. Alle waren froh darüber, daß der Weg viel kürzer gewesen war, als man vermutet hatte.

»Das nächste Mal geht Tommy mit«, sagte der Kleine energisch.

»Gelegentlich, wenn Tommy ein bißchen größer geworden ist«, erwiderte Rüstig. Aufmunternd nickte er dem Jungen zu.

»Master Tommy, Ihr könnt mir helfen, die Ziegen zu melken«, sagte Juno, »das wäre für mich eine große Hilfe.«

»Ja, Tommy will die Ziegen melken.« Der Knirps eilte Juno nach.

»Habt Ihr es auch so satt, nichts als Salzfleisch und Zwieback zu essen?« fragte Rüstig, als er sich zu dem Mahl niedersetzte. »Wenn wir alles wohlbehalten auf der anderen Seite haben, hoffe ich, Euch Besseres bieten zu können. Vorderhand heißt's eben, rauhe Arbeit und rauhe Kost.«

»Solange die Kinder wohlauf sind, mache ich mir wenig daraus«, sagte Mrs. Seagrave. »Indes muß ich zugeben, daß ich mich seit dem letzten Sturm danach sehne, zur anderen Seite der Insel zu kommen, namentlich, da mir William einen so lockenden Bericht darüber erstattet hat. Der Platz muß ein Paradies sein! Wann brechen wir auf?«

»Doch besser erst übermorgen, Madam. Ich muß zuvor die Kochgerätschaften und die Bündel, die Ihr zusammengeschnürt habt, hinüberbringen. So ist es bequemer für Euch und die Kinder. Wenn Ihr morgen Juno mit William durch den Wald gehen lassen wollt, so könnten wir das Zelt für Euch und die Kinder aufrichten. Mr. Seagrave wird bei Euch bleiben, Madam.«

»Ich habe nichts einzuwenden, Rüstig. Allmählich gewöhne ich mich daran, daß mein ältester Sohn selbständig wird. Sollten sie nicht auch die Schafe und die Ziegen mitnehmen? Es wäre doch wieder etwas geschehen.«

»Ja, Madam, daran habe ich nicht gedacht, wir sparen Zeit dadurch.«

8.

Lange bevor die Familie auf war, hatte Sigismund Rüstig sein Boot bereits beladen und seine Fahrt angetreten. Er hatte sein Ziel schon erreicht, als die Zurückgebliebenen noch nicht einmal angekleidet waren. Nachdem er alles an Land gebracht hatte, aß er von dem mitgenommenen Salzfleisch und Zwieback mit gutem Appetit trotz fehlender Abwechslung. Dann traf er Vorbereitungen für das Aufschlagen des Zeltes, mit der Arbeit begann er noch nicht, er wollte die Ankunft Williams und Junos abwarten, zu dritt war es einfacher, die Spieren zu befestigen und die Leinwand darüberzuwerfen.

Gegen zehn Uhr erschien William. Er führte eine der Ziegen an einem Strick, die anderen folgten nach.

Bald darauf stellte sich auch Juno mit den Schafen ein, sie hatte gleichfalls nur das Leittier angebunden, die übrigen hatten sich ruhig angeschlossen.

»Hier sind wir endlich!« sagte William lachend. »Wir hatten gewaltige Not, uns durch den Wald zu arbeiten, denn Nanny wollte stets an der anderen Seite des Baumes vorbei, wenn ich auf der einen ging, und dies zwang mich dann, den Strick fahrenzulassen. Wir sind übrigens wieder mit den Schweinen zusammengetroffen, und Juno hat ein gewaltiges Geschrei darüber angestimmt.«

»Ich halte sie für völlig verwildert«, versetzte Juno. »Wenn die Kleinen nun mal in den Wald laufen? Die Tiere trampeln sie doch einfach nieder.« Sie schaute sich um. »Ah, welch eine schöne Aussicht!« rief sie. »Mrs. Seagrave wird froh sein, hier wohnen zu können.«

»Ja, es ist ein schöner Platz, Juno; und du wirst imstande sein zu waschen, ohne Wasser sparen zu müssen.«

»Ich habe mir Gedanken gemacht«, mischte sich William ins Gespräch, »wie wir die Hühner herüberbringen. Sie sind nicht wild, aber dennoch lassen sie sich nicht fangen.«

»Ich werde sie morgen mitbringen, Master William.«

»Und wie wollt Ihr sie greifen?«

»Man wartet, bis sie aufgeflogen sind, dann kann man sie aufnehmen und forttragen.«

»Die Schweine werden wahrscheinlich wirklich verwildern.«

»Das ist das Beste, was uns passieren kann. Die Schweine suchen sich selbst ihre Nahrung unter den Kokosbäumen und werden schnell für Nachwuchs sorgen.«

»Dann müssen wir sie aber vermutlich schießen, wenn wir Fleisch brauchen!«

Die Aussicht auf eine zünftige Jagd weckte in William angenehme Aufregung.

»Allerdings, Master William, und die Tauben auch, wenn wir lange genug hierbleiben und sie sich hinreichend vermehrt haben. Es fehlt uns dann nicht an Wild auf dieser Insel, und wir werden bald bestens mit lebendigen Vorräten versehen sein.«

»Also werden wir richtig auf Jagd gehen.«

»Ja, und so Gott will, werden wir dennoch mit jedem Jahr reicher. Aber jetzt müßt Ihr mir helfen, das Zelt aufzuschlagen und alles in Ordnung zu bringen, so daß es Eure Mutter bei ihrer Ankunft behaglich hat. Ich kann mir vorstellen, daß sie von dem Weg durch den Wald doch recht müde sein wird. Es ist eine Anstrengung für sie, ganz gesund ist sie noch nicht.«

»Mama fühlt sich besser als seit langem«, versetzte William. »Ich denke, sie wird bald wieder richtig kräftig sein, vor allem wenn sie an diesem schönen Ort wohnt.«

»Wir haben noch viel zu tun, mehr, als wir vor der Regenzeit schaffen, das macht es schwer für sie. Ich glaube nämlich, Eure Mama will uns allen etwas vorspiegeln. Es geht ihr besser, aber noch lange nicht gut. Wir müssen ihr helfen, sie darf nur leichte Arbeiten übernehmen. Übers Jahr werden wir's dann gemächlicher haben.«

»Ich dachte, wenn wir die Zelte aufgeschlagen und den Umzug bewerkstelligt haben, ist nicht mehr soviel zu tun.«

»Doch, doch, erstlich müssen wir ein Haus bauen, und das wird geraume Zeit dauern. Solange es nicht fertig ist, bleibt alles nur ein Behelf. Einen kleinen Garten werden wir auch anlegen, in den wir die Samen tun, die Euer Vater von England mitgebracht hat.«

»Oh, ein Garten, in dem man selbst arbeiten kann. Das wollte ich schon immer, aber man hat mich nicht gelassen. Ich sei noch zu klein, haben sie gesagt. Wo legen wir ihn an, Rüstig?«

»Ich habe mich schon umgesehen. Wir ziehen hier einen Zaun«, Rüstig zeigte mit der Hand, wo er sich den Zaun dachte, »und graben alles Gebüsch aus; der Boden ist gut.«

»Einen Zaun?«

»Wir werden ihn brauchen wegen der Schweine, die lieben auch Abwechslung auf dem Kostplan. Und das ist noch lange nicht alles, was wir bewältigen müssen.«

»Was kommt dann?«

»Wir brauchen ein Lager für alle die Vorräte, die wir im Wald und an dem Ufer haben. Freilich sollten sie vorderhand an Ort und Stelle bleiben, bis wir Zeit haben, sie genau zu untersuchen. Dann berechnen wir, wie viele Fahrten wir benötigen, um alles mit dem kleinen Boot herzubringen.«

»Ja, Rüstig, das leuchtet mir ein. Haben wir sonst noch etwas zu tun?«

»Alle Hände voll! Wir brauchen einen Teich für Schildkröten und einen zweiten für Fische, ferner wäre ein Badeplatz nützlich, wo Juno die Kinder waschen kann.«

»Ja, und ich mich selbst auch«, fügte Juno voller Eifer hinzu. »Bei dieser Hitze ist man immer gleich durchgeschwitzt, und dann fühlt man sich ganz schmutzig.«

»Na ja, ich stelle gar nicht in Abrede, daß dir ein bißchen Waschen nicht schaden wird, Juno, obschon du ein sauberes Mädchen bist. Aber es muß doch nicht gleich sein. Erst, Master William, müssen wir die Quelle einfassen, damit uns kein Sand hineinfällt und wir immer genügend Süßwasser haben. Das alles zusammen ist Arbeit genug für wenigstens ein Jahr, und ich zweifle nicht, daß wir im Lauf der Zeit immer wieder etwas Neues zu tun finden.«

»Gut; wenn erst einmal Mama und die Kinder hier sind, wollen wir gleich ans Werk gehen.«

»Ein Jahr warte ich nicht auf den Badeplatz«, sagte Juno. »Sollen wir alle verdrecken?«

»Wir werden uns beeilen«, versprach Sigismund Rüstig, »schon, weil ich nicht weiß, wie lange ich noch durchhalte. Ich möchte Euch gern in Behaglichkeit zurücklassen und in einer Lage, wo Ihr ohne mich weiterfindet.«

»Warum redet Ihr so, Rüstig? Ihr seid zwar ein alter Mann, aber noch stark und gesund.« William fühlte jähe Sorge aufsteigen.

»Jetzt wohl noch, Master William; doch wißt Ihr, wie's in dem Buch heißt? ›In der Mitte des Lebens sind wir vom Tod umfangen.‹ Ihr seid jung und habt Aussicht auf ein langes Leben. Ein alter Mann dagegen, der von Mühseligkeiten wie ausgehöhlt ist, kann der noch ein langes Leben erwarten? Nein, nein, Master William. Selbst ein Jüngling, der auf die Dauer seiner Tage pocht, ist ein Tor; der Alte aber, der es tut, ist ein Verrückter. Nun, macht Euch keine Gedanken. Mir wäre es lieb, wenn ich noch eine Weile hierbleiben dürfte, so lange, wie ich mich nützlich zu machen vermag. Und dann hoffe ich, daß mein Acker bestellt ist und ich in Frieden hinfahren darf. Ich möchte diese Insel nicht wieder verlassen, Master William, ich habe eine Art Vorahnung, daß meine Gebeine hier ruhen werden. Gottes Wille geschehe.«

Lange Zeit herrschte Schweigen. Bedrückt gingen William und Juno ihrer Arbeit nach. Rüstig half ihnen, die Zeltleinwand am Boden auszubreiten und sie mit Pflöcken zu befestigen.

Endlich faßte William Mut zu einer Frage. »Rüstig, habt Ihr nicht gesagt, daß Euer Taufname Sigismund sei?«

»So ist es.«

»Das ist ein wunderlicher Taufname. Wurdet Ihr nach einer anderen Person so genannt?«

»Ja, Master William, nach einem reichen Mann.«

»Wißt Ihr auch, Rüstig, daß ich gar zu gern einmal Eure Geschichte hören möchte — ich meine die Geschichte Eures ganzen Lebens von der Zeit an, als Ihr ein Knabe wart.«

»Nun, dazu mag wohl Rat werden, William. Doch erst dann, wenn wir alle unsere Arbeit hinter uns gebracht haben — vorderhand noch nicht. Vielleicht, wenn der Regen kommt und wir nicht rauskönnen.«

»Wie alt seid Ihr, Rüstig?«

»Vierundsechzig vorbei, William — ein schönes Alter für einen Matrosen. Ich hätte auf keinem Schiff mehr Beschäftigung gefunden, wenn ich nicht mit vielen Kapitänen so gut bekannt wäre.«

»Warum sagt Ihr, ein schönes Alter für einen Seemann?«

»Weil die Matrosen viel schneller leben als andere Leute, zum Teil der Anstrengungen wegen, die sie durchzumachen haben, zum Teil, weil sie soviel Branntwein trinken. Dazu sind sie außerdem oft rücksichtslos und gleichgültig gegen ihre Gesundheit, so daß ihre Kräfte viel eher erschöpft sind als die von Leuten, die an Land leben.«

»Ihr trinkt doch nie Branntwein. Ich habe es jedenfalls noch nie gesehen.«

»Nein, Master William, obschon ich in meinen jüngeren Tagen so töricht war wie andere. Nun, Juno, wir sind jetzt fertig, und du kannst das Bettzeug hereinbringen. Wir haben noch zwei oder drei Stunden Tag. William; was fangen wir an?«

»Meint Ihr nicht, wir sollten die Feuerstelle aufbauen? Die brauchen wir doch gleich. Juno und ich holen Steine herbei.«

»Ihr seid ein vernünftiger Junge — ich bin derselben Meinung, wir wollen gleich anfangen. Ich werde morgen als erster hier sein und Sorge dafür tragen, daß Ihr bei Eurer Ankunft etwas Warmes zu essen findet.«

»Ich habe eine Wasserflasche im Rucksack mitgebracht«, erklärte William; »nicht so sehr des Wassers wegen, das haben wir ja drüben. Aber ich möchte eine Ziege melken und die Milch für Albert mit zurücknehmen.«

»Gut, William, daß Ihr daran gedacht habt. Während Ihr und Juno die Steine holt, will ich alle die Dinge, die ich in dem Boot mitgebracht habe, gut verstauen.«

»Sollen wir die Ziegen und die Schafe loslassen?«

»O ja, wir brauchen uns keine Sorgen zu machen, daß sie weglaufen. Das Gras hier ist besser und reichlicher als auf der anderen Seite. Ihr könnt Euch darauf verlassen, daß sie hierbleiben. In den Wald rennen sie sowieso nicht.«

»So will ich Nanny freigeben, sobald ich sie gemolken habe; ich wüßte nicht, was wir vor unserer Rückkehr noch tun sollten. Laß sehen, Juno, wieviel Steine wir auf einmal tragen können.«

Nach einer Stunde war die Feuerstelle fertig. Rüstig hatte alles nach oben gebracht, und die Ziegen wurden, sobald sie gemolken waren, freigelassen. Dann traten William und Juno ihren Rückweg durch den Wald an. Rüstig ging zum Ufer hinunter. Dort bemerkte er eine kleine Schildkröte, auf die er langsam von vorn zuschlich. Nachdem er sie auf den Rücken geworfen hatte, sagte er: »Das gibt einen guten Braten für morgen«, und stieg ins Boot, um wieder zur Bucht auf der anderen Seite zurückzurudern.

Sobald er das Boot an Land gezogen hatte, begab sich Rüstig zu den Zelten, wo er die ganze Gesellschaft antraf. William erstattete gerade Bericht über die Erlebnisse im Wald und in der Bai. Alle hörten aufmerksam zu. Über die Schwierigkeiten mit der störrischen Ziege, die immer die andere Seite des Baumes bevorzugte, gab es herzhaftes Gelächter. Sigismund Rüstig gesellte sich zu ihnen. Auch er hatte einiges zu erzählen. Sobald er fertig war, wurden die Anordnungen für den nächsten Tag getroffen, worauf sich die Familie zu Bett begab. Nur Rüstig und William blieben auf bis nach Anbruch der Dunkelheit, um die Hühner zu fangen und ihnen die Beine zusammenzubinden. Am anderen Morgen sollten sie ins Boot gebracht werden, gleich mit der ersten Ladung.

Bei Tagesanbruch mußten sich alle so schnell wie möglich ankleiden, weil Rüstig nun auch das Zelt mitnehmen wollte, in dem Mrs. Seagrave,

Juno und die drei jüngeren Kinder geschlafen hatten; für ihn, Mr. Seagrave und William war nur einiges Segeltuch unter den Kokosbäumen ausgebreitet worden. Da das Wetter schön war, hatten sie dennoch gut geschlafen.

Alles war nun voller Tatendrang. Tommy wieselte aufgeregt zwischen den Männern rum, wollte unbedingt helfen und brachte alles durcheinander. Karoline hatte keine Lust aufzustehen, Albert weinte. Sobald Mrs. Seagrave angekleidet war und sich um die Kinder kümmern konnte, wurde das Zelt abgebaut und mit allem Bettzeug in das Boot geschafft. Juno hatte in aller Eile ein Frühstück bereitet. Die Teller, Messer und Gabeln und anderen Gerätschaften kamen nach dem Essen gleichfalls ins Boot, und nachdem Rüstig die Hühner obenauf gelegt hatte, brach er nach der neuen Niederlassung auf.

Die übrige Gesellschaft säumte nicht, ihre Wanderung durch den Wald anzutreten. William, der den Weg am besten kannte, ging mit den drei Hunden voran; Mr. Seagrave trug Albert, Juno nahm die kleine Karoline auf den Arm, während Mrs. Seagrave Tommy an der Hand führte. »Du mußt jetzt auf deine Mama achtgeben«, sagte sie. »Bei einem so weiten Weg braucht sie Hilfe.« Tommy wurde zu einem fürsorglichen Kavalier.

Sie verabschiedeten sich nicht ohne Bedauern von dem Platz, der ihnen nach soviel Gefahr Schutz verliehen, und blickten noch einmal in die Bucht, wo die Bruchstücke des Wracks und Teile der Ladung überall am Ufer umher verstreut lagen. Dann wandten sie sich dem Wald zu.

Rüstig hatte für seine Fahrt zwei Stunden gebraucht. Er zog das Boot an Land, gab sich nicht weiter mit der Ladung ab, sondern stieg hinauf zu der Schildkröte, die er tags zuvor umgewendet hatte. Er tötete sie und nahm sie am Ufer aus. Dann ging er zu der Stelle, wo sie mit den Steinen einen Herd gebaut hatte, zündete ein Feuer an, füllte die eiserne Pfanne mit Wasser und setzte sie über die Glut. Sobald dies geschehen war, schnitt er ein Stück von der Schildkröte ab, brachte es mit einigen Stücken gesalzten Schweinefleisches in den Topf, deckte ihn zu und ließ alles sieden. Erst nachdem er den Rest der Schildkröte im Schatten aufgehängt hatte, lief er zum Ufer zurück, um das Boot auszuladen. Er befreite die armen Hühner, die, weil ihre Füße so lange gebunden gewesen, ganz steif waren, sich aber rasch wieder erholten und bald eifrig nach Nahrung scharrten. Rüstig nahm nun Teller, Messer, Gabeln und andere Küchengeräte mit hinauf, sah nach der Pfanne, schürte das Feuer und kehrte dann zurück, um das Bettzeug, die Zeltleinwand und

die Spieren zu holen. Er hatte zwei bis drei Stunden zu tun, manches war recht schwer für einen Mann, und es mußte eine ziemliche Strecke weit getragen werden. Darum war der alte Mann froh, als alles oben war und er niedersitzen und sich ausruhen konnte.

»Es ist eigentlich Zeit, daß sie kommen«, sagte er zu sich selber, »sie müssen vor ungefähr vier Stunden aufgebrochen sein. Freilich, möglicherweise haben sie doch länger gezögert, es ist nicht eben leicht, einen Haufen Weiber und Kinder unter Segel zu bringen.«

Er saß da und sah dem Feuer zu, schaute hin und wieder in den Topf. Dann sprangen bellend und hechelnd die Hunde auf ihn zu und warfen ihn fast um.

»Nun, jetzt können sie nicht mehr weit sein«, sagte der alte Rüstig. »Ich freue mich, euch zu sehen, Hunde.«

Er hatte recht. Sechs oder sieben Minuten später tauchte die Gesellschaft aus dem Wald auf, erhitzt und ermüdet. Karoline hatte vor Aufregung in der Nacht kaum Schlaf gefunden. Nun hatte Juno sie fast unablässig tragen müssen. Es hatte sich auch gezeigt, daß Mrs. Seagrave noch sehr schwach war, und man hatte eine Viertelstunde ausruhen müssen. Dann wollte auch Tommy getragen werden: Lange hatten seine guten Vorsätze nicht vorgehalten. Er fand alles ungeheuer interessant und lief von einem zum anderen, nach vorn und nach hinten und legte den Weg so mindestens dreimal zurück. Bald fühlte er sich erschöpft. Da ihn keiner tragen wollte, begann er zu weinen und zu schreien, bis man abermals eine Viertelstunde haltmachte, damit er sich ausruhen konnte. Sobald die Wanderung wieder aufgenommen wurde, klagte er erneut über Müdigkeit, weshalb der gutmütige William ihn für eine Weile auf den Rücken nahm. Doch wegen der schweren Last verfehlte er die Zeichen an den Bäumen. Es währte lange, bis sie sich wieder zurechtfanden. Schließlich wurde Albert hungrig und weinte. Karoline folgte seinem Beispiel, weil sie Angst vor dem Wald hatte, der ihr unendlich vorkam, und Tommy schrie noch lauter als die Kleinen, weil ihn William nicht länger tragen konnte. Sie machten daher wieder halt und labten sich aus der Wasserflasche, die William mitgenommen hatte. Jetzt ging es besser vorwärts; aber doch langten sie so erhitzt und erschöpft an, daß Mrs. Seagrave zuerst die Kinder in das Zelt schickte, damit sie sich ein wenig ausruhen, sie gingen ohne Protest. Dann konnte Mrs. Seagrave endlich den Platz betrachten, der ihr künftig als Wohnung dienen sollte. Sie hatte sich neben dem Herd niedergelassen.

»Hier werde ich mich wohl fühlen«, sagte sie.

»Ich denke«, sagte Mr. Seagrave, »diese kleine Reise hat einen hinlänglichen Beweis geliefert, wie hilflos wir ohne Euch sein würden, Rüstig.«

»Ich bin froh, daß ich Euch hier habe«, versetzte Rüstig, »und es fällt mir ein Stein vom Herzen. Für den Anfang wird es gehen. Später können wir es uns richtig gemütlich machen, obschon wir bis dahin noch viel zu tun haben. Sobald sich Madam ausgeruht hat, wollen wir unser Mittagsmahl einnehmen und dann unser Zelt aufschlagen. Für den heutigen Tag soll es dann genug sein. Morgen wollen wir aber allen Ernstes ans Werk gehen.«

»Fahrt Ihr morgen wieder zur Bucht zurück, Rüstig?«

»Ja, Sir, wir brauchen die Vorräte. Ich will etwas Ochsen- und Schweinefleisch, Mehl, Erbsen und noch viele andere Dinge holen, die wir hier nicht entbehren können. Es werden wohl drei Fahrten nötig sein, um unser Magazin zu leeren. Was die Dinge betrifft, die wir aufgelesen haben, so können wir sie gelegentlich untersuchen und nachbringen – sie nehmen keinen Schaden, wenn sie noch einige Zeit drüben bleiben. Sobald ich dann diese drei Fahrten erledigt habe, fangen wir hier mit der Arbeit an.«

»Kann ich in der Zwischenzeit nichts tun?«

»O ja; es gibt alle Hände voll zu tun für Euch.«

»Wollt Ihr William mit Euch nehmen?«

»Nein, Sir; er wird hier nützlicher sein, und ich komme ohne ihn zurecht.«

Mr. Seagrave begab sich in das Zelt. »Die Kinder sind eingeschlafen«, flüsterte er seiner Frau zu. »Soll ich sie hochscheuchen?«

»Besser, sie ruhen sich noch ein wenig aus«, sagte Mrs. Seagrave, »sonst geht die Quengelei gleich wieder los.«

Sie warteten noch eine halbe Stunde und weckten dann Tommy und Karoline. »Essen«, rief Mr. Seagrave. »Habt ihr denn keinen Hunger?«

»Herrjemine«, rief William, als Rüstig den Deckel von dem Topf nahm, »was habt Ihr denn Gutes hier?«

»'s ist ein Schmaus, den ich für uns alle bereitet habe, ich weiß doch, daß Ihr das Salzfleisch überhabt, genau wie ich, und deshalb wollen wir jetzt ein Mahl halten wie die Londoner Stadträte.«

»Was ist es denn, Rüstig?« fragte Mrs. Seagrave. »Es riecht wirklich gut.«

»Schildkrötensuppe, Madam. Ich hoffe, sie wird Euch schmecken; und falls das der Fall ist, machen wir sie öfter. Schildkröten gibt es auf dieser Seite genug.«

»Aber es wird an Salz fehlen. Hast du welches mitgebracht, Juno?«

»Ein bißchen, Madam. Wir haben nur wenig übrig.«

»Hm, und was fangen wir an, wenn unser Salz aufgebraucht ist?«

»Dann muß Juno mehr beschaffen«, versetzte Rüstig.

»Und wie, bitte? Drüben ist auch nichts mehr.«

»Es ist genug da draußen, Juno«, sagte Mr. Seagrave, zur See hinausdeutend.

»Jaja«, versetzte Juno. »Nur, wie kommen wir daran? Sollen wir mit Meerwasser kochen?«

»Ich verstehe auch nicht, was du meinst, mein Lieber.« Mrs. Seagrave mischte sich in das Gespräch.

»Ich will nur sagen, daß wir, wenn wir Salz brauchen, beliebig viel erhalten, wenn wir das Seewasser in dem Kessel einkochen lassen. Wir können auch eine Salzpfanne in den Felsen bauen und darin das Wasser durch die Sonne verdunsten lassen. Rüstig wird es euch bestätigen. Salz wird meist auf diese Weise bereitet – entweder durch Verdunstung oder durch Kochen. Beides ist der nämliche Prozeß, nur bei dem letzteren geht es rascher vonstatten.«

»Ich will dies schon besorgen, Madam«, sagte Rüstig, »und auch Juno zeigen, wie man es macht.«

»Ich freue mich über diese tröstliche Versicherung«, erwiderte Mrs. Seagrave. »Ohne Salz ist das beste Fleisch fade.« Sie kostete, behielt den ersten Löffel voll genießerisch auf der Zunge. »Wirklich gut, gratuliere, Rüstig, nie hat mir eine Suppe so gut geschmeckt wie heute.«

Die Suppe wurde von allen für vortrefflich erklärt. Tommy kam so oft mit seinem Teller, daß ihn seine Mutter schließlich wegschickte. Nach beendeter Mahlzeit blieb Mrs. Seagrave bei den Kindern, während Rüstig und Mr. Seagrave unter Junos und Williams Beistand das zweite Zelt aufschlugen und alles für die Nacht vorbereiteten. Inzwischen war es dunkel geworden. Erschöpft von der Anstrengung des Tages begaben sie sich zu Bett.

Am anderen Morgen war Mr. Seagrave zuerst auf den Beinen. Er stand und schaute aufs Meer, als Rüstig aus dem Zelt trat.

»Wißt Ihr, Rüstig«, sagte er, »seit ich hier bin, fühle ich mich weit glücklicher und ruhiger. Drüben auf der anderen Seite erinnerte mich alles an unseren Schiffbruch, und ich konnte die Gedanken an die Heimat und an meine Geschäfte in Australien nicht loswerden. Aber hier ist mir's, als sei ich längst heimisch und aus freier Wahl hergekommen.«

»Ich hoffe, dieses Gefühl wird sich mit jedem Tag festigen, Sir, denn es nützt nicht nur nichts, ich finde es sogar sündhaft, wenn man murrt, während man doch für so vieles dankbar sein sollte.«

»Ich gebe es ja zu, lieber Rüstig, und lasse mir in Demut Euren Verweis gefallen.« Mr. Seagrave lächelte. »Aber Ihr habt doch sicher schon Pläne für den heutigen Tag, oder?«

»Ich denke, zuerst sollten wir für einen Vorrat an frischem Wasser sorgen. Ich möchte daher vorschlagen, daß Ihr und William – nun, da ist er ja; guten Morgen, Master William –, ich wollte sagen, es dürfte wohl am besten sein, wenn Ihr und Euer Vater, während ich mit dem Boot unterwegs bin, die Quelle erweitert. Ich habe gestern noch eine Schaufel mitgebracht, damit wir zu zweit arbeiten können. Vielleicht ist's gut, wenn wir gleich hingehen, denn ich sehe, daß Juno schon anfängt, das Frühstück zu bereiten.«

Sie gingen hinüber. Rüstig wies den Hang hinauf. »Ihr seht, Mr. Seagrave, wir müssen der Quelle folgen, bis wir unter die Kokospalmen kommen, dort ist sie vor der Sonne geschützt. Die Palmen geben guten Schatten. Man muß dem Sickern des Wassers folgen, dann findet man zur richtigen Stelle. Wenn Ihr ein Loch graben wollt, das groß genug ist, um eins von den Wasserfässern, die noch drüben am ersten Lagerplatz liegen, in die Erde zu senken, würde ich diesen Nachmittag eins mitbringen. Wir stellen es aufrecht in die Erde, dann besitzen wir stets ein Faß voll zu unserem Gebrauch, und die Quelle füllt es schneller, als wir es leeren können. Sonst würde viel Wasser versickern, und es könnte auch schlammig werden.«

»Ich verstehe«, versetzte Mr. Seagrave. »Dies soll also während Eurer Abwesenheit unsere Arbeit sein.«

»Gut, so habe ich jetzt nichts weiter zu tun, als mit Juno über das Mittagessen zu beraten«, entgegnete Rüstig. »Ich nehme einen Bissen zu mir und mache mich auf den Weg. Schön wird es noch eine Weile sein. Aber ob die See so ruhig bleibt?«

Rüstig schlug Juno vor, in der Pfanne etwas Schweinefleisch zu braten und auch von der Schildkröte Schnitten abzuschneiden, die könne sie wie Steaks behandeln. Außerdem empfahl er ihr, die übriggebliebene Suppe aufzuwärmen. Rüstig wollte nicht warten, bis das Essen fertig war, er nahm ein Stück Zwieback und etwas Ochsenfleisch, ging zum Boot hinunter und brach auf. Mr. Seagrave und William machten sich, gestärkt durch Tee und Eier und Zwieback, eifrig ans Werk. Um zwölf Uhr hatten sie sich nach oben gearbeitet und ein Loch ausgehoben, groß genug für ein Wasserfaß. Sie gingen zurück, um auszuruhen. Vor

dem Zelt saß Mrs. Seagrave. Sie war mit dem Ausbessern von Kinderkleidern beschäftigt.

»Du weißt nicht, um wieviel wohler ich mich fühle, seit ich hier bin«, sagte Mrs. Seagrave, indem sie die Hand ihres Gatten ergriff, der sich an ihrer Seite niederließ.

»Ich hoffe, es ist die Vorahnung künftigen Glücks«, versetzte Mr. Seagrave. »Ich kann versichern, daß es mir ebenso ergeht. Erst diesen Morgen habe ich es Rüstig gesagt.«

»Es ist hier so ruhig und schön, daß ich glaube, ich könnte für immer hierbleiben. Dennoch vermisse ich etwas – es gibt keine Singvögel wie bei uns zu Hause.«

»Ja, ich habe hier nur Seevögel gesehen, aber davon gibt es eine Menge. Hast du andere Arten bemerkt, William?«

»Nur einmal, Vater, da sah ich einen Schwarm in weiter Ferne. Rüstig war nicht in der Nähe, und ich konnte nicht fragen, was das für Vögel waren; sie schienen so groß zu sein wie Tauben. Doch da kommt Rüstig um die Spitze herum«, rief er. »Wie schnell doch dieses kleine Boot segelt, obwohl der alte Mann weit zu rudern hat, bis er die Bucht drüben erreicht. Juno, ist das Essen fertig?«

»Aber ja, Master William; sobald er hier ist, können wir uns zu Tisch setzen.«

»Wir wollen hinunter und Rüstig tragen helfen«, sagte Mr. Seagrave. »Wir dürfen ihn nicht alles allein tun lassen.«

Sie gingen Rüstig entgegen. William rollte das leere Wasserfaß hinauf, das dieser mitgebracht hatte.

Die Schildkrötensteaks fanden den gleichen Beifall wie die Suppe. Das frische Fleisch schmeckte ihnen besonders gut, da sie so lange auf die Schiffsvorräte angewiesen waren.

»Und nun wollen wir unseren Brunnen zu Ende bauen«, sagte William, nachdem sie gesättigt waren.

»Du bist aber eifrig, William«, bemerkte Mrs. Seagrave.

»Das ist notwendig, Mutter, ich muß jetzt alles lernen.«

Sie rollten das Faß zur Quelle und fanden zu ihrem Erstaunen, daß das große Loch, das sie vor knapp zwei Stunden gegraben hatten, schon voll Wasser war.

»O wie dumm!« rief William, »jetzt müssen wir alles Wasser ausschöpfen, um das Faß hineinzubringen.«

»Überleg doch ein wenig, William«, sagte Mr. Seagrave; »die Quelle läuft so schnell, daß dies keine leichte Arbeit sein würde. Fällt dir nicht etwas anderes ein?«

»Du weißt wohl, Vater, daß das Faß sonst schwimmen würde«, sagte William.

»Das stimmt schon; aber gibt es kein Mittel, es zum Sinken zu bringen?«

»O ja, ich habe es. Wir müssen einige Löcher in den Boden bohren; dann füllt es sich und geht von selbst unter.«

»Ganz recht, William«, erwiderte Rüstig. »Ich habe vermutet, daß es so kommen würde, und habe deshalb den großen Bohrer mitgebracht.«

Rüstig bohrte drei oder vier Löcher in den Boden des Fasses und setzte es auf das Wasser. Ganz allmählich sank es auf den Grund. Sobald der obere Teil mit dem Wasserspiegel in gleicher Höhe stand, füllten sie die Seitenzwischenräume mit Erde auf, und der Brunnen war vollendet. »Wir gehen jetzt zurück zu den anderen«, schlug Rüstig vor,

»und morgen haben wir Wasser, so rein und klar wie Kristall. Nun wollen wir die übrigen Gegenstände aus dem Boot heraufholen.«

William stellte seine Schaufel oberhalb des Brunnens an eine Palme. Dabei schob sich Gebüsch zur Seite. »Was ist denn das?« fragte er.

Vom Gebüsch verborgen, stand da im Halbkreis eine Reihe von Steinen. Sie waren etwa hüfthoch und schmal und offenbar behauen.

Mr. Seagrave trat näher. »Reste von Malerei. Die Steine tragen Gesichter.«

Auch Sigismund Rüstig betrachtete sie aufmerksam. »Ein Heiligtum der Eingeborenen«, sagte er.

Mr. Seagrave nickte. »Vielleicht die Behüter des Brunnens. Es ist doch möglich, daß die Quelle hier irgendeine mystische Bedeutung hatte. Schon das zweite Zeichen, daß wir nicht die ersten Menschen auf dieser Insel sind.«

»Wir müssen uns genauer umsehen«, sagte Rüstig. »Aber Zeit dafür ist erst später, wenn die Regenperiode vorbei ist. Ich glaube auch nicht, daß es eilt. Hier ist schon lange niemand gewesen, und auch die Spuren drüben waren alt. Nichts deutet darauf hin, daß zur Zeit hier jemand lebt. Sonst wäre die Quelle auch nicht verschüttet gewesen.«

William hatte sich niedergebeugt, um die fratzenhaften Gesichter genauer zu betrachten. »Sie sehen böse aus«, stellte er fest. »Irgendwie unheimlich, was mögen sie bedeuten?«

Mr. Seagrave zuckte mit den Schultern.

»Ich weiß es auch nicht«, sagte Rüstig. »Aber es gibt keinen Grund, heidnische Gottheiten zu fürchten. Gehen wir zum Boot.«

9.

Am nächsten Morgen nach dem Frühstück machte Mr. Seagrave einen Vorschlag.

»Da wir noch soviel zu besorgen haben, Rüstig, dürfte es ratsam sein, einen Operationsplan zu entwerfen. Bei Geschäften ist die richtige Methode ein wichtiges Erfordernis. Wir sollten uns daher beraten, wie wir die nächste Woche verbringen. Morgen ist Sonntag. Seit wir an Land geworfen wurden, haben wir diesen Tag noch nicht nach Gebühr gefeiert; aber ich denke, daß wir es fortan anders halten sollten. Wir brauchen einen Ruhetag und etwas Entspannung. Dann werden wir um so mehr schaffen.«

»Ja, Sir«, versetzte Rüstig. »Ich wollte gerade denselben Vorschlag machen. Morgen wollen wir von unserer Arbeit ausruhen und Gott um seinen Segen bitten für unsere Bemühungen im Lauf der nächsten sechs Wochentage. Und was das andere betrifft, Mr. Seagrave – sollen wir zuerst mit der Dame anfangen?«

»Ihr müßt nicht glauben, daß Ihr Damen vor Euch habt, Rüstig«, sagte Mrs. Seagrave, »wenigstens keine verzärtelten Damen. Meine Gesundheit und Kraft nehmen zu, so daß ich hoffen darf, mich gleichfalls nützlich zu machen. Ich werde in den häuslichen Geschäften, in der Küche und beim Waschen zum Beispiel Juno an die Hand gehen, außerdem werde ich die Kinder unterrichten, so gut ich vermag, die Kleider ausbessern und alles Ähnliche besorgen. Kann ich mehr leisten, so soll es geschehen, jedenfalls will ich Euch Junos Dienste für den größten Teil des Tages abtreten.«

»Ich denke, wir können damit zufrieden sein, Mr. Seagrave«, versetzte Rüstig. »Nun, Sir, die zwei dringlichsten Punkte, die Erbauung des Hauses natürlich ausgenommen. Wir müssen ein Bodenstück umgraben, in das wir unsere Kartoffeln und unseren Samen bringen. Zweitens müssen wir einen Schildkrötenteich anlegen. Dann fangen wir Schildkröten und setzen sie hinein. Wir brauchen ihr Fleisch auch in der Zeit, in der sie nicht ans Ufer kommen.«

»Ihr habt recht«, entgegnete Mr. Seagrave. »Womit wollen wir beginnen?«

»Mit dem Schildkrötenteich, das geht am schnellsten. Master William und Juno werden nur einen Tag damit beschäftigt sein. Ich komme die nächste Woche ohne die beiden aus. Ich suche nicht weit von hier einen Platz, wo die Bäume besonders dicht stehen, und lichte den Grund, dort errichten wir unser Magazin. Sobald die Regenzeit vorbei ist, können wir unsere Vorräte nach und nach herholen. Aus den gefällten Bäumen säge ich gleich Stämme für das Haus zurecht, dafür werde ich die Woche brauchen; dann müssen wir mit vereinter Kraft ans Werk gehen. Fenster und Herd sparen wir aus, das hat Zeit; wir sind dann jedenfalls unter Dach und haben trockene Betten.«

»Glaubt Ihr wirklich, daß wir rechtzeitig fertig werden? Wie lange wird es wohl dauern, bis der Regen beginnt?«

»Drei oder vier Wochen, das ist unterschiedlich, auf keinen Fall später. In der Woche, wo wir das Haus errichten, sollten einige von euch, wenn nicht alle, mir Beistand leisten. Doch da fällt mir eben ein — ich muß auf die andere Seite zurück.«

»Warum denn?«

»Erinnert Ihr Euch Eures zweirädrigen Wagens, der in Mattenwerk eingepackt war und während des Sturms an Land geworfen wurde? Ihr habt gelacht, als Ihr ihn saht, und gesagt, er werde Euch jetzt kaum noch von Nutzen sein; aber die Räder und die Achse werden uns doch zustatten kommen. Wir errichten einen breiten Pfad zu dem Platz, wo wir die Bäume fällen, dann können wir die Stämme auf Rädern fortschaffen, das ist viel leichter, als wenn wir sie schleppen oder tragen müßten.«

»Ein vortrefflicher Einfall, Rüstig, durch den uns in der Tat viele Mühe erspart bleiben wird.«

»Ja, Sir. Master William und ich fahren Montag morgen beizeiten ab und sind vor dem Frühstück wieder zurück. Heute können wir die Orte auswählen, wo wir den Garten und den Schildkrötenteich anlegen und die Bäume niederhauen wollen. Dies soll unser Geschäft sein, Mr. Seagrave, William mag mit Juno die Sachen ein wenig besser ordnen, daß wir dann später nicht aufgehalten werden.«

Mr. Seagrave und Rüstig gingen zum Ufer hinunter, wo sie die Riffe untersuchten.

Endlich sagte Rüstig: »Wir brauchen nicht viel Wasser für den Schildkrötenteich, denn wenn wir ihn zu tief anlegen, können wir die Tiere nur mit Schwierigkeiten fangen, wenn wir sie brauchen. Es ist nur ein gewisses Maß Wasser nötig, das wir mit einer niedrigen Steinmauer umgeben, damit die Tiere nicht entwischen. Sie sind nicht imstande, in die Höhe zu klettern, obwohl sie mit ihren Füßen auf das Ufer hinaufzukriechen vermögen. Jenes Riff dort, Sir, ragt hoch aus dem Wasser, und der Raum bis ans Ufer ist tief genug; auch sind die Felsen am Ufer hier so hoch, daß die Tiere sie nicht erklimmen können. Wir haben deshalb wenig mehr zu tun, als die beiden Seiten aufzudämmen; dann ist unser Teich fertig.«

»Ich sehe, diese Arbeit wird nicht viel Zeit in Anspruch nehmen, wenn wir genug loses Gestein finden«, versetzte Mr. Seagrave.

»Alles Gestein am Ufer ist lose«, sagte Rüstig, »und wir haben eine große Menge ganz in der Nähe. Einige von den Steinbrocken werden zu schwer sein, als daß wir sie zu tragen vermöchten; aber wir können sie mit Hilfe der Handspaken und Brecheisen fortschaffen. Davon habe ich drei oder vier mitgebracht. Nun, Sir, ich denke, wir geben William und Juno den Auftrag, sofort zu beginnen; sie können bis zum Mittagessen schon einiges schaffen.«

Mr. Seagrave winkte mit dem Hut, ein vereinbartes Zeichen, William und Juno kamen herunter. Letztere erhielt den Auftrag, zwei Handspaken zu holen, während Rüstig William auseinandersetzte, wie sie vorgehen sollten. Sobald Juno mit den Gerätschaften zurückgekehrt war, gab Rüstig weitere Anweisungen, eine Zeitlang half er mit, dann ließ er sie bei ihrer Arbeit allein, um mit Mr. Seagrave die Stelle auszusuchen, wo sie den Garten anlegen wollten.

Mr. Seagrave und Rüstig gingen am Ufer entlang, langsam und bedächtig und immer Ausschau haltend. Sie mußten günstige und ungünstige Umstände kennenlernen. Nach einigem Zaudern und Überlegen entschieden sie sich für den einen Baivorsprung. Sie fanden gute Erde, obschon sie nicht sehr tief war. Und da die Stelle auf der Landzunge lag, folglich nur durch einen schmalen Streifen mit dem übrigen Land in Verbindung stand, war die Einzäunung kein Problem.

»Ihr seht, Sir«, sagte Rüstig, »wir können mit dem Zaun bis nach der Regenzeit warten oder ihn während dieser Periode fertigmachen, wenn uns das Wetter Arbeit gestattet. Die Samen und die Kartoffeln treiben erst nach dem Regen; wir haben also nur den Grund umzugraben und ihn so schnell wie möglich zu bepflanzen. Dieses Gebüsch muß weg; aber das macht an einem Ort, wo der Boden so locker ist, nicht viele Schwierigkeiten. Wir säen nur einen Teil unseres Samens aus, denn wir können dieses Jahr noch keinen großen Garten anlegen. Wichtig ist vor allem, daß wir unsere Kartoffeln in die Erde bringen. Die werden wir am dringendsten brauchen, zumal ja unser Schiffszwieback irgendwann zu Ende geht.«

»Wenn wir keinen Zaun zu setzen brauchen«, sagte Mr. Seagrave, »müßte es möglich sein, in acht Tagen hinreichend Boden vorzubereiten.«

»Die wichtigste Arbeit besteht darin, das kleine Gebüsch auszuroden und die Erde zu lockern«, sagte Rüstig. »Die größeren Sträucher lassen wir, wenn es an Zeit fehlt, stehen. Auch Tommy könnte hier behilflich sein, indem er die ausgerissenen Pflanzen fortschafft. Doch jetzt wollen wir zum Wald gehen und einen Platz suchen, wo ich die Bäume fälle. Ich habe mich schon umgesehen und einen geeigneten Ort gefunden – dort ist er, ungefähr fünfzig Schritt seitlich von den Zelten. Wir müssen von hier aus gerade durch den Wald.«

Mr. Seagrave und Rüstig gingen in die vorgezeichnete Richtung, bis sie eine Stelle erreichten, wo der Grund ein wenig anstieg und die Bäume so licht standen, daß man leicht zwischen ihnen durchkommen konnte.

»Nun, Sir, was haltet Ihr davon?« sagte Rüstig. »Ich gedenke, alles Holz, das wir für den Hausbau brauchen, von hier zu nehmen und ein Viereck auszulichten, wo wir unser Magazin errichten. Ihr seht, Sir, wenn es nötig werden sollte, können wir diesen Platz mit wenig Mühe zum Zweck des Schutzes und der Verteidigung befestigen. Einige Palisaden da und dort würden zureichen, und wir haben ein kleines Fort, das man in Ostindien ein Staket nennt. Zwar hat es nicht den Anschein, als drohe uns Gefahr. Aber sicher ist sicher.«

»Sehr wahr, mein lieber Freund; ich hoffe nur, wir werden keine derartigen Schutzmaßregeln brauchen.«

»Ich gleichfalls, Sir; doch die Steine am Brunnen haben mir zu denken gegeben. Die Spuren auf der anderen Seite habe ich nicht so ernst genommen. Irgendein Zufall kann Einheimische an Land geworfen haben, doch die Steine deuten auf ein heidnisches Heiligtum. Indes haben wir noch genug zu tun, ehe wir etwas Derartiges in Angriff nehmen. Jetzt, Sir, wird das Mittagessen bereitstehen. Wir wollen Eure Frau nicht warten lassen. Danach beginnen wir gemeinschaftlich unser Werk. Wenn einmal ein Anfang gemacht ist, wäre er auch noch so klein, bringt man die Arbeit auch gern zu Ende.«

Juno und William kehrten gleichfalls zum Mittagsmahl zurück, das Mrs. Seagrave bereitet hatte. Beide waren stark erhitzt vom Steineschleppen, aber dennoch voll Begierde, ihr Geschäft zu Ende zu bringen. Tommy hatte im Lauf des Vormittags wieder einmal Ärgernis erregt, er hatte die Aufgabe nicht gelernt, die Mrs. Seagrave ihm gestellt hatte, und obendrein noch Karolines Hand mit glimmendem Zunder verbrannt, wenn auch aus Versehen. Als der Vater von Tommys Aufführung vernahm, wurde dieser zum Fasten verurteilt. »Wozu muß Tommy lesen lernen, hier sind keine Bücher«, rief der Junge und setzte sich störrisch in eine Ecke. Sehnsüchtig blickte er zu den verschwindenden Speisen hin, ohne jedoch zu weinen oder um Verzeihung zu bitten. Nach dem Mittagessen bat Mrs. Seagrave ihren Gatten, er möchte Tommy mit sich nehmen und ihn beschäftigen, da sie viel zu tun habe und nicht außer auf den kleinen Albert und Karoline auch noch auf solch einen Wirbelwind achtgeben könne. Mr. Seagrave hatte einen Spaten und ein kleines Beil in der Hand. Er wollte die Arbeit im Garten beginnen. »Gut, Tommy«, sagte er, »du kommst mit, aber stör mich nicht, ich habe zu arbeiten.« Er nahm den Knaben bei der Hand, ging mit ihm zur Landzunge hinunter und hieß ihn, sich niederzusetzen.

Mr. Seagrave begann das Gebüsch zu lichten. Er arbeitete eifrig, und als er einen Teil des Bodens freigelegt hatte, trug er Tommy auf, das abgeschlagene Gesträuch fortzuschaffen und in einiger Entfernung aufzustapeln. Tommy tat es widerwillig, er fühlte sich ungerecht behandelt. Nachdem Mr. Seagrave eine große Fläche mit dem Beil vom Gestrüpp gefreit hatte, griff er zu dem Spaten, um die Wurzeln auszugraben und die Erde zu lockern. Tommy blieb sich selbst überlassen. Der Vater bemerkte in seinem eifrigen Schaffen nicht, was der Junge im Lauf der nächsten Stunde trieb. Auf einmal fing Tommy an zu schreien. Als ihn Mr. Seagrave nach dem Grund fragte, gab er keine Antwort, sondern schrie nur noch mehr und legte die Hände auf den Magen. Da er augenscheinlich große Schmerzen litt, ließ sein Vater von der Arbeit ab und brachte ihn zum Zelt. Mrs. Seagrave, durch das Geschrei erschreckt, kam herausgestürzt. Tommy jammerte in einem fort und wollte auf keine Frage antworten, so daß seine Eltern ratlos waren. Auch der alte Rüstig hatte Tommy schreien hören, es klang so kläglich, daß er meinte, diesmal müsse etwas Ernstliches vorgefallen sein. Er ließ die Arbeit im Stich, um sich nach der Ursache der Schmerzen zu erkundigen. Sobald er vernommen hatte, wie die Sache stand, sagte er: »Verlaßt Euch darauf, Sir, das Kind hat etwas genossen, was ihm nicht bekommen ist. Sag mir, Tommy, hast du da unten vielleicht etwas gegessen?«

»Beeren.« Tommy heulte laut auf.

»Dacht ich mir's doch«, sagte Rüstig. »Madam, ich muß hingehen und nachsehen, was es für Beeren waren.«

Der alte Mann eilte zu der Landzunge hinab, während die Mutter in großer Angst zurückblieb. Sie fürchtete, der Junge könne sich vergiftet haben, auch Mr. Seagrave entfernte sich, um unter den Arzneien im Vorratslager nach Rhizinusöl zu suchen.

Rüstig kehrte just in dem Augenblick zurück, als Mr. Seagrave mit der Arzneiflasche anlangte, aus der er Tommy eine Dosis geben wollte.

»Ich glaube nicht, daß Ihr damit etwas Gutes stiftet«, warnte Rüstig, der eine Pflanze in der Hand hatte. »Es scheint mir vielmehr, als habe er schon zuviel davon erhalten. Seht, Sir, wenn ich mich recht erinnere – und ich bin mir meiner Sache ziemlich sicher –, so ist dies die Rhizinuspflanze, und da sind noch einige der Beeren, von denen Tommy gegessen hat. Sag mir, Tommy, das waren doch die Beeren, von denen du gekostet hast?«

»Ja«, rief Tommy, beide Hände auf den Magen haltend.

»Dachte ich's doch. Gebt ihm etwas Warmes zu trinken, Madam, und er wird sich bald besser fühlen. Es ist im Grunde kein großer Schaden, und er wird daraus lernen, daß er nicht wieder Beeren oder Körner essen darf, die er nicht kennt.«

Rüstig hatte recht. Dennoch fühlte sich Tommy den Rest des Tages über schlecht und wurde früh zu Bett gebracht.

Am übernächsten Morgen – den Sonntag über hatte man sich ausgeruht – gingen Mr. Seagrave, William, Juno und Rüstig zeitig an die ihnen zufallenden Aufgaben. Mrs. Seagrave saß vor dem Zelt und hatte die Kleinen um sich. Albert kroch an ihrer Seite umher, Karoline versuchte beim Ausbessern der Wäsche zu helfen, und Tommy grub Löcher in den Boden, in die er kleine Steine legte.

»Was machst du denn da, Tommy?« fragte Mrs. Seagrave.

»Ich spiele – ich mache einen Garten«, versetzte Tommy.

»Einen Garten? Dann solltest du Bäume pflanzen.«

»Nein; ich stecke Samen in die Erde – sieh hier«, entgegnete Tommy, auf die Steine deutend.

»Steine gehen doch nicht auf, nicht wahr, Mama?« wandte Karoline ein.

»Nein, meine Liebe, nur die Samen von Pflanzen und Blumen.«

»Das weiß ich«, entgegnete Tommy, »aber ich stelle mir's so vor, weil ich keinen Samen habe.«

»Du sagtest, du stecktest Samen, Tommy, und keine Steine.«

»Ja, ich tue so, und das ist ganz das gleiche«, erwiderte Tommy.

»Nicht ganz, Tommy. Gesetzt den Fall, du hättest vorgestern die Körner nicht gegessen, sondern nur so getan, es wäre dir nicht so übel gewesen.«

»Ich will keine mehr essen«, versicherte Tommy.

»Ich glaube, daß du diese Körner meiden wirst; aber wenn du etwas anderes siehst, was dir gefällt, fürchte ich, du wirst es essen und dabei ebenso schlimm, wenn nicht schlimmer fahren. Du solltest nie etwas genießen, was man dir nicht gibt.«

»Ich liebe Kokosnüsse, warum kriegen wir keine zu essen? Es gibt doch so viele auf den Bäumen hier.«

»Wer soll so hoch hinaufklettern, Tommy? Kannst du es?«

»Nein, aber warum klettert Rüstig nicht hoch – oder Papa oder William? Warum läßt du nicht Juno klettern? Ich liebe Kokosnüsse.«

»Sie werden schon welche herbeischaffen, wenn sie nicht mehr soviel zu tun haben, jetzt fehlt es ihnen an Zeit. Siehst du nicht, wie schwer sie sich abmühen?«

»Ich liebe Schildkrötensuppe«, entgegnete Tommy.

»William und Juno machen einen Teich, wo sie die Schildkröten hineinsetzen, und dann werden wir diese Speise öfter bekommen; aber wir können nicht alles haben, was wir wünschen.«

»Was ist eine Schildkröte, Mama?« fragte Karoline.

»Es ist ein Tier, das im Wasser lebt, doch kein Fisch ist.«

»Ich liebe gebratene Fische«, versetzte Tommy. »Warum kriegen wir keine gebratenen Fische?«

»Weil alles zu beschäftigt ist, als daß man sich mit dem Fangen von Fischen abgeben könnte. Ich zweifle übrigens nicht, daß du gelegentlich Fische erhalten wirst. Hol deinen Bruder Albert zurück; er ist dem Ziegenböcklein zu nahe gekommen, und Billy stößt bisweilen. Und denk an was anderes als immer nur ans Essen.«

»Wenn ich doch Hunger habe. Aber ich hole Albert schon.«

Tommy ging dem Kleinen nach und hob ihn auf; dann versetzte er dem Ziegenböcklein, das schon ziemlich groß geworden war, mit dem Fuß einen Stoß vor den Kopf.

»Laß das bleiben, Tommy; er stößt nach dir und wird dich umwerfen.«

»Ich fürchte ihn nicht«, entgegnete Tommy, der den kleinen Albert an der Hand hielt, während er fortfuhr, nach Billy zu stoßen. Das Böcklein senkte den Kopf, tat einen Sprung nach Tommy und stieß ihn vor die Brust, so daß der Junge mit dem kleinen Albert auf den Boden rollte. Albert schrie, und Tommy stimmte ein. Mrs. Seagrave eilte herzu und hob Albert auf, während der erschrockene Tommy hinter dem Kleid seiner Mutter Schutz suchte und zu dem Böckchen hinsah, das geneigt schien, den Angriff zu wiederholen.

»Warum hörst du nicht auf das, was ich dir sage, Tommy?« Mrs. Seagrave setzte zu einer Strafpredigt an. »Habe ich dir nicht prophezeit, er wird dich stoßen?« Sie sah Tommy an und war gleichzeitig bemüht, Albert zu beschwichtigen.

»Ich fürchte mich nicht vor ihm«, beharrte Tommy, als er bemerkte, daß das Böckchen abmarschierte.

»Ja, du bist ein gewaltiger Held, nun, da er fort ist. Also noch einmal, warum hörst du nicht auf das, was man dir sagt? Denk nur an den Löwen auf dem Kap.«

»Ich kümmere mich nie mehr um einen Löwen«, versprach Tommy.

»Ja, jetzt, da keiner in der Nähe ist; aber du würdest ganz schön erschrecken, wenn du auf einmal ein solches Tier neben dir sähest.«

»Ich habe doch nur Steine nach ihm geworfen, damit er sich bewegt«, versetzte Tommy.

»Ja, das hast du getan; und wenn du's hättest bleibenlassen, würde er dich nicht so sehr erschreckt haben. Auch Billy hätte dich gehen lassen, wenn du ihn nicht geplagt hättest, mußt du immer alle ärgern, ob Mensch oder Tier?«

»Billy stößt mich nie, Mama«, sagte Karoline.

»Nein, meine Liebe, weil du ihm nichts tust; aber dein Bruder Tommy quält gern Tiere und wird dafür gestraft oder erschreckt. Es ist sehr unrecht von ihm, sich so zu benehmen, namentlich, da ihm Vater und Mutter gesagt haben, daß er es nicht tun soll. Gute Kinder gehorchen ihren Eltern, aber Tommy ist kein guter Knabe.«

»Heute morgen hast du gesagt, ich sei ein guter Knabe, weil ich meine Aufgaben gelernt habe«, protestierte Tommy.

»Ja, du mußt freilich immer gut sein.« Seine Mutter hatte Mühe, ihr Lachen zu verbergen.

»Ich kann nicht immer gut sein«, widersprach Tommy. »Ich bin zu hungrig und will jetzt mein Mittagessen haben. Dann bin ich wieder gut.«

»Es ist allerdings Zeit dazu, Tommy; doch du mußt warten, bis alle von der Arbeit zurück sind.«

»Da kommt Rüstig mit einem Sack auf der Schulter!« Tommys Neugier wurde wach.

Rüstig trat zu Mrs. Seagrave und legte den Sack nieder.

»Ich bringe Euch da von den Bäumen, die ich umgehauen habe, einige Kokosnüsse – junge und alte.«

»Ah! Kokosnüsse – ich liebe Kokosnüsse!« rief Tommy.

»Sagte ich's nicht, Tommy, daß wir welche bekommen würden? Und jetzt sind sie früher da, als wir dachten. Verdient hast du es nicht. – Ihr seid erhitzt, Rüstig. War es sehr anstrengend?«

»Ja, Madam«, entgegnete Rüstig und wischte sich das Gesicht mit dem Schweißtuch ab. »Es ist ziemlich warme Arbeit, im Wald weht kein Lüftchen, das ein wenig Abkühlung bringt. Braucht Ihr etwas von der andern Seite? Ich werde gleich nach dem Mittagessen noch einmal rüberfahren.«

»Was wollt Ihr denn holen?«

»Die Räder, um das geschlagene Holz hierherzubringen. Ich muß es gleich wegräumen, sonst kann ich mich dort nicht rühren. Es wäre mir übrigens lieb, wenn Master William mitfährt.«

»Das wird er nur zu gern tun. Ich nehme an, er wird des Schleppens und Rollens müde sein. Er ist doch noch ein Kind, und die Steine sind schwer. Ja, was könntet Ihr mitbringen? Ich erinnere mich an nichts Besonderes, was ich brauchen könnte, Rüstig. Doch da kommen William und Juno, und wie ich sehe, hat auch mein Mann seinen Spaten niedergelegt. Karolinchen, gib auf Albert acht, während ich das Mittagessen anrichte.«

Rüstig leistete Mrs. Seagrave Beistand, und das Essen war bald auf dem Boden ausgebreitet. Die Stühle und den Tisch hatten sie noch nicht nach ihrem neuen Wohnort gebracht, sie wollten sich behelfen, bis das Haus fertig war. William berichtete, daß er und Juno den Schildkrötenteich am nächsten Tag vollendet haben würden, und Mr. Seagrave hatte hinreichend Boden gelichtet, um den halben Sack Kartoffeln, den sie vom Wrack gerettet hatten, zu stecken. So waren sie also nach zwei Tagen imstande, alle ihre Kraft auf das Fällen und Heranschaffen des Holzes zu verwenden.

Nach dem Mittagessen brachen William und Rüstig mit dem Boot auf. Noch ehe es dunkel wurde, kehrten sie zurück, mit den Rädern und der Achse des Wagens an Bord. Im Schlepptau hatten sie dickes Gebälk, das Rüstig für die Türpfosten des Hauses brauchte. Mr. Seagrave hatte den Nachmittag über Juno Beistand geleistet und berichtete jetzt, der Schildkrötenteich sei zwar noch nicht ganz fertig, aber doch so weit gediehen, daß keine hineingesetzte Schildkröte entkommen könne. Morgen früh werde er die Kartoffeln auslegen.

»Wie steht's, Master William?« sagte Rüstig. »Wenn Ihr nicht zu müde seid, begleitet mich; ich möchte versuchen, ein paar Schildkröten umzuwenden, die Zeit der Eiablage ist bald vorbei, und sie werden dann die Insel verlassen.«

»Oh, darauf freue ich mich. Das ist ja fast wie eine richtige Jagd.«

»Gut. Wir müssen aber warten, bis es dunkel ist. Heute nacht haben wir nicht viel Mond, das ist gut für unser Vorhaben.«

Sobald die Sonne untergegangen war, gingen sie ans Ufer hinunter und setzten sich auf einen Felsen. Sie mußten nicht lange warten. Bald schon sah Rüstig eine Schildkröte auf dem Sand umherkriechen.

»Vorsicht, ganz leise«, sagte er, »kommt, William, folgt mir. Wir müssen zunächst zum Ufer hinunter, um zwischen der See und dem Tier zu sein.«

Sobald die Schildkröte ihre Feinde bemerkte, wollte sie wieder zum Wasser zurück, aber sie wurde unterwegs abgefangen. Rüstig faßte einen von ihren Vorderfüßen und drehte das Tier auf den Rücken.

»Seht Ihr, Master William, das ist die Methode, mit der man eine Schildkröte umdreht. Ihr müßt freilich achtgeben, daß sie Euch nicht mit ihrem Maul erwischt, denn was sie zu packen kriegt, beißt sie heraus. Merkt Euch das. Und Ihr müßt mit aller Kraft zupacken. Das Tier hier kann jetzt nicht wieder fort. Es ist nicht imstande, sich herumzurollen, und morgen früh wird es noch hier sein. Gehen wir weiter am Ufer entlang. Vielleicht finden wir noch mehr Beute.«

Rüstig und William blieben bis nach Mitternacht am Ufer und wendeten während dieser Zeit sechzehn Schildkröten um, große und kleine.

»Vorderhand haben wir genug, Master William. Unsere Nachtarbeit wird uns für viele Tage mit frischer Kost versehen. Wir werden in drei oder vier Tagen versuchen, unsern Vorrat noch zu vergrößern. Morgen setzen wir sie in den Teich.«

»Und wie bekommen wir sie dorthin? Die großen sind ganz schön schwer.«

»Wir brauchen sie nicht zu tragen, sondern legen altes Segeltuch unter und schleppen sie so fort, auf dem glatten Sand ist das nicht problematisch.«

»Warum fangen wir nicht auch Fische, Rüstig, um sie in den Schildkrötenteich zu setzen?«

»Sie würden von dort entwischen, Master William, und wir könnten sie auch kaum wieder herausholen. Bei Gelegenheit werden wir einen besonderen Teich für Fische anlegen; jetzt haben wir keine Zeit dazu, der Hausbau ist wichtiger, und Fische können wir jederzeit fangen. Ich habe oft daran gedacht, einige Leinen zurechtzumachen, bin aber noch nicht dazugekommen, nach der Arbeit fühlte ich mich immer recht abgespannt. Wenn das Haus einmal steht, geben wir uns auch damit ab, und Ihr sollt Oberfischer werden.«

»Die Fische beißen auch des Nachts, oder nicht?«

»O ja, und sogar besser als bei Tag.«

»Gut; wenn Ihr mir eine Leine verschaffen und mich unterweisen wollt, kann ich ja nach der Arbeit noch ein Stündchen angeln. Tommy verlangt immerzu gebratenen Fisch. Na ja, ich mag ihn auch. Und Mama ist der Ansicht, daß es für Karoline nicht gesund ist, wenn es an Frischem fehlt. Sie war sehr froh, als Ihr vorgestern die Kokosnüsse gebracht habt.«

»Gut, morgen nacht werde ich für Euch bei einem Stümpfchen Licht ein paar Fischleinen anfertigen. Sonst verbrauchen wir ja nicht viel Kerzen. Also kann ich schon ein bißchen Zeit an die Leinen verwenden. Aber ich muß das erstemal mit Euch gehen, Master William.«

»Nein, Kerzen brauchen wir kaum, weil wir froh sind, nach der Arbeit ins Bett zu kommen. Wir haben zwei oder drei Kisten voll in der Bucht drüben; was werden wir aber anfangen, wenn sie alle sind, irgendwann muß das ja passieren.«

»Wir können Kokosnußöl gewinnen; an Nüssen wird es uns nicht fehlen. Gute Nacht, William.«

Am andern Morgen nach dem Frühstück waren alle Erwachsenen außer Mrs. Seagrave damit beschäftigt, die Schildkröten in den Teich zu schaffen. William half, so gut er konnte. Dann schichtete er mit Juno die Wälle weiter auf. Als sie zum Mittagessen zurückkehrten, konnten sie berichten, daß ihre Arbeit fertig war. Auch Mr. Seagrave war der Meinung, daß er vorderhand genug Boden umgegraben habe, und da Mrs. Seagrave Juno nachmittags brauchte, um das Weißzeug zu waschen, wurde beschlossen, daß William, Rüstig und Mr. Seagrave zum Garten hinuntergehen sollten, um die Kartoffeln auszulegen. Sie waren nämlich der Ansicht, daß diese Arbeit von mehreren leichter bewältigt wurde.

Rüstig arbeitete mit dem Spaten, während Mr. Seagrave und William die Kartoffeln in Augenstücke schnitten. Diese Arbeit war nicht schwer, die Gedanken konnten abschweifen. So sagte William: »Vater, du hast den Tag nach unserer Abfahrt vom Kap der Guten Hoffnung versprochen, mir zu erklären, warum man das Vorgebirge so nennt und was man unter einer Kolonie versteht. Willst du das nicht jetzt tun?«

»Ja, William. Wer weiß, wann wir sonst wieder Zeit finden. Aber du mußt aufmerksam zuhören und es gleich sagen, wenn du etwas nicht verstehst, damit ich versuchen kann, es dir besser zu erklären. Du weißt, daß wir Engländer jetzt die Herren der See sind; das war nicht immer so. Die frühesten Seeleute der neueren Zeit waren Spanier und Portugiesen. Die Spanier entdeckten Südamerika und die Portugiesen Ostindien. In jener Zeit – es sind jetzt mehr als dreihundert Jahre darüber hingegangen – war England nicht eine so mächtige Nation wie gegenwärtig und hatte nur wenige Schiffe; auch konnten sich die Engländer, was Unternehmungsgeist betrifft, nicht mit Spaniern und Portugiesen messen. Als letztere versuchten, eine Schiffsroute nach Ostindien zu finden, kamen sie zum Kap der Guten Hoffnung. Damals waren die Schiffe im Vergleich mit den jetzigen sehr klein, und es stürmte um jenes Kap so stark, daß sie es nicht zu umsegeln vermochten; deshalb nannten sie es zuerst Cabo tormentoso oder Stürmisches Kap. Endlich gelang es ihnen doch noch, danach wurde es das Cabo da buona speranza oder Kap der Guten Hoffnung genannt. Sie langten wohlbehalten in Indien an, nahmen viele Teile davon in Besitz und trieben einen Handel, der für Portugal zur Quelle großen Reichtums wurde. Du verstehst mich?«

»Ja, Papa.«

»Du weißt ja aus Erfahrung, daß der Mensch schwach geboren wird, mit dem Mannesalter seine größte Kraft erreicht, dann altert, gebrechlich wird und stirbt. Wie mit den Menschen geht es auch mit den Nationen. Die Portugiesen standen damals als Nation im Mannesalter. Aber bald kräftigten sich auch andere Nationen, unter diesen namentlich die Holländer, die sich zuerst mit den Portugiesen um den Handel mit Indien stritten und ihnen dann allmählich ihre Kolonien abnahmen, um den Handel ganz allein zu betreiben. Dann, nicht viel später, erzwangen sich die Engländer einen Weg nach Indien, bemächtigten sich vieler holländischer und portugiesischer Kolonien und haben diesen Besitz seitdem nicht wieder aus den Händen gelassen. Portugal, das vordem die unternehmendste Nation der Welt war, hat jetzt seine Macht verloren.

Die Holländer haben sich einige Besitzungen erhalten. Aber es ist nicht viel, vergleicht man es mit England. Die Spanier konnten einst mit Stolz von sich sagen, daß die Sonne in ihrem Reich nie untergeht. Jetzt gilt das für England. Da sich die Erde dreht, scheint die Sonne entweder auf den einen oder den anderen Teil der Erdkugel, der eine Kolonie unseres Landes ist.«

»Ich verstehe das wohl, Vater; aber sag mir, warum England und andere Staaten so darauf versessen sind, Kolonien zu haben?« versetzte William.

»Weil diese Kolonien viel zu dem Wohlstand des Mutterlandes beitragen. Allerdings kosten sie gewöhnlich in ihrer Anfangszeit viel, weil man die Landwirtschaft und auch die Industrie erst auf die Bedürfnisse des Mutterlandes einstellen muß; aber sobald sie sich entwickeln, sind sie imstande, Ersatz dafür zu leisten. Sie beziehen die Waren aus dem Mutterland und geben dafür die eigenen Produkte in Zahlung. Dies ist ein Tauschsystem, das wechselseitigen Vorteil bringt, vorzugsweise natürlich dem Mutterland, da letzteres das Recht in Anspruch nimmt, für alle Bedürfnisse der Kolonie zu sorgen, folglich einen Markt für seine Produkte besitzt, ohne Mitbewerber zu haben. Manchmal fühlen sich die Urbewohner übervorteilt. Dann kommt es zu Aufständen. Meist gelingt es dem Mutterland, sie niederzuschlagen, denn es hat geschulte Soldaten und Waffen, über die die Aufständischen nicht verfügen. Manchmal endet es auch glücklich. Sobald die Kolonie stark und kräftig genug geworden ist, um für sich selbst zu sorgen, wirft sie das Joch ab und erklärt sich für unabhängig. Ein großes Beispiel dafür sind die Vereinigten Staaten, die zuerst britische Kolonie waren, nun aber schnell zu einer der mächtigsten Nationen der Welt heranwachsen.«

»Ist es nicht undankbar von einer Kolonie, wenn sie, sobald sie nicht länger des Beistandes bedarf, das Mutterland verläßt?«

»Na ja, auf den ersten Blick mag es schon so scheinen. Nach genauer Erwägung aber müssen wir anders urteilen. Das Mutterland ist für seine Leistungen weit mehr als bezahlt – sogar schon lange Zeit bevor es die Kolonie soweit gebracht hat, sich für unabhängig zu erklären. Nach einer gewissen Zeit werden die Rechte, die sich das Mutterland sichern will, zu lästig, als daß sie noch ertragen werden können. Man mag auch das mit der menschlichen Entwicklung vergleichen. Die Kolonie ist herangereift, und man darf einen erwachsenen Mann nicht wie ein Kind behandeln.«

»Beantworte mir noch eine andere Frage, Vater. Du hast gesagt, daß die Nationen steigen und fallen, und dabei als Beispiel Portugal angeführt. Wird England auch wieder fallen und seine Reichtümer verlieren wie einst Portugal?«

»Wir können diese Frage nur durch einen Blick auf die Geschichte entscheiden, und die sagt uns, daß alle Nationen dieses Los teilen. Wir müssen uns daher darauf einstellen, daß unser liebes Vaterland mit der Zeit ein gleiches Geschick trifft. Und wir müssen uns damit abfinden, daß wir dann keine Vorteile mehr haben, sondern ganz allein von unserer Arbeit leben. Vorderhand hat es freilich nicht den Anschein, daß es soweit kommen wird, ebensowenig, wie wir an unseren Körpern die geheime Saat des Todes bemerken; aber dennoch kommt die Zeit heran, daß der Mensch stirbt, und ebensowenig können Nationen ihrem Schicksal entgehen. Hat wohl Portugal in der Glanzhöhe seines Wohlstandes je daran gedacht, daß es zur Machtlosigkeit verdammt werden könnte, so wie es jetzt der Fall ist? Hätten es damals seine Bewohner geglaubt? Ja, William, die englische Nation muß mit der Zeit das Geschick aller andern teilen. Es gibt verschiedene Ursachen, welche die Zeit beschleunigen oder verzögern; aber früher oder später wird unser Vaterland aufhören, der Gebieter der Meere zu sein und sich seiner Besitzungen in der ganzen Welt zu rühmen.«

»Ich hoffe, daß dies noch lange nicht eintreten wird.«

»So ergeht es wohl jedem Engländer, der sein Vaterland liebt. Erinnere dich, daß Großbritannien zur Zeit, als das Römische Reich seine größte Macht besaß, nur von Barbaren und Wilden bewohnt war. Nun ist Rom verschwunden und nur noch aus der Geschichte oder aus den Trümmern seiner vormaligen Größe bekannt, während England eine Stellung unter den mächtigsten Nationen einnimmt. Wer besiedelt den größeren Teil des afrikanischen Kontinents? Barbaren und Wilde. Aber wer weiß, was mit der Zeit aus diesem Weltteil wird?«

»Wie? Die Neger sollten eine große Nation werden?«

»Geradeso hätten die Römer in früheren Tagen gesprochen: Wie, die britischen Barbaren sollten eine große Nation werden? Und doch sind sie's geworden.«

»Aber die Neger, Vater — sie sind ja schwarz!«

»Sehr wahr; und was ist das für ein Grund? Juno ist auch schwarz. Sie arbeitet wie wir, vielleicht sogar mehr. Und sie macht sich Gedanken wie wir. Oft sehr nützliche. Meinst du ernsthaft, wir seien mehr wert als sie? Und was die Hautfarbe betrifft, so sind die meisten Mauren ebenso schwarz wie die Neger; und doch waren sie ehedem eine große Nation

— ja, sogar das erleuchtetste Volk ihrer Zeit, sie hatten viele vortreffliche Eigenschaften. Ehrgefühl, Edelmut, Höflichkeit und Ritterlichkeit. Sie hatten den größten Teil von Spanien erobert und ihren Besitz viele Jahrhunderte behauptet, haben Künste und Wissenschaften eingeführt, von denen man dort damals nichts wußte, und sie waren ebenso tapfer und heldenmütig als tugend- und ehrenhaft. Hast du nichts über die Geschichte der Mauren in Spanien gelesen?«

»Nein, Vater — aber ich möchte es gern.«

»Sie würde dir gefallen, denn sie ist voll von Abenteuern — ja, vielleicht die unterhaltendste, die je geschrieben wurde. Ich habe sie in der Bibliothek, die ich in der Aussicht, wieder nach Sydney zu kommen, zusammengetragen habe, kann freilich nicht sagen, ob sie sich unter den geretteten Büchern befindet. Wir wollen gelegentlich einmal nachsehen.«

»Ich glaube, es wurden zwei Kisten mit Büchern an Land geworfen, Vater.«

»Ja, zwei oder drei; ich hatte freilich im ganzen fünfzehn oder sechzehn. — So, die Kartoffeln sind jetzt zerschnitten; wir wollen Rüstig helfen, sie zu stecken und die Samen, die wir mitgebracht haben, in den Boden zu bringen.«

Am Abend blieb Rüstig auf und arbeitete noch zwei oder drei Stunden bei Kerzenlicht. Er versah die Fischleinen mit Blei und Angeln. William sah ihm aufmerksam zu. Endlich hatte Rüstig zwei Leinen fertig.

»Was nehmen wir als Köder?« William war unsicher, zwar hatte er schon geangelt, aber an englischen Seen.

»Ich denke, den besten Köder geben die Weichtiere in den Muscheln ab, die auf dem Sand liegen; aber ein Stück Schweinespeck wird ebenso gute Dienste leisten.«

»Und wo holen wir am meisten heraus? In England wußte man von Plätzen, wo die Fische stehen, und die meisten Angler hüteten ihr Geheimnis.«

»Ich denke, am geeignetsten ist die Spitze der Landzunge, wo ich mit dem Boot durch das Riff komme. Das Wasser neben dem Felsen ist tief.«

»Was meint Ihr, Rüstig, sind diese Rotgänse und Fregattvögel nicht eine gute Beute? Dann haben wir auch Geflügel?«

»Es würde nicht sonderlich gut schmecken, William; sie sind sehr zäh und außerdem tranig, das lohnt höchstens einen Versuch, wenn wir gar nichts Besseres kriegen. So, jetzt bin ich fertig. Morgen müssen wir alle früh aufstehen, um Holz zu fällen und fortzuschaffen. Ich denke, Euer Vater wird mir mit der Axt helfen, während Ihr und Juno die Stämme an die Achse mit den Rädern hängt und zu dem Platz schleift, wo wir das Haus bauen. Jetzt gehen wir zu Bett, sonst sind wir morgen zu müde.«

William hatte sich vorgenommen, sich noch nicht schlafen zu legen, denn er wußte, daß sich seine Mutter über einige Fische freuen würde. Daher wollte er versuchen, noch in dieser Nacht einige zu fangen, der Mond schien hell genug. Er wartete, bis er glaubte, daß Rüstig und die übrigen eingeschlafen seien, griff dann nach den Leinen und ging zum Ufer hinunter, wo er drei oder vier Muscheln auflas, die Schalen mit Steinen zerklopfte, die Tiere herausnahm und seine Angeln damit bestückte. Dann ging er zu der Landspitze hinaus. Es war eine schöne Nacht, das Wasser sehr glatt, und die Mondstrahlen drangen tief unter die Oberfläche. William warf seine Leine aus und zog sie, Rüstigs Anweisung gemäß, sobald das Blei den Boden berührt hatte, wieder um ungefähr einen Fuß in die Höhe. Er hatte noch keine halbe Minute so dagestanden, als er, ehe er sich's versah, einen so gewaltigen Ruck an der Leine verspürte, daß es ihn fast ins Wasser gerissen hätte. Der Fisch war so stark, daß ihm die Schnur durch die Hand glitt und seine Finger aufriß. Nach einer Weile war er jedoch imstande, die Leine herauszuziehen. Der Fisch war silberschuppig und groß, er wog sicher neun oder zehn Pfund. Er warf sich hin und her. Sobald er ihn so weit auf das Ufer gezogen hatte, daß er durch sein Schlagen nicht wieder ins Wasser gelangte, zog er die Angel aus dem Maul. Die Beute hatte seine Jagdleidenschaft geweckt. Er beschloß, einen zweiten Versuch zu machen. Fast ebensobald wie zuvor spürte er wieder einen heftigen Ruck an der Schnur; aber William war diesmal vorbereitet, er ließ die Leine gleiten und gestattete dem Fisch zu spielen, bis der es satt hatte; dann zog er seine Beute heraus. Der zweite Fisch war sogar noch größer als der erste. Erfreut über seinen Fang, wickelte er die Leinen zusammen, zog ein Stück Schnur durch die Kiemendeckel der Fische, schleppte sie zu den Zelten und hängte sie an einer Querstange auf, damit die Hunde nicht daran kommen konnten. Dann ging er in sein Zelt. Trotz seiner Aufregung schlief er bald ein. Am anderen Morgen wies William, der als erster auf den Beinen war, stolz seinen Fang vor; Rüstig aber wurde ärgerlich.

»Ihr habt sehr unrecht getan, Master William, daß Ihr Euch so leichtsinnig in Gefahr begabt. Wenn Ihr durchaus Fische Fische fangen wolltet, warum habt Ihr's mir nicht gesagt, damit ich Euch begleiten konnte? Ihr gebt ja selbst zu, daß der Fisch Euch beinahe ins Wasser gezogen hat. Gesetzt nun, er hätte es wirklich getan – oder nehmen wir an, statt eines Gropers, so nennt man diesen Fisch, hätte ein junger Hai angebissen. Der hätte Euch ganz sicher mit hineingerissen, und die Felsen sind dort so steil, daß Ihr nicht Zeit gefunden hättet, wieder herauszuklettern, ehe Euch ein Hai am Kamisol gefaßt hätte. Denkt doch daran, welchen Kummer Ihr Eurem Vater bereitet hättet, und mir auch, denn ich liebe Euch. Denkt an den Schmerz und die Verzweiflung Eurer armen Mutter, wenn man Euch nie wieder zu Gesicht bekommen hätte. Tommy muß man so etwas nachsehen, der ist noch klein, und die Phantasie geht mit ihm durch. Aber Ihr? Ihr seid doch bald erwachsen.«

»Rüstig, ich gebe ja zu, ich habe unrecht gehandelt«, entgegnete William, »und hätte die Sache besser überlegen sollen. Aber ich wollte meine Mutter überraschen und ihr eine Freude machen.«

»Dieser Grund ist fast zureichend, Euch Verzeihung zu gewähren, mein lieber Junge.« Rüstig war nun versöhnlicher gestimmt. »Aber Ihr müßt mir versprechen, so etwas nicht wieder zu tun. Vergeßt nicht, ich bin stets bereit, mit Euch zu gehen, besonders wenn Ihr Eurer Mutter einen Gefallen erweisen wollt. Sprechen wir nicht mehr davon. Niemand weiß, in welcher Gefahr Ihr wart, und glücklicherweise seid Ihr mit heiler Haut davongekommen. Ihr müßt's einem alten Mann nicht übelnehmen, wenn er sich Sorgen macht.«

»Nein, gewiß nicht, Rüstig, ich war ja wirklich gedankenlos. Ich habe einfach nicht daran gedacht, daß Angeln in diesen Gewässern gefahrvoll sein könnte.«

»Da tritt Eure Mutter aus dem Zelt«, sagte Rüstig, »sie darf nichts erfahren von der Gefahr. Guten Morgen, Madam! Wißt Ihr, was William in der letzten Nacht für Euch getan hat? Schaut nur diese beiden schönen Fische, ich kann Euch versichern, daß sie vortrefflich schmecken.«

»O William, ich bin ganz gerührt«, rief Mrs. Seagrave. »Tommy, schau her. Möchtest du immer noch gebratenen Fisch?«

»Ja«, versetzte Tommy. »Immer.«

»Dann sieh an der Zeltstange hinauf.«

Tommy klatschte vor Freude in die Hände, tanzte umher und rief laut: »Gebratene Fische zum Dinner!«

Juno freute sich auch. »Heute gibt es etwas Schönes zu Mittag, Karoline.«

Nach dem Frühstück brachen sie zu dem Waldstück auf, wo Rüstig die

Bäume geschlagen hatte. Sie nahmen die Achse mit den Rädern samt ein paar starken Seilen mit. Mr. Seagrave und Rüstig hieben nun die Palmen um und befestigten sie an der Achse. Juno und William zogen sie zu dem Platz, wo das Haus errichtet werden sollte. Da sie den Vormittag über hart gearbeitet hatten, waren sie froh, als die Mittagszeit heranrückte. Auch Tommy, der sich die Zeit mit Spielen vertrieben hatte, aß so gierig, daß man sich genötigt das, ihm den Teller wegzunehmen. »Nachher bekommst du ihn wieder«, sagte Mrs. Seagrave, »aber nur, wenn du versprichst, nicht so zu schlingen. Dir wird sonst schlecht.«

»Nie darf sich Tommy satt essen«, protestierte der Junge. »Er hat sich so auf den Fisch gefreut.«

»Wir auch«, sagte die Mutter und stellte den Teller wieder hin. Tommy bemühte sich, jetzt manierlich zu essen.

Trotz ihrer Müdigkeit gingen Rüstig und William nach dem Strand und wälzten weitere acht Schildkröten auf den Rücken.

Der Rest der Woche wurde für das Fällen der Kokospalmen und das Fortschaffen des Holzes benötigt; dann glaubten sie ausreichend Stämme zu haben, um mit dem Bauen beginnen zu können.

Der Sonntag wurde in Andacht und Ruhe begangen. Montag nacht drehten sie weitere neun Schildkröten um und fingen drei große Fische, und am Dienstagmorgen wurde der Anfang gemacht mit dem Bau des Hauses.

Alle waren erwartungsvoll. Auf diese Arbeit freuten sie sich. Rüstig hatte aus den Bohlen, die er mit dem Boot hergeschafft hatte, Torpfosten und Fensterrahmen zurechtgehauen. Jetzt schlug er in jeder Ecke einen Balken aufrecht in die Erde und versah dann unter Mr. Seagraves Beistand jeden Stamm auf beiden Seiten, wo sich das Gebälk ineinanderfügen sollte, mit Kerben. Die abwechselnd aufeinandergelegten Stämme schlossen dicht, es blieben nur enge Spalten, die mit fest zusammengedrehtem Kokoslaub ausgefüllt wurden. Diese Arbeit wurde, da kein Holz mehr herauszuschaffen war, William und Juno zugewiesen. Allmählich gewann das Haus an Höhe. Die Eckpfosten gaben ihm Halt. Den Herd konnten sie nicht sogleich in Angriff nehmen, da sie zuvor entweder Ton finden oder die Muscheln zu Kalk brennen mußten, um eine Feuerstelle aus Steinen und Mörtel zu bauen; vorderhand ließ man den Platz für den Herd frei. Sie arbeiteten drei Wochen emsig fort, dann standen die Wände. Nun wurde das Dachgerüst gelegt. Rüstig übernahm das Decken. Er packte dicke Lagen von Kokosblättern über das Gerüst. Um dem Ganzen noch mehr Festigkeit zu geben, legte er dann schwere Stangen darüber, die er oben einkerbte und mit starken Seilen zusammenband. Jetzt war das Haus wetterfest; und es war auch hohe Zeit dafür, denn dichte Wolken begannen aufzuziehen, und die Regenzeit nahm ihren Anfang. Jeden Tag ging ein heftiger Schauer nieder, dann klärte sich der Himmel wieder auf.

»Wir dürfen keine Zeit verlieren«, sagte Rüstig zu Mr. Seagrave. »Wir haben zwar fleißig gearbeitet, müssen aber ein paar Tage noch schärfer ran und das Innere des Hauses fertigstellen, damit Madam und die Kleinen so bald wie möglich einziehen können.«

Die Erde im Innern des Hauses wurde festgetreten und zu einem ebenen Boden umgewandelt; ungefähr zwei Fuß über dem Boden wurde eine Art Bettstatt errichtet, die sich an zwei Seiten des Hauses hinzog. Schließlich wurden vor Tür und Fenstern Planen angebracht, die bei Nacht niedergelassen werden konnten. Dann machten Rüstig und William ihren vorerst letzten Ausflug zur anderen Seite, um mit dem Boot Stühle und Tische zu holen. Sie kamen eben zu rechter Zeit wieder zurück, wenige Stunden später brach der erste Sturm los. Er ging relativ schnell vorbei. Die Betten und alle nötigen Gerätschaften wurden in das Haus geschafft, und in aller Eile wurde aus Balken und Palmenblättern ein kleines Außengebäude errichtet, in dem sie kochen konnten, bis der Herd hergestellt war.

Sonnabend abend zog die Familie in das neue Haus ein. Es war ein Glück, daß es fertig war, denn am Sonntagmorgen brach das erste Gewitter los. Der Sturm tobte wütend, und obwohl sie geschützt saßen, hörten sie mit Unbehagen, wie die Kokosbäume knarrten und ihre Wipfel gegeneinanderschlugen. Blitz folgte auf Blitz, Donnerschlag auf Donnerschlag, während der Regen in solchen Strömen unablässig niederschüttete, daß es den Anschein gewann, eine neue Sintflut stünde bevor. Die Tier verließen ihre Weide und suchten im Wald Unterschlupf; die Hunde kauerten sich unter die Bettstatt, und obgleich es Mittag war, herrschte eine solche Dunkelheit, daß man nicht lesen konnte.

»Dies ist also die Regenzeit, von der Ihr gesprochen habt, Rüstig«, sagte Mrs. Seagrave. »Geht es immer so fort – und wenn dies der Fall ist, was sollen wir tun? Einfach die Zeit vertrödeln?«

»Nein, Madam, die Sonne wird wohl bisweilen durchbrechen, freilich nicht für lange. Wir werden fast jeden Tag rausgehen und etwas tun; zuweilen wird der Regen allerdings viele Tage ohne Unterlaß andauern, und wir müssen uns dann im Haus beschäftigen. An Arbeit wird es nicht fehlen.«

»Ja sicher, nur wir verbrauchen alle Kerzen, wenn es so dunkel bleibt. Ein Glück, daß wir unter einem guten Dach sitzen. Wahrhaftig, in den Zelten wären wir ertrunken.«

»Ich kenne die Gegend und das Wetter hier, Madam, und habe deshalb so sehr darauf gedrungen, als erstes ein Haus zu errichten. Ich wußte, ohne feste Unterkunft würden wir nicht durchhalten. Aber der Regen scheint etwas nachzulassen. Ich werde das Boot höher auf den Strand ziehen. Kommt Ihr mit, Master William?«

Rüstig und William liefen hinaus, um das Boot in Sicherheit zu bringen. Bis auf die Haut durchnäßt, kehrten sie zurück. Zum Mittagessen gab es nur kaltes Fleisch, denn es war nicht gelungen, das Feuer zu unterhalten. Dennoch fühlten sie sich geborgen. So ungestüm der Regen auch war, er konnte nicht durch das Dach dringen. Das Unwetter hielt die ganze Nacht durch ohne Unterlaß an, trotzdem schliefen sie trocken, und wenn sie das Getöse des Donners oder der niederschlagende Regen weckte, so zogen sie voller Wohlbehagen die Decke höher. Mit Schauern dachten sie an das Gewitter, das sie auf der anderen Seite erlebt hatten.

11.

Es war Sonnabend, und ein Sturm hatte sich aufgemacht, der die ganze Nacht anhielt. Am nächsten Morgen hatte sich jedoch das Wetter aufgeklärt, und es war heller Sonnenschein. Rüstig und Juno waren die ersten, die heute das Haus verließen. Rüstig trug das Fernrohr unter dem Arm, das er immer mitnahm, wenn er eine Runde machte.

»Nicht wahr, Juno«, sagte er, »das ist ein schöner Morgen nach diesem Sturm.«

»Ja, schön ist es wohl, aber das Holz ist ganz naß, und ich weiß nicht, wie ich Feuer machen soll.«

»Bevor ich gestern abend zu Bett ging, habe ich die Glut mit Asche und Steinen zugedeckt; sieh nach, Juno, du wirst schon noch etwas Glut finden. Vielleicht reicht es, um ein Feuer zu entfachen. Wir müssen uns jetzt behelfen, nächstes Jahr, so wir noch leben, hoffe ich, werden wir rechtzeitig einen Vorrat an trockenem Holz in einem Schober sammeln. Kann ich dir noch etwas helfen?«

»Danke, Mr. Rüstig. Noch lieber wäre mir, wir kämen bald nach Haus. Wie wird das Wasser aussehen, und wo finde ich Holz für ein Feuer?«

»Ja, Juno, du darfst nicht erwarten, heute im Brunnen klares Wasser zu finden, aber da hast du Holz, das nicht allzu naß ist. Damit wird es gehen.«

Juno lag auf den Knien und blies die Glut an.

»So, nun wirst du allein fertig, Juno«, sagte Rüstig, »ich gehe jetzt, William kommt auch schon.«

Auf Rüstigs Pfiff sprangen die Hunde herbei. Er wandte sich zuerst zur Quelle, aber statt klaren Wassers fand er ein versandetes Faß, und aus der Schlucht schoß ihm ein schmutziger Wasserstrom entgegen. Er ging nun zu dem Schildkrötenteich hinüber, wo alles in Ordnung war. Dann sah er nach dem Boot, auch dieses lag an seinem Platz.

Von der Landspitze aus suchte er, wie gewohnt, mit seinem Fernrohr den Horizont ab, und wie immer zeigte sich kein Segel. Selbst die andere Insel war heute nicht auszumachen.

»Jetzt werde ich nach den Schafen und Ziegen sehen«, Rüstig sprach wieder einmal mit sich selbst, »dann gehe ich zurück. Es ist zu feucht, die Runde weiter zu stecken.« Er pfiff den Hunden, und als ob sie wüßten, was er suchte, stellten sich auch bald die Schafe und zwei von den Ziegen ein, doch die dritte, die schwarze Nanny, fand er nicht. Er blieb stehen und lauschte, ohne viel Hoffnung, der Sturm verschluckte die meisten Geräusche. Da schlugen die Hunde an. Jetzt hörte er auch ein Blöken. Nanny lag in einem Gebüsch und neben ihr zwei neugeborene Zicklein. Er nahm unter jeden Arm eins, und Nanny folgte ihm. Als er am Haus anlangte, fand er die ganze Familie versammelt, Karoline und Tommy stießen Freudenschreie aus, als sie die putzigen Tiere sahen, selbst der kleine Albert klatschte in die Hände. Sobald Rüstig die Jungen auf die Erde gesetzt hatte, umarmten Tommy und Karoline jeder eins.

Nanny mit ihrer Familie blieb einige Tage im Haus, man band sie in einer Ecke fest, bis Rüstig einen kleinen Stall für sie gebaut hatte. Für Karoline und Tommy war es eine große Freude, Nanny zu besuchen. Es half ihnen, die Regenzeit zu überstehen.

Nach dem Frühstück sagte Mr. Seagrave: »Ich denke, Rüstig, wir müssen uns beratschlagen, wie wir uns während der Regenzeit beschäftigen.

Wir haben so viel zu tun, daß wir nicht auf der faulen Haut liegen dürfen.«

»Jawohl, Sir, an Arbeit fehlt es nicht, und um damit fertig zu werden, müssen wir sie einteilen.«

Die Frage wie die Antwort waren fast schon zum Ritual geworden, Mrs. Seagrave und William verbargen ihr Lächeln.

»Was meinen Sie, Rüstig, was müssen wir zuerst tun?«

»Nach meiner Ansicht ist es die wichtigste Aufgabe, das Boot noch höher auf den Strand zu ziehen und zur Hälfte mit Sand zu bedecken, damit es der Regen nicht wegspült. Ich fahre jetzt doch nicht zur anderen Seite der Insel hinüber, bei diesem Wetter ist das viel zu riskant.«

»Das glaube ich auch. Und was wollen wir dann tun?«

»Wir müssen die Zelte auseinandernehmen und verpacken, sobald sie trocken sind, da wir sie vielleicht noch brauchen werden. Solange, bis die Leinwand trocken ist, hält sich das schöne Wetter. Dann ist es nötig, ein größeres Haus zu bauen, um unsere Lebensmittel und Vorräte trocken aufzubewahren. Der Fußboden muß ungefähr vier Fuß über dem Erdboden liegen, damit Ziegen und Schafe dort bei schlechtem Wetter Schutz finden. Der Bau wird keine großen Umstände verursachen, drei Seiten bedecken wir mit Palmwedeln, die vierte lassen wir offen; damit sind wir bald fertig. Ferner müssen wir einen Fischteich einrichten und auch im Felsen eine Pfanne aushauen, um Salz zu gewinnen, wir haben nur noch sehr wenig, aber die beiden letzten Vorhaben sind nicht so eilig. Dagegen haben wir noch zwei zeitraubende Aufgaben. Erstens müssen wir durch den Wald zurück zum alten Lager und die aufgesammelten Güter, die wir dort gelassen haben, untersuchen. Wir verpacken sie neu, um sie, sobald die Regenzeit vorüber ist, hierherzuschaffen. Zweitens müssen wir die Insel durchstreifen und nachforschen, was sie hervorbringt. Vielleicht finden wir eine Anzahl von Bäumen und Früchten, die uns von Nutzen sind, und auch einen größeren Weideplatz für unser Vieh.«

Mr. Seagrave stimmte zu. Rüstig holte Schaufeln aus dem Zelt, Mr. Seagrave und William fiel die Aufgabe zu, ein großes Bündel Kokoszweige zusammenzubinden und zur Bucht hinunterzuschaffen, wo auch Rüstig hinkommen wollte.

Für den Bau des Hauses hatten sie eine große Anzahl Kokospalmen gefällt, überall lagen die Zweige umher, so daß William und Mr. Seagrave bald genug zusammen hatten. Am Strand hatte Rüstig bereits Rollen unter das Boot gelegt. In kurzer Zeit war es ungefähr zehn Fuß land-

einwärts geschafft. Nun gruben sie das Boot bis zur Hälfte in den Sand ein, deckten es mit den Zweigen zu und schaufelten Sand darauf, damit die Zweige nicht fortgeweht wurden.

»Weshalb deckt Ihr das Boot so vorsichtig zu, Rüstig? Der Regen schadet ihm doch nichts«, wollte William wissen.

»Das tue ich nicht wegen des Regens, sondern wegen der Sonne, denn wenn sie auch nur gelegentlich scheint, sie könnte das Boot auseinandersprengen.«

»Daran habe ich nicht gedacht«, gab William zu. »Und was tun wir als nächstes?«

»Ich glaube, bis Mittag sind es noch zwei Stunden, holt die Angelschnüre, Master William, und seht zu, ob Ihr nicht noch einige Fische fangt.«

»Und ich?« fragte Mr. Seagrave. »Bin ich zu gar nichts gut?«

Rüstig lächelte. »Doch, Sir, Ihr könnt auch Fische fangen, wir haben ja zwei Leinen. Ich werde für Juno trockenes Holz sammeln. Sie hat heute morgen keins gefunden. Wenn wir nicht gar zu nasse Stücke in die Sonne legen, werden sie schon trocken. Seid vorsichtig, Sir, und haltet die Leine nicht zu fest in den Händen, sonst könntet Ihr ins Wasser gerissen werden. Master William habe ich schon gewarnt, aber es ist trotzdem gut, wenn Ihr ein wenig auf ihn achtet!«

Mister Seagrave und William hatten viel Glück, sie fingen in den zwei Stunden acht große Fische. Am Bootshaken aufgereiht, brachten sie sie nach Hause. Tommy schrie laut vor Freude und wünschte sich Fisch zum Mittagessen. Alle waren damit einverstanden, etwas länger auf das Essen zu warten, denn der Fisch bildete eine angenehme Abwechslung. Das fertiggekochte Pökelfleisch würde nicht gleich verderben.

Sie hatten sich kaum zu Tisch gesetzt, als schon wieder Regen auf das Dach prasselte. Der Sturm heulte, und Donner und Blitz folgten kurz hintereinander. Es war unmöglich, draußen zu arbeiten. »Da habe ich mich geirrt«, sagte Rüstig. »Heute werden wohl weder Zelte noch Holz trocken.«

Mrs. Seagrave und Juno hatten genügend mit Nadel und Zwirn zu tun, und Karoline bemühte sich nach Kräften, ihnen zu helfen. Für die anderen fand Rüstig bald Beschäftigung. William und Mr. Seagrave flochten ein dickes Tau auseinander und machten dünnere daraus, die für ihre Zwecke besser zu verwenden waren. Rüstig schlug Ringe in die Bettvorhänge, so daß sie hin- und hergezogen werden konnten, und Tommy pusselte geduldig an einer Schnur, die sich verheddert hatte.

Rüstig suchte dann unter den Bettstellen nach einem großen Bündel, und als er es geöffnet hatte, sagte er: »Jetzt werde ich Mrs. Seagraves Schlafplatz schmücken, er muß doch hübscher sein als die anderen.«

Das Bündel enthielt die Schiffsflaggen, die eine rot, die andere gelb mit dem Namen »Pacific« darauf. Er hängte sie so auf, daß sie die rohen Wände der Hütte verdeckten und dieser Ecke ein freundliches Aussehen gaben. Mrs. Seagrave bedankte sich.

Als die Kerzen angezündet waren, sagte William: »Rüstig, Ihr wolltet mir doch Eure Geschichte erzählen, bitte, tut es jetzt, der Abend wird dann nicht so lang.«

»Ja, Master William, ich werde Wort halten, wenn niemand etwas dagegen hat. Doch Ihr werdet sagen, ich sei sehr töricht gewesen, ich habe manches getan, was ich bitter bereut habe. Aber auch negative Beispiele erfüllen einen Zweck.«

»Wir werden Sie sehr gern hören«, sagte Mrs. Seagrave.

»Gut, Madam, dann will ich erzählen.« Er begann: »Wer mein Vater und meine Mutter waren, ist bald berichtet. Mein Vater war der Kapitän eines Kauffahrteischiffes, das zwischen South Shields und Hamburg lief, und meine Mutter, Gott segne sie, war die Tochter eines pensionierten Offiziers, der ungefähr zwei Monate nach ihrer Heirat starb. Das Erbteil meiner Mutter benutzte mein Vater, um seinen Anteil am Schiff auf ein Drittel zu erhöhen, die übrigen zwei Drittel gehörten einem reichen Reeder, der Sigismund hieß. Mein Vater lebte in guten Verhältnissen, da er zu seinem Gehalt als Kapitän noch Einkünfte aus seinem Anteil am Schiff hatte, und Sigismund, der meines Vaters Tüchtigkeit schätzte, war nicht allein bei der Trauung zugegen, sondern wurde auch, als ich ein Jahr später zur Welt kam, mein Pate.

Mr. Sigismund war Junggeselle, ungefähr sechzig Jahre alt, ohne nähere Verwandte, und alle Leute gratulierten meinen Eltern. Sie glaubten in mir den Erben sehen zu dürfen. Aber Mr. Sigismund war sehr auf Geld versessen. Als ein Jahr darauf das Schiff meines Vaters mit Mann und Maus auf den Sandbänken von Texel zugrunde ging und meine Mutter Witwe wurde, war sie erst zweiundzwanzig Jahre alt. Man nahm an, daß meine Mutter genug zum Leben habe, da das Schiff zu zwei Dritteln seines Wertes versichert gewesen war. Zum Erstaunen für alle Welt schien Mr. Sigismund der Ansicht zu sein, daß nur seine zwei Drittel versichert gewesen wären, die aber voll. Ob er nun mit seiner Behauptung recht hatte oder nicht, war seiner Zeit unmöglich festzustellen; die Leute schimpften sämtlich auf ihn, er prelle meine Mutter um ihren Anteil. Meine Mutter hatte wenig oder gar nichts zum Leben, aber sie fand Freunde, die ihr beistanden, sie stickte und nähte und ernährte uns beide, so gut es ging, bis ich acht oder neun Jahre alt war.«

»Aber tat denn Mr. Sigismund, der doch Euer Pate war, gar nichts für Eure Mutter?« fragte Mr. Seagrave.

»Er tat wirklich nichts für uns. Alle Welt verurteilte sein Verhalten, und ich glaube, daß er das Gerede der Leute meiner Mutter ankreidete: vielleicht war es auch das eigene böse Gewissen, was ihn uns entfremdete. Ich war inzwischen ein großer, starker Junge geworden, und wenn ich der Mutter oder der Schule entwischen konnte, war ich an der See oder an Bord irgendwelcher Schiffe. Im Sommer war ich den halben Tag im Wasser, infolgedessen wurde ich ein guter Schwimmer. Meine Mutter bemerkte meine Liebe für die See mit Sorge und tat alles, um meine Gedanken auf andere Wege zu lenken. Sie erzählte mir von den Gefahren und der schweren Arbeit, die ein Seemann habe, und endete immer mit dem Bericht vom Tod meines Vaters und einer Flut von Tränen.

Ich habe es oft erlebt, daß Menschen gerade das Gegenteil von dem taten, was von ihnen gewünscht wurde. Und so war es auch bei mir. Ich glaube, ich wäre zu Hause geblieben, hätte meine Mutter nicht immer verhindern wollen, daß ich zur See ging. Schon als Kind hatte ich einen gewissen Stolz, ich muß ihn wohl von meinem Vater geerbt haben, denn meine Mutter war sanft. Wenn einer der Jungen etwas tat, was ich nicht konnte, so empfand ich es als demütigend. Oft unternahm ich gewagte Dinge, bloß um mehr zu gelten als die anderen. Manchmal war es ein Wunder, daß ich mit dem Leben davonkam. Meine Mutter hörte fortgesetzt von den Leuten, in welchen Gefahren ich geschwebt hatte. Zuerst schalt sie, dann bat sie mich unter Tränen, nicht so waghalsig zu sein. Ich habe später oft darüber nachgedacht, wie selbstsüchtig und rücksichtslos ich damals gewesen bin. Aber ich war noch zu jung, als daß ich nur hätte ahnen können, welche Sorgen ich ihr bereitete und welche Angst sie meinetwegen ausstand, Kinder haben offensichtlich dafür kein Gefühl.«

»Ihr habt recht, Rüstig«, sagte Mr. Seagrave. »Wenn die Kinder wüßten, wie sehr die Eltern unter ihrem falschen Betragen leiden, sie würden viele Dummheiten unterlassen.«

»Wir bedenken das immer erst, wenn es zu spät ist«, fuhr Rüstig fort. »Ich war etwas über neun Jahre, als ich eines Tages am Hafen stand. Es war stürmisch, die See ging hoch, das Tau, durch das ein Schiff an der

Mole festgehalten wurde, sprang, und das abgerissene Ende traf eine Person, die neben mir stand, und schleuderte sie in die See. Die Leute an Land und die Matrosen auf den Schiffen warfen dem Mann Taue zu, aber er konnte offenbar nicht gut schwimmen, oder die Strömung war zu stark. Da ergriff ich ein Tau und sprang ins Wasser. Ich erreichte ihn gerade, als er unterging. und gab ihm das Tau in die Hände. Er klammerte sich mit letzter Kraft daran fest und wurde auf die Mole gezogen. Schnell wurden wir aufs Trockene geschafft, und jetzt erkannte ich in dem Geretteten meinen Paten, Mr. Sigismund. Die Seeleute führten mich im Triumph zu meiner Mutter, und als sie gehört hatte, was ich getan, umarmte und küßte sie mich mit tränenden Augen.«

»Aber sie tadelte Euch doch nicht für Eure Tat?« fragte William.

»O nein, Master William; sie war der Ansicht, daß ich nur meine Pflicht getan hatte, und meinte vielleicht auch, daß ich voller Bedacht Böses mit Gutem vergolten hätte, aber sie sagte es nicht. Am nächsten Tag besuchte uns Mr. Sigismund. Man sah ihm an, wie unangenehm es ihm jetzt war, daß er sich so lange nicht um mich, sein Patenkind, gekümmert hatte. Meine Mutter empfing ihn freundlich, wohl wissend, wie nützlich er mir sein konnte, ich dagegen war sehr kühl, meine Mutter hatte mir oft erzählt, wie er sich gegen uns benommen hatte. Ich freute mich schon darüber, daß ich ihn gerettet hatte, aber noch stolzer war ich darauf, daß ich einem Mann, der uns weh getan, Verpflichtungen aufgezwungen hatte. Mr. Sigismunds Besuch war nur kurz, er versicherte meiner Mutter, daß er für mich sorgen würde. Wenn ich die Schule abgeschlossen hätte, würde er mich auf seiner Werft Schiffsbau studieren lassen und bis dahin alle Kosten für mich tragen. Meine arme Mutter war sehr dankbar und vergoß Freudentränen. Als Mr. Sigismund gegangen war, küßte sie mich und sagte, daß sie glücklich sei, da ich nun meinen Beruf auf dem Lande und nicht auf der See ausüben würde. Ich muß Mr. Sigismund Gerechtigkeit widerfahren lassen, er hielt sein Wort und sorgte gut für uns. Ich konnte jedoch meine Abneigung gegen ihn nicht bezwingen, dies Gefühl hatte ich zu lange genährt. Besonders unerträglich war es mir, daß meine Mutter Verpflichtungen ihm gegenüber hatte, weil er für mich das Pensionsgeld zahlte. Da ich jetzt eine gute Internatsschule besuchte und mit den anderen Knaben zusammenbleiben mußte, konnte ich nicht mehr wie früher auf den Werften herumlaufen und auf die Schiffe klettern und fühlte mich aller meiner Freuden beraubt. Damals sah ich nicht ein, warum dies zu meinem Besten sein sollte. Ich war unzufrieden, ich konnte nicht mehr tun, was ich wollte, sondern sollte immer nur lernen. Der Lehrer beklagte sich bei Mr. Sigismund, ich sei unaufmerksam im Unterricht. Dieser ließ mich kommen und schalt mich aus. Ich wurde noch ungehorsamer, und auf Mr. Sigismunds Wunsch wurde ich bestraft. Dies brachte mich derartig gegen ihn auf, daß ich den Entschluß faßte, fortzulaufen und zur See zu gehen. – Doch nun wird es Zeit zum Schlafen, morgen abend werde ich weitererzählen«

»Ja«, sagte Mr. Seagrave, »Ihr habt wieder einmal recht. Es ist schon spät. Aber auch ich hätte gern noch mehr gehört.«

Die Bettvorhänge wurden zugezogen, und bald schliefen alle fest.

Das Blöken der Zicklein weckte am nächsten Morgen alle früher als sonst. Der Himmel hatte sich wieder aufgeklärt, so daß Rüstig die schwarze Nanny und ihre Nachkommenschaft hinauslassen konnte. Nach einem ausgezeichneten Frühstück – es gab gebratenen Fisch – begannen Mr. Seagrave, Rüstig und William ihre Arbeit. Die beiden ersten breiteten die Zeltleinwand zum Trocknen aus, und William ging auf die Suche nach den Hühnern, die sich seit zwei Tagen nicht hatten blicken lassen. Nach etwa einer halben Stunde hörte er den Hahn im Wald krähen, und bald fand er sie alle. Er warf ihnen Futter hin, das er mitgenommen hatte, und sie waren so hungrig, daß sie ihm nach Hause folgten. Dort ließ er sie und ging dann hinüber zum Zeltplatz.

Rüstig schlug vor, einen Hühnerstall zu bauen, was kaum einen Tag beanspruchen würde. »Mr. Seagrave«, sagte er, »dicht beim Haus stehen doch die vier dicken Palmen, darunter wollen wir den Stall bauen. Es wäre schade, wenn die Hühner eines Tages weg wären. Wer sagt, daß wir sie immer wiederfinden. Die Kinder würden ihr Frühstücksei vermissen.«

Mr. Seagrave stimmte zu, und bald waren sie am Werk. Von den gefällten Bäumen waren eine Menge dünner Zweige übriggeblieben; diese nagelten sie an die Stämme der vier Bäume, und in kurzer Zeit war sogar das Dachgerüst fertig, das mit Kokosblättern bedeckt wurde. Auch ein dickerer Stamm fand sich. Aus ihm wurde eine Stange zum Auffliegen gezimmert.

Da Juno gerade das Mittagessen ins Haus trug, aßen sie zunächst einmal. Nach der Mahlzeit arbeiteten Rüstig und William weiter an den Seitenwänden. Mr. Seagrave sammelte Zweige und Blätter dafür und schleppte sie heran. Noch ehe der Abend hereinbrach, war der Hühnerstall fertig. William lockte die Hühner, indem er ihnen Futter auf den Weg zum Eingang streute.

»Die Hühner werden bald von selbst hinfinden«, sagte Rüstig, »wenn ich Zeit habe, werde ich eine Eingangstür für den Stall zimmern. Ich denke, dies sollte das Reich von Karoline werden, sie wird gern für die Hühner und die Küken, die kommen werden, sorgen.«

»Ja, hier soll Karoline herrschen«, stimmte William zu, »sie wird sich freuen, wenn sie das hört. Meint Ihr nicht, Rüstig, daß es besser wäre, wenn wir die Zeltplanen gleich zusammenrollten, wer weiß, wie lange sich das schöne Wetter hält.«

»Richtig, William, wir werden sie unter die Bettstellen packen, da ist Platz genug.« Die Arbeit war bald erledigt, William holte Nanny und ihre Jungen und nahm sie mit ins Haus. Es dunkelte bereits. Nach dem Abendbrot wurde Rüstig von allen Seiten bestürmt, seine Geschichte fortzusetzen. Er tat es gern.

»Ich sagte gestern abend, daß ich entschlossen war, aus der Schule fortzulaufen und zur See zu gehen, aber ich habe noch nicht erzählt, wie ich es anstellte. Ich konnte nur dann unbemerkt entwischen, wenn die Schüler alle schliefen. Mein Zimmer lag oben unter dem Dach. Ich wußte, daß alle Türen verschlossen waren bis auf eine, durch die man aufs Dach gelangte, diese war nur von innen verriegelt. Durch diese Tür wollte ich fliehen. Als alles still war, stand ich auf, zog mich leise an und verließ den Raum.

Der Mond schien hell, darum erreichte ich die Dachtür, ohne irgendwo anzustoßen. Die Tür zu öffnen war für einen Jungen ziemlich schwierig, aber schließlich gelang es mir, und ich stand auf dem Dach. Ich sah mich um, unten war die weite See, Schiffe lagen im Hafen, und ich fühlte mich bereits frei. Aber wie sollte ich hinunterkommen? Nachdem ich einige Male hin und her gegangen war, entschloß ich mich, an der Wasserrinne hinunterzurutschen. Sie stand etwas von der Wand ab, so daß ich sie mit den Händen umfassen konnte, und da ich wie eine Katze kletterte und leicht wie eine Feder war, kam ich glücklich hinunter.«

»Das ist ja das reinste Wunder, Rüstig, daß Ihr Euch dabei nicht den Hals gebrochen habt«, sagte Mrs. Seagrave.

»In der Tat, Madam, aber damals hatte ich nur einen Gedanken: frei zu sein. So bald ich unten in dem Blumenbeet angelangt war, lief ich zum Gartenzaun und kletterte hinüber. Dann schlug ich den Weg zum Hafen ein. An der Mole angelangt, sah ich einen Mann in einem Boot, der gerade abstoßen wollte; ohne ein Wort zu sagen, sprang ich hinein.

›Was willst du denn, Junge?‹ fragte der Seemann.

›Ich will zur See‹, antwortete ich, ›bitte nehmt mich mit an Bord.‹

›Schön‹, sagte er, ›ich hörte gerade, wie der Kapitän äußerte, er brauche einen Schiffsjungen, komm also mit.‹

Er ruderte das Boot hinüber zum Schiff, und schnell kletterte ich hinauf.

›Wer bist du?‹ fragte auch der Kapitän.

Ich erzählte ihm, daß ich zur See wolle.

›Du bist zu jung und zu klein.‹

›Nein, das bin ich nicht.‹ entgegnete ich. ›Ich will es Euch zeigen‹, und wie eine Katze kletterte ich im Takelwerk hinauf.

Als ich herunterkam, lobte mich der Kapitän: ›Du wirst einmal ein tüchtiger Seemann werden, ich werde dich mitnehmen, und sobald wir in London sind, werde ich dich als Schiffsjungen einstellen. Aber hast du denn keine Mütze?‹

›Nein, die hab ich zu Haus gelassen.‹

›Schadet nichts‹, sagte der Kapitän und holte mir aus der Kajüte eine rote Schlafmütze.

Bald hatten wir den Hafen hinter uns, und noch ehe der Tag graute, waren wir auf hoher See. Sie sollte von nun an meine Heimat sein.

Bald stellte ich fest, daß ich mich auf einem Kohlenschiff befand. Der Kapitän war ein barscher Mann, ich mußte bekennen, weshalb ich fortgelaufen war, und noch ehe der erste Tag vorbei war, bereute ich schon den Schritt, den ich getan hatte. Ich machte mir für die Nacht eine Lagerstätte auf altem Segeltuch zurecht, und nun, da ich allein dalag, wanderten meine Gedanken zu meiner Mutter. Ich dachte an die Sorgen, die ich ihr verursachte, da fing ich bitterlich an zu weinen, aber es gab kein Zurück mehr. Ich denke oft, daß das mühevolle Leben, das ich durchzumachen habe, die gerechte Strafe für meine Gedankenlosigkeit ist. Welche Grausamkeit gegen meine Mutter war es, daß ich sie auf diese Weise verließ, ich war ihr einziges Kind, sie hatte nichts als mich auf der Welt. Und wie habe ich ihr für alle Mühe und Güte gedankt! Arme Frau, das Herz habe ich ihr gebrochen! Gott vergebe mir!«

Rüstig konnte vor Erregung nicht weitersprechen. William, der neben seiner Mutter saß, wandte sich zu ihr und küßte sie.

Mrs. Seagrave traten die Tränen in die Augen, als sie die Umarmung ihres Sohnes erwiderte.

»Ich möchte hier abbrechen«, sagte Rüstig, »mein Herz wird mir schwer, wenn ich daran zurückdenke.«

»Ja«, sagte Mr. Seagrave, »gehen wir zur Ruhe.« —

Der darauffolgende Morgen war schön. Gleich nach dem Frühstück brachen sie mit dem Wagen zum Schildkrötenteich auf. Rüstig spießte eins der größten Tiere auf, und nachdem es an Land gebracht war, luden sie es auf und karrten es zum Haus. Dort zerteilten sie die Schildkröte. Rüstig erklärte Juno, welche Teile sie zur Suppe nehmen sollte. Sie lächelte spöttisch. »Darauf wäre ich nie allein gekommen.« Als der Topf auf dem Feuer stand, nahmen Rüstig, Mr. Seagrave und William Säge und Äxte, um Bäume für das neue Haus zu fällen, das die Vorräte aufnehmen sollte.

»Im Fall einer Gefahr soll dies hier unser Zufluchtsort werden«, sagte Rüstig, »das habe ich ja schon einmal gesagt. Darum habe ich dieses dichte Gehölz ausgesucht, es ist nicht weit vom Haus, und wenn wir einen Zickzackweg anlegen, wird so leicht niemand diesen Ort finden. Ich glaube zwar nicht, daß wir je in Gefahr geraten werden, aber auf alle Fälle ist es so besser. Doch das habe ich wohl auch schon einmal gesagt. Verzeiht einem alten Mann.«

»Man kann nie wissen, was geschieht«, erwiderte Mr. Seagrave, »ich bin ganz Eurer Ansicht, Rüstig.«

»Ich weiß nicht, ob die nächstliegenden Inseln bewohnt sind, doch immerhin ist es möglich, einiges spricht ja dafür. Wir kennen den Charakter der Eingeborenen nicht, vielleicht haben sie schon böse Erfahrungen mit Europäern gemacht, vielleicht betrachten sie die Quelle als ein Heiligtum, das durch unsere Anwesenheit entweiht wird. Manchmal kommen Eingeborene auf Nachbarinseln, um Kokosnüsse zu sammeln. Sie sind ein wichtiges Nahrungsmittel und auch sonst gut zu gebrauchen. Also schon möglich, daß wir mal Besuch erhalten. Aber erzählt nichts Eurer Frau, sie würde sich sonst beunruhigen.«

»O nein«, erwiderte William, »wir werden nichts erzählen, was meine Mutter aufregen könnte.«

»Seht Euch um, Mr. Seagrave, ist dieser Platz nicht günstig? Bis zum Haus sind es nicht mehr als hundertfünfzig Schritt, wenn man geradeaus geht.«

»Ich glaube auch, hier sollten wir einen Zufluchtsort einrichten. Vom Strand aus kann man ihn nicht sehen. Je eher wir mit der Arbeit anfangen, desto besser.«

»Ich werde die Bäume zeichnen, die wir stehenlassen. Die anderen, die wir fällen, hauen wir vier Fuß über dem Boden ab. Master William, bitte, nehmt das andere Ende der Schnur.«

Nachdem sie den Boden vermessen hatten, begannen sie mit Säge und Axt Bäume zu fällen. Bis zur Mittagszeit wurde tüchtig gearbeitet.

Sie kamen ziemlich erschöpft zu Hause an. Mrs. Seagrave betrachtete sie voller Sorge. »Strengt euch nicht so an«, sagte sie zu Mann und Sohn, »und auch Ihr, Rüstig, dürft das nicht tun. Ihr werdet noch krank, was dann?«

»Bäume fällen ist ein schweres Stück Arbeit, liebe Mutter«, sagte William, »dafür wird uns Juno auch Schildkrötensuppe vorsetzen. Ich habe gewaltigen Appetit. – Was hast du denn, Tommy?«

»Ich habe Tommy wieder einmal ausschelten müssen«, sagte Mrs. Seagrave. »Heute morgen habe ich genäht und meinen Fingerhut benutzt, kurze Zeit darauf rief mich Juno hinaus, Karoline ging mit mir, und Tommy blieb allein im Haus. Als ich zurückkam, war er draußen; ich nahm das Wäschestück wieder zur Hand, vermißte aber meinen Fingerhut; ich fragte Tommy, ob er ihn genommen hätte, und er antwortete mir, daß er ihn suchen wolle. Trotz allen Suchens konnte er ihn freilich nicht finden. Sicher hat er ihn genommen, für ihn ist ja alles Spielzeug, doch er will es nicht zugeben. Die Folge davon war, daß ich den ganzen Morgen nicht habe nähen können. So böse ist dieser Junge manchmal.« Sie sprach übertrieben ernst.

»Hast du den Fingerhut genommen, Tommy?« fragte Mr. Seagrave streng.

»Ich werde ihn schon finden, Papa.«

»Das ist keine Antwort. Hast du den Fingerhut genommen?«

»Ich werde ihn schon finden«, sagte Tommy weinerlich.

»Das hat er zu mir auch immer gesagt«, warf Mrs. Seagrave ein. Sie blinzelte ihrem Mann zu.

»Schön«, sagte Mr. Seagrave, »dann bekommst du nicht eher Mittagbrot, bis der Fingerhut wieder da ist.«

Tommy fing an zu schreien. Juno brachte gerade die Suppe auf den Tisch, die verlockend duftete. Alle waren hungrig, Tommy natürlich besonders. William hatte sich eben den zweiten Teller voll geben lassen, plötzlich verzog er das Gesicht und spuckte etwas aus. Er reichte es der Mutter hinüber.

»Hier, Mama«, rief er, »dein Fingerhut. Ich dachte zuerst, es sei ein Knochen.«

»Dann wundere ich mich nicht, daß Tommy sagte, er würde ihn schon noch finden«, sagte Rüstig lächelnd, »er wollte ihn nach Tisch aus der übriggebliebenen Suppe herausfischen. Sicher dachte er, ein Stück Metall bleibt unten liegen. Ich will Tommy nicht in Schutz nehmen, Mrs. Seagrave, aber er hat wenigstens nicht gelogen.«

»Ich denke, wenn er Papa um Verzeihung bittet«, bemerkte William, »so wird er ihm die Geschichte nachsehen.«

»Komm her, Tommy«, sagte Mr. Seagrave, »erzähl mir, warum hast du den Fingerhut in die Suppe geworfen?«

»Ich wollte die Suppe kosten, aber als ich den Fingerhut füllte, brannte es so an den Fingern, daß ich ihn hineinfallen ließ.«

»Warum hast du denn deiner Mama nicht gesagt, wo du den Fingerhut gelassen hattest?« fragte Rüstig.

»Ich hatte Angst, Mama könnte dann die ganze Suppe fortschütten, und ich bekäme dann keine zum Mittag.«

»Oh, das war es also! Gut, ich habe gesagt, du sollst nichts zu Mittag haben, bis der Fingerhut gefunden ist. Nun, wo er da ist, darfst du dein Essen haben, aber merke dir, weigerst du dich noch einmal, eine Frage zu beantworten, dann gibt es eine härtere Strafe.« Er hob mahnend den Zeigefinger.

Tommy war froh, daß er so glimpflich davongekommen war, und noch vergnügter darüber, daß er seine Suppe erhielt. Schnell war er mit dem ersten Teller fertig, er bat um einen zweiten, und als er Junos hochgezogene Brauen sah, versicherte er: »Tommy will keinen Fingerhut wieder nehmen, Tommy nimmt nächstes Mal einen Zinntopf.«

»Tommy faßt die Kochtöpfe überhaupt nicht wieder an«, sagte Juno streng, »du verbrennst dich sonst noch ganz und gar, du ungezogener Junge.«

Nach dem Mittagbrot machten sie sich wieder an die Arbeit. Es dunkelte bereits, als sie zurückkehrten.

»Da bildet sich schon wieder eine Wolkenwand, heut nacht regnet es«, sagte Rüstig.

»Ich fürchte auch, es wird regnen, aber damit müssen wir jetzt wohl immer rechnen.«

»Jawohl, Sir, wir müssen auch damit rechnen, daß der Regen tagelang anhält.«

Im Haus war es warm und behaglich. Zum Abendbrot gab es den Rest der Suppe. Alle waren satt und zufrieden.

»Rüstig, wenn Ihr nicht zu müde seid«, sagte Mrs. Seagrave, »erzählt uns bitte Eure Geschichte weiter.«

»Gewiß, Madam, wenn Ihr es wünscht. Als ich aufhörte, war ich an Bord eines Kohlenschiffes, das nach London fuhr. Wir hatten gute und schnelle Fahrt. Die Seekrankheit packte mich sehr, sie hörte nicht auf, bis wir anlegten. Als ich an Deck kam und die große Menge von Schiffen sah, die die Themse herauf- und herunterfuhren, stand ich starr vor Staunen. Meinen Kapitän konnte ich nicht leiden, er war grob und brutal gegen die Matrosen. Der Schiffsjunge, der noch an Bord war, hatte mir geraten, lieber auf ein anderes Schiff zu gehen, hier würde ich den ganzen Tag nur geschlagen und ebenso schlecht behandelt wie er. Ich entschloß mich also, nicht auf dem Kohlenschiff zu bleiben. Als der Kapitän an Land ging, hatte ich genügend Zeit, mich umzusehen. Neben uns lag ein großes Schiff segelfertig. Ich fragte zwei Jungen, die in einem Boot saßen, das zum Schiff gehörte, ob sie es gut hätten an Bord. Sie bejahten, und da der Kapitän noch einige Schiffsjungen brauchte, führten sie mich zu ihm. Der Kapitän nahm mich streng ins Verhör, ich sagte ihm die Wahrheit, auch, warum ich nicht auf dem Kohlenschiff bleiben wollte. Er stellte mich ein, ich mußte mit ihm an Land gehen, unterschrieb meinen Lehrkontrakt und erhielt, was ich an Kleidern und Wäsche brauchte. Zwei Tage darauf segelten wir nach Bombay und China.«

»Schriebt Ihr denn vorher nicht an Eure Mutter?« fragte William. »Ihr hattet doch an sie gedacht auf dem Kohlenschiff.«

»Jawohl, das tat ich, der Kapitän verlangte es auch, er legte sogar einige Zeilen bei, um sie zu beruhigen. Unglücklicherweise ist der Brief, den der Koch besorgen sollte, nicht in ihre Hände gelangt. Ob der Koch ihn verloren oder vergessen hat, ich weiß es nicht, sie hat ihn jedenfalls, wie ich später erfuhr, nicht erhalten.«

»Es war nicht Eure Schuld.« Mrs. Seagrave wollte ihn trösten.

»Nein, Madam, das war nicht meine Schuld, ich habe den großen Fehler, daß ich weglief, vorher begangen. Doch will ich nun fortfahren. Ich war für mein Alter sehr gewandt und tüchtig und war bald der allgemeine Liebling an Bord, besonders bei den Damen, die unser Schiff zur Überfahrt nach Indien benutzten, ich war ja noch solch ein kleiner Bursche. Wir kamen glücklich in Bombay an, wo unsere Passagiere uns verließen. Drei Wochen später segelten wir nach China. Es war Kriegszeit, und französische Schiffe jagten uns oft, aber da wir eine gute Mannschaft und eine große Anzahl Kanonen an Bord hatten, wagte es niemand, uns anzugreifen. Wir landeten glücklich in Makao, wo wir unsere Ladung ablieferten und Tee luden. Dort mußten wir einige Zeit auf Begleitschiffe warten, dann segelten wir wieder nach England. In der Nähe der Isle de France wurde während eines Sturms unsere kleine Flotte auseinandergetrieben. Drei Tage später mußten wir vor einer französischen Fregatte, die uns angriff, die Flagge streichen. Ein Leutnant mit vierzig Mann kam zu uns an Bord und übernahm das Kommando. Der Kapitän und der größte Teil der Mannschaft wurden auf die Fregatte gebracht, nur zehn indische Seeleute und wir Schiffsjungen blieben an Bord, um den Indienfahrer nach der Isle den France zu bringen. In der ersten Zeit war der Gedanke hart, mit zwölf Jahren in Gefangenschaft zu kommen, bald aber war ich wieder so lustig und vergnügt wie früher. Schon hatten wir die Insel vor uns und kreuzten, um günstigen Wind für die Einfahrt in den Hafen abzuwarten, als die Franzosen auf Deck durcheinanderliefen und mit ihren Ferngläsern ein großes Schiff beobachteten. Ein anderer Schiffsjunge, Jack Romer mit Namen, der schon drei Jahre auf See war und etwas Französisch verstand, flüsterte mir zu: ›Rüstig, ich glaube, das ist ein englisches Kriegsschiff, wir brauchen vielleicht nicht ins Gefängnis.‹ Als das Schiff uns auf drei Meilen nahe gekommen war, hißte es die englische Flagge und feuerte eine Kanone auf uns ab. Die Franzosen bemühten sich, das Schiff doch noch in den Hafen zu bringen, aber es gelang ihnen nicht. Unser Kriegsschiff kam uns schnell näher, eine Kanonenkugel flog über unsere Köpfe, und einige Minuten später war die englische Mannschaft in einem Boot da, um uns zu befreien. Die Franzosen wurden auf das englische Kriegsschiff gebracht. Da der Kapitän so wenig Leute wie möglich entbehren wollte, kam nur ein Seekadett zu uns an Bord, der uns in den nächsten Hafen bringen sollte. Nachdem wir dort unsere Mannschaft vervollständigt hatten, segelten wir nach England ab, froh, dem französischen Gefängnis entgangen zu sein. Kurz darauf landeten wir in einem holländischen. Es war zwei Tage später, wir waren in der Nähe des Kaps, da brachte uns wieder ein französisches Kriegsschiff auf. Wir wurden in die Tafelbai geschafft. Das Kap der Guten Hoffnung war damals im Besitz der Holländer, da jedoch Holländer und Franzosen gemeinsam gegen England Krieg führten, kamen wir in ein holländisches Gefängnis.«

»Wieviel Unglück habt Ihr gehabt, Rüstig«, sagte Mrs. Seagrave. »Und das bei der ersten großen Fahrt.«

»Allerdings, Madam, von dem holländischen Gefängnis kann ich wirklich nicht viel Gutes sagen. Aber ich war seinerzeit sehr jung und machte mir nicht viel daraus. Ja, nun ist es wieder spät geworden, Karoline schläft schon fest, und Tommy gähnt seit einer halben Stunde; ich glaube, es ist besser, ich breche für heute ab.«

Sie waren gerade eingeschlafen, da zog ein schweres Unwetter herauf; das Blitzen war so grell, daß es durch die Tür- und Fensterspalten drang, und der Donner krachte mit einem derartigen Getöse, daß alle hochfuhren. Die Kinder schrien und zitterten, sie dachten wohl an den Abend, als das Zelt über ihnen zusammengebrochen war. Auch Mrs. Seagrave und Juno fühlten sich beunruhigt.

»Das hört sich ja schrecklich an«, sagte Mr. Seagrave, er war aufgestanden wie Rüstig auch.

»In der Tat, Sir, an Land habe ich ein derartiges Unwetter auch noch nicht erlebt. Ich stelle mir vor, daß der Blitz und der Donner wie das Auge und die Stimme Gottes im Himmel sind.«

»Ja, Rüstig, vielleicht spricht Gott durch die Elemente zum Menschen. — Aber was ist das?«

In diesem Augenblick krachte ein Donnerschlag, daß das ganze Haus erbebte. Mr. Seagrave und Rüstig, die aus der Tür getreten waren, wurden halbbetäubt zurückgeschleudert, und als sie sich einigermaßen erholt hatten, bemerkten sie, daß das Haus voll Rauch war und mit einem Schwefelgeruch erfüllt.

»Mein Gott!« rief Rüstig. »Der Blitz hat eingeschlagen, ich fürchte, das Haus brennt!«

»Meine Frau, meine Kinder«, rief Mr. Seagrave, »seid ihr alle am Leben?«

»Ja«, rief Mrs. Seagrave, »wir sind alle wohlauf, Tommy ist bei mir. Aber wo ist Juno? Juno!«

Juno antwortete nicht; William tappte suchend umher. Er fand Juno bewegungslos am Boden liegen.

»Sie ist tot, Vater!« rief er.

»Wir wollen sie aus dem Haus tragen, Mr. Seagrave«, sagte Rüstig, der das Mädchen hochgehoben hatte; »sie wird nur betäubt sein.«

Es goß in Strömen, als sie Juno draußen auf die Erde legten.

Rüstig lief um das Haus, um zu sehen, ob es brenne. Er fand die Ecke, wo der Blitz eingeschlagen hatte, aber der Regen hatte das Feuer gelöscht. Er ging wieder zu Mr. Seagrave und William, die sich um Juno bemühten.

»Ich werde mich um das Mädchen kümmern«, sagte Rüstig, »geht mit William ins Haus, denn Mrs. Seagrave wird sich fürchten, wenn sie so allein bleiben muß. Juno ist nicht tot, ihre Brust hebt sich, sie wird bald wieder zu sich kommen.«

Mrs. Seagrave kam ihnen an der Tür entgegen. Die Sorge um Juno hatte sie so beunruhigt, daß sie sich selbst um das Mädchen bemühen wollte, trotz des Regens.

Als ihr Mann berichtete, daß Juno nicht tot war, fiel sie ihm vor Freude um den Hals. William setzte sich zu dem kleinen Albert und zu Karoline. Tommy war nach wenigen Minuten in den Armen seines Vaters wieder eingeschlafen. Langsam ließ der Sturm nach, und als der Tag anbrach, erschien Rüstig mit Juno. Das Mädchen hatte sich einigermaßen erholt. Man zog ihr trockene Sachen an und brachte sie zu Bett. Dann untersuchten Rüstig und Mr. Seagrave nochmals zusammen das

Haus. Der Blitzstrahl hatte an einer Ecke eingeschlagen, ungefähr da, wo der künftige Herd gesetzt werden sollte, er hatte den Rand des eisernen Kessels zerschmolzen und, was der größte Verlust war, die schwarze Nanny getötet, die jungen Tiere waren unverletzt.

»Da haben wir noch einmal Glück gehabt«, sagte Mr. Seagrave. »Wenn ich mich nicht irre, besitzen wir eine große Menge Kupferdraht.«

»Ja, Sir, wir wollen sofort einen Blitzableiter aufstellen.«

Inzwischen war es heller Tag geworden. Mrs. Seagrave erschien mit den Kindern, es gelang ihr, ein Feuer anzufachen und Tee zu brühen, der allen wohltat, besonders nach den Aufregungen der Nacht. Gleich nach dem Frühstück machten sich Rüstig und Mr. Seagrave daran, einen passenden Baum auszusuchen, um den Blitzableiter anzubringen; William übernahm inzwischen Junos Arbeiten. Das Mädchen lag fest schlafend im Bett. Mrs. Seagrave erzählte den Kindern Geschichten, um sie zu beruhigen.

»Ich denke«, sagte Rüstig, »daß einer von den beiden Bäumen dort, die so dicht beieinander stehen, geeignet wäre, sie sind dem Hause nicht zu nah und doch nahe genug, um es zu schützen.«

»Ich bin damit einverstanden, Rüstig, aber wir dürfen nur einen stehenlassen.«

»Ja, ich weiß. Doch vielleicht werden wir beide brauchen, um hinaufzukommen und den Draht zu befestigen. Später werden wir den anderen fällen.«

Rüstig holte die Leiter und stellte sie gegen den einen der Bäume, nahm dann Hammer und einen Sack großer Nägel, trieb einen dieser Nägel so tief in den Stamm, daß er sein Gewicht trug, und arbeitete sich auf diese Art hoch zur Spitze. Dann kletterte er die provisorische Leiter wieder hinunter, nahm anstatt des Hammers eine Axt und eine Säge mit hinauf, und in kaum zehn Minuten hatte er die Krone der Kokospalme abgesägt, so daß nur der nackte hohe Stamm stehenblieb.

Rüstig kam wieder herunter, hieb mit der Axt eine kleine Stange auf passende Länge und befestigte den Kupferdraht daran. Diese Stange brachte er am oberen Ende der Kokospalme an, der danebenstehende Baum wurde nun gefällt und das freihängende Ende des Kupferdrahts in die Erde gegraben.

»So, das wäre auch erledigt«, sagte Rüstig und wischte sich den Schweiß ab.

»Ja«, sagte Mr. Seagrave, »nun stellen wir noch einen Blitzableiter bei dem Vorratshaus auf, sonst könnte dies auch eines Tages brennen.«

»Sehr richtig, das müssen wir machen. Aber nicht gleich. Ich werde mich vorher umsehen. Und es wird außerdem bald wieder regnen.«

Mr. Seagrave und William zogen die tote Nanny bei den Beinen aus dem Haus und begruben sie unter dem Blitzableiter. Kaum waren sie fertig, als Rüstig wiederkam, er hatte nach den übrigen Ziegen und Schafen gesucht und sie bald gefunden. Nun brachte er eine andere Ziege mit, die ebenfalls zwei Junge geworfen hatte. Sie sollte die beiden Kleinen von Nanny mit großziehen.

Juno war inzwischen aufgestanden. Sie fühlte sich ganz wohl, hatte allerdings starke Kopfschmerzen.

Wie Rüstig vorausgesagt hatte, begann es wieder mit großer Heftigkeit zu regnen, und es war unmöglich, außerhalb des Hauses etwas zu tun. Darum baten ihn alle, seine Geschichte weiterzuerzählen.

»Dann geben auch die kleinen Quälgeister Ruhe«, sagte Mrs. Seagrave.

Also nahm Sigismund Rüstig wieder seinen Bericht auf: »Sobald wir in der Tafelbai Anker geworfen hatten, wurden wir an Land beordert und in ein Gefängnis gesteckt, das nahe bei den Gouvernementsgärten gelegen war. Da man eine Flucht für unmöglich hielt, war unsere Bewachung nicht besonders streng, auch war die Behandlung recht ordentlich. Es ging aber das Gerücht um, wir sollten mit einem Kriegsschiff, das in einigen Monaten in die Tafelbai einlaufen würde, nach Holland geschickt werden, und das behagte uns gar nicht. Es waren außer mir, wie ich schon sagte, noch einige andere Schiffsjungen da, die zu dem Indienfahrer gehört hatten. Wir hielten zusammen, nicht nur, weil wir von gleichem Alter waren, sondern auch, weil wir so lange auf demselben Schiff gedient hatten. Zwei von meinen Gefährten, den einen, Jack Romer, habe ich schon erwähnt, der andere hieß Will Hastings, waren mit mir befreundet, und als wir auf dem Wall im Sonnenschein saßen, um uns zu wärmen – es war Winter –, sagte Romer: ›Wie leicht könnten wir hier fortlaufen, wenn wir nur wüßten, wohin!‹

›Ja‹, stimmte Hastings zu, ›das ist die Frage: Wo sollen wir hin, wenn nicht zu den Hottentotten oder irgendeinem anderen afrikanischen Stamm? Und wenn wir hinkommen, was wird dann mit uns?‹

›Nun‹, sagte ich, ›ich möchte lieber frei unter Wilden leben als hier im Gefängnis.‹

Das war unser erstes Gespräch über die Flucht, wir kamen aber wieder darauf zurück. Da einige von den holländischen Soldaten, die Wache bei uns hielten, englisch sprachen und wir auch etwas Holländisch verstanden, erkundigten wir uns, wie groß das Land eigentlich sei und wie es aussehe. Sie schöpften keinen Verdacht und gaben bereitwillig Auskunft. Zwei Monate lang berieten wir hin und her, schließlich kamen wir zu dem Entschluß zu fliehen. Da seht Ihr, Mr. Seagrave, wie töricht wir waren, wir stürzten uns in Mühseligkeiten und Gefahren — ohne die geringste Aussicht auf Erfolg. Wir wären besser gefahren, wenn wir geblieben wären. Aber man kann alte Köpfe nicht auf junge Schultern setzen. Das Kriegsschiff, das uns nach Holland bringen sollte, wurde in den nächsten Tagen erwartet. Wir hoben also unsere Rationen auf, kauften einige lange holländische Messer, packten unsere wenigen Kleidungsstücke in Bündel, und in einer dunklen Nacht blieben wir auf dem Hof. Ohne daß man uns bemerkte, richteten wir eine lange Stange auf und kletterten daran die Mauer hinauf. So schnell wie möglich eilten wir dem Tafelberg zu.«

»Warum lieft Ihr gerade zum Tafelberg, Rüstig?« wollte William wissen.

»Warum? Hastings war der Älteste von uns, und ich muß bekennen, auch der Klügste. Er meinte, es sei besser, wenn wir einige Tage dort blieben, bis wir uns darüber klar seien, wohin wir wollten; wir könnten auch den Versuch unternehmen, ein oder zwei Gewehre mit Munition zu bekommen. Ihr müßt nämlich wissen, daß wir Geld genug hatten. Als der Indienfahrer das erstemal erobert wurde, hatte der Kapitän eine Kiste voll Rupien unter Offiziere und Mannschaften verteilt, je nach Höhe der Heuer. Er dachte wohl, besser die Mannschaft erhält das Geld, sonst beschlagnahmen es noch die Franzosen. Im Gefängnis hatten wir wenig ausgeben können; Spirituosen waren nicht erlaubt, und Tabak mochten wir nicht. Übrigens hatten wir noch einen anderen Grund, uns dem Tafelberg zuzuwenden. Wenn man uns nach der Entdeckung unserer Flucht suchte, würde man uns, so glaubten wir, im Innern des Landes vermuten. Wir wollten erst einige Tage verstreichen lassen, ehe wir weitermarschierten, bis dahin würde die Suche vorbei sein. Die Soldaten hatten uns von den Löwen und den anderen wilden Tieren erzählt und wie gefährlich das Reisen sei. Wir waren der Ansicht, daß man vermuten würde, wir seien Opfer der wilden Tiere geworden, und wenn man uns nicht fände, würde man die Suche nach einiger Zeit aufgeben. Ihr seht, wie wir als dumme Jungen uns die Sache zurechtlegten.«

»Wirklich dumm«, bemerkte Mrs. Seagrave, »wegzulaufen und nicht zu wissen, wohin, in einem Land voll wilder Tiere und Gefahren. Ihr wart ja wie meine Söhne, denen traue ich so etwas auch zu.« Sie gab Tommy einen zärtlichen Stoß.

»Ihr habt recht, Madam«, erwiderte Rüstig, »und nun will ich erzählen, was sich ereignete, noch bevor wir drei Stunden unterwegs waren. Wir rannten zuerst, bis wir ganz außer Atem waren, dann gingen wir so schnell wie möglich, aber nicht den Berg hinauf, sondern nach Südwesten zu, nach der False-Bay, um möglichst weit von der Stadt fortzukommen. Erinnert Ihr Euch noch, Master William, ich zeigte Euch die Bai, als wir am Kap der Guten Hoffnung vorbeikamen.«

»Sicher, Rüstig, ich entsinne mich gut.«

»Wir waren ungefähr zwei Stunden gelaufen und begannen müde zu werden. Als der Tag anbrach, sahen wir uns um, ob wir uns irgendwo verbergen konnten. Wir fanden eine Höhle mit einem schmalen Eingang, die groß genug war, und krochen hinein. Sie war trocken, und da wir sehr müde waren, legten wir unsere Köpfe auf die Bündel, um zu schlafen. Kaum hatten wir uns hingelegt und die Augen geschlossen, da hörten wir ein derartiges Geschrei, daß wir um unser Leben zu fürchten begannen. Wir vermochten uns nicht zu erklären, was das für ein Lärm war, schließlich kroch Hastings hinaus und – begann zu lachen; nun sahen auch Romer und ich hinaus, und was erblickten wir: Ungefähr hundertfünfzig große Paviane sprangen und wälzten sich wie toll herum. Sie waren größer als wir, wenn sie aufrecht standen, und hatten ein großes weißes Gebiß; auch Weibchen mit Jungen auf dem Rücken waren darunter, sie waren ebenso lebhaft wie die Männchen. Wir brachen in lautes Lachen aus, und noch waren wir nicht fertig damit, als ein besonders großes Tier dicht vor uns stand. Es war plötzlich vom Felsen heruntergesprungen, und wir waren so erschrocken, daß wir uns in die Höhle zurückzogen. Das Tier stieß einen schrillen Schrei aus, und wir bemerkten, das alle übrigen, so schnell sie konnten, zu ihm rannten. Ich erzählte schon, daß die Höhle groß genug war, um uns aufzunehmen. Wir waren müde, deshalb hatten wir uns nicht weiter umgesehen. Als wir jetzt nach einer anderen Zufluchtsstätte suchten, entdeckten wir im Innern noch eine zweite Höhle, der Eingang zu ihr war sehr schmal: Romer schrie deshalb: ›Laßt uns dort hineingehen!‹ Er war der erste, der hineinkroch. Hastings folgte mit seinem Bündel, und ich beeilte mich nachzukommen, denn in dem Augenblick waren sechs der größten Paviane in die vordere Höhle eingedrungen. Das erste, was sie taten, war, daß sie Romers Bündel öffneten, die Lebensmittel auffraßen und alles andere auseinanderrissen. Als sie mit dem Inhalt des Bündels fertig waren, näherten sich zwei von ihnen der zweiten Eingangsspalte. Sie sahen uns. Einer von ihnen steckte seine lange Pfote hinein, um uns zu ergreifen, aber Hastings gab ihm einen Schlag mit seinem Messer, worauf sich das Tier eiligst zurückzog. Der Affe zeigte seine Pfote den andern und leckte das Blut mit seiner Zungenspitze ab. Sie erhoben ein fürchterliches Geschrei und waren offensichtlich sehr böse. Die vordere Höhle war jetzt voll von ihnen. Ein anderer steckte seine Pfote zu uns herein und erhielt einen Schnitt, genau wie der erste. Zuletzt versuchten zwei oder drei auf einmal, uns herauszuholen, aber wir stachen mit unsern Messern um uns. Ungefähr eine Stunde lang setzten sie ihre Versuche fort, uns zu erreichen, dann gingen sie ins Freie, blieben aber schreiend und heulend vor dem Eingang stehen. Wir waren müde und ängstlich. Schließlich sagte Romer: ›Ich wollte, ich wäre wieder im Gefängnis‹, und uns ging es ebenso, das kann ich versichern, aber wir durften nicht heraus, sonst hätten uns die Tiere in Stücke gerissen. Wir mußten so lange bleiben, bis die Paviane verschwanden. Wir warteten immer sehnlicher, denn durch die Aufregung hatten wir Durst bekommen, und in der Höhle gab es kein Wasser. Zwei Stunden hielten uns die Affen noch gefangen, doch plötzlich stieß eins der Tiere einen lauten Schrei aus, und die ganze Herde jagte davon. Wir warteten noch einige Zeit, aus Angst, sie könnten zurückkommen. Hastings kroch zuerst hinaus, und nachdem er sich vorsichtig umgesehen hatte, winkte er uns nach. Die Affen waren sämtlich fort, dagegen sahen wir einen Hottentotten, der Vieh hütete. Glücklich über unsere Errettung, eilten wir einer Quelle zu, um unsern Durst zu stillen.

Das war unser erstes Abenteuer, William. Später erlebten wir noch viele andere, aber für heute will ich Schluß machen. Zwar ist es noch nicht spät, doch die Kinder müssen ausruhen. In der letzten Nacht haben sie kaum Schlaf gefunden.«

»Ich möchte aber gern wissen, Rüstig, wie es weiterging«, bat William. »Es war so spannend, und ich bin noch nicht müde.«

»Das sollt Ihr alles erfahren, allerdings später. Der Regen hat aufgehört. Ich will noch ein paar Fische für morgen fangen. Wenn Ihr mitkommen wollt, ist es mir recht.«

»Ja, gern, Rüstig, schlafen kann ich sowieso nicht.«

»Schön, hier sind die Angelschnüre. Gute Nacht, Madam, gute Nacht, Sir.«

Rüstigs Voraussage erwies sich als richtig, nach dem heftigen Sturm gab es gutes Wetter. Juno war immer noch schwach und leidend. Sie war vom Blitz gestreift worden, jedoch imstande, zu kochen und leichte Arbeit zu verrichten.

Da sich das ruhige Wetter vierzehn Tage lang beinahe ohne Unterbrechung hielt, arbeiteten die beiden Männer und William vom Morgen bis zum Abend am neuen Haus. Sie wollten es so schnell wie möglich fertigstellen. Abends waren sie so müde, daß sogar William den alten Rüstig nicht drängte, mit seiner Geschichte fortzufahren. Schließlich war das Haus fertig, sie hatten es mit einem Dach versehen und drei der vier Wände mit dichten Lagen von Kokosblättern gedeckt, die vierte Seite ließ man wegen der Ventilation offen. Der untere Teil war so eingerichtet, daß das Vieh dort während der Nacht oder bei schlechtem Wetter Schutz fand. Der Weg, der in Schlangenlinie zum Vorratshaus hinaufführte, war in Vorbereitung. Sie hatten die Bäume gefällt, doch die Baumstümpfe noch nicht gerodet. Alle Kisten und Säcke, die sie von der andern Seite der Insel geholt hatten, schafften sie jetzt hinein. Nun konnten sie neue Pläne schmieden. Zunächst wollten sie nach den arbeitsreichen zwei Wochen einen Ruhetag halten, jeder folgte seinen Interessen. William fing Fische, eine Schildkröte wurde geschlachtet, und so hatten sie nicht allein einen Festtag, sondern auch ein Festessen. Am Nachmittag gingen Mr. Seagrave und seine Familie am Strand spazieren. Rüstig half Juno beim Zerteilen der Schildkröte. Später wurde Mrs. Seagrave das Vorratshaus gezeigt, wohin auch die Ziege mit ihren vier Kleinen gebracht worden war. Da das Wetter nach wie vor schön war, schloß sich daran eine Besichtigung des Gartens an. Zu ihrem Erstaunen fanden sie, daß die Saat trotz der Regenfälle noch nicht aufgelaufen war.

»Ich habe geglaubt, daß soviel Regen die Entwicklung begünstigen müßte«, sagte Mrs. Seagrave.

»Ich auch, meine Liebe«, erwiderte Mr. Seagrave, »aber wenn ich recht überlege, die Saat braucht mehr Sonne, als sie zur Zeit hat. Wenn noch einige so schöne Tage wie heute folgen, dann wird alles bald sprießen.«

»Wir wollen uns ein wenig niedersetzen, es ist ganz trocken«, sagte Mrs. Seagrave. »Ich habe nicht gedacht«, sie nahm die Hand ihres Mannes, »daß ich auf dieser menschenleeren Insel im Ozean so glücklich sein würde. Wie die Zeit flieht! Nicht einmal meine Bücher entbehre ich, offen gestanden, ich habe gar keine Zeit zum Lesen. Ich habe es in diesen Monaten erfahren, daß Beschäftigung die Quelle des Glückes ist, besonders nutzbringende Beschäftigung. Vorausgesetzt natürlich, daß die Arbeit nicht gar zu schwer ist und in freier Natur stattfindet. Mit Arbeit in der Fabrik steht es sicher anders. Aber bei uns? Wer sich schlecht fühlt, vergißt dies leichter, wenn er tätig ist. Ich bin der Überzeugung, daß ein Müßiggänger nie richtig glücklich sein wird. Die Zeit wird ihm lang. Er grübelt viel und ändert nichts.«

»Aber Mama, soviel wie jetzt werden wir doch nicht immer zu tun haben«, sagte William.

»Selbstredend nicht«, stimmte Mr. Seagrave zu, »wenn wir uns erst völlig eingerichtet haben, werden uns unsere Bücher viel Freude bereiten. Ich bin wirklich begierig, rüber zur andern Seite zu gehen und zu sehen, was für Bücher wir gerettet haben, auch, ob sie sehr beschädigt sind. Doch das können wir erst nach der Regenzeit, wenn das Boot wieder benutzbar ist.« Er unterbrach sich. »Was machst du denn da wieder, Tommy?«

»Ich schlage die kleinen Käfer tot.«

»Warum tust du das? Sie beißen dich doch nicht.«

»Ich mag Käfer nicht leiden.«

»Das ist kein Grund, Tommy. Du darfst ein Tier nicht töten, bloß weil du es nicht magst. Wenn sie dich beißen oder stechen, kannst du sie totschlagen, aber es ist grausam, Tiere ohne Grund zu töten. Und du darfst nicht vergessen, sie alle spielen eine Rolle in der Natur.«

»Selbst diese häßlichen Käfer?« Tommy zweifelte.

»Sie durchwühlen den Boden, sie fressen noch kleinere Tiere, die den Wurzeln schaden, ihre Verdauungsprodukte machen die Erde fruchtbar. Verstehst du mich?«

»Juno schlägt die Fliegen auch tot«, beharrte Tommy

»Ja, weil es zuweilen notwendig ist. Oder möchtest du Fliegen in deiner Suppe? Sie tötet sie nicht zum Vergnügen, sondern will nur die Kochstelle sauberhalten. Denk an das, was ich dir sage, Tommy! Wir müssen immer im Auge behalten, daß alle Gottesgeschöpfe zur Natur gehören, mein lieber Junge. Sie haben überlebt, weil sie gebraucht werden. Alles, Tiere und Pflanzen, gehören zusammen, und wenn du einem schadest, beeinträchtigst du auch das andere.« Dann wandte sich Mr. Seagrave an William. »Sieh dir dies kleine Geschöpf auf meinem Finger an, welch eine Menge von Füßen es hat.«

»Ja, solche Tiere habe ich schon in Büchern gesehen. Wie schnell es mit den kleinen Füßen laufen kann, die dünner als Haare sind. Es ist wunderbar!«

»Ja. Diese kleinen, kaum sichtbaren Beine haben ihre Muskeln und ihre Sehnen, und jeder andere Körperteil ist ebenso vollständig ausgebildet wie bei uns. Die Natur ist wirklich voller Wunder.«

»Aber zu Haus, ich meine England und Australien, da haben wir doch die Natur verändert. Wenn man Felder anlegt und Weiden oder Bodenschätze hebt und verarbeitet, dann zerstört man doch auch.«

»Das ist schon richtig, William. Der Mensch muß das tun, um zu überleben. Er muß freilich auch Vorsicht walten lassen, sonst wird sein Leben arm. Es sollte Wälder und Wiesen geben, wo der Mensch nicht eingreift. Sie danken es ihm durch ihre Schönheit. Jedes Stück Natur ist einmalig. Du findest in einem Wald, wo Millionen und aber Millionen Bäume stehen, nicht zwei Blätter von derselben Form und Struktur.«

»Sicher hast du recht, Papa«, erwiderte William, »aber bei manchen Tieren, wie bei den Schafen, ist doch die Ähnlichkeit untereinander sehr groß. Mir fällt es schwer, einen Unterschied zwischen ihnen zu bemerken!«

»Du kannst den Unterschied nicht erkennen, weil du wenig mit ihnen zu tun hast. Der Schäfer allerdings, wenn er auch siebenhundert Schafe in seiner Herde hat, kann sie alle auseinanderhalten. Ein Beweis dafür, daß die Verschiedenheit unter ihnen recht groß sein muß, nur für den oberflächlichen Beobachter ist sie nicht bemerkbar. Ohne Zweifel ist dies auch bei anderen Tierarten der Fall, die Mannigfaltigkeit der Natur ist unendlich.«

William wiegte nachdenklich den Kopf.

»Und nun, lieber William, sieh dir diese kleine Blume an, betrachte die Schönheit der Farbe und Form, bedenke die unendliche Fruchtbarkeit, mit der Myriaden dieser Blumen der Erde entsprießen. Dann wirst du zugeben, wie unvergleichlich dies ist! Und wie schön. Denk an das Bibelwort: ›Betrachtet die Lilien auf dem Felde, ich sage euch, daß selbst Salomo in seiner Pracht nicht so geschmückt war wie diese!‹«

»Ja, Master William.« Rüstig war der Familie gefolgt und hatte Juno bei ihren Pflichten zurückgelassen. »Ich habe oft bewundert, was ich sah, und in meiner Unwissenheit dasselbe empfunden, was Euer Vater eben ausgedrückt hat.«

Nach einer Pause des Nachdenkens sagte William: »Papa, du hast von der Mannigfaltigkeit, von der wunderbaren Verschiedenheit, die sich in den Werken der Natur zeigen, gesprochen. Erzähl doch mehr!«

»Eins der größten Wunder in der Schöpfung, William, ist die Ordnung.«

»Du sprachst von Vielfalt!«

»Das widerspricht sich nicht. Ordnung findest du überall, mein Junge, wohin du deinen Blick richtest, ob du den Himmel über uns betrachtest oder ob du in die Erde eindringst, überall herrscht das Prinzip der Ordnung, alles wird von bestimmten Gesetzen regiert, die nicht unbeobachtet bleiben dürfen, wollen wir uns zurechtfinden. Wir haben Ordnung in den Jahreszeiten, in Ebbe und Flut, in der Bewegung der Himmelskörper, in dem Instinkt der Tiere, in der für jedes einzelne Geschöpf bestimmten Lebensdauer, vom Elefanten angefangen, der mehr als hundert Jahre lebt, bis zu jener kleinen Fliege, deren Dasein nur einen Tag währt. Sogar die leblose Natur richtet sich nach unabänderlichen Gesetzen. Das ganze Mineralreich folgt ihnen, die Kristalle zum Beispiel haben stets dieselbe Form, jedes kleinste Teilchen legt sich an den ihm bestimmten Platz, bis die Form vollendet ist. Wir sehen die Ordnung auch im Werden und im Vergehen. Selbst die Sterne am Himmel sind davon nicht ausgeschlossen, sie entstehen und vergehen und ziehen nach bestimmten Gesetzen ihre Kreise.«

»Wenn ich in einer Sternennacht zum Himmel hinaufblicke«, sagte William, »so ist mir zumute, na ja, wie andächtig. Ich kann den Blick einfach nicht abwenden. Die Sterne sind schön, aber Ordnung kann ich nicht erkennen. Sie sind immer ungleich voneinander entfernt. Vielleicht empfinde ich gerade das als schön.«

»Bei den Fixsternen scheint es uns allerdings, als ob sie einfach so daständen, aber das kommt daher, daß die Entfernungen zu uns so groß sind; denk daran, daß sie über einen unendlichen Raum verteilt sind und daß unsere Erde nur ein kleiner Teil eines unausmeßbaren Systems ist. Doch Ordnung herrscht. Die Seefahrer richten sich nach den Sternen, um ihren Weg durch die Meere zu finden, die Astronomen tun es, um die Tages- und Jahreszeiten zu berechnen.«

»Meinst du wirklich, Papa, daß unsere Erde nur eine aus einer großen Menge Welten ist?«

»Unser Wissen auf diesem Gebiet ist gering, aber das eine wissen wir dennoch genau, daß es viele Planeten gibt, die unsere Sonne umkreisen. Ich sage mit Absicht ›unsere Sonne‹, weil wir annehmen müssen, daß die Fixsterne und außerdem Millionen anderer Sterne, die für unser Auge unsichtbar bleiben, ebenfalls Sonnen sind, so leuchtend und wärmend wie die unsrige. Ob es irgendwo Leben gibt wie auf der Erde, sei es auf den anderen Planeten oder fern im All, und wie dieses Leben aussieht, das wissen wir nicht.«

»Man kann sich das beinahe nicht vorstellen«, sagte Mrs. Seagrave.

»Ja, so geht es mir auch«, erwiderte Mr. Seagrave, »dennoch, auch im Weltraum muß es ein System geben, wonach alle diese Sonnen, welche scheinbar wirr dastehen, sich richten, dem sie sich unterordnen.«

Jeder dachte über das Gehörte nach, und es herrschte für einige Minuten Stille.

Die Sonne sandte ihre letzten Strahlen hernieder, deshalb riet Mrs. Seagrave zum Aufbruch.

13.

Der nächste Morgen versprach wieder einen schönen Tag. Mr. Seagrave stellte Rüstig die schon obligatorische Frage: »Was werden wir heute tun?«

»Ich meine, wir sollten die Zweige und die Blätter der gefällten Kokospalmen sammeln, um sie zu trocknen. Das scheint mir vordringlich. Tommy und Juno haben bereits einen großen Berg zusammengelesen, bis zum Abend können wir den Stapel aufgerichtet haben, wir werden ihn abdecken, so daß der Regen nicht eindringt. Dann werden wir die Salzpfanne und den Fischteich anlegen, das wird ungefähr eine Woche in Anspruch nehmen. Danach haben wir in der Nähe des Hauses nicht mehr viel zu tun. Ich glaube, die Regenzeit schwächt sich nun ab, und in ungefähr vierzehn Tagen versuchen wir, durch den Wald zurückzugehen und nachzusehen, was wir eigentlich von dem Wrack gerettet haben. Wir werden Zeit brauchen, um alles zu sortieren und zu verpacken, und es dann, wenn das Wetter besser ist, im Boot hierhertransportieren.«

»Wollen wir nicht auch die Insel erforschen, Rüstig?« fragte William. »Darauf freue ich mich schon. Vielleicht treffen wir wirklich Eingeborene.«

»Vielleicht, William, obwohl ich nicht weiß, ob eine solche Begegnung wünschenswert ist. Aber das soll die letzte Arbeit sein, denn dazu brauchen wir beständiges Wetter. Vielleicht müssen wir zwei, drei Nächte im Freien schlafen. Um Euch aber eine Freude zu machen, wollen wir es tun, ehe wir die Vorräte im Boot herschaffen.«

»Wie werdet Ihr denn die Salzpfanne anlegen, Rüstig? Werdet Ihr sie aus dem Felsen herausschlagen?«

»Ja, Master William, die Korallenfelsen haben zwar eine harte Oberfläche, doch ich habe ein paar Steinmeißel und passende Hämmer. Ich hoffe, das reicht. Wenn ich durch die harte Außenhaut bin, wird es leichter werden.«

Den Tag über beschäftigten sie sich damit, Kokoszweige und Blätter zu sammeln. Rüstig errichtete einen viereckigen Stapel und legte obenauf dachförmig Zweige und Blätter, so daß der Regen herunterlaufen konnte.

Als er von der Leiter stieg, sagte er: »Das wird für das nächste Jahr reichen. Solange diese Regenzeit dauert, haben wir noch genügend trocknes Holz in der Nähe des Hauses, und bei schönem Wetter ist es keine Schwierigkeit, trockne Zweige und Blätter zu sammeln. Dieser Stapel hier kann für den kommenden Winter bleiben.«

Mr. Seagrave seufzte. Rüstig hatte es beobachtet und sagte: »Sir, es ist ja möglich, daß wir es nicht brauchen, aber wir müssen auf alle Fälle auf die nächste Regenperiode vorbereitet sein. Ich bin überzeugt, daß Kapitän Osborn, wenn er seinen Unfall überlebt hat, ein Schiff senden wird, um nach uns zu forschen, ich glaube sogar, das Mackintosh dasselbe tun wird, er hat es versprochen, und sein Versprechen hält er. Es ist allerdings möglich, daß sie alle in ihrem Boot untergegangen sind und daß nur wir so wunderbar gerettet wurden. In solchem kleinen Boot ist es schwer, auf offener See viele hundert Meilen zu segeln, und falls sie verunglückt sind, sind wir gezwungen, vielleicht Jahre hindurch hierzubleiben, ehe wir entdeckt werden. Wir müssen unsere Hoffnung auf Gott setzen.«

»Ja, das müssen wir, Rüstig, und wir dürfen nicht murren. Ich werde versuchen, mich zu beherrschen, und wenn traurige Gedanken kommen, will ich sie zurückdrängen. Immer wird es nicht gelingen. Zum Einsiedler tauge ich nicht.«

»Grämt Euch nicht so, wir können nichts ändern.«

»Ich fühle, daß Ihr recht habt, Rüstig, und wenn ich sehe, wie geduldig und sogar glücklich meine Frau alles auf sich nimmt, bin ich auf mich selbst ärgerlich. Doch ich denke an die Zukunft der Kinder. Was soll hier aus ihnen werden? Und wenn wir erst nach Jahren entdeckt werden, können sie sich dann noch an ein normales Leben gewöhnen? Ich wünschte, ich vermöchte alles so geduldig hinzunehmen, wie das meine Frau tut.«

»Ihr dürft nicht vergessen, daß eine Frau Widerwärtigkeiten besser erträgt als ein Mann. Sie wird so erzogen. Eine Frau ist ganz Liebe, und wenn sie ihren Gatten und ihre Kinder bei sich hat und alle gesund sind, wird sie sich auch mit Einsamkeit abfinden. Männer dagegen verkraften es nicht, wenn sie aus der Welt ausgestoßen sind. Sie sind dazu erzogen, nach außen zu wirken.«

»Es ist unser Ehrgeiz, der uns unglücklich macht«, erwiderte Mr. Seagrave. »Laßt uns nicht mehr davon reden. Gott mag mit mir tun, was er für gut befindet. Die Sonne ist untergegangen, wir wollen nach Hause gehen.«

Nach dem Abendbrot setzte Rüstig endlich seine Geschichte fort. Heute war niemand zu müde, die Arbeit hatte sie kaum angestrengt.

»Wenn ich mich recht besinne, habe ich dort aufgehört, wo wir den Hottentotten erspähten, der mit seiner Herde die Paviane verscheucht hatte. Wir verließen also die Höhle und stillten unseren Durst. Dann setzten wir uns in den Schatten eines Felsens, wo uns der Hottentotte nicht entdecken würde, und hielten eine Art Kriegsrat. Romer war dafür, in unser Gefängnis zurückzukehren. Ohne Waffen könnten wir uns, so argumentierte er, gegen wilde Tiere nicht verteidigen, und da es nicht ausgeschlossen sei, daß wir noch gefährlichere Abenteuer zu bestehen hätten als das mit den Pavianen, riet er zur Umkehr. Es war das Beste, was zu tun war. Hastings meinte jedoch, wenn wir zurückkämen, würden wir ausgelacht. Die Vorstellung, ausgelacht zu werden, war so demütigend für uns, daß wir drei beschlossen, nicht zurückzukehren. Wißt Ihr, lieber William, die Furcht, verspottet zu werden, ist häufig die Ursache dafür, daß nicht nur Knaben, sondern auch Männer die dümmsten Sachen anstellen. Wir hatten dumm gehandelt und wollten deshalb nicht klug handeln, weil wir uns fürchteten, man würde uns lächerlich finden. Wir waren entschlossen, eher Gefahr und Mühsal zu ertragen, unser Leben zu riskieren, als uns für unsere Dummheit Spott auszusetzen. Heute kann ich mir das kaum vorstellen, aber es war der Grund, weshalb wir unsern Entschluß nicht aufgaben. Wir beratschlagten darüber, wie wir uns Waffen und Munition verschaffen könnten. Als wir das erörterten, spähte ich um den Felsen herum, um nachzusehen, wo der Hottentotte geblieben war. Ich sah, daß er sich niedergelegt und mit seinem Mantel zugedeckt hatte. Wir hatten beobachtet, daß er ein Gewehr in der Hand trug. Hottentotten gehen meist bewaffnet aus, um ihre Herden vor Löwen und anderen wilden Tieren zu schützen. Wir überlegten nun, wie wir in den Besitz des Gewehres kommen könnten, ohne daß er wach wurde. Hastings bot an, sich, auf Händen und Füßen kriechend, anzuschleichen, während wir hinter dem Felsen bleiben und nur im Notfall eingreifen sollten. Wir waren einverstanden; er pirschte sich langsam und vorsichtig an, und da der Hottentotte fest schlief, war keine Gefahr; denn daß die Hottentotten einen sehr festen Schlaf haben, das hatten wir gehört – und natürlich geglaubt. Heute würde ich es nicht darauf ankommen lassen. Hastings nahm zuerst das Gewehr und brachte es in Sicherheit, dann kehrte er noch einmal zurück, zerschnitt den Riemen, an dem Pulverhorn und Munition befestigt waren, und ergriff beides, ohne daß der Mann erwachte. Unsere Freude war groß. Wir beschlossen, uns leise möglichst weit von dem Platz, wo der Hottentotte schlief, wegzubegeben, so daß er uns im Fall, daß er erwachte, nicht entdeckte. Zur Sicherheit spähten wir nach allen Seiten, wir wollten niemandem begegnen. In der Nähe eines Baches versteckten wir uns und hielten unsere erste Mahlzeit, nachdem wir aus dem Gefängnis entflohen waren. Hunger hatten wir alle drei.«

»War es nicht unrecht von Euch, Rüstig, dem Hottentotten seine Flinte zu stehlen?«

»Ja sicher, Master William. Eine Dummheit zieht oft ein Unrecht nach sich. Wir hatten beschlossen zu fliehen, was sollten wir also tun? Wir waren in Feindesland, und der Diebstahl der Flinte war in unseren Augen nichts anderes als der Diebstahl unseres Schiffes. Der Hottentotte hatte mit dem Krieg nichts zu tun, doch für uns war auch er ein Feind.«

»Ja, wenn zwei Nationen im Krieg miteinander liegen, wird das Eigentum der anderen Seite nicht gestohlen, sondern konfisziert.« Mr. Seagrave schmunzelte. »Ich mache Euch natürlich keinen Vorwurf. Euren Wunsch zu fliehen verstehe ich. Euch hatte niemand gefragt, was Ihr vom Krieg hieltet. So habt Ihr halt gehandelt wie Eure Feinde.«

»Das sage ich mir auch. Wir warteten also bis zur Dunkelheit und marschierten, so schnell wie wir konnten, zur False-Bay. Wir hatten im Gefängnis gehört, daß an den Abhängen dort einige Farmer wohnten, und hofften auf die eine oder die andere Art noch weitere Gewehre in unseren Besitz zu bringen. Der Mond schien hell, und es war beinahe Mitternacht, als wir das Wasser der False-Bay erblickten. Nicht lange darauf hörten wir Hundegebell und sahen zwei oder drei Farmhäuser mit ihren Viehställen und Obstgärten. Zwischen einigen großen Felsen fanden wir ein brauchbares Versteck, dort blieben wir bis zum nächsten Morgen. Wir hatten verabredet, daß einer immer wach bleiben sollte, während die beiden anderen schliefen, doch Hastings übernahm die ganze Wache, da er, wie er sagte, ohnehin nicht schlafen konnte. Bei Tagesanbruch weckte er Romer und mich, dann frühstückten wir. Von unserem Versteck aus hatten wir aus der Vogelperspektive Einsicht in eins der Farmhäuser und sahen, was dort auf dem Hof vorging.

Das Haus und die Ställe gerade unter uns waren kleiner als die der beiden anderen Gehöfte, die mehr entfernt lagen. Wir konnten die Leute beobachten, wie sie herumliefen. Zuerst kamen Farbige heraus. Sie spannten Ochsen vor einen Wagen, zwölf Paar. Dann stieg einer auf und fuhr davon, in Richtung Kapstadt, von einem Jungen und einem großen Hund begleitet. Kurz darauf trieb ein anderer, offenbar ein Hottentotte, die Kühe hinunter ins Tal auf die Weide. Wenig später kam die Farmersfrau mit zwei Kindern und fütterte das Geflügel. Erst eine Stunde später erschien der Bauer selber, er hatte eine Pfeife im Mund und setzte sich auf eine Bank. Als die Pfeife aus war, rief er etwas ins Haus hinein, und ein farbiges Mädchen brachte ihm Tabak und Feuer. So beobachteten wir den Farmhof den ganzen Tag über und kamen zu dem Resultat, daß tagsüber nur der Bauer, seine Frau, das farbige Hausmädchen und zwei Kinder anwesend waren. Am Nachmittag ging der Farmer in den Stall, holte sein Pferd und stieg auf. Wir sahen, wie er beim Fortreiten mit dem Hausmädchen sprach, es ging kurz darauf mit einem Korb auf dem Kopf und einem langen Messer in der Hand in das Tal hinunter. Hastings sagte: ›Jetzt ist der günstigste Zeitpunkt, uns Waffen zu besorgen, im Haus ist nur die Frau, die werden wir leicht überwältigen, und dann können wir uns das holen, was wir nötig haben.‹ Wir wagten viel, denn es war nicht ausgeschlossen, daß die Frau die Nachbarn alarmierte, und da es noch heller Tag war, konnten wir gesehen werden. Es gab jedoch keine andere Möglichkeit, kehrte der Bauer zurück, war die Chance verpaßt. Wir näherten uns vorsichtig dem Haus und sahen zu unserer Erleichterung, daß auch die Holländerin mit den beiden Kindern fortging. Die Vorstellung, eine Frau zu bedrohen, war uns doch unangenehm. Vermutlich wollte die Farmerin einen Nachbarn besuchen, denn sie ging auf eins der andern Farmhäuser zu. Sobald sie hundert Schritt fort war, schlich Hastings durch die Hecke, die das Grundstück umgab, und betrat durch die Hintertür das Haus. Er trat wieder heraus und machte uns ein Zeichen, daß wir kommen sollten. Wir fanden ihn schon im Besitz zweier Flinten, die in der Nähe des Herdes gehangen hatten; schnell ergriffen wir noch Pulver und Munition.

Ich wurde als Wache an der Eingangstür aufgestellt, falls jemand zurückkommen sollte, derweil sahen sich Romer und Hastings nach Lebensmitteln um; sie fanden drei Schinken und einen großen Laib Brot. Jeder nahm etwas, und so beladen traten wir den Rückzug an. Ohne von jemandem gesehen zu werden, gelangten wir wieder zu unserem Lagerplatz, aßen, soviel wir konnten, und warteten, bis es dunkel wurde, bevor wir unsern Marsch in das Innere des Landes antraten. Zwischendurch hörten wir von neuem die schrillen Schreie unserer Freunde, der Paviane. Wir sahen, wie sie zum Hof hinunterliefen und die Früchte aus dem Garten stahlen; sie waren noch eifrig bei der Arbeit, als der Hottentotte mit den Kühen zurückkam. Als er den Bauernhof betrat, stieß einer der Affen einen lauten Warnschrei aus, und alle Paviane liefen, so schnell sie konnten, mit ihrem Raub davon. Dann kehrte die Holländerin zurück. Sie sprach mit dem Hottentotten und ging in das Haus. Wenige Minuten später stürzte sie, laut rufend, wieder heraus. Ungefähr eine Stunde vor Sonnenuntergang kam der Farmer nach Hause und brachte sein Pferd in den Stall. Bald darauf hörten wir die Frau laut schreien und nahmen an, daß er sie schlug. – Nun will ich aber abbrechen.«

Rüstig stand auf, trat in die Tür und reckte sich. Tief atmete er die kühle Nachtluft ein.

»Es ist spät, die Kleinen schlafen schon, und morgen ist wieder ein anstrengender Tag«, sagte Tommy.

Seine Mutter sah ihn streng an. »Wenn du frech bist, darfst du nicht mehr zuhören. Wir bringen dich im Vorratshaus zu Bett, und zwar ganz zeitig.«

»Warum ist das frech?« Tommy tat erstaunt. »Rüstig sagt das doch auch immer.«

Der alte Seemann kehrte zurück ins Zimmer. »Tommy hat schon recht, wenn er spottet«, sagte er. »Wahrscheinlich sage ich immer das Gleiche, weil ich nicht gut mit Worten umgehen kann. Aber da wir gerade darüber gesprochen haben, daß man sich vor Spott nicht fürchten soll, werde ich die Abende auch weiter so beschließen.« Er lächelte Tommy an.

»Und ich darf weiter zuhören, nicht wahr? Ich freue mich doch immer auf die Abende, wo Ihr erzählt. Das ist so spannend. Spotten wollte ich bestimmt nicht.«

»Ich glaube dir, Tommy.« Rüstig strich dem Jungen über den Kopf. »Und du hast ja auch recht. Es ist Zeit, sich hinzulegen.«

Am nächsten Morgen wurde die Arbeit am Fischteich begonnen. Rüstig, Mr. Seagrave und William gingen zur Bucht hinunter und berieten miteinander. Schließlich wählten sie einen Platz, ungefähr hundert Schritt von dem Schildkrötenteich entfernt, wo das Wasser flach war. Auch an der vom Ufer entferntesten Stelle maß das Wasser kaum drei Fuß.

»Die Sache ist einfach«, sagte Rüstig, »alles, was wir zu tun haben, ist, Steine zu sammeln und einen Wall zu bauen, an dem sich die Wellen brechen, wenn die See bewegt ist. Das Wasser wird durch die Steine zurückfließen und sich immer wieder erneuern. Natürlich könnten wir Fische fangen, wann immer wir welche brauchen, aber durch den Teich sparen wir viel Zeit. Und es ist ungefährlich, weil die Haie hier nicht hereinkommen. Juno wird die Fische herausholen, wenn sie welche für das Mittagbrot braucht.«

»Hier gibt's wenig Steine, Rüstig«, sagte William, «wir werden sie von weit her ranschleppen müssen.«

»Richtig, Master William, wir wollen den Wagen holen, dann können wir eine größere Menge auf einmal transportieren.«

Die Arbeit kam gut voran. Mr. Seagrave und William karrten die Steine heran, Rüstig stand im Wasser und baute den Wall auf.» Wir haben etwas Wichtiges vergessen«, bemerkte er, »jetzt, da ich den Fischteich baue, denke ich wieder daran.«

»Was ist das, Rüstig?«

»Ein Badeplatz für die Kinder und auch für uns, wir werden öfter ein Bad nötig haben, wenn die heißen Tage kommen. Ein Wunder, daß Juno noch nicht gedrängelt hat. Wenn das Wasser so flach ist, hat es keine Gefahr, darum kann ich hier auch unbesorgt arbeiten, aber wenn mir das Wasser über die Knie ginge, müßte ich mich sehr in acht nehmen. Ihr glaubt nicht, wie unverschämt die Haie in diesen Gewässern sind. Und nicht nur hier. Als ich auf St. Helena war, erlebte ich etwas Seltsames, es war ein trauriger Beweis für die Gefährlichkeit der Biester.«

»Bitte, erzählt uns die Geschichte, Rüstig.«

»Wirklich, Sir, ich hätte nicht geglaubt, daß so etwas möglich sei. Ich hatte von einem ähnlichen Fall gehört, als ich in Ostindien war, aber da war es kein Hai, sondern ein Krokodil, und die kommen ja ans Ufer. Ein Holländer stand am Fluß und fischte, ein Krokodil schwamm auf

ihn zu, und da er auf festem Boden stand, beachtete er es nicht. Ganz plötzlich warf sich das Tier im Wasser herum, schlug mit dem Schwanz nach dem Mann, riß ihn ins Wasser, dann ergriff es ihn und verschwand!«

»Ein Haifisch kann doch einen Menschen nicht so ohne weiteres ins Wasser reißen.«

»Doch, Mr. Seagrave, urteilt selbst. Zwei Soldaten standen auf einem Felsen bei St. Helena. Dieser Fels ragte über das Wasser hinaus, und die Wellen brachen sich an ihm. Zwei Haie schwammen auf die Soldaten zu, wie es auch das Krokodil getan hatte. Dann drehte sich einer der Haie um, schlug einen der Soldaten herunter ins Wasser, das an dieser Stelle tief war, und packte ihn. Der andere lief nach der Kaserne zurück und erzählte die Geschichte. Eine Woche später lag ein Schoner auf der entgegengesetzten Seite der Insel. Die Matrosen sahen, daß ein großer Hai um das Schiff herumschwamm, und warfen die Angel mit einem

Stück Schweinefleisch aus, um ihn zu fangen. Das gelang ihnen, sie zogen ihn an Bord, öffneten ihn und fanden in seinem Magen zu ihrem Entsetzen die Reste des Soldaten. Das Tier wurde an Land gebracht, ich habe es mit meinen eigenen Augen gesehen.«

»Ich hätte nie geglaubt, daß sie so gefährlich sind, Rüstig«, sagte William.

»Wir müssen uns also vorsehen, wenn wir ans Wasser gehen. Ihr habt ja selbst erlebt, wie schnell sie mit dem armen Schwein fertig wurden.«

»Ja, das Schwein«. William wurde nachdenklich. «Ich wundere mich, daß man die Schweine gar nicht mehr sieht.«

»Ich nehme an, daß sie schon Junge haben, Futter finden sie genügend.«

»Fressen sie denn Kokosnüsse?«

»Die alten Früchte nicht, aber die jungen, die von den Bäumen herunterfallen, und dann gibt's auch eine Menge Wurzeln. Wenn wir noch lange hierbleiben müssen, werden wir sie jagen. Ihr freut Euch darauf, nicht wahr? Doch müssen wir auch dabei vorsichtig sein, Master William. Selbst wenn sie zahm waren, als wir sie herbrachten, nach so langer Zeit sind sie verwildert, und ein wilder Eber ist ein Tier, das man fürchten muß.«

»Das meine ich auch«, sagte Mr. Seagrave. «Aber wie wollen wir sie jagen? Wie finden wir sie überhaupt?«

»Mit den Hunden. Die stöbern sie auf, und dann schießen wir sie. Habt Ihr es übrigens bemerkt, Vixen wird bald Junge haben. Ich wollte nichts sagen, bevor ich mir sicher war.«

»Ich fürchte, wir werden mehr Mäuler zu stopfen haben, als wir können.«

Rüstig lachte. »Solange noch Fische in der See sind, brauchen wir uns da keine Sorge zu machen. Hunde leben sehr gut von Fischen, auch von rohen. Im hohen Norden bekommen sie beinahe nur Fisch. Und ein paar Hunde könnten wir schon noch gebrauchen.«

»Werden wir nicht auch bald Lämmer haben, Rüstig?« fragte William.

»Ja, sehr bald«, antwortete der Vater. »Aber wir benötigen mehr Futter, augenblicklich ist es knapp. Und wenn die Schafe Jungtiere großziehen sollen, müssen sie gut genährt sein. Falls wir nicht bald andere Futterplätze auf der Insel finden, säen wir in der Nähe des Hauses Gras, damit wir für die nächste Regenzeit Heu haben.«

»Ich glaube, wir werden auf der Südseite der Insel freies Land finden«, sagte Rüstig, »der Wald reicht dort nicht bis ans Wasser.«

»Wollen wir nicht bald die Insel durchforschen?« drängte William.

»Wir müssen noch ein wenig warten«, entgegnete Rüstig. »Das Wetter ist nicht beständig genug. Ich weiß auch nicht, ob Ihr mitdürft, William; alle drei können wir nicht fort. Sollen wir denn Eure Mutter allein lassen?«

»Nein«, erwiderte Mr. Seagrave, »das geht nicht, einer von uns beiden muß hierbleiben, William.«

William gab keine Antwort, es gefiel ihm nicht, daß er beim Haus bleiben sollte. Die Vorstellung, auf Eingeborene zu stoßen, hatte einen großen Reiz für ihn. Er malte sich oft in Gedanken aus, was für Abenteuer sich daraus ergeben könnten.

Die Arbeit war mühsam an diesem Tag, aber gegen Abend war der Steinwall fast fertig. Als es anfing zu dunkeln, kehrten sie nach Hause zurück.

Nach dem Abendbrot wich die Müdigkeit, und alle drängten Rüstig, seine Geschichte fortzusetzen.

»Also gut«, sagte Rüstig, »wenn ihr sie noch hören mögt. Wir blieben in unserem Versteck, bis es dunkel war, dann nahmen Hastings und Romer die beiden Flinten und die Schinken und ich, als der Kleinste, die Büchse und das große Brot. In die Mitte des Brots hatte ich ein Loch gebohrt und einen Strick durchgezogen, damit ich es besser tragen konnte. So begannen wir unsere Wanderung. Wir hatten vor, uns nach Norden zu wenden, denn wir wußten, daß dies der Weg war, der uns am schnellsten aus der Kapkolonie herausführte, aber auf Hastings' Anraten schlugen wir zunächst Kurs nach Osten ein, um von der Landstraße wegzukommen. Wir stapften durch den tiefen Sand der False Bay und erstiegen dann nach und nach das Gebirgsplateau, wo Buschwerk und junge Bäume wuchsen. Sobald wir die False Bay hinter uns gelassen hatten, hörte der Ackerbau auf. Um Mitternacht legten wir uns müde nieder, nach Trinkwasser hatten wir vergeblich gesucht. Wir hörten das Heulen und Brüllen der wilden Tiere, doch sahen wir keine, und wir wußten auch nicht, was für Tiere es waren. Uns allen war vor Furcht das Reden vergangen, und ich nehme an, daß sowohl Hastings wie Romer dieselben Gedanken durch den Kopf gingen wie mir. Wir hätten viel darum gegeben, wenn wir wieder in Sicherheit und gesund hinter den Festungswällen gesessen hätten. Endlich wurde es Tag, die wilden Tiere brüllten nicht mehr. Nun eilten wir vorwärts, bis wir einen Bach fanden, wo wir endlich unseren Durst löschen konnten. Dann setzten wir uns nieder und frühstückten. Jetzt kehrte auch unser Mut zurück, und als wir weitermarschierten, plauderten und lachten wir wie früher. Bald kamen wir ins Gebirge, Hastings meinte, es müßten die Schwarzen Berge sein, von denen die Soldaten uns erzählt hatten. Jedenfalls war die Gegend öde, und als die Nacht anbrach, sammelten wir Holz, um ein Feuer anzumachen. Wir wollten uns wärmen, vor allem aber sollte es dazu dienen, die Tiere zu verscheuchen, deren Geheul schon wieder begonnen hatte. Während des Tages hatten wir einige auf den Felsen, wo sie sich sonnten, gesehen. Eins davon war ein Löwe gewesen. Er zeigte uns seine Zähne, als wir vorüberkamen, aber er bewegte sich nicht. Die andern Bestien lagen zu weit entfernt, als daß wir sie hätten unterscheiden können. Wir zündeten also unser Feuer an und aßen unser Abendbrot. Der Laib Brot war schon zur Hälfte verzehrt, und aus den Schinken hatten wir große Stücke herausgeschnitten. Wir wußten, daß wir uns in Zukunft auf unsere Flinten verlassen mußten, wenn wir uns Nahrung verschaffen wollten. Nachdem wir uns gesättigt hatten, legten wir uns am Feuer nieder, unsere geladenen Gewehre dicht neben uns. Wir hatten abgemacht, daß Romer die erste, Hastings die mittlere und ich die Morgenwache übernehmen sollte, doch wir waren alle drei so müde, daß auch Romer einschlief, und die Folge war, daß das Feuer ausging. Mitten in der Nacht erwachte ich, ich spürte warmen Atem in meinem Gesicht, und als ich richtig zu mir kam und meine Augen öffnete, fühlte ich, daß ich an den Kleidern hochgehoben wurde und die Zähne eines Tieres in mein Fleisch eindrangen. Ich versuchte meine Flinte zu ergreifen, aber ich streckte die verkehrte Hand aus und packte ein noch glimmendes Stück Holz, das ich dem Tier zwischen die Augen stieß. Es ließ mich sofort los und rannte davon.«

»Welch wunderbare Rettung«, sagte Mrs. Seagrave.

»Ja, das war es, Madam, das Tier war wahrscheinlich eine Hyäne. Glücklicherweise sind sie feige. Ich bin allerdings überzeugt, hätte ich nicht das glimmende Stück Holz ergriffen, das Tier hätte mich weggeschleppt, ich war damals noch klein, und es hob mich hoch, als sei ich eine Feder. Durch meinen Schrei wurde Hastings geweckt, er ergriff sein Gewehr und feuerte. Wir waren beide sehr erschrocken und rüttelten Romer auf, der noch fest schlief. Von jetzt an errichteten wir zwei Feuerstellen und schliefen zwischen ihnen, wobei stets einer Wache hielt. Nach acht Tagen kamen wir aus dem Gebirge heraus und wandten uns nach Norden. Wir erreichten eine weite Ebene, hin und wieder sahen wir Antilopen, und da der Schinken und das Brot aufgezehrt waren, schossen wir einen Springbock, dessen Fleisch uns für drei oder vier

Tage Nahrung gab. Eines Abends gerieten wir in eine Gefahr, aus der wir uns nur mit Mühe retteten. Wir waren vom frühen Morgen bis in den späten Nachmittag hinein marschiert und fühlten uns sehr müde. Im Schatten eines großen Baumes aßen wir, dann legten wir uns nieder. Hastings lag auf dem Rücken, seine Augen nach oben gerichtet, und da bemerkte er auf einem der unteren Zweige einen Leoparden, lang ausgestreckt, der seine grünen Augen auf uns gerichtet hielt und sich zum Sprung anschickte. Sofort ergriff er sein Gewehr und feuerte, ohne lange zu zielen. Zum Glück traf die Kugel dennoch, sie drang dem Tier in den Leib und verletzte, wie es schien, sein Rückgrat. Nur drei bis vier Fuß von der Stelle entfernt, wo wir lagen, kam es laut stöhnend vom Baum herunter. Trotz seiner Verletzungen versuchte es, Romer anzuspringen, aber es brach zusammen, in den Hinterfüßen war keine Kraft mehr. Eine solche Wut wie bei diesem Tier habe ich in meinem Leben nie wieder gesehen. Zuerst waren wir zu erschrocken, als daß wir hätten feuern können, aber als er bemerkte, daß die Bestie nicht springen konnte, entriß Romer Hastings die Flinte und tötete sie durch einen Schuß in den Kopf.«

»Das war in der Tat«, bemerkte Mrs. Seagrave, »wieder eine wunderbare Errettung. Ihr hattet viel Glück, Rüstig, soviel Glück hat nicht jeder.« Sie sah William und Tommy bedeutsam an.

»Sicher, Madam, doch Ihr müßt wissen, wir fürchteten die Gefahr nicht mehr so, da wir fortwährend darin steckten. Wir waren gezwungen, jeden Tag irgendein Tier zu töten, um zu überleben; zu unserem Glück war daran kein Mangel, in der Ebene gab es große Herden von Antilopen und Gnus, oft war es unmöglich, sie zu zählen. Diese unendliche Menge von Wild war allerdings die Ursache, daß wir in noch größere Gehahr gerieten. Bald vernahmen wir zum erstenmal das Heulen der Löwen in der Nacht. Von allen Geräuschen, die ich je gehört habe, ist dies sicherlich das fürchterlichste. Jeden Abend zündeten wir große Feuer an, um sie von uns fernzuhalten, aber Ihr dürft mir glauben, wir zitterten oft, wenn wir sie in unserer Nähe hörten.«

»Habt Ihr auch bei Tage Löwen gesehen?« fragte William.

»Jawohl, wir haben sie oft gesehen, sie griffen uns freilich nie an, und wir waren viel zu furchtsam, als daß wir auf sie gefeuert hätten. Einmal tauchte einer direkt vor uns auf. Wir hatten eine große Antilope, die man dort Hartebeest nennt, getötet und liefen, mit den Flinten auf unseren Schultern, zu der Stelle, wo sie in dem hohen Gras zusammengebrochen war. Als wir ankamen, hörten wir ein Gebrüll. Keine zehn

Schritt vor uns hockte ein Löwe, der dabei war, das von uns erlegte Tier zu verzehren. Seine Augen sprühten Feuer zu uns herüber, und er erhob sich halb, als bereite er sich zum Sprung vor. Wir liefen natürlich, was wir nur konnten, davon und sahen nicht zurück, bis wir ganz außer Atem waren. Aber der Löwe schien zufrieden, er machte sich nicht die Mühe, uns zu verfolgen, ja, er beachtete uns gar nicht mehr. Diesen Abend hatten wir nichts zu essen, wir saßen, ohne ein Wort zu reden, beieinander und hingen unseren Gedanken nach; ich weiß nicht, was den anderen im Kopf herumging, ich wünschte mich zurück zu meiner Mutter.

Die fortwährenden Gefahren machten uns immer gleichgültiger, auch das Brüllen der Löwen beunruhigte uns schließlich nicht mehr. An jenem Abend aber wäre es mir am liebsten gewesen, wenn ich mich hätte hinlegen und sterben können. Am nächsten Morgen trafen wir eine Anzahl Eingeborener; wir vermochten uns zwar nicht mit ihnen zu verständigen, doch sie zeigten sich uns gegenüber friedlich und gutmütig. Aus ihren Andeutungen entnahmen wir, daß sie zu den Karrou-Negern gehörten, sie zeigten auf sich und sagten Karrou, und dann zeigten sie auf uns und sagten Holländer. Wir schenkten ihnen einige Antilopen, die wir schossen, worüber sie sich freuten, und blieben fünf oder sechs Tage mit ihnen zusammen. Wir suchten sie durch Zeichen auszuforschen, ob es in der Nähe irgendeine holländische Ansiedlung gäbe; sie verstanden und wiesen in nordöstliche Richtung. Dafür, daß sie uns den Weg zeigten, boten wir ihnen Geld an, denn wir waren übereingekommen, daß wir uns den Holländern stellen und ins Gefängnis zurückkehren wollten. Zwei von ihnen gingen mit uns, während der Rest des Stammes mit den Frauen und Kindern südwärts zog. Am nächsten Tag erreichten wir die holländische Niederlassung, die aus drei Gehöften bestand, die einem Mijnheer Reynets gehörten. – Tommy, du gähnst ja. Dann ist es Zeit zum Schlafengehen. Also höre ich für heute auf.«

Am nächsten Tag waren sie wieder fleißig am Bau des Fischteiches. Sobald der Wall vollendet war, hob Rüstig Sand und Steine in Ufernähe mit dem Spaten aus, hier sollte der Teich auch drei Fuß tief sein, um die Möwen zu hindern, die Fische wegzufangen.

Der folgende Tag brachte Sturm, doch war er nicht mehr so heftig wie zu Beginn der Regenzeit. Der Himmel war bedeckt, und der Regen schlug mit großer Gewalt auf Bäume und Land, nach einigen Stunden jedoch klärte es sich wieder auf. Sie nutzten das gute Wetter, um Fische zu fangen, die sie in den Teich setzten. So vergingen die Tage, bald war das Bassin gefüllt. Plötzlich trat ein Umstand ein, der große Unruhe verursachte. William fühlte sich unwohl und klagte über Kopfweh; Rüstig brachte ihn ins Bett und blieb bei ihm sitzen. Am nächsten Morgen hatte William starkes Fieber, es stieg von Stunde zu Stunde. Schüttelfrost überfiel ihn. Die Eltern waren hilflos und besorgt.

Rüstig, der die Nacht gewacht hatte, ging mit Mr. Seagrave hinaus und sagte: »William hat gestern beim Arbeiten seinen Hut abgelegt, und ich fürchte, er leidet am Sonnenstich; das kann gefährlich werden. Schade, daß ihn niemand zur Ader zu lassen vermag.«

»Ich habe eine Lanzette«, antwortete Mr. Seagrave, »ich habe sie allerdings noch nie in meinem Leben benutzt.«

»Ich auch nicht, Sir, aber wenn Ihr eine Lanzette habt, ist es unsere Pflicht, es zu versuchen. Wenn Ihr es nicht könnt, weil Ihr Euren Sohn dabei verletzen müßt, will ich es tun, es ist eine einfache Operation. Ich habe ein paarmal zugesehen, wenn der Kapitän sie vornahm. Schiffsführer müssen so etwas können.«

»Es wäre mir lieb, wenn Ihr es versucht, Rüstig. Ich gestehe offen, daß meine Hand nicht sicher genug ist, ich zittere für mein Kind.«

Sie gingen ins Haus zurück. Mr. Seagrave brachte die Lanzette, und Rüstig band Williams Arm ab. Sobald die Ader geschwollen war, drückte er mit der Spitze seines Daumens darauf, um zu prüfen, ob sie auch nicht nachgeben würde. Der Aderlaß gelang beim ersten Versuch. Nach Rüstigs Anweisung wurde William ein ganz Teil Blut abgelassen, und es schien, als wenn er sich durch die Operation ruhiger fühle. Dann wurde sein Arm bandagiert. William verlangte etwas Wasser und fiel auf sein Kissen zurück. Am nächsten Tag war das Fieber noch immer

hoch. William wurde abermals zur Ader gelassen, und seine Mutter wachte bei ihm in Angst und Tränen. Viele Tage schwebte der Junge in großer Gefahr, und das Haus, das sonst von dem fröhlichen Lachen der Kinder widerhallte, war düster und still. Das Wetter besserte sich von Tag zu Tag, und es wurde unmöglich, Tommy ruhig zu halten. Deshalb nahm Juno ihn und Albert am Morgen mit sich und behielt sie bei sich, während sie mit Kochen beschäftigt war. Inzwischen hatte Vixen Welpen bekommen. Wenn Juno nicht wußte, wie sie die Kinder beschäftigen sollte, brachte sie ihnen einige kleine Hunde. Karoline saß beinahe den ganzen Tag ruhig bei ihrer Mutter und bewachte ihren Bruder oder beschäftigte sich an seinem Bett mit einer Näharbeit.

Rüstig, der nicht müßig sein konnte, nahm Hammer und Steinmeißel, um aus dem Korallenfelsen die Salzpfanne herauszuhauen, doch oft, wenn er auf den Felsen losschlug, waren seine Gedanken nicht bei der Arbeit, denn er liebte William von ganzem Herzen. Manchmal unterbrach er sein Tun, weil ihm Tränen aus den Augen liefen. Am neunten Tag ließ das Fieber nach, bald blieb es gänzlich aus, doch William war so schwach, daß er sich in den ersten Tagen nicht allein im Bett aufzurichten vermochte. Erst vierzehn Tage später war es ihm möglich, das Haus zu verlassen. Er saß bei Juno oder sah den Männern von oben aus zu. Während der Kranke langsam genas, stellten Mr. Seagrave und Rüstig die Salzpfanne fertig und begannen mit dem Bau eines Badeplatzes. Juno half ihnen, den Wagen zu ziehen, in dem Steine und Felsstücke gesammelt wurden. Auch Tommy mußte helfen, da Mrs. Seagrave und Karoline dann besser auf William Obacht geben konnten. Als William mit seiner Mutter zum erstenmal wieder zum Strand hinabkam, war der Badeplatz bereits fertig. William freute sich. »Sobald ich wieder ganz gesund bin, gehen wir an die Erforschung der Insel, nicht wahr, Rüstig«, sagte er. »Und zur Bucht drüben müssen wir auch, um nachzusehen, was vom Wrack gerettet worden ist.«

»Ja, William, das Wetter ist schon eine ganze Weile beständig, und wenn Ihr erst wieder stärker seid, gehen wir an die Erforschung der Insel. Vorläufig werde ich eine Schildkröte aus dem Teich holen, und wir kochen eine gute Suppe, damit Ihr zu Kräften kommt.«

»Ich danke Euch, lieber Rüstig«, erwiderte William.

Sie verzehrten am Abend die Schildkrötensuppe mit großem Genuß, und William sagte: »Es ist lange her, Rüstig, daß Ihr von Eurem Geschick berichtet habt, wollt Ihr nicht heute abend damit fortfahren? Bitte.«

»Mit Vergnügen, William. Erinnert Ihr Euch denn noch, wo wir aufgehört haben? Mein Gedächnis läßt nach.«

»Ja, ich erinnere mich genau, Ihr wart bei einer holländischen Niederlassung angelangt in Begleitung von zwei Eingeborenen. Wenn ich nicht irre, gehörte diese Besitzung einem Mijnheer Reynets.«

»Richtig, William. Der holländische Farmer kam heraus, als er uns erblickte. Wir erklärten ihm, daß wir gefangene Engländer seien und daß wir wünschten, wieder in das Gefängnis von Kapstadt eingeliefert zu werden. Er nahm uns zuerst unsere Gewehre und die Munition ab und sagte dann lächelnd: ›Es ist sicherer, so ohne Waffen und Munition lauft ihr mir nicht weg. Ich werde euch vielleicht erst nach Monaten zum Kap schicken können, wenn ihr ernährt werden wollt, so müßt ihr auch arbeiten.‹ Wir erwiderten ihm, wir würden uns gern nützlich machen. Kurze Zeit darauf brachte uns ein Hottentottenmädchen eine Mahlzeit und zeigte uns eine Kammer, in der wir schlafen sollten. Soweit schien alles gut. Bald aber wurde uns klar, daß wir es mit einem unangenehmen, brutalen Burschen zu tun hatten. Für viel Arbeit erhielten wir wenig zu essen; Waffen vertraute er uns nicht an, das Vieh hüteten die Hottentotten. Wir mußten in der Nähe des Hauses bleiben und wurden nichtswürdig behandelt. Wenn die Lebensmittel für die Hottentotten und die andern Sklaven, von denen er eine ganze Menge hatte, knapp wurden, machte er sich mit den andern Farmern, die in der Nähe lebten, auf, um Quaggas zu schießen. Deren Fleisch kann nur ein Hottentotte essen, so zäh ist es.«

»Was ist denn ein Quagga?« fragte William.

»Ein Wildesel, mit Streifen bedeckt, ähnlich wie ein Zebra, ein ganz niedliches Tier, aber das Fleisch ist, wie gesagt, nicht zu genießen. Und trotzdem bekamen wir nach einiger Zeit weiter nichts zu essen als Quaggafleisch, ebenso wie die Hottentotten, während er und seine Familie — er hatte eine Frau und fünf Kinder — Hammel- und Antilopenfleisch verspeisten. Als wir ihn baten, uns ein Gewehr zu geben, damit wir uns bessere Nahrung schießen konnten, gab er Romer einen Fußtritt und schlug ihn so grob, daß der arme Junge zwei Tage lang nicht zu arbeiten vermochte. Auch die Hottentotten und übrigen Sklaven wurden häufig geschlagen, mit einer Rhinozerospeitsche, einem fürchterlichen Marterinstrument, das bei jedem Schlag tief ins Fleisch einschnitt. Obwohl wir den ganzen Tag schufteten, wurde die Behandlung immer brutaler. Am Ende beschlossen wir, uns das nicht länger gefallen zu lassen. Eines Tages sagte Hastings es ihm. Der Holländer geriet in Wut, rief zwei von den Sklaven und befahl ihnen, Hastings an das Wagenrad zu binden; er schrie, er würde den Aufwiegler totschlagen, und lief in das Haus, um die Peitsche zu holen. Die Sklaven ergriffen Hastings und banden ihn fest. Hastings rief uns zu: ›Wenn ich geschlagen werde, ist es aus mit uns: Jetzt müßt ihr mir helfen. Lauft hinter das Haus, und wenn er mit der Peitsche herauskommt, so geht hinein und holt die Gewehre, geladen sind sie. Versucht ihn zu zwingen, mich loszubinden, denn ich bin sicher, er wird mich so lange schlagen, bis ich tot bin, und euch wird er als entlaufene Gefangene erschießen.‹ Da Romer und ich das auch für wahrscheinlich hielten, taten wir, was uns Hastings aufgetragen hatte. Sobald der Holländer aus dem Haus kam und zu Hastings ging, schlichen wir hinein. Die Frau des Holländers lag im Bett, denn sie war krank. Wir ergriffen zwei Gewehre und ein langes Messer und kamen gerade heraus, als der Holländer Hastings den ersten Schlag versetzte. Er war so hart, daß Blut hervorschoß. Wir liefen herbei, und er muß wohl unsere Schritte vernommen haben, denn er drehte sich um. Da erhoben wir unsere Gewehre, und er ließ die Peitsche sinken. ›Noch einen Schlag, und wir erschießen Euch‹, schrie Romer. ›Jawohl‹, rief ich, ›wir sind zwar nur Jungen, aber wir sind Engländer.‹ Romer hielt das Gewehr auf den Farmer gerichtet, und ich rannte zu Hastings und zerschnitt mit dem Messer die Stricke. Der Holländer wurde blaß vor Schreck und sprach kein Wort; die Sklaven waren fortgerannt, sie hatten wohl wenig Grund, ihrem Herrn beizustehen. Sobald Hastings frei war, ergriff er einen großen Holzhammer und schlug damit den Holländer nieder. ›Das ist dafür, daß du einen Engländer gezüchtigt hast, du Lump.‹ Der Mann lag betäubt oder tot. Wir banden ihn an das Wagenrad. Falls er zu sich kam, sollte er sich uns nicht in den Weg stellen können. Dann liefen wir ins Haus, packten Munition zusammen und vieles andere, was uns nützlich war, gingen in die Ställe, nahmen die drei besten Pferde, sattelten sie und ritten schleunigst fort. Da wir wußten, daß man uns verfolgen würde, ritten wir im Galopp auf das Kap zu; sobald wir auf felsigem Boden angelangt waren, auf dem unsere Spur nicht erkannt werden konnte, wandten wir uns nach Norden. Wir ritten die ganze Nacht hindurch. Das Brüllen der Löwen erklang in unserer Nähe, doch passierte uns nichts. Erst als es Tag wurde, stiegen wir ab, ließen die Pferde grasen und aßen etwas von den mitgenommenen Lebensmitteln.«

»Wie lange wart Ihr auf der Farm des Holländers, Rüstig?«

»Ungefähr acht Monate, Master William, und während dieser Zeit hatten wir nicht allein Holländisch gelernt, wir vermochten uns auch mit den Hottentotten und den anderen Eingeborenen zu verständigen, außerdem wußten wir jetzt mehr über das Land. Während des Essens hielten wir Rat, wir wußten, daß die Holländer uns nach dieser gewaltsamen Flucht erschießen würden, wenn sie uns ergriffen. Auch waren wir in Sorge, daß wir den Mann totgeschlagen hatten. Wenn dies der Fall war, wurden wir gehängt, sobald man unserer habhaft wurde. Die Entscheidung, was wir jetzt anfangen sollten, fiel uns schwer. Schließlich hielten wir es für das beste, weiter nach Norden durch das Land der Buschmänner zu reiten und, wenn möglich, zum Meer abzubiegen. Auch wurden wir einig, daß es besser sei, während der Nacht zu reiten, weil wir dann nicht so leicht gesehen wurden. Den Tag über ruhten wir, und am Abend, nachdem die Pferde gefüttert und getränkt waren und wir selber gegessen hatten, setzten wir unsere Reise fort. Nach ungefähr vierzehn Tagen waren unsere Pferde vollständig herunter, es blieb uns nichts übrig, als einige Tage unter dem Stamme der Gorraguas zu verweilen. Die Leute waren friedliebend und gutmütig, sie gaben uns Milch, soviel wir wollten. Milch war ihr einziger Reichtum. Trotzdem hatten wir auch hier einige Abenteuer zu bestehen. Eines Tages ritten wir an einem kleinen Gehölz vorbei, als ein Rhinozeros auf mein Pferd losging. Ich rettete es nur dadurch, daß ich es vorwärts zwang und so hinter das wilde Tier gelangte. Es lief davon, ohne sich weiter um uns zu kümmern. Wir jagten jeden Tag, denn wir lebten hauptsächlich von Fleisch. Einmal schossen wir ein Gnu, ein ganz merkwürdiges Tier, ein

Mittelding zwischen einer Antilope und einem Ochsen, ein anderes Mal war es irgendeine Antilopenart, davon gab es in der Steppe die Hülle und Fülle.

Bei dem Volk der Gorraguas blieben wir drei Wochen, so lange dauerte es nämlich, bis sich unsere Pferde erholt hatten. Dann ritten wir auf die Küste zu. Dabei hielten wir uns etwas südwärts, da uns die Gorraguas erzählt hatten, nordwärts läge das Kaffernland. Wie sie sagten, waren dies wilde, grausame Leute, die fortwährend mit andern Stämmen in Fehde lagen und uns gewiß umbringen würden, wenn wir zu ihnen kämen. Wir wußten wirklich nicht mehr, was wir anfangen sollten. Alle Wege waren versperrt. Uns fehlte eine Karte, nach der wir uns hätten richten können. Schließlich kamen wir zu dem Entschluß, trotz allem zum Kap zurückzukehren und uns gefangen zu geben. Hastings sagte, er würde alle Schuld auf sich nehmen.

Die Sache ging anders aus, als wir es uns vorgestellt hatten. Ich muß jetzt ein sehr trauriges Ereignis erzählen, das mich heute noch bedrückt. Zwei Tage nachdem wir von neuem aufgebrochen waren, störten wir einen Löwen auf, der gerade ein Gnu niedergeschlagen hatte. Romer ritt ungefähr zehn Fuß voraus, er erblickte das Tier zuerst und feuerte. Der Löwe war nur leicht verwundet, er stieß ein Brüllen aus, das man sicher eine Meile weit hörte, sprang auf Romer zu und schlug ihn mit der Tatze aus dem Sattel. Unsere Pferde scheuten, drehten sich um und flohen, denn der Löwe war im Begriff, auch uns anzugreifen. Erst nach einer halben Meile gelang es uns, die Tiere zum Stehen zu bringen. Als wir uns umwandten, sahen wir, daß der Löwe Romers Pferd niedergeschlagen hatte und fortschleppte. Wir ritten zu der Stelle zurück, wo Romer vom Pferd gefallen war, und dort fanden wir ihn auch, aber er war tot, der Löwe hatte ihm mit einem Schlag den Schädel zerschmettert. Es war uns nicht einmal möglich, den armen Jungen zu begraben, denn es fehlte uns an Handwerkszeug; wir bedeckten ihn mit Strauchwerk und verließen seine letzte Ruhestätte voller Trauer, aber auch voller Zorn auf das Geschick, das es so schlecht mit uns meinte. Hastings sprach kein Wort, und ich weinte unaufhörlich. Die Gorraguas hatten uns geraten, nicht bei Nacht, sondern bei Tag zu reiten, das sei weniger gefahrvoll, und danach richteten wir uns jetzt; ich glaube, es war besser so, oft, wenn wir des Nachts geritten waren, hatten uns die Löwen meilenweit verfolgt. War es hell, beachteten sie uns kaum. Drei Tage nach Romers Tod sahen wir dann den Ozean wieder, wir begrüßten ihn als einen alten guten Freund und hielten uns möglichst dicht an der Küste. Bald aber merkten wir, daß wir hier am Meer nicht so leicht Beute machen konnten wie im Innern des Landes, und wir brauchten Fleisch. Auch fehlte es uns an Holz für ein Feuer, das uns nachts wärmte und die Tiere fernhielt. Deshalb nahmen wir uns vor, mehr landeinwärts zu reiten, allerdings in der Nähe der Küste zu bleiben. Wir kamen durch eine Wüste, um uns war nur gelber staubtrockener Sand, und wir litten Mangel an Nahrung; schon zwei Tage hatten wir nichts zu essen gehabt, da sahen wir einen Strauß. Hastings versuchte ihn zu erreichen, er spornte sein Pferd an, aber der Strauß lief viel schneller als das Pferd. Ich blieb zurück und entdeckte zu meiner großen Freude das Nest des Vogels mit dreizehn Eiern. Als Hastings zurückkehrte, setzten wir uns, zündeten ein Feuer an und brieten zwei von den Eiern. Wir hatten Glück, sie waren noch nicht angebrütet und schmeckten nach den Tagen der Entbehrung besonders gut. Wir nahmen die andern mit und setzten unseren Marsch fort. Er währte noch drei Wochen. Wir waren durch die fortdauernden Anstrengungen ganz entkräftet. Endlich, eines Morgens, entdeckten wir den Tafelberg. Wir waren so froh, als hätten wir die weißen Klippen unseres alten England gesehen. In der Hoffnung, noch vor der Nacht wieder im Gefängnis zu sein, setzten wir unsere Pferde in Trab. Als wir uns dem Meer näherten, gewahrten wir, daß englische Fahnen von den Schiffen wehten. Wir waren ganz erstaunt. Woher sollten wir auch Bescheid wissen, wochenlang hatten wir keinen Menschen gesehen. Kurz darauf trafen wir einen englischen Soldaten, und er erzählte uns, daß das Kap bereits vor sechs Monaten von uns erobert worden sei. Dies war endlich eine freudige Überraschung! Wir ritten in die Stadt und meldeten uns bei dem Gouverneur. Der hörte sich unsere Geschichte an und sandte uns zum Admiral, der uns an Bord seines eigenen Schiffes nahm. – Nun will ich aber abbrechen, William. Wie endet diese Geschichte, Tommy?«

»Wir sind alle müde und müssen schlafen gehen, morgen wird ein anstrengender Tag«, sagte Tommy.

Am nächsten Morgen ergriffen Rüstig und Mr. Seagrave die Angelschnüre, um den geschwundenen Vorrat im Fischteich wieder zu ergänzen. Sonst gab es nichts zu tun. Das Wetter war schön, aber kühl. William begleitete sie, er sollte jetzt möglichst viel an der frischen Luft sein. Als sie am Garten vorbeikamen, entdeckten sie, daß die Saat bereits ein bis zwei Zoll aus der Erde hervorgesproßt war. Es schien, als seien all die verschiedenen Sorten, die sie gesät hatten, auch aufgegangen. »Na also«, sagte Mr. Seagrave. Während er und Rüstig die Angelschnüre ins Meer warfen, saß William bei ihnen.

»Papa«, sagte er, »viele von den Inseln ringsum sind bewohnt, nicht wahr?«

»Ja, freilich nicht alle, glaube ich; nach meiner Meinung sind die uns nächstliegenden nicht bewohnt. Sonst wäre vielleicht doch jemand gekommen, Kokosnüsse zu ernten.«

»Was für Menschen sind denn diese Inselbewohner?«

»Ich weiß es nicht, Rüstig hat sie ein bißchen kennengelernt, aber auch nicht gut genug. Interessiert es dich so sehr?«

»Doch, ich möchte viel über sie erfahren. Von wo sind denn zum Beispiel die Leute gekommen, die diese Figuren hier errichtet haben?«

»Das ist schwer zu sagen, ich vermute, sie sind in derselben Weise wie wir auf die Insel geraten. Ein Sturm hat sie mit ihren Booten und Kanus auf die See hinausgetrieben, und sie haben dann ihr Leben dadurch gerettet, daß sie irgendwo landeten, wie wir es auch tun mußten. Später sind sie in ihre Heimat zurückgekehrt. Manche dieser Eingeborenen sind gute Navigatoren.«

»Ja«, sagte Rüstig, »ich glaube, das ist richtig, ich hörte seinerzeit, daß die Andamanen-Inseln von Negern bevölkert worden sind, die auf einem Sklavenschiff gewesen sind, das in einem Taifun an der Küste strandete.«

»Was ist ein Taifun, Rüstig?«

»Ungefähr dasselbe wie ein Orkan, William, Taifune treten im Indischen Ozean auf, wenn die Monsune wechseln. Sie sind tückisch, weil sie mit Wirbelwinden einhergehen.«

»Und was sind Monsune?«

»Das sind Windströmungen, die viele Monate des Jahres aus ein und derselben Richtung wehen, dann sich aber wenden und genausolange von der anderen Seite kommen.«

»Dann hörte ich, als wir Madeira verließen, Kapitän Osborn von Passaten reden?«

»Jawohl, das ist richtig, die Passatwinde finden wir in der Nähe des Äquators, einige Grade nördlich und südlich davon, sie folgen, von Osten nach Westen, dem Lauf der Sonne.«

»Ist es die Sonne, die diese Winde hervorbringt?«

»Ja, die enorme Hitze der Sonne in den Tropen erwärmt die Luft, und bei der Erdumdrehung werden die Passatwinde durch das Heruntersinken der weniger erwärmten Luft verursacht. Ihr müßt Euch das so vorstellen, William«, sagte Rüstig, »wenn in einem Ofen ein Feuer angezündet ist, wird ein Luftzug hervorgebracht, so ähnlich ist es bei den Passatwinden, nur daß die Sonne die Wärmequelle ist. Und die Passatwinde verursachen wieder den Golfstrom.«

»Was ist denn das? Ich habe schon viel davon gehört.«

»Die Winde, die beständig der Sonne quer über den Atlantischen Ozean folgen und von Osten nach Westen wehen, haben großen Einfluß auf die See. Sie wird in den Golf von Mexiko hineingezwängt, so daß dort das Wasser viele Fuß höher ist als im östlichen Teil des Atlantischen Ozeans. Diese Anhäufung von Wasser muß natürlich durch irgendeinen Abfluß in Grenzen gehalten werden, und so ist der Golfstrom entstanden. In ihm werden die Wassermassen nordwärts geführt. An den Küsten Amerikas vorbeiströmend, erreicht er die Azoren. Er macht sich bis Norwegen hinauf bemerkbar. Ihr werdet Euch der Karte erinnern, die wir an Bord hatten, darauf war sein Verlauf abgebildet.«

»Der Golfstrom, Master William«, fügte Rüstig hinzu, »ist stets umeinige Grade wärmer als die See im allgemeinen, man sagt, dies komme daher, daß die Wassermengen längere Zeit im Golf von Mexiko, wo die Hitze sehr groß ist, verbleiben. Wir Seeleute wissen genau, wann wir im Golfstrom sind, wir sehen es an dem vielen Seetang, den er mit sich bringt und der an der Oberfläche schwimmt.«

»Und dem Golfstrom verdankt Europa sein mildes Klima«, erklärte Mr. Seagrave. »Er erzeugt feuchte, aber warme Luft, die das Wetter beeinflußt.«

Der Tag verging bei leichter Arbeit und Gesprächen. Nach dem Abendessen dann fuhr Rüstig in seiner Erzählung fort. Nicht nur die Kinder hatten sich darauf gefreut.

»Als ich an Bord des Kriegsschiffes kam, wurde ich als überzähliger Schiffsjunge in die Bücher eingetragen. Ich blieb dann beinahe vier Jahre an Bord, wir wurden von Hafen zu Hafen geschickt, von Süden nach Norden und wieder zurück, und mit der Zeit wuchs ich zu einem großen, kräftigen Burschen heran. Es gefiel mir, ich tat meine Pflicht und wurde niemals bestraft. Da auf einem Kriegsschiff viele Leute dienen, ist die Arbeit nicht schwer, auf den Handelsschiffen muß man viel mehr bewältigen, dort wird an Leuten gespart. Selbstverständlich gibt es auch auf den Kriegsschiffen Kapitäne, die grob und streng sind, aber ich hatte Glück, unser Kapitän war sehr nachsichtig und rücksichtsvoll gegen die Mannschaft, bestrafte ungern, hielt jedoch auf tadellose Führung jedes Matrosen. Nur eins bedrückte mich in diesen Jahren, daß ich nicht nach England zurück und meine Mutter sehen konnte. Ich hatte öfter Briefe geschrieben, aber niemals eine Antwort erhalten, und ich wurde zuletzt so ungeduldig, daß ich bei der ersten besten Gelegenheit wegzulaufen beschloß. Als wir in Westindien stationiert waren, sprach ich mit Hastings darüber, denn auch er sehnte sich nach der Heimat. Wir verabredeten, so bald wie möglich zusammen zu fliehen. Als wir in Port Royal auf Jamaika ankerten, lag eine große Anzahl von Westindienfahrern, die Zucker geladen hatten, zur Abfahrt bereit. Wir wußten, daß sie uns, wenn wir erst einmal an Bord waren, bis zur Abfahrt verbergen würden. Sie litten Mangel an Leuten, denn die Kriegsschiffe hatten alle Matrosen, deren sie habhaft werden konnten, zum Dienst herangezogen. Es gab nur den einen Weg. Wir mußten während der Nacht zu einem dieser Schiffe schwimmen. Das war nicht schwer, denn sie ankerten keine hundert Schritt von uns, aber wir hatten Angst vor den Haifischen, die in großer Menge an den Schiffen auf Abfall lauerten. In der Nacht, bevor die Zuckerschiffe ablegen sollten, wollten wir es trotzdem wagen, denn die Sehnsucht nach der Heimat war zu groß. Während der Mittelwache — ich denke immer noch daran und werde es tun, solange ich lebe — ließen wir uns ganz leise an einem Tau hinunter und schwammen zum nächsten Schiff hinüber. Die Schildwache hörte das Geräusch, das durch unser Schwimmen im Wasser entstand, und rief uns an. Wir gaben keine Antwort, sondern schwammen, so schnell wir konnten. Weitere Vorsicht war sinnlos geworden. Wir keuchten vor Anstrengung. Nach dem Anruf hörten wir, wie ein Boot ins Wasser gelassen wurde. Aus Erfahrung wußten wir, daß der Offizier, der die Wache hatte, uns verfolgen würde. Aber wir hatten einen guten Vorsprung. Ich hatte gerade das Tau des Westindienfahrers ergriffen und war dabei, auf das Schiff zu klettern, da hörte ich einen lauten Schrei, und mich umdrehend, sah ich, wie ein Hai Hastings packte und mit ihm verschwand. Ich war so erschreckt, daß ich mich nicht bewegen konnte; schließlich kam ich wieder zu mir und begann so schnell wie möglich auf das Schiff zu klettern. Es war höchste Zeit, denn in diesem Augenblick tat ein anderer Hai einen Sprung nach mir, und obwohl ich mehr als zwei Fuß über dem Wasser war, erfaßte er noch mit seinen Zähnen meinen Stiefel und nahm ihn mit in die Tiefe. Die Furcht gab mir meine Kräfte wieder, und einige Minuten später holten mich die Leute an Bord, die durch Hastings' Todesschrei an die Reling gelockt worden waren. Sie brachten mich schnell nach unten, denn das Boot unseres Schiffes war schon beinahe heran. Als der Offizier an Bord kam, behaupteten sie, hätten gesehen, wie wir beide von den Haifischen gefaßt worden wären. Da die Leute im Boot Hastings' Schrei vernommen hatten, glaubte es der Offizier und kehrte auf das Kriegsschiff zurück. Ich hörte, wie die Mannschaft auf dem Kriegsschiff zusammengetrommelt wurde, um festzustellen, wer die beiden Flüchtlinge gewesen waren, und wenige Minuten später, als wieder getrommelt wurde, wußte ich, daß ich für tot galt. Sie können sich nicht vorstellen, was ich in den nächsten Stunden empfunden habe. Ich versuchte zu schlafen, doch es ging nicht, ich wälzte mich in Todesangst hin und her, jeden Augenblick kam es mir vor, als packe mich der Hai. Ich sprang dann auf und schrie laut um Hilfe. Der Schiffskapitän geriet in Angst, daß man mich auf dem Kriegsschiff schreien hören könnte, er schickte mir ein großes Glas Rum herunter, ich trank es in einem Zug aus und fiel endlich in tiefen Schlaf. Als ich erwachte, war das Schiff schon draußen auf dem Ozean, alle Segel waren gesetzt, wir waren von mehr als hundert anderen Schiffen umgeben; die Kriegsschiffe, die uns begleiteten, feuerten fortwährend Kanonenschüsse ab und gaben beständig Signale. Der Anblick dieser Flotte war wundervoll, aber die Hauptsache für mich war, daß es nach der Heimat ging. Ich fühlte mich glücklich bei dem Gedanken, daß ich bald wieder in England sein würde, um dann nach Newcastle zu reisen und meine Mutter zu sehen.«

»Ich bin erstaunt, Rüstig«, sagte Mr. Seagrave, »daß Eure Rettung so wenig Eindruck auf Euch gemacht hat. Ihr habt doch auch einen Freund verloren.«

»Das frohe Gefühl, das der Anblick der nach England segelnden Schiffe in mir hervorbrachte, drängte für einige Zeit alle anderen Empfindungen zurück. Doch ich kann sagen, daß ich besser und ernster geworden war. Als ich in der Nacht in meiner Hängematte lag, betete ich zu Gott, ich dankte ihm für meine Rettung und empfahl ihm Hastings' Seele; ein alter Matrose, der neben mir lag, hörte es, und am nächsten Tag brachte er mir eine Bibel. In unseren Mußestunden las er mir daraus vor.

Während der Überfahrt tat ich meinen Dienst als Matrose zur vollen Zufriedenheit des Kapitäns. Dem alten Seemann erzählte ich meine Lebensgeschichte; auch er hielt mir vor, wie töricht und unrecht ich getan hätte, meine Mutter zu verlassen und den Beistand Mr. Sigismunds zurückzuweisen. Ich fühlte, daß er recht hatte, und meine Ungeduld wurde immer größer. Ich wollte zu meiner Mutter und sie um Vergebung bitten. Das Schiff, auf dem ich war, ging nach Glasgow, wir trennten uns von den anderen bei North Foreland und kamen glücklich in unserem Hafen an. Der Kapitän nahm mich zu den Schiffsreedern mit, die mir für die auf der Rückfahrt geleisteten Dienste fünfzehn Pfund auszahlten. Sobald ich das Geld erhalten hatte, reiste ich nach Newcastle. Ich hatte im Postwagen einen Außenplatz belegt und begann unterwegs eine Unterhaltung mit dem Herrn, der neben mir saß. Bald fand ich heraus, daß er aus Newcastle war, und fragte ihn, ob der Reeder Mr. Sigismund noch am Leben sei.

Er war vor ungefähr drei Monaten beerdigt worden.

›Und wem hat er sein Geld hinterlassen?‹ fragte ich. ›Er war doch reich und hatte keine Verwandten.‹

›Nein, Verwandte hatte er nicht‹, erwiderte der Herr, ›er hinterließ all sein Geld der Stadt für wohltätige Zwecke. Er hatte zuletzt einen Teilhaber in sein Geschäft aufgenommen, diesem hat er die Werft vermacht, ich glaube, weil er nicht wußte, wem er sie geben sollte. Vor Jahren hatte er einen jungen Mann namens Rüstig adoptiert und zu seinem Erben eingesetzt, aber der ist weggelaufen und zur See gegangen, und man hat nie wieder von ihm gehört. Es wurde erzählt, daß er im Kampf gefallen sei. Es ist ein törichter Knabe gewesen, denn jetzt könnte er ein vermögender Mann sein.‹

›Wirklich, sehr töricht‹, erwiderte ich.

›Jawohl, und er schadete nicht nur sich selbst, sondern auch seiner armen Mutter, die ihn sehr geliebt hat. Als die hörte, daß er umgekommen war, grämte sie sich sehr und...‹

›Sie ist doch nicht etwa tot?‹ unterbrach ich ihn und faßte den Herrn am Arm.

›Doch‹, erwiderte er und sah mich erstaunt an, ›sie ist im vergangenen Jahr an gebrochenem Herzen gestorben.‹

Ich fiel auf das Gepäck hinter mir und wäre vom Wagen gestürzt, wenn der Herr mich nicht aufgefangen hätte. Er rief dem Kutscher zu, er solle die Pferde anhalten. Sie hoben mich herunter und brachten mich in das Innere der Kutsche, die zum Glück leer war, und als der Wagen weiterfuhr, weinte ich bitterlich.«

Rüstig war so bewegt, daß Mr. Seagrave ihn bat, er möchte abbrechen.

»Ich danke Euch, Mr. Seagrave, es wird besser sein, denn ich fühle, daß sich meine Augen wieder mit Tränen füllen. Es ist schmerzlich, in seinen alten Tagen darüber nachdenken zu müssen, daß man durch törichtes Betragen den Tod der eigenen Mutter beschleunigt hat. Aber es war so, und niemand kann es mehr ändern.«

William setzte sich zu dem alten Mann. Auch Tommy und Karoline kamen und preßten sich an ihn.

15.

Einige Tage später erschien Juno des Morgens mit sechs Eiern in ihrer Schürze, die sie im Hühnerstall gefunden hatte.

»Da, Mrs. Seagrave, die Hühner legen wieder, bald werden wir genug haben. Das ist gut für Master William, es macht ihn wieder gesund.«

»Hast du alle aus dem Nest genommen, Juno?«

»Nein, Madam, ich habe eins in jedem Nest gelassen, damit das Huhn es sieht und vielleicht zu brüten beginnt.«

»Dann wollen wir diese hier für William nehmen, ich hoffe, sie werden ihm guttun. Aber dann müssen wir sparsam sein.«

»Ich fühle mich schon wieder wohl, Mama«, sagte William, »ich finde, wir sollten auch diese Eier ausbrüten lassen.«

»Nein, nein, William, das wichtigste ist erst einmal, daß du gesund wirst. Die Hühner legen schon noch genug.«

»Tommy mag Eier sehr gern«, erklärte Tommy.

»Ja, aber Tommy kann jetzt keine haben, Tommy ist nicht krank gewesen.«

»Tommy hat Magenschmerzen«, behauptete Tommy.

»Wenn du Magenschmerzen hast, sind die Eier zu schwer für dich.«

»Tommy bekommt Kopfweh.«

»Eier sind nichts gegen Kopfschmerzen, Tommy«, erwiderte der Vater.

»Tommy ist ganz und gar krank.«

»Dann wird Tommy ins Bett gelegt und bekommt einen Löffel Rizinusöl.«

»Tommy braucht kein Rizinusöl, Tommy braucht Eier.«

»Jetzt ist es aber genug«, sagte der Vater streng, »du hast gehört, was deine Eltern gesagt haben. Daran ändert sich nichts, und wenn du noch so bettelst. Also laß uns jetzt in Ruhe.«

»Ich habe Karoline versprochen, daß sie die Küken unter ihre Obhut nehmen darf«, sagte Mrs. Seagrave, »und ich denke, wir übertragen ihr auch die Aufsicht über die Eier; sie zeigt für ihr Alter viel Umsicht, und es ist eine Aufgabe, an der sie Spaß haben wird.«

Mr. Seagrave und Rüstig waren einige Tage damit beschäftigt, im Garten das Unkraut zu jäten, das schneller hervorsproß als die Sämereien. William erholte sich inzwischen gut. Die beiden Tage darauf brachte Juno jedesmal drei oder vier Eier mit, am dritten Tag fand sie keine. Merkwürdigerweise schienen die Hühner auch am vierten Tag nicht gelegt zu haben. Sie wunderte sich darüber und erzählte es Mrs. Seagrave. Auch die war erstaunt. »Hühner, wenn sie einmal mit dem Legen ange-

fangen haben, fahren gewöhnlich auch damit fort. Wollen wir sehen, wie es weitergeht.« Am fünften Morgen, als sie beim Frühstück saßen, war Tommy nicht zu sehen. »Wo steckt er denn nur?« fragte Mrs. Seagrave.

»Ich vermute, Madam«, entgegnete Rüstig lachend, »daß Tommy weder zum Frühstück noch zum Mittagessen erscheinen wird.«

»Und wieso, Rüstig?«

»Wieso, Madam? Ich fand es eigenartig, daß es keine Eier mehr gab, und hielt es für wahrscheinlich, daß sich die Hühner andere Stellen gesucht hätten. Gestern abend ging ich, um nachzusehen; ich konnte aber wieder keine Eier finden. Dafür fand ich Eierschalen, unter Kokosblättern versteckt. Jetzt wußte ich Bescheid, denn wenn ein Tier die Eier genommen hätte, vorausgesetzt, daß es solche Tiere auf dieser Insel überhaupt gibt, wäre es nicht so vorsichtig gewesen, die Eierschalen zu verbergen. Ich vernagelte deshalb heute morgen die Tür des Hühnerstalls und paßte hinter einem Baum auf. Da sah ich, wie Tommy herankam. Er wollte die Tür öffnen; es gelang ihm jedoch nicht, und nun sah ich, wie er durch das kleine Loch, durch das die Hühner aus und ein gehen, in den Stall kroch. Schnell schloß ich auch diese Tür und befestigte sie mit einem Nagel. Jetzt sitzt er draußen im Hühnerstall gefangen.«

»Und da soll er den ganzen Tag über bleiben, dieser kleine Eierdieb«, sagte Mr. Seagrave. »Dieser Vielfraß. Nimmt der gleich alle!«

»Ja, das geschieht ihm ganz recht«, sagte auch Mrs. Seagrave, »es wird ihm eine Lehre sein. Wir wollen so tun, als ob wir ihn nicht bemerken, und wenn er eine ganze Stunde lang schreit.«

»O Tommy, du Nichtsnutz«, sagte Juno, »mich freut, daß du gefangen bist. Nun kannst du keine Eier austrinken, die für andere bestimmt sind.«

Die beiden Männer gingen wie gewöhnlich an ihre Arbeit. William schloß sich ihnen an. Mrs. Seagrave und Juno waren mit der kleinen Karoline zusammen im Haus beschäftigt. Eine Stunde etwa blieb alles ruhig, dann fing Tommy an zu schreien. Aber er erreichte damit nichts, niemand schien ihn zu hören. Um die Mittagszeit begann er wieder zu rufen, mit ebensowenig Erfolg. Erst am Abend wurde die Tür des Hühnerstalls geöffnet, und Tommy erhielt die Erlaubnis herauszukommen, er machte ein bedrücktes Gesicht und setzte sich in eine Ecke, ohne etwas zu sagen.

»Na, Master Tommy, wieviel Eier hast du heute ausgetrunken?« fragte Rüstig.

»Ich werde keine mehr austrinken«, sagte Tommy weinerlich. Dann fügte er böse hinzu: »Tommy deshalb den ganzen Tag einzusperren und hungern zu lassen!«

»Wenn du es noch einmal tust«, sagte Mr. Seagrave, »wirst du ein paar Tage nichts zu essen bekommen.«

»Ich möchte mein Mittagessen«, forderte Tommy. »Ich bin hungrig.«

»Du wirst nichts kriegen«, entgegnete Mr. Seagrave entschieden. »Du hast heute Eier gehabt, und Eier und Mittagessen sind zuviel. Wenn du weinst, sperre ich dich die ganze Nacht in den Hühnerstall. Du wartest jetzt ganz geduldig auf dein Abendbrot.«

Tommy sah ein, daß er sich nicht durchsetzen konnte, und so wartete er resigniert, bis das Abendbrot fertig war, und holte dann das Versäumte nach, lachend gab ihm seine Mutter einen dritten Schlag. »Aber beklag dich nicht bei mir, wenn dir morgen übel ist.«

Nach dem Essen setzte Rüstig seine Erzählung fort: »Ich saß also traurig und voller Selbstvorwürfe im Abteil und wünschte mir, ich sei wirklich tot, nicht nur totgesagt. Was sollte ich jetzt anfangen? Als die Kutsche hielt, kam der Herr, der auf seinem Außenplatz geblieben war, zur Tür und sagte zu mir: ›Wenn ich nicht irre, so seid Ihr Sigismund Rüstig, nicht wahr?‹

›Ja, Sir‹, antwortete ich, ›ich bin es.‹

›Gut, junger Mann. Faßt Euch. Als Ihr fortlieft, wart Ihr jung und ohne Verstand und dachtet nicht daran, daß Ihr Eurer Mutter soviel Leid verursachen würdet. Es war weniger Eure Flucht als die Nachricht, daß Ihr tot seid, was sie so bedrückt hat. Kommt bitte mit mir, ich habe Euch noch einiges zu sagen.‹

›Laßt mich morgen zu Euch kommen‹, erwiderte ich, ›ich will erst mit den Nachbarn sprechen und das Grab meiner armen Mutter besuchen. Vorher gäbe ich einen armseligen Gesprächspartner. Ich muß zunächst wieder zu mir selbst finden. Glaubt mir, ich hatte nie die Absicht, meiner Mutter Sorgen zu bereiten, und an der Nachricht von meinem Tod bin ich unschuldig. Aber ich werde den Gedanken nicht los, daß sie noch leben und glücklich sein könnte, wäre ich nicht so töricht gewesen.‹

Der Herr gab mir seine Adresse, und ich versprach ihm, ihn am nächsten Morgen zu besuchen. Dann ging ich zu dem Haus, in dem meine Mutter und ich früher gewohnt hatten. Ich wußte, daß sie nicht mehr dort war. Es berührte mich dennoch schmerzlich, als ich aus dem Zimmer fröhliches Lachen hörte. Ich warf einen Blick hinein, die Tür stand offen. In der Ecke, wo meine Mutter gewöhnlich gesessen hatte, stand eine Wäscherolle, zwei Frauen arbeiteten daran, einige andere plätteten an einem langen Tisch. Als sie mich erblickten, riefen sie: ›Was wünscht Ihr?‹ Ich wandte mich wortlos ab und ging zum Nachbarhaus, dessen Bewohner mit meiner Mutter befreundet gewesen waren. Ich fand die Frau zu Hause, aber sie erkannte mich nicht; ich mußte ihr sagen, wer ich war. Sie erzählte mir, daß sie meine Mutter während der Krankheit gepflegt habe. Ich erfuhr auch, daß meine Mutter doch nicht mehr hätte leben können, da sie an einem unheilbaren Krebsleiden erkrankt war. Das tröstete mich wenigstens etwas. Aber andererseits erzählte mir die Frau, daß Mutter nur an mich gedacht habe und daß mein Name das letzte Wort von ihren Lippen gewesen sei. Sie sagte auch, daß sich Mr. Sigismund rührend um meine Mutter gekümmert habe und daß sie keinen Mangel habe leiden müssen. Ich bat die Frau, mir das Grab zu zeigen. Sie führte mich zu der Stelle, wo meine Mutter beerdigt war, und ließ mich dann auf meinen Wunsch allein. Ich setzte mich an ihren Grabhügel, weinte lange und bitterlich und betete um Vergebung meiner Schuld. Inzwischen war es völlig dunkel geworden. Auf dem Rückweg ging ich wieder zu der Pflegerin meiner Mutter, um ihr nochmals zu danken. Ich unterhielt mich mit ihr und ihrem Mann bis spät in die Nacht, und als sie mir ein Nachtlager anboten, blieb ich bei ihnen. Am nächsten Morgen ging ich zu dem Herrn, den ich in der Postkutsche getroffen hatte. Am Messingschild an der Tür las ich, daß er Rechtsanwalt war. Er bat mich, Platz zu nehmen, schloß dann sorgsam die Tür und fragte mich noch mancherlei, um sich zu vergewissern, ob ich wirklich Sigismund Rüstig wäre. Er erklärte mir, er sei derjenige gewesen, der nach dem Tod Mr. Sigismunds dessen Angelegenheiten geordnet hätte. Dabei hätte er ein Papier gefunden, das von großer Wichtigkeit sei, denn es beweise, daß die Versicherung des Schiffes, das meinem Vater und Mr. Sigismund gemeinsam gehört hatte und das untergegangen war, für das ganze Schiff galt. Mr. Sigismund habe also meine Mutter betrogen. Er habe dieses Papier erst in einem Geheimfach gefunden, als meine Mutter tot war und ich als verschollen galt. Er habe keinen Nutzen darin gesehen, eine so unangenehme Tatsache bekanntzugeben. Weil ich nun aber wiedergekommen sei, betrachte er es als seine Pflicht, dies zu tun. Falls ich damit einverstanden sei, wolle er mit dem Bürgermeister sprechen, denn sämtlicher Nachlaß sei der Stadt zum Besten wohltätiger Stiftungen übergeben worden. Die Versicherung des Schiffes habe dreitausend Pfund betragen, ein Drittel davon habe meinem Vater gehört, danach wären ihm tausend Pfund zugekommen, die aber durch die Zinsen von so vielen Jahren auf über zweitausend Pfund angewachsen seien. Das war eine gute Nachricht, und Ihr könnt Euch denken, daß ich allen Vorschlägen gern beipflichtete. Der Rechtsanwalt ließ sofort durch den Bürgermeister, dem er alles Notwendige mitteilte, die Stadtbehörde einberufen; das Dokument wurde geprüft, für echt befunden, und ohne jeden Protest wurde mir das Geld ausgezahlt. Aber seht, Master William, hierdurch wurde mir nur eine neue Versuchung in den Weg geworfen.«

»Was meint Ihr damit? Es war doch ein glücklicher Umstand, Rüstig?«

»Ja, William, nach der Vorstellung der Welt war es ein glücklicher Umstand für mich. Jeder gratulierte mir, ich freilich wurde durch mein Geld so stolz, daß ich all die guten Vorsätze, die ich an meiner Mutter Grab gefaßt hatte, vergaß. Nun wißt Ihr, lieber William, weshalb ich es eine Versuchung nannte.«

»Mein liebes Kind«, sagte Mr. Seagrave, »Reichtum erweist sich oft als die größte Versuchung der Welt, Unglück bessert die Menschen viel eher. In der Bibel heißt es darum: ›Es ist leichter, daß ein Kamel durch ein Nadelöhr geht, als daß ein Reicher ins Himmelreich kommt.‹ Natürlich ist dies bildlich zu verstehen.«

»Ihr habt recht, Mr. Seagrave. Als ich das Geld in den Händen hatte, begann ich es auf törichte Weise zu verschleudern. Zu meinem Glück kam der schottische Matrose, mit dem ich mich auf dem Schiff angefreundet hatte, nach Newcastle und bewahrte mich vor weiteren Torheiten. Ich erzählte ihm, welches Glück ich gehabt hatte, und wir überlegten zusammen, wie ich das Geld am besten anlegen könnte. Er riet mir, mich selbständig zu machen, und schlug mir vor, einen Anteil von einem Schiff zu kaufen, mit der Bedingung, daß ich Kapitän würde. Dieser Gedanke gefiel mir, und ich beschloß, seinem Vorschlag zu folgen. Allerdings war zu bedenken, daß ich sehr jung, kaum zwanzig Jahre alt, und mit der Führung eines Schiffes noch nicht recht vertraut war. Ich sagte dies Sanders, so hieß der Matrose, und er erwiderte, daß dieser Einwand hinfällig würde, wenn ich ihn als ersten Maat aufnähme, er könne ein Schiff steuern und wolle es mich auf der ersten Reise lehren; so wurde alles geordnet.

Ich hatte von meinem Geld ungefähr hundert Pfund ausgegeben, mehr als genug für die kurze Zeit. Zum Glück hatte ich noch zweitausend Pfund. Ich fuhr in Gesellschaft von Sanders nach Glasgow, wo wir nach einem passenden Schiff suchten. Wir fanden bald eins, das gerade verkauft werden sollte, da die Firma, die es hatte bauen lassen, in Konkurs geraten war. Also gingen wir zu einem Reeder, den man uns als ehrenwert und zuverlässig geschildert hatte, und besprachen mit ihm das Nötige. Da das Schiff achttausend Pfund kosten sollte, nahm ich einen Anteil von einem Viertel und zahlte meine zweitausend Pfund ein, der Reeder gab die restlichen sechstausend. Ich hatte jetzt alle Hände voll zu tun, kaufte die notwendigsten Instrumente, die man auf einem Schiff nötig hat, und sorgte für die sonstige Ausrüstung, auch für meine eigene Ausstattung. Ohne Sanders hätte ich es gar nicht geschafft. Ich war stolz darauf, daß ich Kapitän eines eigenen Schiffes war; ich kleidete mich jetzt vornehm, trug weiße Hemden und Ringe an den Fingern, zog sogar Handschuhe an, damit meine Hände weiß blieben. Von dem Miteigentümer des Schiffes wurde ich oft zu Tisch geladen und war als Kapitän und Schiffsbesitzer trotz meiner Jugend eine Person, die man respektierte. Es war ausgemacht, daß ich zehn Pfund im Monat

Gehalt bekommen sollte, abgesehen von dem Ertrag meines Schiffsanteils. Es waren dies die schönsten Tage meines Lebens, wenn ich zurückdenke. – Ein anderes Mal werde ich Euch darüber erzählen. Leider währte diese glückliche Zeit nicht lange, soviel sei heute schon gesagt. Gute Nacht allerseits.«

»Denn morgen wird es anstrengend«, ergänzte Tommy.

Mehrere Tage dauerte es, bis sie die Baumstümpfe auf dem Weg zum Vorratshaus ausgegraben hatten. Als sie fertig waren, brachte Rüstig auch dort an einem Baum einen Blitzableiter an, auf die gleiche Art, wie er es neben dem Wohnhaus getan hatte. Die Arbeiten, die sie während der Regenzeit erledigen wollten, waren getan. Auch die Schafe hatten inzwischen Junge bekommen, aber Schafe wie Ziegen waren schlecht genährt, weil sie nicht genügend Weide hatten.

Eine Woche schon war kein Regen mehr gefallen, die Sonne brannte vom Himmel, und Rüstig war der Überzeugung, daß die Regenzeit vorüber war. William war inzwischen wieder gesund, er sehnte sich danach, die Forschungsreise durch die Insel anzutreten. Nach reiflicher Überlegung beschloß man, daß Rüstig und William den ersten Vorstoß südwärts machen, dann zurückkehren und berichten sollten, was sie entdeckt hatten. Am Montagmorgen wollten sie aufbrechen. Die Rucksäcke wurden gepackt. Juno hatte Pökelfleisch gekocht und Brotkuchen gebacken, an Nahrung fehlte es nicht. Jeder sollte ein Gewehr und Munition und eine Decke für das Nachtlager mitnehmen, außerdem legte Rüstig seinen Kompaß und zwei Äxte bereit, um die Bäume damit zu kennzeichnen. Der ganze Sonnabend ging über diesen Vorbereitungen hin.

Nach dem Abendbrot sagte Rüstig: »Lieber William, ehe wir auf unsere Reise gehen, werde ich Euch meine Geschichte zu Ende erzählen, ich bin bald fertig. Mein guter Stern verließ mich, und nachdem ich lange Zeit in einem französischen Gefängnis gesessen hatte, ist mein Leben immer trübseliger geworden. Daß ich einen Anteil an einem Kauffahrteischiff erstanden hatte und nach meiner Ansicht im Glück schwamm, habe ich schon erzählt. Unser Schiff war bald ausgerüstet, dank Sanders' Hilfe, und wir segelten mit andern Handelsfahrern zusammen nach Barbados, in Begleitung einiger Kriegsschiffe. Sanders erwies sich als ein ausgezeichneter Steuermann, von ihm lernte ich, noch ehe wir in Barbados ankamen, mein Schiff zu steuern und wie ich mich bei der Mannschaft durchsetzen konnte, ohne jemanden zu bedrücken.

Sanders bemühte sich, meinen Sinn auf ernste Dinge zu lenken, aber das Geld hatte mich eitel gemacht, und als ich fühlte, daß ich das Schiff ohne seinen Beistand leiten konnte, kehrte ich den Vorgesetzten heraus und hielt ihn fern von mir. Das war ein schlimmer Undank für seine Güte, William, doch so geht es oft in dieser Welt. Sanders war gekränkt, und bei unserer Ankunft in Barbados teilte er mir mit, er habe die Absicht, das Schiff zu verlassen. Ich antwortete ihm von oben herab, daß er tun möge, wonach sein Sinn stände. Tatsache ist, daß ich ihn loswerden wollte, weil ich mich ihm verpflichtet fühlte; ich schäme mich heute noch dafür. Also verließ Sanders den Segler, und ich war froh, daß er gegangen war. Mein Schiff hatte eine Ladung Zucker an Bord genommen, und wir warteten auf Begleitung nach England. In Barbados hatte ich Gelegenheit, vier Kanonen und die dazu nötige Munition zu kaufen. Da sich mein Schiff auf der Herreise als schnell erwiesen hatte – es segelte sogar besser als die Kriegsschiffe, die uns begleitet hatten – und da ich jetzt Kanonen an Bord hatte, hielt ich mich für stark genug, den feindlichen Schiffen zu trotzen. Während wir auf die Kriegsschiffe warteten, die uns begleiten sollten, was sich noch vierzehn Tage hinziehen konnte, erhob sich ein heftiger Sturm, und mein Schiff wurde mit noch einigen anderen aus der Carlisle Bai herausgetrieben. Wir setzten Segel, um in den Hafen zurückzukreuzen, schließlich wurde ich aber der Sache müde, und da ich wußte, daß es vorteilhaft für mich war, wenn ich vor den andern Schiffen nach England kam, faßte ich den Entschluß, nicht wieder in den Hafen einzulaufen, sondern ohne Bedeckung abzufahren. Ich glaubte mich auf mein schnell segelndes Schiff und die Kanonen verlassen zu dürfen. Dabei vergaß ich, daß die Versicherung in England mit dem Bemerken »Segeln unter Bedeckung« abgeschlossen war und daß sie verlorenging, wenn mir bei einer Alleinfahrt ein Unglück zustieß. Ich segelte also ab, Richtung England, und drei Wochen lang ging alles gut. Wir sahen nur wenige Schiffe, und die Franzosen, die uns anzugreifen versuchten, waren nicht so schnell wie wir. Wir liefen mit gutem Wind in den Kanal ein, und ich hoffte noch vor Dunkelheit im Hafen zu sein. Da kam ein französisches Kriegsschiff in Sicht und versperrte uns den Weg. Um ihm zu entgehen, hatte ich alle Segel setzen lassen, dadurch brach ein Mast. Dies wurde uns zum Verhängnis. Wir konnten nicht mehr ausweichen, wurden gekapert, und noch dieselbe Nacht war ich in einem französischen Gefängnis, als Bettler, denn die Versicherung war verloren, weil ich ohne Bedeckung gefahren war. Ich fühlte, daß ich allein an meinem Unglück schuld war; ich hatte mir auch meine Gefangenschaft, die sechs Jahre dauern sollte, selbst zuzuschreiben. Mit drei anderen gelang es mir – wie gesagt, nach sechs Jahren –, zu entkommen. Endlich erreichten wir auf einem schwedischen Schiff England. Ich litt Hunger, meine Kleider waren zerrissen, ich mußte mich so bald wie möglich nach einer Arbeit umsehen. Im Hafen lag ein schönes Schiff, ich ging an Bord, um mich anzubieten, wurde zum Kapitän geführt und stand vor Sanders. Ich hoffte, er würde mich nicht erkennen, aber kaum hatte er mich erblickt, als er mir die Hand entgegenstreckte und mich in seine Kajüte führte. Ich hätte vor Scham versinken mögen, als ich daran dachte, wie ich mich ihm gegenüber verhalten hatte. Verlegen bat ich ihn wegen meines früheren Betragens um Verzeihung. Und der brave Mann blieb, solange er lebte, mein Freund. Ich wurde sein zweiter Maat. Nach seinem Tod war ich noch einige Zeit an Bord und suchte mir dann eine andere Heuer. Seit jener Zeit bin ich als gewöhnlicher Seemann an Bord verschiedener Schiffe gefahren, aber ich bin immer gut behandelt und geachtet worden. Ich fühlte mich keineswegs unglücklich in meiner Lage, ich sagte mir, hättest du Geld, würdest du dich doch nur wieder zu Torheiten verleiten lassen.

So, William, nun habt Ihr die Geschichte von Sigismund Rüstig. Jetzt bin ich ein alter Mann und dem Treiben dieser Welt entfremdet; meine Hoffnung ist, mich nützlich zu machen, bis es Gott gefällt, mich von hier abzuberufen.«

»Nützlich gemacht habt Ihr Euch fürwahr, ohne Euch wären wir jämmerlich zugrunde gegangen«, sagte Mrs. Seagrave. »Ich hoffe, daß Ihr noch lange leben und ein glückliches Alter haben werdet. Und was wir dazu tun können, soll geschehen.«

»Wie es Gott gefällt, Madam«, erwiderte Rüstig. »Aber Seeleute erreichen gewöhnlich kein sehr hohes Alter; ich fühle, daß ich meine Tage auf dieser Insel beschließen werde. Daß Ihr Euch etwas anderes wünscht, weiß ich, und es ist nur natürlich, daß Ihr es tut, Ihr denkt an Eure Kinder und an die Zukunft. Ich bin ein alter Mann und habe nichts, woran ich hänge, weder Kinder noch sonstige Verwandte, und alles, was mir not tut, ist Beschäftigung, um mich zu zerstreuen, und die Bibel, die mich lehrt, wie ich sterben soll. Im Vergleich zu mir seid Ihr alle jung, und das Leben liegt noch vor Euch. Ich fühle, daß man Euretwegen nach uns forscht. Man wird uns finden, und Ihr könnt in die Welt zurückkehren. Ich für mein Teil habe keine Sehnsucht danach, ich freue mich sogar, den Rest meiner Lebenstage auf der stillen, schönen Insel verbringen zu können, und träume davon, daß einst die Blätter einer

Kokospalme über meinem Grab rauschen. Ich weiß nicht, warum, aber ich habe eine Ahnung, daß es so sein wird.«

»Nein, nein, Rüstig, das müßt Ihr nicht denken, eines Tages kehrt Ihr mit uns zurück«, entgegnete Mr. Seagrave, »und lebt dann mit uns zusammen. Ihr müßt dies Leben zur See aufgeben, Euer Platz wird an unserem Kamin sein, Ihr braucht Ruhe nach Eurem harten Leben. Ich wünsche, daß Euer Alter Euch für vieles entschädigen wird. Das Versprechen meiner Frau gilt.«

»Ich bitte Euch von ganzem Herzen«, sagte Mrs. Seagrave, »Ihr müßt mit uns kommen, ich kann mir eine Trennung von Euch nicht denken.«

»Ich danke Euch, Madam, und vielen Dank, Sir, für Eure Freundlichkeit. Gott im Himmel wird entscheiden, und wie er bestimmt, so ist es recht.«

»Nein«, rief Tommy, »Ihr müßt mit uns kommen und uns Geschichten erzählen, ich will nicht, daß Ihr hierbleibt.« Er hatte Tränen in den Augen, und als Karoline das sah, fing auch sie an zu weinen.

»Ihr habt doch uns«, sagte William, »wir alle lieben Euch, Rüstig, wir alle können uns ein Leben ohne Euch nicht vorstellen. Warum fühlt Ihr Euch allein? Ihr müßt leben wollen, uns zuliebe.«

16.

Am Montagmorgen standen alle zeitig auf und frühstückten früher als gewöhnlich. Der gebratene Fisch war ausgezeichnet, und Tommy verschluckte sich an einer Gräte, weil er so gierig aß. Juno klopfte ihm auf den Rücken, bis er die Gräte hochgehustet hatte. Die Rucksäcke, Flinten und das andere Reisegepäck standen bereit; William und Rüstig erhoben sich vom Tisch, nahmen von Mr. und Mrs. Seagrave herzlichen Abschied und begannen ihre Wanderung. Tommy begleitete sie ein Stück. Juno kam nachgelaufen aus Angst, der Junge könne die Gelegenheit nutzen und auf eigene Faust auf Entdeckungsreise gehen.

Es war heller Sonnenschein und warm, der Ozean leuchtete in der Ferne, die Kokospalmen bewegten ihre Zweige sanft im Wind. Froh gestimmt pfiffen sie den beiden Schäferhunden, die sie begleiten sollten, und trieben Vixen zurück, die mit ihren Kleinen auch mitlaufen wollte. Sie gingen am Vorratshaus vorbei, stiegen den Hügel auf der andern Seite hinauf und nahmen die Äxte in die Hand, um die Bäume zu zeichnen; Rüstig orientierte sich nach seinem Kompaß. Ohne miteinander zu reden, verfolgten sie ihren Weg, von Zeit zu Zeit flammten sie die Bäume mit ihren Äxten, von Zeit zu Zeit blieb Rüstig stehen, um auf seinen Kompaß zu sehen.

»Mir kommt es vor, Rüstig, als sei der Wald hier dichter als der, den wir kennen«, sagte William.

»Ja, mir scheint es auch so, ich vermute, wir sind hier in dem dichtesten Teil, gerade in der Mitte der Insel. Wir wollen so schnell wie möglich vorwärts, nach und nach werden wir weniger Arbeit haben.« Nach einer halben Stunde bemerkte Rüstig, daß die Bäume nicht mehr so dicht standen, doch waren die beiden Wanderer noch immer mitten im Wald. Nirgends war ein Durchblick. Es war ein schweres Stück Arbeit, die Bäume zu zeichnen, ihnen wurde warm dabei.

»Wir wollen uns ein paar Minuten ausruhen, William, Ihr werdet müde sein, so kräftig wie vor dem Fieber seid Ihr doch noch nicht.«

»Ich bin ganz aus der Übung gekommen, Rüstig, daher fühle ich es mehr«, sagte William, er wischte sich das Gesicht mit dem Taschentuch ab und stellte das Gewehr gegen einen Baumstamm. »Ich möchte schon etwas ausruhen. Wie lange, meint Ihr, wird es dauern, bis wir aus dem Wald heraus sind?«

»Ungefähr noch eine halbe Stunde, vielleicht auch weniger, ich weiß nicht, wie weit sich der Wald in dieser Richtung ausdehnt.«

»Was glaubt Ihr dort zu finden?«

»Das ist schwer zu beantworten, ich kann nur sagen, was ich finden möchte, und das ist eine möglichst große freie Fläche zwischen Ufer und Wald, wo wir unsere Schafe und Ziegen weiden lassen können. Vielleicht finden wir auch noch andere Baumarten. Fühlt Ihr Euch nun ausgeruht? Je eher wir aus dem Wald sind, desto besser.«

William stand auf. Nach einer Viertelstunde rief er: »Rüstig, ich sehe den blauen Himmel, wir werden bald heraus sein. Ich bin froh darüber, denn mein Arm tut mir von dem fortwährenden Schlagen schon weh.«

»Mir geht es auch so, aber was hilft es, wir müssen die Bäume zeichnen, sonst finden wir den Rückweg nicht.« Nach etwa zehn Minuten hatten sie den Waldrand erreicht, Buschwerk umgab sie, es war höher als sie, deshalb konnten sie noch nicht sehen, wie weit das Ufer entfernt war.

William warf die Axt auf die Erde. »Setzen wir uns etwas hin, ehe wir weitermachen.«

»Ja, setzen wir uns«, sagte Rüstig, indem er sich an Williams Seite niederließ, »ich glaube, das macht das Wetter.« Er rief die Hunde herbei. Hechelnd legten sie sich den Wanderern zu Füßen.

»Ich finde das Wetter schön, Rüstig.«

»Ich meinte etwas anderes, ich habe unter der Regenzeit gelitten, nur nicht so stark wie Ihr.«

»Wir wollen etwas essen, ehe wir aufbrechen, das wird uns guttun.«

»Schön, William, es ist zwar noch etwas früh, aber ich habe auch Hunger und Durst. Wir könnten dann unsere Rucksäcke und alles andere, mit Ausnahme unserer Gewehre, hier unter den Bäumen liegenlassen, wir müssen ja doch auf demselben Weg zurück, wahrscheinlich werden wir hier sogar unser Nachtlager aufschlagen, ich habe Euern Eltern gesagt, daß sie uns heute abend nicht zurückerwarten sollen.«

Nachdem sie sich gesättigt hatten, nahmen sie ihre Wanderung wieder auf. Etwa zehn Minuten lang mußten sie sich durch dichtes hohes Gebüsch zwängen, dann endlich gelangten sie ins Freie. Die See lag ungefähr eine halbe Meile entfernt, das Land dazwischen war dicht mit Gras bewachsen. Die Wiese umfaßte ungefähr fünfzig Morgen. Bäume und Buschwerk erhoben sich dort. Das Meeresufer war felsig, das Gestein überragte annähernd zwanzig bis dreißig Meter die See, an einigen Stellen blitzte es in der Sonne weiß wie Schnee.

»Hier ist so viel Weide für unsere Ziegen und Schafe«, sagte William, »daß es auch noch genügt, wenn sie sich verzehnfacht haben.«

»Ein Glück, daß wir das gefunden haben«, entgegnete Rüstig. »Laßt uns nachsehen, was das dort für Bäume sind. Palmen jedenfalls nicht.«

Als sie herankamen, erkannte Rüstig, daß es Bananen waren, die da zwischen dichten grünen Blättern wuchsen. Er freute sich. »Endlich etwas Frisches, Tommy wird froh sein.«

»Hier ist eine Pflanze, die ich noch nie gesehen habe.« William pflückte einen Fruchtstand ab und zeigte ihn Rüstig.

»Aber ich kenne sie, William, man macht aus ihren Schoten den Cayennepfeffer. Juno wird zufrieden sein, sie hat keinen Pfeffer mehr für die Küche. Vermutlich finden wir auch noch Vögel auf der Insel, es ist doch anzunehmen, daß die Samen dieser Bäume und Pflanzen durch sie hierhergebracht worden sind. Bananen und Pfefferschoten sind nämlich die Nahrung vieler Vögel.«

»Was für eine Sorte von Strauch ist das dort, er sieht so rauh aus?«

»Ich kann es von hier aus nicht erkennen. Laßt es uns aus der Nähe betrachten. Oh, jetzt weiß ich es, es ist eine Feigenart, die auf den Westindischen Inseln wächst; sie kann uns sehr nützlich werden.«

»Schmeckt sie gut, Rüstig?«

»Nicht sonderlich, aber wir werden sie als Hecke für unsern Garten benutzen, da sie mit ihren kleinen Stacheln alle Tiere abwehrt. Nun wollen wir die Baumgruppen dort drüben betrachten und sehen, was das ist.«

»Und was ist es?«

»Ich weiß nicht, William, ich habe diese Pflanzen noch nie gesehen.«

»Ich werde alle Pflanzen, die wir nicht kennen, sammeln und sie meinem Vater mitnehmen, er ist ein leidenschaftlicher Botaniker, ich glaube, er wird sie alle kennen.«

»Das ist ein guter Gedanke, William.«

William brach einen Zweig ab und nahm ihn mit. In der nächsten Baumgruppe entdeckte Rüstig den Guavabaum.

»Ist das die Frucht, woraus man das Guavengelee macht?« fragte William.

»Ja, das ist sie.«

»Tommy wird sich freuen, wenn er das hört. Kapitän Osborn hat uns Guavengelee gebracht auf unserer Überfahrt, und Tommy konnte nicht genug davon bekommen.«

»Kleine Jungen wie Tommy denken immer ans Essen, es interessiert sie mehr als alles andere. Das ist ganz natürlich, man darf es ihnen nicht übelnehmen. Tommy wird trotzdem ein tüchtiger Junge werden.«

»Daran zweifle ich doch gar nicht, Rüstig. Wollen wir nun weiter, es gibt soviel zu sehen hier.«

»Sicher, wo möchtet Ihr denn zuerst hin?«

»Laßt uns zu dem Felsen hinuntergehen, zu dem, wo die fünf oder sechs Bäume wachsen.«

»Schön, gehen wir.«

»Hört Ihr, Rüstig? Was ist das für ein Geräusch? Es klingt, als ob es Affen seien?«

»Nein, das sind keine Affen, ich möchte behaupten, es sind Papageien, obgleich ich sie noch nicht sehe, ich habe das Geschrei oft gehört. Affen können schwerlich hier sein, für Vögel ist die See kein Hindernis.«

Als sie zu den Bäumen kamen, flog eine ganze Schar Papageien unter lautem Gekreisch auf, ihre schönen grünen und blauen Federn leuchteten in den Sonnenstrahlen.

»Seht Ihr, Master William, ich habe es Euch gesagt. Wir werden das nächste Mal ein paar schießen und uns von Eurer Mama eine fette Pastete daraus machen lassen.«

»Geben denn Papageien gute Pasteten? Das habe ich noch nie gehört.«

»Ja, ganz vortreffliche, ich habe sie oft in Westindien und Südamerika gegessen. Woanders würde solche Pastete zu teuer, weil Papageien schwer zu züchten und auch schwer zu importieren sind. Wartet einen Augenblick, William, ich sehe da ein Blatt, das ich untersuchen möchte.«

»Der Boden ist hier sehr sumpfig.«

»Das ist gut für unsere Tiere, wir werden ihnen einige Wasserlöcher graben, dann können sie ihren Durst dort löschen. Jetzt habe ich etwas Gutes gefunden, seht her, Master William, in Zukunft werden wir keinen Mangel an Kartoffeln haben.«

»Was ist denn das?«

»Yams wird die Pflanze genannt, man gebraucht sie in Westindien an Stelle von Kartoffeln. Kartoffeln bleiben nämlich nicht lange Kartoffeln, wenn sie in den heißen Zonen gepflanzt werden.«

»Wie meint Ihr das, Rüstig?«

»Aus unseren Kartoffeln wird nach ein- oder zweimaligem Pflanzen eine Art, die man süße Kartoffeln nennt, und da sind meiner Ansicht nach Yams besser.«

In diesem Augenblick liefen die Hunde herbei und fingen an zu bellen. Aus dem Gebüsch stürzte eine Herde Schweine hervor, anstatt der vier, die sie mitgebracht hatten, zählten sie jetzt ungefähr dreißig, große und kleine. Die Tiere galoppierten über die Wiese auf den Wald zu.

»Wie wild sie sind, Rüstig«, sagte William.

»Schweine verwildern schnell. Wir müssen die Stellen, wo Yams wachsen, mit Hecken umgeben, sonst werden die Früchte von den Schweinen aufgefressen, und wir behalten keine für uns übrig. Gehen wir jetzt zur See hinunter.«

Als sie sich dem Felsen näherten, sagte Rüstig: »Jetzt weiß ich auch, was das für weiße Stellen auf dem Felsen sind, William, das sind die Nistplätze von Seevögeln; sie kommen jedes Jahr wieder, wenn sie nicht gestört werden.«

»Ich sehe aber keine Nester.«

»Nein, diese Vögel bauen keine Nester, sie machen nur ein rundes Loch in die Erde, ungefähr einen halben Zoll tief, und dorthinein legen sie ihre Eier und brüten sie aus. Dabei sitzen sie ganz dicht beieinander. Sie werden bald hier eintreffen und mit dem Brüten beginnen; wenn wir wollen, können wir uns dann Eier holen, sie schmecken nicht schlecht, und die Hühner brauchen wir zur Zucht.«

»Wir haben heute schon eine Menge guter Dinge gefunden, Rüstig. Unsere Forschungsreise scheint sich zu lohnen.«

»Ja, vor allem die Pflanzenwelt ist reicher, als ich dachte.«

»Wißt Ihr, Rüstig, ich habe soeben überlegt, ob es nicht gut gewesen wäre, hier unser Haus zu bauen.«

»Nein, das wäre nicht gegangen, William. Wir hätten hier kein Trinkwasser gehabt. Und wir hätten in den Felsen auch keinen Schildkröten- und Fischteich anlegen können. Aber wir werden unser Vieh hier weiden lassen und werden uns von den Früchten holen, was wir nötig haben.«

»Es ist ein weiter Weg.«

»Das ist nicht so schlimm. Wenn wir erst an ihn gewöhnt sind und ihn kennen, William, wird er uns kurz vorkommen. Außerdem können wir vielleicht mit unserem Boot herfahren. Ich möchte zu dem Felsen hinunter und mich dort umsehen.«

Sie gingen am Ufer entlang, bis sie bei einigen Felsen anlangten, die nicht ganz so hoch waren. Sie stiegen hinauf und entdeckten unterhalb der Felsen ein kleines Bassin, das eine schmale Öffnung hatte.

»Seht Ihr, William, da kann unser Boot liegen, es geht nur darum, ob wir auch eine Einfahrt durch die Riffe finden. Wir wollen hier oben eine Stange aufrichten, damit wir die Stelle auch finden, wenn wir von der See kommen.«

»Was ist das dort für ein Tier im Wasser, Rüstig?« fragte William.

»Das ist ein Seekrebs, der schmeckt ebensogut wie Hummer. Ich will sehen, ob ich welche fange.«

»Und was sind das dort für rauhe Dinger an den Felsen?«

»Das ist eine kleine Sorte Austern, nicht dieselbe, die wir in England haben, aber diese hier ist besser im Geschmack.«

»Nun haben wir noch zwei gute Sachen für unseren Tisch, Rüstig.« William freute sich.

»Ja, vorläufig haben wir sie allerdings noch nicht, wir müssen sie erst holen.«

»Wir haben noch drei Stunden Tag. Sollten wir nicht nach Hause zurückkehren und erzählen, was wir gesehen haben? Meine Mutter würde sich jedenfalls freuen.«

»Ich bin einverstanden, William, wir haben genug erreicht. Früchte gibt es augenblicklich noch nicht. Ich möchte nur bald für die Yams Sorge tragen, damit sie nicht von den Schweinen gefressen werden. Laßt uns heimgehen und alles mit Eurem Vater besprechen.«

Auf dem Weg vom Strand zum Wald hinauf brach William von jeder Pflanzenart einen Zweig ab, um ihn seinem Vater mitzubringen. Sie kamen zu dem Platz zurück, wo sie ihre Rucksäcke und Beile gelassen hatten, und nahmen dann den Weg durch den Wald, den sie heute morgen eingeschlagen hatten, nur in entgegengesetzter Richtung. Eine Stunde vor Sonnenuntergang erreichten sie das Haus. Mr. und Mrs. Seagrave saßen davor und blickten zum Meer, wo Juno mit den beiden Kindern am Strand spielte. Als sie die beiden Wanderer zurückkehren sahen, sprangen sie auf und eilten ihnen entgegen. William erzählte seinem Vater alles, was sie erlebt hatten, und zeigte ihm die verschiedenen Pflanzen, die er mitgebracht hatte.

»Das ist doch Hanf«, sagte Mr. Seagrave, als William ihm die Pflanze zeigte, die Rüstig nicht gekannt hatte.

»Den hab ich bisher nur zu Tauen verarbeitet gesehen«, sagte Rüstig, »den Samen kenne ich genau.«

»Nun, William, was hast du noch? Dies häßlich aussehende rauhe Ding ist eine Eierpflanze, sie trägt Früchte von blauer Farbe. In den heißen Ländern wird sie gern gegessen.«

»Ja, Sir, die Eingeborenen tun es«, sagte Rüstig.

»Hast du außerdem noch etwas, William? Diese Pflanze müßtest du kennen.«

»Sie sieht wie eine Weinrebe aus.«

»Ja, das ist es auch, es ist der wilde Weinstock.«

»Nun habe ich nur noch einen Zweig, Papa. Was ist das?«

»Du kennst die Pflanze wahrscheinlich deshalb nicht wieder, weil sie schon so hoch gewachsen ist; es ist die gemeine Senfpflanze, die in England auch wächst. Ihr habt ein tüchtiges Stück Arbeit geleistet, ich ahnte nicht, daß soviel Brauchbares auf dieser Insel wächst. Doch da kommt Juno, gleich gibt es Abendbrot; wir wollen schon hineingehen. In ein paar Minuten wird es dunkel werden.«

Während Juno noch mit dem Essen beschäftigt war, berieten sie darüber, was sie sich für die nächste Zeit vornehmen sollten. Nach kurzer Debatte wurden sie einig, zuerst das Boot aus dem Sand auszugraben, es auszubessern und die Felsen auf der Südseite zu untersuchen. Falls sie eine Durchfahrt fanden, sollten Mr. Seagrave, Rüstig, William und Juno ein Zelt durch den Wald schaffen, um es dort aufzurichten. Natürlich war das eine schwere Arbeit, aber sie wollten trotzdem noch an demselben Abend zurückkehren, um Mrs. Seagrave und die Kinder nicht über Nacht allein zu lassen. Dann sollten Rüstig und William alles nötige Handwerkszeug, wie Sägen, Beile und Spaten, im Boot rüberschaffen und dieses in den kleinen Hafen schaffen, die mitgebrachten Sachen zum Zelt tragen und ihren Rückweg durch den Wald nehmen. Die nächste größere Arbeit war dann die Einfriedung der Yamspflanzen, zum Schutz vor den Schweinen. Die Ziegen und die Schafe sollten so bald wie möglich durch den Wald getrieben werden, zum neuen Futterplatz. Das Gras auf der alten Wiese wollten sie mähen und für die nächste Regenzeit aufbewahren. Rüstig und William würden so viel Kokospalmen fällen, wie für den Zaun um die Weide nötig waren. Sobald die Pfähle zugehauen und aufgestellt waren, wollte Mr. Seagrave zu ihnen kommen und ihnen helfen. In ungefähr einem Monat, so rechneten sie, würden sie mit allem fertig sein. Während dieser Zeit sollten Mrs. Seagrave und Juno, die meist allein zu Hause sein würden, den Garten von Unkraut befreien und Vorbereitungen für die Anlage der Hecke treffen.

Im Boot sollten so viel Feigenpflanzen herbeigeschafft werden, wie zur Umzäunung des Gartens nötig sein würden. Dann erst wollten sie die Vorräte, die beim Schiffbruch gerettet worden waren und immer noch auf der andern Seite der Insel lagen, herüberholen. Schließlich sollte die Insel zu Wasser und zu Land erforscht und kartographisch aufgenommen werden. Mr. Seagrave erbot sich, den Feldmesser zu machen, diese Arbeit hatte er erlernt. Über all diesen Arbeiten würde die Sommerzeit, die soeben begonnen hatte, vergehen.

Wie gewöhnlich war Rüstig am folgenden Morgen zuerst auf und unternahm seinen üblichen Rundgang. Er sah mit Vergnügen, daß die Erbsen im Garten bereits einige Zoll hoch waren, auch die Bohnen waren gut gediehen, sogar die jungen Gurkenpflanzen zeigten sich bereits. Dann blickte er zur See hinüber und betrachtete den Horizont. Er glaubte nach Nordosten zu ein Schiff zu sehen und nahm sein Fernglas hoch. Er hatte sich nicht geirrt, es war ein Schiff.

Das Herz des alten Mannes schlug heftig, als er das Fernglas sinken ließ. Nachdem er einige Male tief Atem geholt hatte, hob er das Glas wieder vors Auge und überzeugte sich, daß es eine Brigg war, die direkt auf die Insel lossteuerte.

Rüstig eilte zu dem Felsen, von dem aus sie gewöhnlich fischten, und setzte sich nieder, um zu überlegen, was zu tun war. Er wollte Mr. und Mrs. Seagrave nichts sagen, denn er fand es grausam, in ihnen Hoffnungen zu erwecken, die sich vielleicht nicht erfüllten. Die nächsten Stunden mußten darüber entscheiden, ob das Schiff die Insel ansteuerte oder nicht. Aber mit William konnte er sprechen. Sigismund Rüstig ging zum Haus zurück.

William war bereits auf. Rüstig führte ihn ein Stück fort, damit die anderen ihn nicht hörten, und sagte: »Ich habe Euch ein Geheimnis anzuvertrauen, Ihr dürft vorläufig zu niemandem darüber sprechen.« William gab sein Wort. »Es ist ein Schiff in Sicht, und es ist möglich, daß es zu unserer Rettung kommt, es kann aber auch vorbeifahren, ohne uns zu bemerken. Es wäre eine schlimme Enttäuschung für Eure Eltern, wenn das letztere der Fall ist.«

William starrte Rüstig an und konnte einen Augenblick vor Erregung nicht sprechen.

»Oh, Rüstig, wie will ich Gott danken! Ich hoffe, daß man uns holt, denn Ihr könnt Euch nicht denken, wie mein Vater und meine Mutter im stillen leiden.«

»Doch, ich weiß es, lieber William, ich weiß es. Aber kommt, Ihr sollt das Schiff sehen.« Rüstig zeigte ihm die Richtung und gab ihm das Fernrohr. William blickte durch das Glas. »Seht Ihr es, Master William?«

»Ja, Rüstig, es fährt auf uns zu.«

»Hm, es steuert direkt die Insel an, doch sprecht nicht so laut. Ich werde das Fernrohr hier niederlegen, und wir wollen an die Arbeit gehen; im Vorratshaus liegt eine Axt. Schnell, William, bevor Euer Vater das Haus verläßt.«

William und Rüstig holten die Axt aus dem Vorratshaus, dann gingen sie zum Strand hinunter, wählten eine dünne Kokospalme, fällten sie, schlugen die Krone ab und trugen den Stamm zur Landspitze.

»So, William, nehmt die Schaufel und grabt ein Loch, wir wollen den Baum als Flaggenmast aufrichten. Ich werde derweil ein Seil besorgen, damit wir die Flagge aufhissen können. Wenn das Loch tief genug ist, kommt zum Frühstück hinauf, als sei nichts vorgefallen. Während des Essens werde ich vorschlagen, daß wir beide das Boot aus dem Sand graben und es ausbessern, ich werde es so einrichten, daß sich Euer Vater möglichst in der Nähe des Hauses beschäftigt.«

»Wie wollt Ihr denn an die Flagge, Rüstig, sie ist doch über dem Bett meiner Mutter befestigt?«

»Ich werde eben sagen, daß es bei dem guten Wetter an der Zeit ist, das Haus einmal richtig zu reinigen, die Vorhänge auszuklopfen und zu sonnen. Wir wollen dann Euren Vater bitten, Juno dabei zu unterstützen.«

»Ja, so werden wir es machen«, bekräftigte William.

Während des Frühstücks erklärte Rüstig, daß er die Absicht habe, das Boot auszugraben und daß William ihm dabei helfen solle.

Mr. Seagrave, der Rüstigs Überlegenheit in den Dingen des praktischen täglichen Lebens vorbehaltlos anerkannte, fragte: »Was soll ich dann tun, Rüstig?«

»Ich denke, da die Regenzeit jetzt vorüber ist, wäre es das beste, wenn wir unsere Betten in die Sonne legen, es ist heute ein schöner warmer Tag, wir können sie ruhig ins Freie bringen.«

»Richtig, es ist wirklich Zeit, daß sie an die frische Luft kommen«, stimmte Mrs. Seagrave zu, »und gleichzeitig werden Juno und ich das Haus einer gründlichen Reinigung unterziehen.«

»Wäre es da nicht gut, wenn wir auch die Vorhänge herunternähmen und hinausbrächten?« bemerkte William.

»Ja, das muß alles mal richtig auslüften«, erwiderte Rüstig. »Wir beide wollen beim Herunternehmen der Vorhänge und der Flaggen helfen und sie draußen ausbreiten, ehe wir mit unserer eigentlichen Arbeit beginnen.«

»Da wir alle satt sind, selbst Tommy«, sagte Mrs. Seagrave, »werden wir sofort anfangen. He, Tommy, du sollst dich nicht verdrücken, du sollst helfen. Nimm dir ein Beispiel an Karoline. Die ist viel kleiner als du, aber sie tut, was sie kann.«

Es ging alles, wie es sich Rüstig gewünscht hatte. Sie breiteten die Vorhänge in einiger Entfernung vom Haus aus, und niemand bemerkte, daß William mit der Flagge unter dem Hemd zum Strand hinabging. Rüstig schaffte die notwendigen Seile herbei. Dabei mußte er nicht besonders vorsichtig sein. Alle dachten, die Leinen sollten dazu dienen, das Boot zur See zu ziehen. Selbst der neugierige Tommy hielt sich zurück aus Sorge, auch hierbei zur Mithilfe aufgefordert zu werden.

Die Fahnenstange war bald aufgerichtet, ohne daß es vom Haus aus bemerkt wurde. Rüstig und William trugen Holz zusammen, das sie anzünden wollten, um sich durch Rauchwolken bemerkbar zu machen. Das Schiff hielt noch immer auf die Insel zu, nur hatte der Wind bedeutend zugenommen. Der Horizont hinter dem Schiff, der vorher ganz klar gewesen war, hatte sich verdunkelt, und die Wellen, die über die Korallenriffe brandeten, trugen weißen Schaum.

»Das ist dumm, Master William«, sagte Rüstig, »das Schiff müßte bald hier sein, aber der Kapitän wird sich wegen der Riffe Sorgen machen, die man bei dem rauhen Wetter jetzt besser erkennt als vorher.«

»Ich hoffe, er sorgt sich nicht zu sehr«, sagte William. »Wie weit sind sie noch weg?«

»Ungefähr fünf Meilen, mehr nicht. Doch der Wind hat sich mehr nach Süden gedreht, und ich fürchte, er wird weiter zunehmen, sogar schon bald. Kommt, Master William, wir wollen die Flagge aufziehen, sie wird hoch genug wehen, daß sie sie sehen können.«

Bald flatterte die Flagge, auf der der Schiffsname »Pacific« in großen Buchstaben zu lesen war, über ihren Köpfen, und Rüstig sagte: »Jetzt machen wir Feuer, damit sie durch die Rauchwolken auf uns aufmerksam werden.«

Sobald die Kokosblätter brannten, goß Rüstig Wasser darauf, um eine möglichst dicke Rauchwolke hervorzubringen. Das Schiff näherte sich schnell, schweigend und erwartungsvoll beobachteten sie es. Da kamen Mr. und Mrs. Seagrave und alle andern, so schnell sie konnten, zur Bucht heruntergelaufen; Tommy hatte die nächstbeste Gelegenheit genutzt, um sich vom Haus wegzustehlen. Er wollte zum Strand, um Muscheln zu suchen. Dabei hatte er die Flagge bemerkt und den Segler in der Nähe der Insel entdeckt. Sofort lief er nach Hause zurück und schrie: »Papa, Mama, Kapitän Osborn kommt mit einem großen Schiff.« Die Eltern stürzten aus dem Haus. Sie sahen das Schiff und die Flagge und eilten zum Strand hinunter, wo William und Rüstig bei dem Flaggenmast standen. »Oh, Rüstig, warum habt Ihr uns das nicht früher gesagt«, rief Mr. Seagrave, ganz außer Atem.

»Ich wünschte, Ihr wüßtet es auch jetzt noch nicht«, erwiderte Rüstig, »ich habe es nur gut gemeint, es ist ja fraglich, ob das Schiff auch anlegt.«

Mrs. Seagrave setzte sich auf den Felsen nieder und brach in Tränen aus, auch ihr Mann war äußerst erregt.

»Sehen sie uns, Rüstig?« rief er.

»Offenbar nicht, sonst würden sie ein Zeichen geben.«

»Sie ändern ihren Kurs, Rüstig«, sagte William. »Sicher haben sie Furcht, in die Nähe der Riffe zu geraten.«

»Sie werden doch nicht etwa vorbeifahren?« Mrs. Seagrave sprang auf.

»Nein, Madam, aber sie sehen uns noch nicht.«

»Sie sehen uns doch«, rief William, seinen Hut hochwerfend, »soeben haben sie ihre Flagge gehißt.«

»Wirklich, sie haben uns gesehen. Gott sei Dank.«

Mr. Seagrave umarmte seine Frau, die sich weinend an ihn lehnte, küßte seine Kinder und drückte des alten Rüstig Hand. Er war außer sich vor Glück, auch William war ganz aufgeregt. Juno weinte Freudentränen, und Tommy faßte die kleine Karoline an beiden Händen und tanzte mit ihr herum.

Als sie sich ein wenig beruhigt hatten, erklärte Rüstig: »Es ist sicher, daß sie uns gesehen haben, Sir. Jetzt müssen wir möglichst schnell unser Boot aus dem Sand herausholen; wir kennen hier die Riffe, sie nicht. Ich zweifle übrigens, ob sie es wagen werden, ein Boot an Land zu schicken, solange sich der Wind nicht gelegt hat. Sie sehen ja, wie stark er augenblicklich weht. Für jemanden, der die Gewässer nicht kennt, kann das gefährlich werden.«

»Glaubt Ihr etwa, daß er noch heftiger werden wird, Rüstig?«

»Es tut mir leid, ja, ich glaube es. Nach Süden hin ist der Himmel ganz bedeckt, und während des Sturms werden sie es nicht wagen, in die Nähe einer Insel zu kommen, die rings mit Felsen umgeben ist. Es wäre sehr unklug, wenn sie es täten. Der Kapitän ist vor allem verpflichtet, sein Schiff nicht zu gefährden. In einigen Stunden wird es sich entschieden haben.«

»Sie werden uns doch nicht des Sturmes wegen auf der Insel zurücklassen?« fragte Mrs. Seagrave. »Sie werden doch zurückkommen, wenn es ruhiger geworden ist?«

»Ja, Madam, ich hoffe bestimmt, die meisten Schiffsführer, die ich kennengelernt habe, würden da nicht zaudern, aber es gibt zuweilen auch hartherzige Menschen, die wenig Mitleid mit andern haben.«

Die Brigg hatte inzwischen wieder gewendet und hielt auf den Strand zu, bald freilich drehte sie sich nordwärts und entfernte sich von der Insel.

»Sie lassen uns hier.« Auch William brach jetzt in Tränen aus.

»Wie kann jemand so grausam sein«, rief Mr. Seagrave.

»Ich bitte um Entschuldigung, Sir, Ihr habt unrecht, das zu sagen; ich würde als Kommandant des Schiffes genauso handeln. Der Sturm nimmt immer mehr zu, und es wäre zu gefährlich, dort liegenzubleiben, wo sie jetzt sind. Das beweist durchaus nicht, daß sie uns verlassen werden. Ich bin überzeugt, wenn der Sturm vorüber ist, werden sie zurückkehren.«

Rüstig erhielt keine Antwort, die Familie Seagrave sah nur, daß sich das Schiff von ihrer Insel entfernte, und sie verloren den Mut. Sie verfolgten das Schiff so lange mit ihren Blicken, bis es kleiner und kleiner wurde und schließlich hinter dem Horizont verschwand. Der Sturm war jetzt zum Orkan geworden, und ein Regenschauer trübte die Sicht auf die See, Mr. Seagrave wandte sich zu seiner Frau und bot ihr seinen Arm an. Ohne noch ein Wort zu sprechen, verließen sie den Strand, und die übrigen, Rüstig ausgenommen, folgten ihnen. Er blieb noch einige Zeit und suchte mit seinen Augen den Horizont in der Richtung ab, wo er das Schiff zuletzt gesichtet hatte. Er war ebenfalls traurig, denn er hatte eine Ahnung, daß er es nicht wiedersehen würde. Schließlich holte er die Flagge herunter, die jetzt zu naß war, als daß sie noch als Signal gedient hätte, warf sie über die Schulter und wandte sich dem Haus zu.

17.

Bei seinem Eintritt fand Rüstig die Familie in tiefer Traurigkeit, er hielt es nicht für geraten, irgendein Wort zu sagen. Nur die Zeit konnte helfen, die Enttäuschung zu überwinden, die Zeit und die Arbeit. Die Sonne war untergegangen, und man hätte zur Ruhe gehen können. Die Kinder hatte Juno schon zu Bett gebracht. Mr. Seagrave hielt noch immer seine Frau an der Hand und saß neben ihr, ohne ein Wort zu sprechen. Mrs. Seagraves Kopf lag auf seiner Schulter, und hin und wieder war ein leises Schluchzen zu hören.

Endlich unterbrach Rüstig die Stille, er sagte: »Ihr beabsichtigt doch nicht, die ganze Nacht aufzubleiben, Mr. Seagrave? Es hilft uns allen nicht, wenn Ihr Eure Gesundheit ruiniert.«

»O nein, was hätte es auch für einen Zweck, wenn wir aufblieben«, antwortete Mr. Seagrave. »Komm, meine Teure, laß uns zu Bett gehen.«

Sie stand auf und zog sich hinter ihren Vorhang zurück, ihr Gatte wollte ihr folgen. Da legte Rüstig wortlos die Bibel auf den Tisch. Mr. Seagrave tat so, als ob er es nicht bemerke, aber William berührte seines Vaters Arm, zeigte auf das Buch, ging hinter den Vorhang und holte seine Mutter.

Rüstig öffnete die Bibel und las einen Psalm vor; als er das Buch geschlossen hatte, zogen sich alle zurück.

Während der ganzen Nacht heulte Sturm ums Haus, und Regen schlug hernieder. Die Kinder schliefen, aber Mr. und Mrs. Seagrave, Rüstig und William blieben wach, seit ihrer Landung hatten sie keine so unglückliche Nacht durchgemacht wie diese. Noch ehe der Tag graute, stand Rüstig auf und ging zum Strand hinunter; der Sturm hatte gegen Morgen seinen Höhepunkt erreicht. Obwohl Rüstig aufmerksam mit seinem Fernrohr umherspähte, konnte er nichts von dem Schiff entdecken; er blieb bis zum Frühstück am Strand und kehrte erst zum Haus zurück, als William ihn rief. Mr. und Mrs. Seagrave waren etwas gefaßter als den Abend vorher.

»Ich fürchte, Rüstig«, sagte Mr. Seagrave, »daß Ihr uns keine gute Nachricht bringt.«

»Nein, Sir, das könnt Ihr auch nicht erwarten, bevor der Sturm vorüber ist.«

»Glaubt Ihr wirklich«, fragte Mrs. Seagrave, »daß das Schiff zurückkehren wird?«

»Ich kann Euch nur sagen, was ich vermute, Madam, mehr ist nicht möglich. Das Schiff konnte während des Sturms nicht hierbleiben, soviel ist klar, aber wir wissen nicht, wie das Wetter den Kurs beeinflußt hat. Wenn der Sturm vorüber ist, liegt die Brigg vielleicht gar nicht weit von uns, doch es ist genauso möglich, daß sie einige hundert Meilen abgetrieben ist. Dann, Madam, gibt es noch eine andere Möglichkeit. Ich glaube, das Schiff hat deshalb diese Insel anlaufen wollen, weil das Trinkwasser an Bord zur Neige geht; es ist fraglich, ob der Kapitän jetzt nicht möglichst schnell zu seinem Bestimmungshafen kommen will und Wasser an irgendeinem Platz aufnimmt, der nahe an seiner neuen Route liegt. Ich bin überzeugt, daß der Kapitän gern unseretwegen zurückkehren möchte, schon weil er damit rechnen muß, daß auch er eines Tages auf Hilfe angewiesen sein könnte. Doch darf man nicht vergessen, daß er gleichfalls Rücksicht auf seine Reeder nehmen muß.«

»Das ist wenig tröstlich«, erwiderte Mr. Seagrave.

»Weshalb soll ich Euch falsche Hoffnungen machen«, sagte Rüstig. »Aber auch wenn das Schiff seine Reise fortsetzt, glaube ich, werden wir ihnen dankbar sein können.«

»Inwiefern, Rüstig?«

»Bisher wußte niemand, ob wir noch am Leben sind und wo genau man uns suchen muß. Jetzt wird es Kapitän Osborn oder werden es andere Freunde von Euch erfahren. Auf der Brigg wissen sie den Namen unseres Schiffes. Sowie sie den nächsten Hafen erreichen, werden sie den Behörden Nachricht geben. Wenn wir nicht von diesem Schiff aufgenommen werden, dürfen wir bestimmt hoffen, daß ein anderes nach uns ausgesandt wird.«

Mr. Seagraves Hoffnung kehrte zurück. »Sehr wahr, Rüstig, es hätte mir selbst einfallen sollen, doch meine Verzweiflung war gestern so groß, daß ich beinahe den Verstand verloren hätte.«

»Ich dachte mir wohl, daß Ihr Euch bald beruhigen würdet; es gibt ja keinen Grund zur Verzweiflung. So schlecht haben wir es hier nicht. Glaubt mir, ein französisches Gefängnis ist schlimmer. Aber ich kann mir wohl denken, wie schrecklich eine solche Enttäuschung ist, wenn man an seine Kinder denkt.«

Der Sturm heulte den ganzen Tag und die darauffolgende Nacht. Am nächsten Morgen war Rüstig wieder zeitig auf, und William begleitete ihn hinunter ans Ufer.

»Ich finde, der Wind weht nicht mehr so stark wie gestern.«

»Nein, William, er weht nicht mehr so heftig, und wahrscheinlich ist es heute abend ganz vorüber. Aber nach meiner Ansicht ist es zwecklos, nach der Brigg auszuspähen, sie wird schon weit fort sein.«

»Rüstig, Rüstig!« rief William aus und zeigte nach Südosten. »Was ist das, seht Ihr? Das ist doch ein Boot.«

Rüstig nahm sein Fernrohr ans Auge. »Das ist ein Kanu, William, kein Boot. Es sind Leute darin. Aber Weiße sind es nicht.«

»Woher mögen die kommen? Seht Ihr, sie sind jetzt gerade zwischen den Riffen, sie sind verloren, laßt uns hinlaufen!«

Sie eilten das Ufer entlang möglichst nahe zu der Stelle, wo das Kanu in der Brandung herumgeschleudert wurde, und beobachteten, wie es sich dem Strand näherte.

»Dieses Kanu muß von der großen Insel dort drüben weggetrieben sein.« Rüstig sah durch sein Fernrohr. »Also ist sie doch bewohnt. Es sind zwei Menschen drin, sicher sind es Eingeborene. Die armen Leute! Es scheint, daß sie ganz erschöpft sind, sie mußten hart um ihr Leben kämpfen. Aber offenbar kennen sie sich hier aus. Nun sind sie durch den gefährlichsten Teil des Riffes hindurch.«

»Sie verstehen das Kanu wirklich gut zu steuern«, bemerkte William, er war ganz Anerkennung, »bald werden sie in ruhigerem Wasser sein.«

Während dieser Unterhaltung hatte sich das Kanu dem Land schnell genähert, einen Augenblick später schon schoß es durch die Brandung und erreichte den Strand. Bis zuletzt hatten die beiden Insassen die Ruder geführt, als sie sich nun gerettet sahen, brachen sie erschöpft auf dem Boden des Kanus nieder.

»Laßt uns das Boot weiter heraufziehen, William. Die armen Leute, sind ja beinahe tot.«

Während sie das Boot hochzogen, bemerkte Rüstig, daß die beiden Bootsführer junge Frauen waren. Ihre Gesichter waren über und über tätowiert, William fand, daß es sie sehr entstellte.

»Soll ich hinauflaufen und etwas für sie holen?«

»Ja, William, geht zu Juno und laßt Euch etwas zu essen geben, möglichst etwas Warmes.«

William kehrte mit heißer Suppe zurück, die Juno für das Frühstück bereitet hatte; vorsichtig gab Rüstig den beiden Eingeborenen einige Löffel voll. Nach und nach erholten sie sich. Rüstig blieb bei ihnen. William eilte zu seinen Eltern, um ihnen den unerwarteten Vorfall mitzuteilen.

Der Vater begleitete ihn zurück zum Strand, und da die beiden Frauen schon am Ufer saßen, zogen die Männer das Boot erst einmal völlig aufs feste Land. In dem Kanu fanden sie weiter nichts als die beiden Riemen und ein Stück Matte.

»Es ist klar«, sagte Rüstig, »daß diese beiden Frauen von einer der südöstlichen Inseln fortgetrieben worden sind, wahrscheinlich von der, die wir von hier aus sehen. Sie haben seit vorgestern mit dem Sturm gerungen und weder Nahrung noch Wasser gehabt, es ist ein Glück für sie, daß sie unsere Insel erreicht haben.«

»Ehrlich gestanden«, erwiderte Mr. Seagrave, »bin ich über ihre Ankunft nicht sonderlich erfreut. Sie beweist uns, was wir vorher nicht genau wußten, daß nämlich die Nachbarinseln bewohnt sind und daß wir mit unwillkommenem Besuch rechnen müssen.«

»Mag sein«, Rüstig zuckte die Schultern, »aber daß diese beiden armen Wesen hier an unser Ufer getrieben worden sind, verschlechtert weder unsere Lage, noch vergrößert es die Gefahr. Vielleicht ist es sogar für uns von Vorteil. Wenn diese Frauen etwas englisch sprechen lernen, ehe andere Insulaner uns besuchen, so können sie uns als Dolmetscher dienen. Mangel an Verständigung ist der Grund für viele Feindseligkeiten.«

»Wäre ein Besuch der Eingeborenen denn so gefährlich, Rüstig?« wollte William wissen.

»Das weiß ich nicht. Es kommt darauf an, ob sie schon böse Erfahrungen mit Europäern gemacht haben. Und wir müssen auch bedenken, daß viele unserer Gerätschaften großen Wert für sie haben. Sie verfügen zum Beispiel nicht über Eisen. Wir müssen vorsichtig sein. Wir dürfen auch die religiösen Gefühle der beiden Frauen nicht verletzen. Aber wir sollten uns nicht zuviel Gedanken machen! Wenn wir uns eine Festung bauen, nehmen wir es mit Hunderten von ihnen auf. Wir haben ja Gewehre.«

Nach einer Pause sagte Mr. Seagrave: »Es ist wirklich nicht angenehm, darüber beraten zu müssen, wie wir uns zu verteidigen vermögen. Vor zwei Tagen hofften wir noch, die Insel zu verlassen. Ach, wenn die Brigg doch wiederkommen wollte.«

»Der Wind hat sich beinahe gelegt«, sagte Rüstig, »es wird gutes Wetter werden, noch ehe die Nacht hereinbricht. Vor Ablauf der nächsten Woche brauchen wir die Hoffnung nicht aufzugeben.«

»Eine ganze Woche, Rüstig?«

»Ja, Sir, es ist hart, aber wir müssen warten. Wollen wir nicht diese armen Geschöpfe zum Haus hinaufbringen, damit sie sich erholen?«

»Ja, Rüstig, ich nehme an, daß wir uns durch Zeichen mit ihnen verständigen können.«

Rüstig bedeutete den Frauen, daß sie aufstehen sollten, was ihnen offensichtlich schwerfiel. Er ging dann voraus, ihnen ein Zeichen gebend, ihm zu folgen; sie verstanden und machten den Versuch, doch sie waren so schwach, daß sie umgefallen wären, wenn Mr. Seagrave und William sie nicht gestützt hätten.

Es dauerte ziemlich lange, bis sie das Haus erreichten. Da Mrs. Seagrave von dem Vorfall bereits wußte, nahm sie die beiden Frauen freundlich auf. Juno hatte ihnen eine Suppe gekocht, die sie vor ihnen hinstellte. Die beiden aßen nur wenig davon, legten sich dann nieder und waren in kurzer Zeit eingeschlafen.

»Es ist gut, daß es Frauen sind«, sagte Mr. Seagrave, »ich hätte viel mehr Schwierigkeiten für uns gesehen, wären es Männer.«

»Oh, bei Naturvölkern soll man da keinen so großen Unterschied sehen«, erwiderte Rüstig, »sie haben alle ein großes Gefühl für Zusammengehörigkeit. Aber wenn wir nach Gottes Ratschluß noch länger auf der Insel bleiben müssen, werden sie uns in mancherlei Dingen nützlich sein können. Wir haben genug Beschäftigung für sie, und Essen ist auch da.«

»Wo sollen sie in der Nacht schlafen, Rüstig?«

»Es wird uns nichts anderes übrigbleiben, als sie im Vorratshaus unterzubringen.«

In den nächsten vierzehn Tagen ereignete sich nichts Erwähnenswertes. Die Aussicht, daß das Schiff zurückkehrte, wurde immer geringer. Rüstig und William liefen jeden Morgen mit dem Fernrohr zum Strand. Nichts ließ sich sehen. Wenn sie im Hause waren, wurde von nichts anderem als von dem Schiff gesprochen; alle geplanten Arbeiten blieben vorerst liegen, es hatte keinen Zweck, irgend etwas anzufangen, solange Hoffnung bestand, die Insel bald zu verlassen.

Inzwischen hatten sich die beiden Insulanerinnen erholt. Der Verkehr mit ihnen gestaltete sich ziemlich einfach, da sie bereits einige englische Worte verstanden.

Rüstig und William wollten eine zweite Forschungsreise über die Insel unternehmen und verabredeten, am nächsten Montag aufzubrechen. Da bemerkte Rüstig am Sonnabendmorgen, als er wie gewöhnlich seine Runde machte und am Strand entlangging, daß das Kanu verschwunden war. Es war unmöglich, daß es der Wind weggetrieben hatte. Rüstig ergriff sein Fernrohr, sah in Richtung der großen Insel und glaubte in einiger Entfernung einen Punkt auf dem Wasser zu erkennen. Während er noch Beobachtungen anstellte, trat William zu ihm.

»Lieber William«, sagte Rüstig, »ich fürchte, die beiden Insulanerinnen sind mit ihrem Kanu entflohen. Lauft hinauf und seht nach, ob sie im Vorratshaus oder sonstwo sind, und bringt mir bald Bescheid.«

William kehrte nach wenigen Minuten außer Atem zurück und bestätigte, daß er die Frauen nirgendwo gefunden hätte, auch hatten sie offenbar eine ganze Menge alter Nägel und andere Eisenstücke aus dem Vorratshaus mitgenommen. Er war enttäuscht über die Flucht und über den Raub, denn er hatte gehofft, von den beiden Frauen mehr über die Inselbewohner zu erfahren, wenn die Verständigung erst besser war. Diebstahl paßte nicht in sein Bild von diesen Leuten.

»Das ist böse, William, wirklich böse. Es kann für uns unangenehmer werden als das Ausbleiben des Schiffes.«

»Warum, Rüstig? Wir brauchen doch den Kram nicht.«

»Schon richtig, aber wenn sie zu ihrer Insel zurückkommen und das Eisen zeigen, das sie uns fortgenommen haben, und den andern erzählen, wieviel es davon hier noch gibt, könnte ihre Begierde erwachen. Wir Weißen haben diesen Völkern ja auch vieles weggenommen. Ich hätte vorsichtiger sein und lieber das Kanu verbrennen sollen, als es hier am Ufer zu lassen.«

»Mir fällt da etwas ein«, sagte William, der nach Entschuldigungen für die Frauen suchte, »als die beiden gestern von der Quelle kamen, waren sie ganz verändert. Sie wollten nicht mehr mit mir sprechen.«

»Und habt Ihr herausgefunden, warum?«

»Ich glaube schon. Natürlich bin ich sofort zur Quelle gegangen. Die Steinköpfe dort waren mit Lehm bemalt. Es sah ganz lustig aus.«

»Tommy?«

»Wer sonst? Ich habe ihn zur Rede gestellt. Er erklärte, er habe sich vor den Figuren gefürchtet, sie hätten so böse ausgesehen. Also, das kann ich ihm nachfühlen. Ich fand diese Fratzen auch unheimlich. Ja, Tommy hat auf Abhilfe gesonnen und die Gesichter mit freundlichen Zügen versehen.«

»Ich kann Tommys Furcht auch gut verstehen. Diese heidnischen Götter müssen jedem ein Greuel sein. Vielleicht haben sie sogar schon Menschenopfer gesehen. Wir wollen diesen Vorfall für uns behalten. Tommys Idee war gut gemeint und verdient keinen Vorwurf, auch wenn sie diese beiden abergläubischen Insulanerinnen beleidigt hat. Ich glaube zudem, der eigentliche Grund für ihre Flucht war das Eisen. Wir müssen sofort mit Eurem Vater beratschlagen. Je eher wir unsere Vorsichtsmaßnahmen treffen, desto besser. Kommt, William, und seid vorsichtig Eurer Mama gegenüber, sie soll sich nicht vorzeitig aufregen.«

Sie trafen Mr. Seagrave draußen am Haus und teilten ihm ihre Wahrnehmungen mit. Er begriff sofort die Gefahr, hielt es aber für besser, seiner Frau nichts zu verschweigen.

Mrs. Seagrave wurde verständigt, dann beratschlagten sie zusammen und fanden zu folgenden Entschlüssen: Das Vorratshaus sollte so befestigt werden, daß ein Eindringen unmöglich war, und nachdem dies geschehen, wollten sie ihre Wohnung dort aufschlagen. Dann mußten die Vorräte, die innerhalb der Befestigung nicht untergebracht werden konnten, in das jetzige Wohnhaus geschafft oder im Palmenwald versteckt werden. Wenn sie erst einmal gegen jeden plötzlichen Angriff gesichert waren, wollten sie wieder an ihre geplanten Arbeiten gehen.

»Ich weiß nicht, wieso«, sagte Mrs. Seagrave, »aber ich fühle mich jetzt mutiger. Vielleicht wächst der Mut mit der Gefahr.«

»Ich zweifle nicht daran, Madam, daß Ihr ihn auch beweisen werdet, wenn es soweit ist; hoffen wir, daß das nicht nötig ist. Wir wissen nie, was uns die Zukunft bringt; wie glücklich sind wir vor wenigen Wochen gewesen, als das Schiff seine Flagge hißte zum Zeichen, daß man uns gesehen hatte. Wir glaubten voller Zuversicht, daß sie uns holen würden. Dann brachte derselbe Sturm, der das Schiff forttrieb, uns die beiden Frauen. Wir hofften, daß das schöne Wetter nach dem Sturm uns das Schiff zurückbringen würde. Wir haben vergebens gewartet, aber die Frauen konnten in ihrem Kanu entfliehen. Wir müssen uns halt mit dem zufriedengeben, was ist. Aber wir wollen uns nach Kräften vorbereiten, damit wir überleben, bis Ihr und Eure Familie errettet werden. Denn die Hoffnung darauf dürfen wir nicht aufgeben.«

18.

Am nächsten Morgen begleitete Mr. Seagrave Rüstig zum Strand. Mit dem Fernrohr suchten sie den Horizont ab. Rüstig erklärte: »Es erscheint mir gefährlich, länger im Haus zu bleiben, eines Nachts könnten wir von den Eingeborenen überfallen werden. Wir hätten dort kein Verteidigungsmittel gegen ihre Übermacht.«

»Dieser Gedanke beschäftigt mich auch. Die Frauen kennen das Vorratshaus, wo wir eine Verteidigungsstellung einrichten wollen. Verbergen vermöchten wir uns dort nicht. Was meint Ihr, sollten wir zum Wrack zurückkehren?«

»Nein, daran habe ich nicht gedacht«, sagte Rüstig. »Was ich vorschlagen will, ist folgendes: Wir haben damals auf der Südseite der Insel eine Entdeckung gemacht, die von großer Bedeutung für uns ist. Ich will nicht sagen, daß die Früchte und anderen Pflanzen von besonderem Wert sind, von Vorteil aber ist die Weide für unser Vieh. Besonders wichtig scheint mir, daß wir das Stück Land, wo die Yamswurzeln wachsen, mit einem Zaun umgeben. Da sie uns in der Regenzeit mit Nahrung versorgen sollen, müssen wir sie so bald wie möglich gegen die Schweine sichern. Es wäre mühselig, wenn wir, um dort zu arbeiten, stets hin und zurück müßten. Da das Wetter jetzt beständig ist und voraussichtlich monatelang schön bleibt, sollten wir mit der ganzen Familie nach jener Seite der Insel übersiedeln. Wir schlagen dort unsere Zelte auf und sind auf jeden Fall sicherer, als wenn wir hierbleiben.«

»Rüstig, der Plan ist vortrefflich. Wenn wir unsere Spuren verbergen, werden sie uns dort nicht finden. Mittlerweile überlegen wir uns, was wir als nächstes tun und wie wir uns einem Schiff bemerkbar machen. Die sollen uns ja finden.«

»Ganz richtig, Sir. Es ist zwar nicht ausgeschlossen, daß die beiden Insulanerinnen ihre Insel nicht wieder erreicht haben, da der Wind ihnen entgegenwehte, sind sie allerdings dort angelangt, so müssen wir uns auf einen Besuch gefaßt machen. Natürlich werden sie zuerst das Haus angreifen, falls sie überhaupt böse Absichten haben.«

»Aber Rüstig, Ihr seid doch nicht der Ansicht, daß wir unsere Häuser ganz und gar verlassen sollen?« fragte William.

»Nein, nicht für immer. Sobald wir mit der Hecke um die Yamspflanzen fertig sind und alles einigermaßen bequem eingerichtet haben, werden wir Mrs. Seagrave mit den Kindern in den Zelten dort lassen und hier unsere Arbeit wiederaufnehmen. Wie wir besprochen haben, wollen wir unser Wohnhaus aufgeben und das Vorratshaus als Wohnhaus einrichten. Als Versteck dient es nicht mehr, doch es läßt sich leicht befestigen, so daß es uns gegen einen plötzlichen Angriff Schutz bietet. Vor der Regenzeit müssen wir ja auf jeden Fall hierher zurück. Und wir brauchen auch die Schildkröten und die Fische und vor allem Wasser, wenn wir drüben nichts finden.«

»Wie wollt Ihr denn das Vorratshaus befestigen, Rüstig?« fragte Mr. Seagrave, »ich kann es mir kaum vorstellen.«

»Ich zeige es Euch an Ort und Stelle. Wenn wir angegriffen werden, müssen wir in der Lage sein, uns mit den Feuerwaffen zu verteidigen. Ein Mann mit einem Gewehr hinter einer Palisade ist besser als zwanzig, die nur Speere und Keulen als Waffen führen.«

»Ja dann«, sagte Mr. Seagrave, »fangen wir an! Wir sind schon viel zu sehr im Verzug.«

»Das Warten auf die Rückkehr des Schiffes hat uns lange aufgehalten, das ist schon richtig, Sir. William und ich haben jetzt die Aufgabe, mit dem Boot eine Durchfahrt durch das Riff im Süden zu suchen, dann wollen wir nach dem kleinen Hafen sehen, den wir entdeckt haben; sobald dies getan ist, kommen wir zurück und holen die Zelte und alles, was wir sonst brauchen. Dann kann Mrs. Seagrave mit den Kindern mit uns durch den Wald gehen und dort wohnen. Wenn Ihr damit einverstanden seid, Sir, wollen wir noch heute vormittag aufbrechen, denn die Suche nach einer Durchfahrt wird sich hinziehen. Ehe wir mit der Befestigung beginnen, müssen wir noch zur Bucht gegenüber, um Nägel und manches andere zu holen. Dabei wollen wir dann, wenn wir schon einmal dort sind, unsere Vorräte wenigstens oberflächlich sortieren.«

»Laßt uns keine Stunde verlieren, Rüstig, ich bin mit allem einverstanden«, sagte Mr. Seagrave.

»Beim Frühstück teilen wir Eurer Frau mit, wie wir uns alles gedacht haben. Während ich mit William unterwegs bin, packt Ihr schon immer die Zelte und das, was zuerst hinübergeschafft werden soll, zusammen. Ich hoffe, wir sind um die Mittagszeit wieder zurück.«

Sie gingen zum Haus und fühlten sich innerlich ruhiger. Was sie sich vorgenommen hatten, bot nach Ansicht aller drei Sicherheit genug, den drohenden Gefahren zu begegnen.

Mrs. Seagrave hörte sich ihre Pläne an. »Einverstanden. Uns zur Südseite zurückzuziehen, halte ich für eine gute Idee. Und was das Schiff anbelangt, das hier vielleicht anlegt und uns sucht, da habe ich eine Idee. Wir schreiben auf ein Stück Leder, wo wir uns aufhalten. Die Seeleute werden uns finden, den Insulanern sagt es nichts. Vielleicht halten sie es für einen Zauber und lassen die Hände davon.«

Kaum eine halbe Stunde später hatten William und Rüstig das Boot vorgerichtet und ruderten die Riffe entlang, um eine Durchfahrt zu suchen. Sie hatten Glück. Schon nach kurzer Zeit hatten sie einen Weg zu ihrem Hafen gefunden.

»Das ging gut, William«, sagte Rüstig, »aber wir müssen ein Merkmal haben, daß wir unseren Weg wiederfinden. Sehr Ihr dort den großen schwarzen Felsen an der Gartenspitze; man kann ihn gerade noch sehen. Wenn wir den im Auge behalten und die drei Bäume über uns, wissen wir, daß wir in der richtigen Durchfahrt sind. Und nun wollen wir kräftig rudern, damit wir zur rechten Zeit zurück sind.«

»Wieviel Meilen sind das wohl zu Wasser, Rüstig?«

»Ich kann es auch nicht genau sagen, aber mindestens vier bis fünf. Wir haben sicher eine gute Stunde zu rudern, bei günstigem Wind können wir freilich zurückzu segeln.«

Sie sahen sich noch einmal im Hafen um. Das Wasser war tief und klar.

»Einen Augenblick, Rüstig, gebt mir den Bootshaken. Ich sehe etwas zwischen den Felsen.« William spießte einen großen Seekrebs auf und warf ihn ins Boot. »Der wird uns heute mittag schmecken«, sagte er, »wir kommen auch diesmal nicht mit leeren Händen zurück; und jetzt wollen wir uns beeilen, wir müssen ja heute nachmittag nochmals hierher mit einer vollen Ladung.«

William trug den Krebs, der nur eine Schere hatte, zum Haus hoch, und Juno stellte schnell einen weiteren Topf mit Wasser auf, um den Krebs zu kochen, bis zum Mittag würde das Fleisch gerade weich werden. Tommy war der erste, der hinlief, um sich das Tier anzusehen, und nachdem er es bestaunt hatte, begann er mit ihm zu spielen. Als er dem Krebs ein Stück Holz ins Maul stecken wollte, damit der etwas zu essen habe, kniff das Tier Tommy mit seiner Schere in die Hand. Tommy schrie laut und sprang herum. Da das Tier weiter festhielt und an seiner Hand hing, machte er alles noch schlimmer. Rüstig befreite ihn schließlich. Der Krebs fiel zu Boden, aber Tommy war so in Angst, daß er fortlief. Erst einige hundert Fuß vom Haus entfernt machte er halt. Juno und Rüstig lachten, daß ihnen die Tränen in die Augen traten.

Selbst mittags, als der Krebs gekocht auf den Tisch kam, rückte Tommy vor Angst beiseite.

»Tommy, du ißt doch sicher nichts von dem Krebs?« fragte Mr. Seagrave.

»O ja, gerade«, antwortete Tommy, »ich werde ihn essen, weil er mich beißen wollte.«

»Welches Teil magst du denn haben, die Schere?«

»Ja, ich möchte die Schere von dem bösen Tier, gerade die will ich essen.«

»Warum hast du denn den Krebs nicht zufriedengelassen, Tommy? Wenn du ihn nicht gequält hättest, hätte er dir auch nicht weh getan.«

»Ich habe ihn nicht gequält, ich wollte ihn füttern.«

»Mit Holz?«

»Das war doch ein Fisch!«

»Tommy«, sagte Mr. Seagrave, »im Spiel mag ein Stück Holz schon einmal zum Fisch werden. Aber doch nur für dich. Wenn du anderen deine Vorstellungen aufzwingen willst, machst du dich unbeliebt, nicht nur bei den Krebsen.«

Mr. Seagrave teilte den Krebs auf, und Rüstig neckte Tommy. »Eigentlich dürftest du nichts bekommen. Du hast deinen Teil doch schon vor dem Mittagessen gehabt.«

Nach der Mahlzeit halfen Mr. Seagrave und Juno, die Zeltleinwand und die Stangen hinunterzubringen. Bevor sie abfuhren, bemerkte William: »Ich habe mir überlegt, daß es gut wäre, wenn Rüstig und ich unsere Betten mitnähmen. Wir könnten das eine Zelt bis zum Abend aufgestellt haben und dort schlafen. Morgen früh würden wir das andere aufrichten und hätten dann vor unserer Rückkehr schon ein Stück Arbeit geleistet. Es kommt doch darauf an, Zeit zu sparen.«

»Ihr habt recht, Master William«, stimmte Rüstig zu. »Juno mag uns etwas zu essen mitgeben, und dann machen wir es so, wie Ihr vorgeschlagen habt, je früher wir alle dort sind, desto besser.«

Auch Mr. Seagrave war einverstanden. Juno packte Fleisch und Zwieback ein, ferner einige Flaschen Wasser und brachte alles zum Boot hinunter.

Rüstig und William trugen Äxte, Säge und Hammer, außerdem nahmen sie ein Tau mit, um das Boot im Hafen festzubinden. Dann stießen sie ab. Sie ruderten kräftig, bis sie ihr Ziel erreichten. Sie befestigten das Boot, luden die Sachen aus und trugen Leinwand und Stangen für das erste Zelt die Felsen hinauf.

»Nun wollen wir überlegen, wo wir das Zelt am besten aufrichten, es darf nicht zu nahe beim Wald sein. Von dort hätten wir es zu weit zu den feuchten Stellen, wo wir Wasser erwarten dürfen.«

»Glaubt Ihr, daß der Platz bei den Bananen geeignet ist? Dort ist ein kleiner Hügel, wo wir es trocken haben, und das Wasser ist zwischen den Bananen und den Yams, also ganz in der Nähe.«

»Sehr richtig, Master William, ich glaube, der Platz ist nicht schlecht, aber wir wollen uns erst umsehen, wie der Boden beschaffen ist.«

Sie gingen zu den Bananen, die inzwischen ihre schönen großen grünen Blätter entfaltet hatten, und entschlossen sich, das Zelt nördlich davon aufzustellen, erstens, weil die Bäume die Zelte verdeckten, so daß man sie von See aus nicht sah, und zweitens, weil die großen Blätter reichlich Schatten spendeten. Über Mittag würde es bei schönem Wetter sicher sehr warm werden.

»Hier wollen wir bleiben, William«, sagte Rüstig, »einen besseren Platz werden wir kaum finden.«

Lange vor Sonnenuntergang war ein Zelt fertig und waren ihre Betten aufgestellt.

»Ihr werdet müde sein«, sagte Rüstig. »Ihr habt heute schwer gearbeitet, William.«

»Ich fühle mich nicht müde, es ist auch noch nicht Zeit zum Schlafengehen. Schließlich bin ich wieder gesund.«

»Wenn Ihr wollt, graben wir noch die Wasserlöcher, dann sehen wir gleich morgen früh, ob das Wasser genießbar ist oder nicht.«

»Gut, Rüstig, tun wir das. Ich würde vorschlagen, wir essen erst danach. Oder habt Ihr Hunger?«

Rüstig schüttelte den Kopf.

Sie gingen zu der Stelle zwischen Bananen und Yams, die feucht und sumpfig war, und gruben zwei viereckige Löcher, ungefähr zwei Fuß tief und breit. Schon beim Graben sahen sie, wie das Wasser hervorsprudelte, und noch ehe sie fertig waren, stand es einige Zoll hoch.

»Not an Wasser haben wir hier nicht, Rüstig, wenn es nur trinkbar ist!«

»Davon bin ich überzeugt«, entgegnete Rüstig, »aber auf alle Fälle ist es besser, wir haben es probiert, ehe Eure Eltern kommen. So, nun ist Schluß. Für heute haben wir genug getan.«

Sie gingen zum Zelt und aßen von dem Pökelfleisch und dem Zwieback, dann legten sie sich auf ihre Matratzen. Die Arbeit des Tages hatte sie ermüdet, und bald waren sie fest eingeschlafen.

Am nächsten Morgen waren sie schon bei Sonnenaufgang auf den Beinen. Zuerst untersuchten sie die Wasserlöcher, sie waren bis oben gefüllt, das Wasser war ganz klar; sie kosteten es, es schmeckte, allerdings nicht so gut wie das aus der Quelle in der Nähe ihres Wohnhauses.

Sobald sie sich gewaschen hatten, gingen sie zurück und frühstückten; dann machten sie sich ans Werk. Sie reinigten den Boden von

Strauchwerk und hohem Gras und ebneten ihn mit der Schaufel, dann schlugen sie das zweite Zelt auf.

»Jetzt, Master William, müssen wir noch einen Platz herrichten, wo Juno kochen kann, unten am Strand gibt es Steine genug.«

Sie sammelten Gesteinsbrocken in ein Stück Zeltleinwand und schleppten sie hinauf. Nach ungefähr einer Stunde war der Kochherd fertig. Rüstig und William betrachteten alles voller Zufriedenheit.

»Da haben wir ein ganz komfortables Sommerlogis aufgebaut«, sagte Rüstig. »Allmählich bekommen wir Übung.«

»Es sieht wirklich hübsch aus, Mama wird sich freuen.«

»In einigen Wochen gibt es eine Menge Bananen«, sagte Rüstig, »seht, sie blühen schon. Ich meine, wir sollten alles hier liegenlassen und nach Hause fahren. Wir müssen diesen Nachmittag noch einmal herrudern und wieder hier schlafen.«

Diesmal konnten sie zurückzusegeln. Gegen zehn Uhr waren sie wieder zu Haus. Sie beschlossen, zunächst Lebensmittel für einige Tage, Tische und Stühle, Kochgeschirr und einige Kleidungsstücke hinüberzuschaffen. Am nächsten Morgen wollten sie zurückkehren, und dann sollten alle durch den Wald zu den Zelten marschieren. Der kleine Albert konnte jetzt schon etwas laufen und brauchte nur hin und wieder getragen zu werden. Juno übernahm es, Tommy und Karoline zu beaufsichtigen. Schafe, Ziegen und Lämmer wollte Mr. Seagrave durch den Wald treiben; William, Rüstig und die Hunde sollten ihn dabei unterstützen. Hühner und Küken mußten zurückbleiben. Rüstig und William wollten, wenn sie gelegentlich zu dem Haus kamen, nach ihnen sehen.

Sie hatten diesen Nachmittag angestrengt zu rudern, da das Boot voll beladen war. Auch nachher gab es schwere Arbeit, es erwies sich als mühsam, die Sachen die Felsen hinaufzutragen. Sie waren froh, als alles erledigt war, und sobald sie zur Nacht gegessen hatten, legten sie sich nieder.

Bei Sonnenaufgang fuhren sie mit dem Boot zurück, zogen es an Land und stiegen hinauf zu dem Haus, wo sie alles zum Aufbruch fertig fanden. Mr. Seagrave hatte mit Hilfe der Hunde die Schafe und die Ziegen zusammengetrieben. Bald waren sie auf dem Marsch durch den Wald, den Weg konnten sie nicht verfehlen, da die Zeichen an den Bäumen noch ganz frisch waren. Die Tiere verursachten manchen Aufenthalt, und es war bereits drei Uhr, als sie aus dem Wald herauskamen. Endlich langten sie bei den Zelten an. Mr. und Mrs. Seagrave waren von der Gegend entzückt, sie fanden den Platz, wo die Zelte in der

Nähe der Bananen aufgerichtet waren, gut gewählt, weil er Schutz bot und man nur ein paar Schritt gehen mußte, um das Meer zu sehen. Die kleineren Kinder waren doch recht müde. Mrs. Seagrave zog sich mit ihnen ins Zelt zurück, damit sie ausruhen konnten. Die Schafe und die Ziegen ließ man laufen, wohin sie wollten. Begierig fraßen die Tiere das frische Gras. Juno sammelte mit William trockenes Holz, um ein warmes Abendbrot zu bereiten. Rüstig hatte inzwischen Wasser geholt, und Mr. Seagrave untersuchte die Baumgruppen, die auf der Wiese standen. Tommy hatte es im Zelt nicht lange ausgehalten; als Rüstig nach den Hunden pfiff und mit ihnen zu den Yamspflanzen hinüberging, folgte er ihnen. Gleich darauf bellten die Hunde wütend, und ein Rudel Schweine brach hervor, und zwar so nahe bei Tommy, daß er laut aufschrie und vor Schreck hinfiel.

»Das habe ich mir gedacht, daß ihr wieder da seid«, brummte Rüstig vor sich hin und sah den Schweinen nach, »wir werden euch bald ausgesperrt haben.«

Die Schweine liefen zum Wald, und sobald sich Tommy von seinem Schrecken erholt hatte, rannte auch er davon.

Das Essen war heut erst spät fertig, und sie alle waren froh, als sie schlafen gehen konnten. Bei Morgengrauen waren William und Rüstig schon wieder unterwegs. Sie gingen durch den Wald zum Haus zurück, um Kleidungsstücke und was sie sonst noch brauchten zu holen. Aus dem Vorratshaus nahmen sie Pökelfleisch und Mehl mit, sie spießten eine besonders große Schildkröte auf und legten sie auf den Boden des Bootes, dann ruderten sie zu den anderen. Sie kamen gerade zum Frühstück zurecht. Juno und Mr. Seagrave halfen ihnen später, die Ladung des Bootes zu den Zelten zu tragen.

»Welch ein schönes Stückchen Erde ist dies«, sagte Mrs. Seagrave, »gerade richtig für eine Sommerresidenz. Vor der Regenzeit kehren wir dann zum Haus zurück.«

»Hier wird es während des Sommers viel kühler sein, Madam, hier weht immer ein frischer Wind. Aber im Haus sind wir besser geschützt, schon durch den Palmenwald.«

»Das ist wahr, während der Regenzeit sind die Vorteile eines festen Hauses nicht zu unterschätzen, im Sommer freilich, glaube ich, ist es hier angenehmer. Ich versichere Euch, Rüstig, daß ich Abwechslung gern habe.«

»Ich habe soviel hübsche Papageien gesehen diesen Morgen«, sagte Karoline, »ich wünschte, ich hätte einen für mich.«

»Ich werde dir einen jungen Papagei fangen«, erwiderte Rüstig, »hatte nicht Robinson Crusoe auch einen, William? Doch jetzt muß ich Juno bei der Schildkröte helfen. Das ist ein gewaltiges Tier.«

»Ich werde inzwischen mit der Hecke beginnen«, sagte Mr. Seagrave, »die Schweine werden bald wieder dasein.«

»Nein, Sir, erst wollen wir hier alles in Ordnung bringen und die Zelte möglichst wohnlich einrichten, morgen werden wir mit der Hecke um die Yamspflanzungen anfangen. Die Arbeit ist nicht so eilig. Abends werde ich die Hunde dort anbinden, dann werden sich die Schweine nicht sehen lassen.«

»Schön, Rüstig, macht das. Die Weide für die Schafe und die Ziegen ist übrigens wirklich vorzüglich. Damit haben wir keine Arbeit.«

»Ja, wir können sie für den größten Teil des Jahres hierlassen. Übermorgen bleibt William bei seiner Mutter, er kann schon immer Feigensträucher ausgraben, und wir beide gehen zusammen hinüber zum Wrack, um die Vorräte anzusehen und das auszusuchen, was wir brauchen. Wenn ich nicht irre, habt Ihr den Wunsch geäußert, dies selber zu tun.«

»Ja, ich möchte selbst alles ansehen, meine Frau hat nichts dagegen, wenn ich drei oder vier Tage fortbleibe. Sobald wir alles sortiert haben, kehren wir zurück, und dann schafft Ihr mit William, der besser mit dem Boot Bescheid weiß, die Vorräte zum Haus. Ich meine, wir bringen sie nicht hierher.«

»Nein, Mr. Seagrave, wir bringen sie zum Vorratshaus, und dann befestigen wir es.«

Am nächsten Morgen gingen sie mit ihren Schaufeln zur Yamsplantage und begannen dort ihre Arbeit. Da der Grund weich und sumpfig war, hatten sie keine Schwierigkeiten, einen Graben auszuschaufeln; sie holten dann eine Anzahl Feigenpflanzen, die sie im aufgeworfenen Erdreich einsetzten. Ehe es dunkel wurde, hatten sie schon ungefähr zwanzig Fuß Hecke gesetzt.

»Ich hoffe«, sagte Rüstig, »daß die Schweine, wenn der Zaun erst fertig ist, nicht hinüberkommen werden. William wird das ganz allein bewerkstelligen, während wir fort sind.«

»Ja, aber das geht dann doch nicht so schnell, Rüstig.«

»Ihr braucht Euch nicht zu beeilen, William! Wenn Ihr jeden Abend die Hunde hier anbindet, werden die Schweine nicht wiederkommen.«

»Ich möchte versuchen, ob ich nicht ein oder zwei Schweine schießen kann«, sagte William.

»Schießt kein altes, sondern ein junges.«

Bevor Mr. Seagrave und Rüstig am folgenden Morgen aufbrachen, verabschiedeten sie sich von Mrs. Seagrave und den anderen, ergriffen dann ihre Rucksäcke, die Juno gut gefüllt hatte. Jeder war mit einem Gewehr bewaffnet, Rüstig nahm noch eine Axt unter den Arm. Sie hatten einen langen Marsch vor sich, zuerst mußten sie zu dem Wohnhaus, von dort ging es durch den Wald zur Bucht. Als sie am Haus eintrafen, rasteten sie ungefähr eine Stunde. Dann liefen sie zum Garten hinunter. Sie Saat war hochgeschossen, es würde eine gute Ernte geben. Rüstig sah nach dem Zaun und besserte ihn an einigen Stellen aus, da er fürchtete, die Schweine könnten jetzt hier einbrechen, um nach Futter zu suchen.

»Wie einsam und verlassen sieht jetzt alles hier aus, Rüstig, es ist kaum wiederzuerkennen und war doch unser Zuhause.« Mr. Seagrave wandte sich ab. »Laßt uns weitergehen.«

Sie nahmen ihren Marsch wieder auf. In zwei Stunden erreichten sie die Bucht, in der sie gelandet waren. Das Ufer war mit Balken und Brettern bedeckt, die zum Teil halb im Sand vergraben lagen.

Mr. Seagrave setzte sich nieder, und tief seufzend sagte er: »Rüstig, der Anblick dieses Holzes, aus dem das stolze Schiff ›Pacific‹ gebaut wurde und das jetzt hier überall herumliegt, erweckt in mir schmerzliche Erinnerungen. Es kommt mir so vor, als wenn diese Schiffstrümmer das letzte Bindeglied zwischen uns und der zivilisierten Welt seien. Alle meine Gedanken sind wieder ganz auf die Heimat gerichtet.«

»Das ist doch natürlich, Mr. Seagrave, ich fühle dasselbe. Zwar bin ich zufrieden, weil ich nichts habe, wonach ich mich sehne oder was ich mir wünsche, aber ich vermochte mich des Gedankens an Kapitän Osborn und die Schiffsmannschaft nicht zu erwehren, als ich das Wrack sah. Glaubt mir, es tut auch mir um den armen Frachter leid, wir Seeleute lieben unsere Schiffe, besonders wenn sie tüchtig sind. Die ›Pacific‹ war solch ein schönes Schiff. Ich fühle mich traurig, jetzt, da ich ihre Balken und Bretter hier herumliegen sehe, doch wir dürfen solche Empfindungen nicht Herr über uns werden lassen.«

»Ihr habt schon recht, Rüstig«, Mr. Seagrave stand auf, »es ist zwecklos, zu grübeln. Wir wollen jetzt die Uferfelsen untersuchen und nachsehen, ob wir noch irgend etwas Brauchbares finden.«

Sie schritten den Strand ab, aber mit Ausnahme einiger Sparren und Teerfässer fanden sie nichts von Wert. Jetzt untersuchten sie die Vorräte, die sie nach der Zertrümmerung des Schiffes unter den Zelten geborgen hatten.

»Hier sind die Schweine auch schon an der Arbeit gewesen«, sagte Rüstig, »sie haben ein Faß Mehl zerschlagen. Es muß Sprünge gehabt haben, sonst wäre ihnen das nicht gelungen. Wir wollen die anderen Fässer untersuchen, hoffentlich ist das Mehl noch verwendbar.«

Sie öffneten einige Fässer. Diese hatten die Regenzeit gut überstanden. Das Mehl war nicht stockig geworden.

»Wir können uns die Mühe sparen, die andern auch zu öffnen«, sagte Rüstig, »der Inhalt wird sich gleichen. Sie haben dicht gehalten. Dank dem Zimmermann. Er hat sein Handwerk verstanden. Wollen wir nicht erst Mittagbrot essen und nachher weitersuchen? Juno hat uns einige Stücke von der Schildkröte gebraten, es wird also schmecken.«

Nach Tisch nahmen sie weitere Vorräte in Augenschein. Mr. Seagrave wies auf die nächststehende Kiste. »Was mag wohl darin sein?«

Rüstig öffnete den Deckel. In der Kiste lagen eine Anzahl Pappschachteln, voll mit seidenen Bändern, Fischbein und Baumwollsachen.

»Das war wohl für eine Schneiderin in Botany Bay bestimmt«, sagte Mr. Seagrave, »ich befürchte, sie hat durch ihren Verlust Unannehmlichkeiten gehabt. Jedenfalls werden sich meine Frau und Karoline über die Sachen freuen.«

Als nächstes öffneten sie einen Kasten ohne Schloß, der ein Dutzend Branntweinflaschen enthielt.

»Was machen wir damit?« fragte Rüstig.

»Wegschütten mag ich ihn nicht. Wir werden ihn als Medizin aufbewahren. Wenn wir Platz haben, werden wir bei Gelegenheit ein oder zwei Flaschen mitnehmen.«

»Als nächstes kam ein Faß mit Holzreifen dran; der Deckel war bald abgenommen, und es zeigte sich ein mit Gold bemaltes Porzellanservice von großer Schönheit.

»Das ist etwas, was wir brauchen, Mr. Seagrave, mit Teller und Schüsseln sind wir knapp dran.«

Mr. Seagrave lachte. »Was wird meine Frau dazu sagen. Das Feiertagsgeschirr auf unserem schmucklosen Tisch. Na, wie ich sie kenne, lacht sie auch.«

»Hier ist eine Kiste mit Eurem Namen darauf, Sir. Wißt Ihr, was darin ist?«

»Ich habe keine Ahnung, Rüstig, macht sie auf.«

Als der Deckel entfernt war, stellten sie fest, daß Salzwasser eingedrungen war, doch waren die Schreibutensilien, die die Kiste enthielt, bis auf das Packpapier, worin alles eingeschlagen war, nur wenig beschädigt.

»Da werden sich die Kinder freuen! Jetzt besinne ich mich, ich habe damals Bilderbücher, Zeichenstifte, Papier, Federn und alle möglichen Schreibmaterialien für sie gekauft.«

»Das ist gut, nun hat Tommy wenigstens Beschäftigung.«

Sie kamen zu einem Faß, das Öl enthielt, dann fanden sie drei Kisten mit Kerzen, über die sie sich freuten, da der Vorrat fast verbraucht war. »Nun müssen wir nicht mit Kokosfett experimentieren.« Rüstig war hocherfreut, denn natürlich hätte er die Versuche unternehmen müssen.

Darauf kamen sie zu einigen Fäßchen mit Nägeln, und am Boden lagen verschiedene Hämmer, Äxte und andere Werkzeuge, die Rüstig aus dem Wrack gerettet hatte.

»Die sind für uns jetzt besonders wertvoll, Rüstig.«

»Ja, Sir, wir wären wirklich in Verlegenheit geraten, die beiden Frauen haben alle Nägel und eisernen Sachen, die sie erreichen konnten, mitgenommen. Es ist gut, daß wir noch einiges hiergelassen haben.«

In einer weiteren Kiste entdeckten sie eiserne Dreifüße, zwei Lampen und verschiedenes Küchengeschirr. Dann fanden sie in einem Faß Patronen, in einem anderen Pulver, außerdem noch sechs Gewehre, alles in brauchbarem Zustand.

»Das sind wirklich Schätze, Rüstig, falls wir uns verteidigen müssen.«

Rüstig hatte inzwischen eine weitere Kiste geöffnet. Sie enthielt Bücher. Mr. Seagrave nahm einige davon heraus. Sie waren wohl ein wenig fleckig, sonst aber gut erhalten. Er freute sich, als er Plutarchs Lebensbeschreibungen in die Hand bekam. »Ich glaube, es sind noch zwei Kisten mit Büchern da«, sagte er zu Rüstig, »die suchen wir morgen. Für heute wollen wir aufhören, denn die Sonne steht schon tief, bald werden wir nichts mehr sehen. Wir müssen unsere Lagerstätten zurechtmachen und zu Abend essen.«

Mr. Seagrave und Rüstig hatten, obwohl ihre Lagerstätte nur aus einem Haufen Kokosblättern bestand, gut geschlafen. Nachdem sie gefrühstückt hatten, nahmen sie ihre Arbeit wieder auf. Sie fanden die beiden Kisten mit Büchern, drei Fässer mit Reis, eine Kiste mit Tee und zwei Säcke Kaffee, die zu ihrer großen Freude in gutem Zustand waren, nur Zucker war nicht zu finden; der wenige, der vom Wrack gerettet worden war, hatte sich in der Regenzeit aufgelöst.

Sie gingen nun daran, die Gegenstände zu untersuchen, die sie in aller Hast im Sand vergraben hatten. Das Rind- und Schweinefleisch in den Fässern hatte sich gut gehalten, vieles andere dagegen war gänzlich verdorben.

Um die Mittagszeit hatten sie ihre Inspektion beendet, sie nahmen ihre Flinten auf den Rücken und machten sich auf den Rückmarsch; am Wohnhaus ruhten sie aus, dann wandten sie sich südwärts, um noch bei Tageslicht zu den Zelten zu kommen. Kurz bevor sie den Wald verließen, hörte Rüstig ein Geräusch, er gab Mr. Seagrave ein Zeichen haltzumachen. Dicht vor ihnen tauchten ein paar Schweine auf. Als sich die beiden Männer heranschlichen, erblickten sie die ganze Herde. Die Schweine hoben ihre Köpfe. Rüstig feuerte sein Gewehr ab, da stürzte das ganze Rudel davon. Mr. Seagrave kam gar nicht zum Schuß. Rüstig dagegen hatte getroffen, unter einer Kokospalme brach das Tier zusammen.

»Ein Stück frisches Schweinefleisch wird uns guttun, Mr. Seagrave«, sagte Rüstig, als sie zu dem Tier traten.

»Gewiß, Rüstig, aber wie bringen wir das Tier nach Haus.«

»Nicht weiter schwierig, wir binden die Beine zusammen und hängen es über ein Gewehr.«

»Das wird ganz schön schwer sein«, sagte Mr. Seagrave.

Als sie den Wald hinter sich hatten, erblickten sie Mrs. Seagrave und William, die ihnen entgegenkamen. Sie hatten die Flintenschuß gehört. Mrs. Seagrave war etwas beunruhigt, aber als sie das Schwein sah, wußte sie Bescheid.

»Ich war wirklich ein wenig erschreckt, als ich den Knall hörte«, sagte sie, ihren Mann umarmend, »ich hab ja nicht damit gerechnet, daß ihr schon heute zurückkommt. Uns hier geht es gut.«

William nahm seinem Vater die Last ab.

»Was gibt es Neues, William?« fragte Rüstig.

»Ich kann nur Gutes berichten, gestern abend habe ich drei große Fische gefangen, es hat ausgezeichnet geschmeckt.«

»Seid Ihr allein mit dem Boot draußen gewesen?«

»Nein, ich habe Juno mitgenommen, sie rudert sehr gut, Rüstig.«

»Sie ist überhaupt ein geschicktes Mädchen. Was uns betrifft, so haben wir an der Bucht alles untersucht. Wir werden mehr als eine Woche brauchen, um die Sachen zum Haus hinüberzuschaffen, ich möchte schon morgen anfangen. Aber wir müssen zuerst Eures Vaters Ansicht hören.«

»Ich gestehe offen, Rüstig, ich rudere lieber, als hier zu graben, das Buddeln überlasse ich gern meinem Vater.«

»Ich denke, Euer Vater wird lieber die Arbeit hier übernehmen, schon weil er dann bei Eurer Mutter und den Kindern bleiben kann.«

Als sie bei den Zelten waren, hängte Rüstig das Schwein an einer Stange auf. Die Flinten stellte er daneben. Dann ging er mit William fort, um ein großes Messer und einige Holzstäbe zu holen, sie wollten das Schwein gleich ausnehmen. Während ihrer Abwesenheit kamen Karoline und Tommy, um sich das Tier anzusehen.

Tommy nahm eine der Flinten und sagte: »Jetzt werde ich das Schwein totschießen, Karoline.«

»Tommy, du sollst die Flinte nicht anfassen«, rief Karoline, »Papa wird sehr böse werden. Und das Schwein ist schon tot.«

In diesem Augenblick krachte der Schuß auch schon, der Kolben schlug Tommy ins Gesicht, schlug ihm zwei Zähne aus und verletzte ihm die Wange. Er ließ das Gewehr fallen, schrie laut auf und rannte zum Zelt. Seine Eltern, die der Schuß alarmiert hatte, stürzten heraus, sie waren ganz entsetzt, als sie Tommys blutüberströmtes Gesicht sahen, auch William und Rüstig eilten herbei, sie fürchteten, daß ein Unglück geschehen war. Rüstig wischte dem Jungen mit der flachen Hand das Blut aus dem Gesicht. Juno hatte inzwischen Wasser geholt, um Tommys Gesicht zu waschen, und nach einer halben Stunde hatte sich der Junge beruhigt. Man zog ihn aus, brachte ihn ins Bett, und bald war er fest eingeschlafen.

»Ich bin überzeugt«, sagte Rüstig, »daß er kein Gewehr mehr anfaßt, diesmal hat er einen tüchtigen Schrecken weg.«

»Das genügt nicht«, sagte Mr. Seagrave.

»Dann wollen wir ihm nichts von dem Schwein abgeben; Master Tommy ißt so gern etwas Gutes, da wird dies die größte Strafe sein.«

»Da habt Ihr recht, Rüstig, Tommy soll nichts abbekommen. Daß er kein Gewehr anrühren darf, muß er sich merken.«

Da es dunkel wurde, aßen sie zu Abend und gingen dann bald zu Bett.

19.

Am nächsten Morgen sah Tommys Gesicht böse aus, Wange und Lippe waren geschwollen und ganz schwarz, zwei Vorderzähne waren ausgebrochen, aber da es noch die Milchzähne waren, so hatte es nichts zu sagen. Zum Frühstück gab es Schweinebraten, Tommy machte ein freundlicheres Gesicht; aber als sein Vater ihn ausgescholten und ihm gesagt hatte, daß er nicht einen Bissen abbekommen würde, begann er so laut zu schreien, daß er aus dem Zelt geschickt wurde.

Nach dem Frühstück schlug Rüstig vor, daß er und William das Boot nehmen sollten, um die gestern bereitgestellten Sachen von der Bucht zum Vorratshaus zu schaffen. Juno hatte bereits ein großes Stück Schweinefleisch gebraten und auch Pökelfleisch gekocht, so daß sie sofort aufbrechen konnten. Mr. Seagrave war gern bereit, während ihrer Abwesenheit den Graben ein Stück weiter auszuheben und an der Hecke zu arbeiten.

»Rüstig, wie lange werdet Ihr mit William fortbleiben?« fragte Mrs. Seagrave.

»Heute ist Mittwoch, Madam, bis zum Sonnabend sind wir zurück.«

»Ach, William, ich werde wieder voller Sorgen sein, wenn du so lange weg bist. Ich fühle mich wie die Glucke, deren Entenküken ins Wasser rennen.«

»Ich werde dir eben jeden Tag einen Brief mit der Post schicken, Mama, damit du weißt, wie es mir geht.«

»Du sollst dich nicht über mich lustig machen, William! Ich wünschte, du könntest mir jeden Tag Nachricht geben.«

Rüstig und William richteten sich auf mehrere Tage Abwesenheit ein, sie nahmen außer den Schlafdecken einen kleinen Kochtopf mit, und als alles zusammengepackt war, sagten sie Mr. und Mrs. Seagrave Lebewohl. Sie wollten zuerst zur Bai rudern, ihr Gepäck dort lassen und dann weiterfahren zu der Stelle, wo sie gestrandet waren. Ehe sie abfuhren, pfiff William nach dem Hund Remus und trug ihn ins Boot.

»Aber William, warum nehmt Ihr denn den Hund mit? Er nützt uns nichts, und hier wird er gebraucht, um die Schweine fortzuscheuchen.«

»Laßt mir doch einmal meinen Willen, Rüstig, bitte. Ich möchte ihn mitnehmen, mir ist da nämlich etwas eingefallen.«

»Gut, wenn Ihr darauf beharrt. – Adieu, Juno!«

»Adieu, Master William, adieu, Master Rüstig, Sonnabend sehen wir uns wieder. Und nicht vergessen: Fische mitbringen, wir brauchen Abwechslung. Wozu haben wir den Fischteich gebaut.«

»Wir werden dir auch eine Schildkröte mitbringen, Juno.«

Sie hißten die Segel, und da sie günstigen Wind hatten, waren sie in einer knappen Stunde in der Bai. Ihr Gepäck brachten sie zum Haus hinauf, darauf sahen sie nach den Hühnern und fanden zu ihrer Freude, daß die schon mehr als vierzig Küken hatten; sie stiegen wieder ins Boot. Doch da der Wind ihnen jetzt entgegenstand, mußten sie rudern, so dauerte die Fahrt ziemlich lange. Nach ihrer Ankunft beluden sie schnell das Boot; die Nägel, die Eisensachen und die Werkzeuge, die Rüstig schon ans Ufer gebracht hatte, machten den größten Teil ihrer ersten Ladung aus. Ein Faß mit Mehl, einen Kasten Lichte und einige Stücke Segeltuch wurden obenauf gelegt, und nachdem Remus gerufen worden war, der sich im Sand gesonnt hatte, stießen sie ab, hißten das Segel und waren in einer Stunde wieder in der Bai.

»Ich bin froh, William, daß wir diese Ladung glücklich hergebracht haben, sie ist sehr wertvoll für uns. Wir wollen noch alles hinaufschaffen, dann ist es genug für heute. Morgen machen wir zwei Fahrten, wenn Ihr Euch stark genug dazu fühlt.«

»O ja, wenn wir rechtzeitig anfangen«, erwiderte William. »Wir sollten aber jetzt erst essen und dann den übrigen Teil der Sachen heraufschaffen. Ich bin hungrig.«

Als sie beim Mittagessen saßen und William dem Hund die Knochen gab, sagte Rüstig: »Bitte, William, erzählt Ihr mir jetzt, aus welchem Grund Ihr Remus mitgenommen habt?«

»Ich habe da eine Idee, vielleicht klappt es. Remus soll meiner Mutter eine Nachricht überbringen. Er ist darauf dressiert, auf Befehl zurückzulaufen, nun möchte ich sehen, ob er nicht auch zu den Zelten geht. Das kann man doch versuchen, nicht wahr? Mama würde sich freuen. Ein Stück Papier und einen Bleistift habe ich mir mitgebracht.«

William schrieb auf den Bogen: »Liebe Mama! Wir sind soeben mit der ersten Ladung zu unserem Haus zurückgekehrt. Das Boot ist heil, und wir sind wohlauf. Herzlich grüßt Dich Dein Sohn William.«

William befestigte das Papier am Halsband des Hundes und sagte: »So, Remus, nun werden wir sehen, ob du gut gelernt hast. Achtung, Remus! Geh zurück. Geh zurück!«

Der Hund blickte William fragend an, er wußte offenbar nicht, was von ihm verlangt wurde. Da hob William einen Stein hoch und tat so,

als wolle er ihn nach dem Hund werfen. Remus lief eine kleine Strecke fort und blieb dann wieder stehen.

»Geh zurück, Remus, tu, was ich dir sage!« William stellte sich wieder so, als wolle er mit dem Stein werfen. Nun rannte der Hund, so schnell ihn seine Beine trugen, in den Palmenwald. »Auf alle Fälle ist er fort«, sagte William, »ich meine, er wird zu den andern laufen.«

»Wir werden sehen«, erwiderte Rüstig. »Vielleicht kommt er auch zurück. Aber nun wollen wir die Sachen zu dem Vorratshaus hochbringen; das ist noch ein hartes Stück Arbeit, denn die Fässer und Kisten mit den Eisensachen sind schwer. Wir werden ziemlich oft laufen müssen, doch wir haben ja noch drei bis vier Stunden Tag.«

Als sie alles ausgeladen hatten, banden sie das Boot ordentlich fest und gingen zu dem Haus hinauf, um sich schlafen zu legen. Gerade als sie hineingehen wollten, kam Remus mit dem Brief um den Hals angesprungen.

»Hier ist der Hund wieder, William«, sagte Rüstig, »also ist er nicht bei den Zelten gewesen.«

»Das tut mir leid, ich war so fest überzeugt, daß er zurücklaufen würde. Nun bin ich wirklich enttäuscht. Ich hab mir Mamas Gesicht vorgestellt. Wir wollen ihm nichts zu fressen geben, dann wird er sich den Weg zum nächsten Futtertrog schon suchen. – He, Rüstig, kommt mal her, das ist ja gar nicht das Papier, das ich ihm um den Hals gebunden habe. Hierher, Remus, laß sehen.« William nahm das Papier ab, öffnete es und las: »Lieber William. Ich habe Deinen Brief erhalten, und wir freuen uns alle, daß Ihr wohlauf seid. Schreib jeden Tag, es kann auch etwas mehr sein, und Gott segne Dich; es war ein kluger Gedanke, und Remus hat seine Sache brav gemacht. Deine Dich liebende Mutter Salina Seagrave.«

»Ja, das war wirklich gescheit«, sagte Rüstig, »ich hab nicht geglaubt, daß er wirklich fort ist. Und daß er auch wieder zurücklief, als es ihm befohlen wurde! Wirklich ein kluges Tier.«

»Lieber Remus, guter Hund«, sagte William und streichelte ihn. »Schöner, guter Hund! Nun will ich dir ordentlich zu fressen geben, das hast du verdient.«

»Ja, das hat er wirklich. Seht, William, jetzt habt Ihr eine Post auf der Insel eingerichtet. Es ist eine Verbesserung, die uns vielleicht einmal sehr nützlich sein wird.«

»Jedenfalls wird es meine Mutter als Verbesserung empfinden.«

»Ganz gewiß, besonders wenn wir alle drei hier sein müssen, um das

Vorratshaus nach unsern Plänen umzugestalten. Jetzt denke ich, wir gehen schlafen, ich bin müde.«

Am nächsten Tag waren sie schon im Morgengrauen unterwegs, und da der Wind nicht so frisch war, mußten sie nicht so angestrengt rudern. Das Boot war bald beladen, und zurück zu konnten sie das Segel setzen. Jetzt erst nahmen sie sich Zeit zum Frühstücken. Darauf packten sie die mitgebrachten Sachen auf den Strand und stießen von neuem ab. Am späten Nachmittag kehrten sie mit einer zweiten Ladung zurück. Nachdem auch diese an Land geschafft war, banden sie das Boot fest und trugen die Sachen zum Haus. William schrieb seinen zweiten Brief: »Liebe Mama! Wir haben heute zwei Ladungen herangebracht. Es geht uns gut, aber wir sind todmüde. Dein William.«

Nachdem er dem Hund den Zettel umgebunden hatte, klopfte er ihm den Rücken und sagte: »Guter Hund, Remus. Geh zurück, los, nach Hause!« Der Hund bellte und wedelte mit dem Schwanz und lief sofort davon.

Noch ehe sie sich schlafen gelegt hatten, kam er mit der Antwort wieder.

»Wie schnell so ein Tier laufen kann, Rüstig, er ist nicht mehr als zwei Stunden weg gewesen.«

»Ja, William, er hat sich wirklich beeilt. Was schreibt denn die Mama?«

»Nur ein paar Worte: ›Hier steht alles zum besten, wollte Euren Boten nicht aufhalten.‹«

»So, nun sollst du auch wieder ordentlich zu fressen haben, Remus«, William klopfte und streichelte das Tier, »du bist ein lieber Hund.«

Am nächsten Tag mußten sie zuerst die restliche Ladung zum Vorratshaus hinaufschaffen, deshalb konnten sie nur eine Fahrt zur Bucht unternehmen. Remus wurde am Nachmittag wieder zu den Zelten hinübergeschickt und kam pünktlich mit der Antwort zurück.

Am Sonnabend machten sie auch nur eine Fahrt, da sie nicht zu spät zu den anderen zurückkehren wollten. Bevor sie abstießen, packten sie noch eine Schildkröte ins Boot. Bei ihrer Ankunft waren alle am kleinen Hafen versammelt und begrüßten sie freudig.

»Du hast dein Versprechen gehalten, lieber William, und mir einen Brief durch die Post geschickt«, sagte Mrs. Seagrave, »und ich dachte, du wolltest mich auf den Arm nehmen. Nun habe ich freilich auch keinen Grund zum Protest mehr, wenn ihr einmal alle fort seid.«

»Romulus und Vixen werden wir es auch beibringen, Briefe zu übermitteln, Mama. Dann haben wir gleich drei Postboten. Vixens Junge sind ja noch zu klein.«

»Seid Ihr mit dem Graben und der Hecke weitergekommen, Sir?« fragte Rüstig.

»O ja, ich habe beinahe zwei Seiten fertig, Ende der nächsten Woche will ich alles umzäunt haben.«

»William und ich werden Euch bald helfen, arbeitet nicht zuviel, dieser nasse Boden ist ganz schön schwer. Es eilt nicht.«

Da es dunkel zu werden begann, setzten sie sich zum Abendessen nieder. Die Unterhaltung drehte sich um die Klugheit, die Remus bewiesen hatte. Mr. Seagrave erzählte einige Beispiele vom Scharfsinn der Tiere, die er selbst erlebt hatte, da fragte William: »Papa, was ist eigentlich der Unterschied zwischen Vernunft und Instinkt?«

»Der Unterschied ist groß, William, ich will versuchen, es dir auseinanderzusetzen. Ich muß aber zuerst bemerken, daß man gewöhnlich meint, die Menschen würden nur von der Vernunft und die Tiere nur vom Instinkt geleitet. Das ist ein Irrtum. Der Mensch hat so wohl Vernunft als auch Instinkt, und wenn die Tiere hauptsächlich durch ihren Instinkt geleitet werden, so haben sie doch ebenfalls Urteilskraft.«

»Wann zeigt es sich denn, daß auch der Mensch durch Instinkte geleitet wird?«

»Wenn ein Kind eben geboren ist, William, so handelt es nur aus Instinkt, seine Verstandeskräfte sind noch nicht entwickelt; wenn wir älter werden, reift unsere Vernunft heran und gewinnt die Herrschaft über unsern Instinkt, der sich dementsprechend vermindert.«

»Dann bleibt wohl, wenn wir herangewachsen sind, vom Instinkt nicht mehr viel in uns übrig.«

»Nein, mein Sohn, ganz so ist es nicht. Dem Menschen ist ein mächtiger Instinkt angeboren, man nennt ihn Selbsterhaltungstrieb. Er hilft uns zu überleben, wenn wir die gewohnten Lebensumstände vermissen.«

»So wie wir?« fragte William.

»So wie wir«, bestätigte Mr. Seagrave. »Vielleicht ist es manchmal sogar der Instinkt, der uns zwingt, unseren Verstand einzusetzen und nach Auswegen zu suchen. Ohne den Selbsterhaltungstrieb würden wir in schwierigen Situationen resignieren. Der Instinkt bei den Tieren, William«, fuhr Mr. Seagrave fort, »ist ein Gefühl, das sie befähigt, ohne vorheriges Denken oder Überlegen gewisse Handlungen auszuführen. Dieser Instinkt ist schon im Augenblick ihrer Geburt in sie hineingelegt. Er bildet sich dann während des Heranwachsens richtig aus. Genau wie vor viertausend Jahren baut heute noch die Schwalbe ihr Nest und die Biene ihre Wabe, nichts hat sich daran geändert. Ich möchte hier noch bemerken, daß eins der größten Wunder die Form der Honigwabe ist, es ist erwiesen, daß die Tiere dadurch Zeit und Arbeit sparen. Der Instinkt läßt sie ein Sechseck bauen, was ja eigentlich eine geometrische Form ist. Wir haben schon darüber gesprochen, daß es übergreifende Gesetze gibt, sie äußern sich im Instinkt ebenso wie in der Gestalt der Kristalle. Welche Wunder der Instinkt bewirkt, kann man vor allem an den Tieren beobachten, die in Herden zusammen leben.«

»Bitte, erklär mir das genauer, Papa.«

»Tiere, die in Gemeinschaft zusammen leben, sind zum Beispiel unter den Vögeln die Schwalben, die wilde Gans, die Seevögel und die verschiedenen Arten Krähen. Der Instinkt, den sie auf ihren Wanderungen von einem Erdteil zum andern zeigen, die Form, in der die wilden Gänse fliegen, damit sie dem Wind so wenig wie möglich Widerstand bieten, dann auch die Art, wie sie ihre Schildwachen aufstellen, die sie bei Gefahr warnen, das alles ist reiner Instinkt. Aber so etwas kann man nicht allein bei den Vögeln, sondern auch bei vielen weiteren Tieren beobachten. Wenn wir einmal Zeit finden, werde ich dir von Ameisen, Bienen und andern Insekten erzählen. Karoline und Tommy schlafen schon, die habe ich gelangweilt. Also muß diesmal ich sagen: Es ist Zeit, sich schlafen zu legen. Gute Nacht.«

Der Sonntag war arbeitsfrei. Zu Mittag gab es Schildkrötensuppe, so wurde es ein richtiger Feiertag. Am Abend bat William seinen Vater, die Unterhaltung über die Verstandeskräfte der Tier fortzusetzen.

»Mit Vergnügen, William«, sagte Mr. Seagrave, »das ist ein Gespräch, wie geschaffen für den Sonntagabend. Wir wollen jedoch erst die verschiedenen geistigen Fähigkeiten, die wir an den Tieren wahrnehmen, untersuchen. Zunächst haben sie ein Gedächtnis, besonders für Personen und Orte, das oft besser ist als das unsere. Ein Hund wird seinen alten Herrn nach vielen Jahren wiedererkennen; ich habe von einem Elefanten gehört, der zurück in die Wildnis entflohen war. Nach zwanzig Jahren, zum zweitenmal eingefangen, erkannte er seinen alten Treiber wieder. Ein Hund findet seinen Weg zur Wohnung seines Herrn zurück, auch wenn er mehr als hundert Meilen fortgebracht worden ist. Auch das Gedächtnis von Papageien und Kakadus ist bemerkenswert. Ein anderer Beweis der Gedächtniskraft von Tieren ist, daß sie träumen. Der Traum ist eine unzusammenhängende Rückerinnerung an vergangene Ereignisse. Hast du nicht schon oft Romulus und Remus im Schlaf knurren und bellen hören?«

»Das ist richtig, Papa.«

»Andererseits zeigen sie auch Aufmerksamkeit. Wie geduldig wartet eine Katze stundenlang vor einem Mauseloch, bis die Maus herauskommt! Eine Spinne paßt monatelang auf, bis sich die Fliege in ihr Netz verstrickt, aber Geduld bemerkt man bei allen Tieren, wenn sie ihre Beute verfolgen. Sie haben außerdem auch Gedankenverbindungen, es ist in der Tat, als könnten sie überlegen. Wenn der Hund etwas bewacht, wird er die Vorübergehenden nicht beachten, dagegen wird er jeden sofort anbellen, der stehenbleibt. Beim Elefanten ist diese Eigenschaft noch stärker entwickelt; er versteht, was ihm gesagt wird, besser als jedes andere Tier; seine Verstandeskräfte sind ganz außerordentlich, wenn man ihm eine Belohnung verspricht, wird er sich besonders anstrengen, andererseits ist er gegen Tadel sehr empfindlich. Einmal waren Elefanten damit beschäftigt, die schwere Artillerie wegzuschaffen; einer versuchte vergebens, eine Kanone durch einen Sumpf zu ziehen. Der Offizier sagte: ›Nehmt das faule Tier fort und bringt ein anderes!‹ Dieser Tadel spornte den Elefanten derartig an, daß er den Versuch machte, die Kanone mit seinem Kopf wegzuschieben; er drückte sich dabei das Gehirn ein und fiel tot nieder. Als Chunee, der Elefant aus dem Gehege in Exeter-Change, wie gewöhnlich ein Sixpencestück mit seinem Rüssel aufnehmen wollte, geschah es, daß das Sixpencestück gegen die Umfassungsmauer rollte und dadurch aus seiner Reichweite kam. Chunee überlegte eine Weile, und nachdem er in seinen Rüssel Luft gesogen hatte, blies er sie mit aller Kraft gegen die Bretterwand, und der Rückstoß wehte ihm das Geldstück zu, so daß er es erreichte.«

»Das war wirklich klug von ihm«, sagte William.

»Ja, es ist ein Beweis von Überlegung und zugleich der Kenntnis von Ursache und Wirkung. Kenntnis von Ursache und Wirkung ist auch bei vielen andern Tieren zu finden. Tiere haben ebenfalls einen Zeitbegriff. Ich kannte eine Dame, die, wenn sie an den Wochentagen ausfuhr, ihre beiden Hunde im Wagen mitnahm, an den Sonntagen aber fuhr sie in die Kirche, und da mußten die Hunde natürlich zu Hause bleiben. Die beiden Tier wußten genau, wann Sonntag war.

Fuhr der Wagen an den Wochentagen vor die Tür, so sprangen sie heraus und hüpften, sowie die Wagentür geöffnet war, hinein; am Sonntag blieben sie dagegen ruhig liegen und rührten sich nicht, wenn ihre Herrin fortging. Einen andern seltsamen Fall weiß ich von einem Pferd zu berichten. Der Mann, der es ritt, lieferte Zeitungen aus, er stoppte stets an denselben Türen. Der Zufall wollte es, daß zwei Leute, die in verschiedenen Häusern wohnten, ein Wochenblatt zusammen hielten. Sie waren übereingekommen, daß der eine das Blatt in der einen Woche und der andere in der darauffolgenden zuerst lesen sollte. Nach kurzer Zeit hatte sich das Pferd dies gemerkt und blieb in dieser Woche an dem einen Haus und in der nächsten an dem andern stehen.«

»Das ist allerdings seltsam«, sagte William, «was für ein intelligentes Tier muß das gewesen sein.«

»Du weißt ja, daß es Tiere gibt, die sich abrichten lassen, wie unser Remus zum Beispiel, und auch das ist ein Beweis für Verstandeskraft. Der Elefant, das Pferd, der Hund können vieles lernen, ich habe Kanarienvögel ausgestellt gesehen, die eine kleine Kanone abfeuerten, sich totstellten und noch viele andere Kunststücke verrichteten.«

»Ja, aber wo ist da die Grenze zwischen Instinkt und Verstand zu ziehen?«

»Das wollte ich dir gerade erklären, William. Wenn die Tiere ihrem Instinkt folgen, indem sie sich mit Nahrung versorgen, ihre Jungen aufziehen und Vorsichtsmaßregeln gegen Gefahren treffen, so entspricht das ganz gewissen Regeln, von denen sie niemals abgehen; aber es können auch Umstände eintreten, wo ihr Instinkt ihnen keinen Schutz bietet, dann kommt ihre Lernfähigkeit und ihr Urteilsvermögen zur Geltung. Ich will das durch folgende Tatsache belegen. Die Bienen gehören zu den Tieren, bei denen der Instinkt besonders scharf entwickelt ist. Es gibt eine Mottenart, Totenkopfmotten genannt, die lieben den Honig sehr, und mitunter geschieht es, daß sie sich Eintritt in den Bienenstock verschafften. Die Bienen greifen sofort an und stechen den Eindringling tot; der Leichnam aber ist so groß, daß sie ihn nicht aus dem Stock hinausschaffen können, wie sie es sonst mit den Körpern kleinerer Insekten, die eingedrungen sind, tun. Ihr Geruchssinn scheint sehr scharf zu sein. Was machen sie nun, um zu verhindern, daß diese große Motte Verwesungsgeruch verbreitet? Sie bedecken sie völlig mit Wachs und balsamieren sie gleichsam ein. Ich will dir einen anderen Fall erzählen. In Indien fiel einmal ein zahmer Elefant in eine tiefe Grube. Er wäre darin umgekommen, denn es war nicht möglich, ihn herauszuziehen; sein Treiber aber wußte, wie intelligent das Tier war, er machte den Vorschlag, eine Anzahl Strohbündel hinunterzuwerfen. Und das Tier verstand sofort, was es zu tun hatte. Es schichtete die Bündel übereinander und stellte sich darauf. Da man ihm immer neue zuwarf, konnte es sie höher und höher schichten, bis sie schließlich hoch genug waren, daß es aus dem Loch herauskonnte. Du siehst, William, der Elefant hat in diesem Fall überlegt, wie er die Bündel, die ihm zugeworfen wurden, verwenden mußte. Gerade jene Tiere, die sich der Mensch dienstbar gemacht hat, also Elefant, Pferd und Hund, haben neben ihrem Instinkt auch Verstand. Darum sind sie auch so wertvoll für uns.«

Am Montagmorgen stiegen William und Rüstig in das Boot, um die restlichen Vorräte von der Bucht zum Vorratshaus zu schaffen. Ihre Rückkehr war erst für den nächsten Sonnabend verabredet, Remus sollte jeden Nachmittag Nachricht von ihnen bringen. Sie hatten die ganze Woche über zu arbeiten, wurden jedoch am Sonnabend fertig, nur ein Teil der Bohlen blieb zurück. Allerdings lag die ganze Fracht noch unten am Strand, es hätte zuviel Zeit erfordert, sie zum Vorratshaus hinaufzuschleppen.

»Wir haben eine harte Woche hinter uns, William«, sagte Rüstig, »nur gut, daß wir soweit fertig sind, das Boot hat ziemlich gelitten. Sobald ich Zeit dazu finde, muß ich es reparieren.«

»Wir werden es jetzt nicht mehr so oft brauchen«, sagte William, »höchstens, daß wir noch einige Male zu dem kleinen Hafen müssen.«

»Das ist schon richtig, aber sie leckt stark. Für ein so leicht gebautes kleines Boot hat sie wirklich ihre Schuldigkeit getan.«

»Bitte, Rüstig, warum sagt Ihr so oft ›sie‹, wenn Ihr von einem Schiff oder Boot sprecht? Ich hab das auch bei anderen gehört. Bei Matrosen, meine ich. Warum die ›Pacific‹. Das ist doch kein weiblicher Name?«

»Warum wir das tun, William, weiß ich nicht, aber es ist Tatsache, daß wir Seeleute immer ›sie‹ sagen, wahrscheinlich kommt es daher, daß der Seemann sein Schiff liebt. Sein Schiff ist sein Weib, irgendwie jedenfalls. Für uns ist das Schiff ein lebendiges Wesen. Es sitzt wie eine Ente auf dem Wasser, wenn die See ruhig ist; hißt man aber die Segel, so fliegt es wie ein Delphin dahin; setzt man zuviel Segel, so gibt es Klagetöne von sich, und wenn es vom Sturm hin und her geworfen wird, so stöhnt es wie ein Kranker. Für uns Seeleute lebt unser Schiff, und wir lieben unser Schiff, und wir lieben es zärtlich, gerade wie der Mann das Weib inniger liebt als jedes andere Geschöpf, deshalb nennen wir es ›sie‹, besonders wenn wir den Namen gebrauchen, sei er auch männlich; Kriegsschiffe werden oft nach Admiralen oder Heerführern genannt; trotzdem sagen wir ›sie‹.«

»So ist das also, es leuchtet mir ein«, sagte William. »Was unsere Arbeit betrifft, so schlage ich vor, wir fangen am nächsten Montag an, das Vorratshaus zum Wohnhaus umzubauen.«

»Je eher, desto besser«, entgegnete Rüstig. »Ich brauche wohl immer dieselben Wendungen?« fragte er, als er Williams Lächeln sah. »Das ist die Gewohnheit eines langen Lebens. Ich kann nichts dagegen tun. Euer Vater wird wohl die Hecke um die Yamspflanzung fertiggestellt haben und uns helfen. Ich vermute, daß Eure Mutter während der Wochen, wo wir alle drei hier arbeiten, nicht mit Juno und den Kindern allein in den Zelten bleiben will. Deshalb werden wir alle hierher übersiedeln. Lieber wäre mir allerdings, sie ließe sich überreden, auszuharren, bis wir die Arbeit beendet haben.«

»Nicht wahr, Rüstig, Ihr fürchtet einen Angriff von der Nachbarinsel?«

»Ja, William, leider müssen wir damit rechnen. Es ist eigentlich nicht die Art dieser Leute, jemanden, dem sie Dank schulden, zu bestehlen und davonzufahren. Sie müssen einen besonderen Grund haben.«

»Aber wenn sie kommen, werden wir sie sehen. Wir können uns vorbereiten. Ist es nicht besser, wir sind alle zusammen? Wenn wir die Befestigung noch nicht fertig haben, müssen wir uns eben verbergen. Angenommen, die Insulaner durchstreifen die Insel und finden meine Mutter und die Kleinen ohne jede Verteidigung? Und zu derselben Zeit müssen wir vielleicht von unserm Haus flüchten.«

»Ich rechne damit, daß wir uns zu den Zelten zurückziehen können.«

»Das geht auch, wenn wir zusammen sind. Ich fürchte nur, sie werden den Weg aufspüren, wenn sie suchen. Er ist ja leicht zu finden. Können wir uns bei den Zelten verteidigen? Und wir müssen noch eins bedenken. Was tun wir, wenn wir in der Nacht überrascht werden?«

»Wir werden dafür sorgen, daß das nicht geschieht. Jetzt ist es in der Nacht nicht mehr als drei Stunden dunkel. Wir werden Wache halten. Vielleicht ist es wirklich besser, wenn wir alle zusammen sind. Juno wird uns eine große Hilfe sein, und wir werden mit unserer Arbeit schneller fertig.«

»Wollen wir nicht meinen Vater und meine Mutter entscheiden lassen?«

Sie waren zum Boot hinuntergegangen, rollten das mitgebrachte Bauholz auf den Strand und fuhren, da es schon spät war, zu den Zelten. Als sie in den kleinen Hafen einruderten, warteten Mr. und Mrs. Seagrave schon auf sie.

»Wie spät ihr heute zurück seid, lieber William«, sagte Mrs. Seagrave. »War etwas Besonderes?«

»Nein, Mama, wir konnten nicht eher kommen, weil wir noch eine schwere Ladung herbeischaffen mußten, dafür sind wir aber auch fertig geworden.«

»Na, Gott sei Dank. Ich habe es gar nicht gern, wenn du so lange fort bist, trotz der Post.«

»Auch meine Arbeit ist getan«, sagte Mr. Seagrave, »heute morgen sind Hecke und Graben fertig geworden.«

»Das ist gut«, sagte Rüstig. »Wir müssen das Vorratshaus umbauen. Es eilt.«

»Ich habe inzwischen mit meiner Frau gesprochen«, sagte Mr. Sea-

grave, »sie will nicht allein hierbleiben. Eine Frau gehört zu ihrem Mann, sagt sie, und deshalb werden wir am Montag alle wieder heimkehren.«

»Ich hoffe, Juno hat uns etwas Gutes zum Abendessen gekocht«, sagte William, »ich hab vielleicht einen Hunger.«

»Aber sicher, Master William, es gibt gebratenen Fisch; Euer Vater hat heute morgen geangelt!«

»Ich will lieber Schildkrötensuppe«, mischte sich Tommy ein.

»Ich denke, du ißt alles gern«, sagte Rüstig. »Na ja, Rizinusbohnen vielleicht nicht.«

»Nein, die mag ich nicht, aber ich will Bananen haben, wenn sie reif sind.«

»Du hättest dir schon eher welche geholt, wenn du sie nur erreicht hättest, dazu mußt du aber erst noch ein wenig größer werden«, sagte die Mutter.

»Allmählich werde ich so groß«, sagte Tommy.

»Das hoffe ich auch«, antwortete Sigismund Rüstig, »und dann bist du zu klug, als daß du unreife Früchte ißt.«

Sie hatten die letzten Wochen schwer gearbeitet und empfanden den Ruhetag als Wohltat. Am Nachmittag verabredeten sie, daß sie am Montag alle Vorbereitungen treffen würden, um die Zelte zu verlassen und nach dem Wohnhaus an der Bai zurückzukehren. Die Schafe und die Ziegen sollten dort bleiben, da die Weide reichlich und gut war, nur eine Ziege wollten sie mitnehmen, um Milch für die Kinder zu haben. Sie hielten es auch für angebracht, die Zelte und einiges Kochgeschirr dazulassen, damit William und Rüstig, wenn sie von Zeit zu Zeit herkamen, um Bananen und Yams zu holen oder nach den Tieren zu sehen, eine Unterkunft hatten und sich ein Mittagessen bereiten konnten.

Die Betten und die meisten Gerätschaften sollten im Boot zur Bai geschafft werden. William und Rüstig waren der Meinung, daß dies mit zwei Fahrten zu erledigen sei. Mr. und Mrs. Seagrave planten, möglichst zeitig zu frühstücken und durch den Wald zurückzugehen. Als die nötigen Dinge besprochen waren, brachte William das Gespräch wieder auf Tiere, er wollte gern von seinem Vater mehr erfahren.

»Papa, wir haben doch über die Intelligenz der Tiere geredet. Man sagt immer, so dumm wie ein Esel. Ist denn ein Esel wirklich dumm?«

»Nein, William, er ist ein kluges Tier, die Bezeichnung hat er erhalten, weil er oft eigensinnig und schwer zu behandeln ist. Man hört häufig sagen, so dumm wie ein Esel, wie ein Schwein, wie eine Gans, man sagt also diesen drei Tieren nach, daß sie einfältig sind. Das ist ein Irrtum. Tatsache ist allerdings, daß wir in England nur kleine, kümmerlich aussehende Esel haben. Das englische Klima ist für sie zu kalt, im südlichen Frankreich und in Spanien, wo es wärmer ist, ist auch der Esel ein schönes Tier. In seiner ganzen Vollkommenheit sehen wir ihn allerdings erst, wenn wir nach den Ländern der heißen Zone kommen, zum Beispiel nach Guinea, dort ist er wirklich ein imponierendes Geschöpf und schnell wie der Wind. Xenophon sagt in seinen Schriften, sie hätten

Wildesel gejagt, aber keins der Pferde sei imstande gewesen, sie einzuholen. Es ist Tatsache, daß in Asien, speziell in Palästina und in Syrien, Esel den Pferden vorgezogen werden; man muß ein Tier in dem ihm zusagenden Klima beobachten, um sich ein Urteil über seinen Wert zu bilden.«

»Bringt denn das Klima einen so großen Unterschied hervor?« fragte William.

»Selbstverständlich, nicht allein bei Tieren, sondern auch bei Bäumen, Pflanzen, sogar beim Menschen. Der indische Seemann, Laskar genannt, strotzt von Leben und Kraft, wenn er auf den sonnigen und warmen Gewässern Indiens schippert, sowie er jedoch in den englischen Kanal kommt und ihm seine Hände vor Kälte starr werden, scheint er faul und ist zu nichts mehr zu gebrauchen. Die Schiffe wären oft verloren, wenn nicht auch englische Seeleute an Bord wären. Ähnliche Beispiele lassen sich viele finden. Was nun die Tiere anbelangt, unter ihnen gibt es manche, die sowohl einen Wechsel des Klimas als auch eine Veränderung des Futters vertragen. Das Heimatland des Pferdes zum Beispiel ist Arabien, es gedeiht aber auch in der gemäßigten Zone und sogar in der kalten; es erträgt den harten Winter in Nordamerika ebenso wie Kühe, Schafe und Schweine. Eine merkwürdige Tatsache ist, daß während des Winters in Kanada das Futter für das Vieh zum großen Teil aus Fischen besteht.«

»Aus Fischen, Papa? Kühe sollten Fisch fressen?«

»Jawohl, mein Sohn, es ist Tatsache. Merkwürdig bleibt es allerdings, daß ein Tier, das sonst Pflanzenkost gewohnt ist, für eine gewisse Zeit Fleisch oder Fisch zu sich nimmt. Aber es gibt noch mehr Tiere, die bei allen Temperaturen leben, wie der Wolf, der Fuchs, der Hase, das Kaninchen. Es ist übrigens eigentümlich eingerichtet, Schafe und Ziegen werfen in den heißen Zonen ihre warme Wolldecke ab und behalten nur das Unterhaar; in ein kaltes Klima überführt, bekommen sie ihre warme Decke sofort wieder.«

»Eine Ziege hat doch keine Wolle!«

»Woraus werden die Kaschmirschals gemacht, William?«

»Ja, Papa, das ist richtig.«

»Bei den meisten Tieren tritt eine gewisse Vermehrung ihrer Pelzdecke ein, wenn man sie aus ihrer warmen Heimat entfernt und in kalte Gegenden bringt, Wölfe und Füchse, Hasen und Kaninchen wechseln sogar die Farbe ihres Fells bis ins Weiße, wenn sie hoch nach Norden hinaufgeraten. Das kleine englische Wiesel, das bei uns als Raubtier gilt, wird in Rußland und in allen andern kalten Ländern zum schönen schneeweißen Hermelin.«

»Ich meine, Papa, es ist ein großer Vorzug für den Menschen, daß die für ihn nützlichsten Tiere in allen Zonen leben können. Andererseits fände ich es besser, wenn ein Raubtier wie der Wolf an ein bestimmtes Klima gebunden wäre, wie es zum Beispiel mit dem Löwen, dem Tiger und andern wilden Tieren der Fall ist.«

»Ich freue mich, William, daß du darauf zu sprechen kommst. Es ist sicher, daß jeder Schäfer dir beistimmen würde, für ihn ist der Wolf schädlich; ebenso wie ein Bauer fragen würde, wozu ist bloß die Distel da und die verschiedenen Sorten Unkraut, sie sind doch nicht zum Besten des Menschen. In der Bibel werden diese Pflanze als Folge des ersten Sündenfalls dargestellt. ›Verwünscht sei der Boden um deinetwillen, Dornen und Disteln soll er dir tragen, und im Schweiße deines Angesichts sollst du dein Brot essen‹, war der Spruch des Allmächtigen. Die Arbeit an sich ist eine Wohltat für die Menschheit, ohne Anstrengung gibt es keine Gesundheit und ohne Gesundheit keine Freude am Leben. Es ist spät geworden, ein andermal reden wir weiter, nicht wahr Tommy?«

»Wir müssen jetzt schlafen, morgen ist ein anstrengender Tag«, ergänzte Tommy.

Am nächsten Morgen wurden alle Vorbereitungen zur Abreise getroffen. Juno wurde hierhin und dorthin gerufen und mußte außerdem für das Frühstück sorgen. Sobald alle satt waren, packten Mrs. Seagrave und Juno das Geschirr in einen Korb, und dann machte sich Mr. Seagrave mit seiner Frau und den Kindern, von den Hunden begleitet, auf den Weg durch den Palmenwald. William und Rüstig beeilten sich mit ihrer Arbeit, sie trugen Tisch, Stühle und alles, was zur Küche gehörte, zuerst in das Boot, William führte dann die eine Ziege hinunter, die sie mitnehmen wollten. Sie kamen mit ihrer Ladung noch vor der Familie in der Bai an. Rasch brachten sie die Sachen aufs Ufer, banden die Ziege fest und brachen sofort wieder auf, um die Betten zu holen. Als sie gegen drei Uhr nachmittags mit der zweiten Ladung anlangten, waren die andern da, seit ungefähr einer Stunde, wie sie sagten. Mr. Seagrave und Juno hatten einen großen Teil der Sachen schon zum Haus hinaufgetragen.

»Master William, ich glaube, dies war für längere Zeit unsere letzte Fahrt, und das ist gut so, denn ich muß unser kleines Boot wieder einmal reparieren. Es hat viel auszuhalten gehabt.«

»Ja, Rüstig, es hat wirklich seine Schuldigkeit getan. Ehrlich gestanden, bin ich froh darüber, daß wir die Zelte verlassen haben. Ich fühle mich hier einfach mehr zu Hause. Übrigens habe ich, als ich vorhin beim Garten vorbeikam, gesehen, daß die Tauben in den Erbsen waren; sie haben sich stark vermehrt, es müssen gegen zwanzig Stück gewesen sein. Im nächsten Jahr können wir uns sogar Taubenpasteten machen lassen.«

»So Gott will und wir am Leben bleiben«, erwiderte Rüstig, dessen Augen über die See glitten. »Vorerst müssen wir wohl eine Vogelscheuche zimmern. Die Erbsen sind für uns bestimmt.«

Bis zum Abend war im Haus wieder alles an seinem alten Platz, und da sie alle müde waren, gingen sie zeitig schlafen. Vorher besprachen sie, was am nächsten Tag zuerst zu tun war. Mrs. Seagrave wollte die Küche und die Kinder übernehmen, damit Juno helfen könnte, wenn sie gebraucht würde. Am frühen Morgen holten Rüstig und William eine Schildkröte herauf, schnitten sie auf und taten einen Teil davon in den Topf, um Mrs. Seagrave das Kochen zu erleichtern. Gleich nach dem Frühstück gingen sie zusammen zu dem Vorratshaus im Wald. Nach einer kurzen Beratung mit Mr. Seagrave steckte Rüstig ein Viereck um das Vorratshaus ab, so daß ein Zwischenraum von ungefähr zwanzig Ellen auf jeder Seite blieb. An jeder Ecke wählten sie einen starken Baum, dazwischen wollten sie die Baumstämme bis zur Höhe von vierzehn Fuß anbringen. Die hielten sie für genug, um vor jedem Angriff sicher zu sein. Sie machten sich sofort daran, die Palmen innerhalb der abgesteckten Fläche niederzuschlagen, ebenso fällten sie außerhalb alle bis auf eine Entfernung von ungefähr zwanzig Fuß, um ein Sichtfeld und Platz für die Arbeit zu schaffen. Mr. Seagrave hieb die Bäume um, William und Juno schnitten sie mit einer großen Säge in passende Länge und brachten sie dann zu Rüstig. Sie hatten bald mehr vorbereitet, als er brauchte. Jetzt trugen sie die Oberteile der Bäume und die Zweige auf einem sonnigen Platz zusammen und stapelten sie zum Trocknen auf. Mr. Seagrave half Rüstig derweil, die Stämme aufzustellen. Auch an diesem Tag waren sie rechtschaffen müde und gingen zeitig schlafen. Rüstig hatte vorher noch eine Gelegenheit gesucht, mit William zu sprechen.

»Da wir nun wieder hier sind«, sagte er, »halte ich es für dringend nötig, daß wir abwechselnd während der Nacht wachen. Ich werde erst zu Bett gehen, wenn es ganz dunkel ist, das ist gegen neun; mein Fernrohr werde ich bei mir tragen, um so lange wie möglich die See im Auge zu behalten. Es ist kaum anzunehmen, daß Angreifer während der Nachtzeit landen, dagegen ist es nicht ausgeschlossen, daß sie gerade vor Einbruch der Nacht oder sehr früh am Morgen kommen. Einer von uns muß deshalb vor Tagesanbruch wieder aufsein, also zwischen zwei bis drei Uhr des Morgens, um nachzuforschen, ob eine Gefahr naht. Wenn dies nicht der Fall ist, können wir ruhig wieder schlafen gehen, die Wilden würden dann erst mehrere Stunden später kommen. Wir müssen aber auf Wind und Wetter achten, ob beides für sie zur Überfahrt günstig ist. Das wird zu Beginn der Regenzeit der Fall sein. Ich habe lange darüber nachgedacht und bin nun überzeugt, daß sie uns zu Beginn der Regenzeit überfallen werden, wenn sie es überhaupt tun. Es wäre für sie ein schweres Stück Arbeit, wenn sie ungefähr dreißig bis vierzig Meilen rudern sollten, deshalb werden sie so lange warten, bis der Wind ihnen günstig ist. Ich möchte Eurem Vater meine Befürchtungen nicht mitteilen, um ihm nicht das Herz schwer zu machen, aber Ihr sollt wissen, wie ich denke.«

»Rechnet Ihr denn wirklich mit einem Angriff?« fragte William.

Rüstig bejahte. »Wenn da nicht irgend etwas wäre, sei es die Angst, wegen des Diebstahls zur Rechenschaft gezogen zu werden, sei es die Gier nach weiterer Beute, sei es Zorn darüber, daß ein Heiligtum entweiht wurde, oder Haß gegen fremde Eindringlinge, sie hätten sicher Kontakt gesucht, um Handel zu treiben. Da wäre auch die Notwendigkeit zu rudern kein Hindernis. Ein paar Abgesandte hätten von den jungen, kräftigen Männern hergebracht werden können. Nein, die lange Ruhe stimmt mich bedenklich.«

»Wenn das so ist, Rüstig, werde ich die Wache vor Tagesanbruch übernehmen, Ihr dürft Euch darauf verlassen, daß ich mit dem Fernrohr sehr sorgfältig den Horizont absuchen werde. Übernehmt Ihr also die Abendwache.«

»Sehr gut, lieber William, Eure Eltern sind daran gewöhnt, daß ich des Abends spät heimkehre, und wenn Ihr des Morgens früh aufsteht, so wird es ihnen auch nicht auffallen.«

Sie waren von dieser Zeit an ständig auf ihrem Posten.

Beinahe vierzehn Tage arbeiteten sie ohne Unterbrechung an der Befestigung des Vorratshauses, da ereignete sich ein Vorfall, der sie in höchste Erregung versetzte. Als sie zum Mittag zum Haus zurückkehrten, fragte Mrs. Seagrave erstaunt: »War Tommy denn nicht bei euch?«

»Nein«, erwiderte Mr. Seagrave, »er hat sich den ganzen Vormittag über nicht sehen lassen. Heute morgen nach dem Frühstück ist er mitgegangen, aber höchstens eine Viertelstunde geblieben.«

»Mrs. Seagrave, ich habe Tommy gebeten, uns zu helfen, die Kokosblätter zusammenzutragen, da ist er sofort verschwunden«, warf Juno ein.

»Barmherziger Gott! Wo kann er nur stecken?« rief Mrs. Seagrave.

»Ich glaube, Madam«, antwortete Rüstig, »er hat Muscheln am Strand gesucht, das wollte er schon in den letzten Tagen. Vielleicht ist er auch im Garten, ich will sofort nachsehen.«

»Ich gehe mit Euch«, sagte William.

»Ich sehe ihn, oh, ich sehe ihn«, rief Juno, »er ist im Boot, und das Boot ist auf der See.«

Es war nur zu wahr, Tommy saß im Boot, und das Boot war auf die See hinausgetrieben, bis zu der Stelle, wo sich die Wellen am Riff brachen.

William rannte zum Strand hinunter, Mr. Seagrave und Rüstig folgten ihm dichtauf. Mrs. Seagrave, die nicht so schnell laufen konnte, folgte mit Juno nach. Es war auch kein Augenblick mehr zu verlieren, in kurzer Zeit wäre das Boot in die offene See hinausgetrieben worden, da der Wind vom Land her wehte. Sobald William am Ufer angekommen war, warf er Hut und Jacke ab und sprang ins Wasser.

Rüstig packte ihn am Arm und sagte: »Geht sofort zurück, William, ich verstehe mich besser darauf und werde ihn zurückholen.«

William gehorchte, und ehe er noch aus dem Wasser gestiegen war, langte Rüstig schon bei dem ersten Felsen am Riff an und lief auf das Boot zu.

»Oh, Papa«, sagte William, »wenn dieser gute alte Mann umkommen sollte, ich würde es mir nie vergeben; mich beschleicht das Gefühl, daß ich unrecht tat, seinen Worten zu folgen. Sieh, Haifische, hier dicht bei uns, drei Stück. Jetzt ist er wieder im tiefen Wasser. Oh, Gott, schütze ihn.«

Mr. Seagrave hatte mit seiner Gattin Rüstigs Bewegungen verfolgt, schaudernd sahen sie die Haifische dicht am Strand. Das Boot war mittlerweile an der andern Seite des Riffs aufgestoßen, wo das Wasser ziemlich flach war. Im selben Augenblick erreichte Rüstig den Felsen und sprang hinein.

»Er ist im Boot«, rief William, »Gott sei Dank.«

»Ja, wir müssen Gott danken«, erwiderte Mr. Seagrave, »seht euch diese Ungeheuer an«, er zeigte auf die Haifische, »sie haben ihre Beute auf dem Wasser gewittert. Und es ist ein Glück, William, daß sie hier sind. Wie würde es dem armen Rüstig ergangen sein, wenn sie ihn im tiefen Wasser erreicht hätten.« —

»Sieh, Papa, jetzt hat er den Bootshaken genommen und stößt das Boot vom Riff ins tiefe Wasser. Jetzt ist er gerettet.«

Zu seinem Schrecken bemerkte Rüstig, daß das Boot ein Leck im Boden hatte, er riß sein Halstuch herunter und stopfte es hinein. Es war aber inzwischen so viel Wasser hineingelaufen, daß die geringste Bewegung das Boot zum Kentern bringen würde. Sie mußten noch das tiefe Wasser zwischen dem Riff und dem Strand passieren, wo die Haie schwammen. Als Rüstig die Gefahr bemerkte, rief er den anderen zu, daß sie große Steine nach den Haien werfen möchten, um sie zu verscheuchen. Mr. Seagrave und William taten wie geheißen und hatten damit die gewünschte Wirkung, die Haie schwammen fort. Rüstig gelangte glücklich ans Ufer und übergab Tommy seinen Eltern. Der Junge war vor Schrecken unfähig, sich zu bewegen, er war ganz weiß im Gesicht, Augen und Mund standen weit offen. William umarmte Rüstig stumm. Tommys Eltern drückten ihm die Hand und dankten ihm, Mrs. Seagrave war so ergriffen, daß sie in Tränen ausbrach. Juno, nachdem auch sie Rüstig freundlich zugewinkt hatte, nahm Tommy an die Hand und zog ihn mit den Worten fort: »Komm fort, du nichtswürdiger, ungezogener Junge, du wirst heute abend deine Schläge schon noch erhalten.« Tommy fing fürchterlich zu schreien an.

»Wieviel Unglück kann so ein Kind stiften!« bemerkte Rüstig zu William, als sie nach dem Haus hinaufgingen. »Tommy ist zu klein und zu lebhaft für unser Leben.«

»Er hat seine Strafe schon weg, denn er hat fürchterliche Angst ausgestanden«, erwiderte William, »ich bin überzeugt davon, daß er nicht wieder ins Boot hineingeht.«

»Das glaube ich auch, William. Aber ihm wird etwas anderes einfallen. An Ideen mangelt es ihm nicht, und er langweilt sich, niemand hat Zeit, sich mit ihm abzugeben.«

Diesen Abend mochte Tommy nicht essen. Er wurde zu Bett gebracht. Als man ihn am nächsten Morgen fragte, was ihn dazu geführt hätte, in das Boot zu steigen, gab er zu aller Überraschung die Antwort, er habe nach den Zelten fahren und sich überzeugen wollen, ob die Bananen reif seien. »Ich gehe nie wieder ins Boot«, beteuerte er.

»Ich hoffe, daß du dieses Versprechen nie vergißt, Tommy«, bemerkte Mr. Seagrave, »deine Mama wird dir sagen, in welcher Gefahr du warst und wie leicht andere durch deine Dummheit hätten umkommen können. Nun aber wollen wir wieder an die Arbeit gehen.«

Sie hatten die vier Seitenwände der Befestigung beinahe fertiggestellt. Nur wie sie die Tür einlassen sollten, darüber waren sie sich noch nicht einig. Schließlich wurde sie aus starken Eichenbrettern zusammengezimmert. Inwendig wurde an jeder Seite noch ein zweiter Torpfosten angebracht, um sie im Notfall durch Querbalken zu verbarrikadieren. Sie ersetzten jetzt am neuen Wohnhaus die Kokoszweige an den Seiten durch Baumstämme, so daß es an Festigkeit gewann. Rüstig hatte mit William die vom ersten Lagerplatz herbeigeschafften Bretter heraufgetragen, um daraus einen soliden Fußboden zu zimmern. Das Haus war im Innern recht groß und wurde in drei Räume geteilt; der mittlere, zu dem die Tür führte, war zum Wohnen und Essen bestimmt, rückwärts war er mit einem Fenster versehen, die beiden Seitenräume waren die Schlafzimmer, eins für Mrs. Seagrave, Juno und die Kinder und das andere für Mr. Seagrave, William und Rüstig.

»Seht Ihr, William«, sagte Rüstig eines Tages, als sie allein waren, »was wir mit Hilfe dieser Bretter alles fertiggebracht haben. Das Haus ist gedielt und durch Wände abgeteilt, wir hätten mindestens ein halbes Jahr gebraucht, wenn wir die Bretter aus den Stämmen hätten sägen müssen.«

»Es ist dadurch auch viel wohnlicher geworden, Rüstig. Wann werden wir einziehen?«

»Je eher, desto besser.«

»Und was denkt Ihr mit dem alten Haus zu machen?«

»Wir werden die Vorräte, die keinen besonderen Wert für uns haben, darin unterbringen, bis wir uns ein anderes Vorratshaus innerhalb der Befestigung gebaut haben.«

»Dann sollten wir alle Fässer hineinschaffen, sie nehmen uns hier viel Platz weg.«

»Ja, alle, bis auf das große dort, das werden wir nötig brauchen, ich werde es in einer Ecke aufstellen.«

»Wozu denn, Rüstig?«

»Um es mit Wasser zu füllen.«

»Wir sind doch hier näher an der Quelle als in dem andern Haus.«

»Das weiß ich wohl, aber vielleicht können wir tagelang nicht aus der Befestigung heraus, dann müssen wir Wasser haben.«

»Jetzt verstehe ich, Rüstig, daran hatte ich nicht gedacht.«

»Wenn man alt wird, William, überlegt man ruhiger. Nun liegt mir vor allem daran, daß wir möglichst bald innerhalb unserer Befestigung wohnen.«

»Warum ziehen wir denn nicht ein?«

»Es ist noch viel im Innern zu tun, und ich möchte es nicht zu eilig machen, sonst könnte Eure Mutter sich beunruhigt fühlen und ahnen, daß wir in Gefahr schweben. Ich kann und kann das Gefühl nicht abschütteln, daß bald etwas Schlimmes passiert.«

»Dann sollten wir nicht zögern, Mutter spürt Eure Beunruhigung ohnehin.«

»Ja, Ihr könntet recht haben, William. Ihr solltet Euern Eltern vorschlagen, daß sie morgen einziehen. Die Bettstellen sind alle fertig und die Vorhänge werde ich noch heute abend annageln.«

Während des Mittagessens machte William seinen Eltern den Vorschlag, am nächsten Tag umzuziehen, es sei im neuen Haus doch bequemer für sie. Mr. Seagrave war einverstanden, nur Mrs. Seagrave hielt es für besser, erst alles einzurichten.

»Ich würde Euch raten, Madam«, sagte Rüstig, »selbst die Einrichtung zu übernehmen, es wird schneller gehen, wenn Ihr die Anweisungen gebt.«

»Ich habe nicht geglaubt, Rüstig«, sagte Mrs. Seagrave, »daß Ihr auch gegen mich seid, ich bin also bereit, morgen überzusiedeln.« Sie lächelte, aber ihre Augen sahen Rüstig forschend an.

»Wirklich, Madam, ich glaube, es ist besser. Die Regenzeit wird bald beginnen, und wir haben noch soviel zu tun. Wenn wir dort sind, werden wir schneller vorwärtskommen.«

»Schön, Rüstig, abgemacht, morgen ziehen wir in unsere Festung ein.«

»Gott sei Dank!« murmelte der alte Rüstig vor sich hin. Nur William, der ihm zunächst saß, hörte es.

Am nächsten Tag waren alle mit dem Umzug beschäftigt, sie schliefen diese Nacht schon innerhalb der Befestigung.

Rüstig hatte für Juno neben dem Haus eine Küche zusammengezimmert. Alle zur Zeit nicht benötigten Vorräte wie Mehl und Pökelfleisch wurden in dem alten Haus untergebracht; auch die Pulverfässer und die überschüssigen Patronen fanden dort ihren Platz. Aber je ein Faß mit Rind- und mit Schweinefleisch, eins mit Mehl, alle Eisensachen, Nägel, Handwerkszeuge wurden in den Schuppen geschafft, der seinerzeit dem Vieh als Unterkunft gedient hatte. Rüstig trug auch Sorge, daß nach und nach das große Wasserfaß gefüllt wurde. Er hatte unten ein Loch eingebohrt und einen Hahn angebracht, um das Wasser leicht herauszulassen.

»Mr. Seagrave«, sagte Rüstig am Sonnabend, »wir haben in den letzten Wochen schwer gearbeitet, nun haben wir alles eingerichtet im neuen Haus, wir können jetzt die Sache etwas leichter nehmen. Ich werde mit William zusammen noch einige Schildröten fangen, die Zeit dafür ist bald vorüber, und dann will ich auch das Boot ausbessern, damit wir zu den Zelten fahren und nachsehen, wie es mit dem Vieh steht und ob die Yamspflanzen gediehen sind.«

»Und die Bananen und die Guavas«, sagte Tommy.

»Die haben wir ganz und gar vergessen«, sagte Mrs. Seagrave.

»Ja, Madam, bei der vielen Arbeit ist das kein Wunder, im übrigen wird es schon noch welche geben. Sobald das Boot repariert ist, werden wir hinfahren und alles mitbringen, was wir finden.«

»Dann müssen wir auch unsern Garten neu bepflanzen, ehe die Regenzeit beginnt, Rüstig.«

»Ja, die Kartoffeln und die anderen Saaten müssen bald in die Erde, viel gutes Wetter werden wir nicht mehr haben. Und jetzt will ich hinuntergehen, um nach den Schildkröten zu sehen. Ihr kommt doch mit, William?«

William bejahte. Als sie aus der Tür heraustraten, stießen sie auf Juno, die aus der Küche kam. Rüstig beauftragte sie, soviel trockenes

Holz wie möglich innerhalb der Befestigung zusammenzutragen, sie habe es dann bequemer.

»Ja, Master Rüstig«, antwortete Juno, »ich verstehe, wir müssen auf jeden Fall vorbereitet sein.«

»So ist's, Juno«, erwiderte William. »Gute Nacht.«

Es gelang ihnen, diesen Abend noch sechs Schildkröten für ihren Tisch zu fangen, dann hielten sie mit dem Fernrohr sorgfältig Rundschau. Da nichts Ungewöhnliches zu bemerken war, kehrten sie zurück, sicherten die Tür der Befestigung von innen und legten sich zu Bett.

Wieder ging eine Woche vorüber, Rüstig besserte das Boot aus, Mr. Seagrave und William gruben den Garten um, auch im Haus waren alle beschäftigt, es wurde große Wäsche gehalten. Mrs. Seagrave und Juno, sogar die kleine Karoline arbeiteten emsig, und auch Tommy machte sich diesmal nützlich, er sorgte für das Wasser, was gebraucht wurde, und paßte auf den kleinen Albert auf.

Am Montag fuhren Rüstig und William im Boot zu dem kleinen Hafen; sie stellten fest, daß es den Tieren gut ging und daß sie sich vermehrt hatten. Das Boot wurde bis zur Hälfte mit Bananen und Guavas beladen, dann gingen sie zu der Yamspflanzung. Zu ihrer Freude sahen sie, daß die Schweine nicht imstande gewesen waren, die Hecke zu durchbrechen. Auch die Zelte waren in Ordnung.

»Wir können wirklich nichts Besseres tun, William, als die Ziegen und die Schafe hierzulassen. Wenn es schlechtes Wetter gibt und es stürmisch werden sollte, werden sie schon von allein in den Wald laufen, um Schutz zu suchen.«

»Das denke ich auch.«

»In ein paar Tagen wollen wir noch einmal herfahren, wegen der Zelte, die lassen wir nicht die ganze Regenzeit hier stehen. Wie ist's, William, wollen wir jetzt nach Hause?«

»Ja, Tommy wird sich über unsere Ladung freuen. Sollten wir nicht auch Yams ausgraben?«

»Natürlich, William, das hätte ich ganz vergessen; ich werde den Spaten aus dem Zelt holen.«

Sie gruben noch einige Yamswurzeln aus und fuhren dann zurück. Inzwischen hatte sich der Himmel bezogen, und ein Sturm machte sich auf. Als sie an Land waren, begann der Regen, ein tüchtiger Guß zeigte den Beginn der Regenzeit an. Die Früchte waren allen willkommen, es war lange her, daß sie etwas Frisches gegessen hatten, Tommy konnte nicht genug haben. Schließlich mußte wieder einmal Mrs. Seagrave eingreifen, damit er sich nicht den Magen verdarb. Am folgenden Tag war das Wetter schön, die ganze Natur schien durch den Regen neubelebt zu sein. Man hatte verabredet, daß Rüstig und William gleich am nächsten Morgen noch einmal hinüberfahren sollten, um die Zelte und soviel Yams wie möglich zu holen. Abends gingen die beiden wie gewöhnlich an den Strand hinunter. »Der Wind ist nach Osten umgeschlagen«, sagte Sigismund Rüstig.

»Das wird morgen viel Arbeit verursachen«, entgegnete William, »wir müssen das beladene Boot zurückrudern.«

»Ich will nur hoffen, daß der Wind nichts Schlimmeres verursacht, aber vorerst ist nichts zu sehen. Wir wollen umkehren und zu Bett gehen, ich werde morgen frühzeitig aufstehen. Ihr könnt also ruhig schlafen.«

»Ich wache doch auf«, sagte William, »und werde mit Euch zusammen aufstehen.«

»Schön, William, Ihr wißt, daß ich mich freue, wenn Ihr bei mir seid.«

Am nächsten Morgen, noch ehe der Tag graute, öffneten sie die Tür und gingen zum Strand hinunter. Der Wind wehte noch ziemlich stark von Osten, der Himmel war bedeckt. Als die Sonne aufging, hob Rüstig wie gewöhnlich sein Fernrohr an die Augen und spähte auf den Ozean hinaus. Da er das Glas eine ganze Weile oben behielt und nichts sagte, fragte ihn William: »Seht Ihr etwas, Rüstig? Warum blickt Ihr so lange nach der einen Richtung hinüber?«

»Entweder täuschen mich meine alten Augen, oder sie kommen. In wenigen Minuten, sowie es etwas heller ist, werde ich wissen, ob meine Befürchtung grundlos ist oder nicht.«

Als die Sonne im Osten über einer dunklen Wolkenschicht hervorbrach, sagte Rüstig, der durch das Fernrohr immer noch in dieselbe Richtung spähte: »Ich hatte recht, die dunklen Punkte, die ich sah, sind ihre braunen Segel.«

»Was für Segel, Rüstig?« fragte William hastig.

»Die von den Kanus der Insulaner, ich wußte ja, daß sie kommen würden. Nehmt das Glas und seht selber, lieber William.«

»Ja, jetzt habe ich sie im Blickfeld«, antwortete William, durch das Glas schauend, »das sind doch mindestens zwanzig oder dreißig Boote, Rüstig.«

»Und jedes mit zwanzig oder dreißig Mann darin, William.«

»Gott im Himmel! Was sollen wir da tun, Rüstig! Ich habe Angst, daß wir gegen solche Anzahl nichts auszurichten vermögen.«

»Aber ja, wir können viel tun. Daß in den Kanus Hunderte von Insulanern sind, steht außer Zweifel. Nur vergeßt nicht, wir haben unsere Befestigung, die sie so leicht nicht übersteigen werden, und eine ganze Anzahl Gewehre und Munition. Wir werden sie entsprechend empfangen, und vielleicht treiben wir sie zurück, sie haben nur Keulen und Speere als Waffen.«

»Wie schnell sie sich nähern, Rüstig! Ich glaube, sie sind schon in einer Stunde hier!«

»Nein, Master William, auch in zwei Stunden nicht, sie haben sehr große Kanus. Wir dürfen jedoch keinen Augenblick verlieren. Während ich sie noch einige Minuten beobachte, bis ich sie deutlicher erkenne, lauft Ihr schnell zum Haus hinauf und bittet Euern Vater, daß er zu mir kommt. Dann, William, macht alle Gewehre fertig und bringt die Fässer mit dem Pulver und den fertigen Patronen vom alten Wohnhaus in die Befestigung. Ruft Juno, sie soll Euch helfen, wir haben Zeit genug, um alles vorzubereiten. Wenn Ihr das erledigt habt, dann, bitte, eilt zu uns herunter und bleibt am besten bei uns.«

William hastete zum Haus hinauf. Ein paar Minuten später rannnte Mr. Seagrave herbei.

»Ich weiß schon, Rüstig, daß uns Gefahr droht; William wollte mir nichts Genaues sagen, er mochte wohl seine Mutter nicht beunruhigen. Was geht vor?«

»Die Eingeborenen erscheinen in großer Zahl, es können fünf- bis sechshundert sein. Wir müssen uns verteidigen!«

»Glaubt Ihr, daß wir mit einer solchen Anzahl fertig werden?«

»Jawohl, Sir, ich hoffe, daß wir sie mit Gottes Hilfe zurückschlagen; aber es wird einen harten Kampf geben, und ich fürchte, er wird einige Tage dauern!«

Mr. Seagrave musterte die herannahenden Kanus durch das Fernrohr. »Es ist eine fürchterliche Übermacht, gegen die wir kämpfen sollen!«

»Allerdings, Sir, doch drei Gewehre hinter einer soliden Befestigung sind mehr wert als alle ihre Keulen und Speere, vorausgesetzt natürlich, daß keiner von uns verwundet wird.«

»Hoffen wir es, Rüstig. Es bleibt uns ja nichts übrig, als zu kämpfen. Sollen wir uns abschlachten lassen? Ich werde Euch bis zum letzten Atemzug helfen und bin überzeugt, daß William ebenso seine Pflicht tun wird. Ich muß für mein Weib und meine Familie eintreten, und Euch, Rüstig, danke ich im voraus, daß Ihr uns unterstützt.«

»Ihr wißt, Sir, daß ich Euch und Eurer Familie von ganzem Herzen zugetan bin und alles für Euch tue, was in meinen Kräften steht. Ihr braucht mir deshalb nicht zu danken, ich kämpfe ja auch für mein Leben; ich möchte wirklich nicht in die Hände unserer Gegner fallen. Die Stämme hier sind im allgemeinen friedfertig, wenn sie sich aber einmal zum Krieg entschlossen haben, dann kennen sie keinen Pardon. Ihre Religion will es so. Wir sollten uns hier nicht mehr aufhalten, denn die Kanus werden bald dasein. An der Innenseite der Befestigung bringen wir noch rasch einige Bretter so an, daß wir darauf Halt finden. Auf diese Art können wir den Feind besser beobachten und sicherer auf ihn schießen. Zunächst wollen wir aber zum alten Haus gehen und helfen, die Vorräte und alles für uns Brauchbare herauszuschaffen. Sie werden zuerst zu ihm hochsteigen und alles zerstören, was darin ist, die Fässer würden sie schon der eisernen Reifen wegen zerschlagen. In einer Stunde läßt sich viel erledigen. Ich glaube, daß wir sonst alles in der Festung haben, was wir brauchen. Juno hat genügend trockenes Holz, das große Wasserfaß wird mindestens für zwei oder drei Wochen reichen, und wenn wir noch Zeit haben, so werden wir schnell noch einige Schildkröten hinaufschaffen.«

»Wie könnt Ihr jetzt an Schildkröten denken, Rüstig?«

»Warum denn nicht, ist es nicht besser, wir haben sie, als daß die Wilden sie verzehren?«

Bei ihrer Ankunft sahen sie, daß William und Juno Pulver und Patronen in die Festung getragen hatten. Mr. Seagrave trat ins Haus, um seine Gattin über die gefährliche Lage zu informieren. Mrs. Seagrave war sehr gefaßt und antwortete: »Da mir gesagt wurde, lieber Mann, daß wir damit zu rechnen hätten, trifft es mich nicht unvorbereitet. Ich will alles tun, wozu ein Weib imstande ist. Ich fühle, daß mir der Mut zur Verteidigung meiner Kinder nicht fehlen wird.«

»Es ist eine große Beruhigung, daß du der Gefahr so mutig ins Auge sieht. Ich selbst fühle keine Furcht, doch haben wir noch manche Vorbereitungen zu treffen.«

»Was mir an Kraft fehlt, werde ich durch Energie ersetzen, ich werde euch helfen, so gut ich kann.«

Sie umarmten sich beide und traten dann zu den anderen heraus. Die Kinder schliefen noch, so daß niemand auf sie achtzugeben brauchte.

21.

Da sie von der Stelle, wo das alte Haus stand, die Kanus gut sehen konnten, überprüfte Rüstig jedesmal mit seinem Fernglas die See, wenn er ein Faß holte. Jeder arbeitete, soviel er vermochte, sogar Mrs. Seagrave half beim Fortrollen der Fässer oder trug herbei, was sie zu heben imstande war. In einer Stunde hatten sie all das, was für sie nützlich schien, innerhalb der Befestigung geborgen. Die Kanus waren inzwischen näher gekommen, doch waren sie noch immer ungefähr sechs oder sieben Meilen von der Küste entfernt.

»Es dauert mindestens eine Stunde, bis sie an den Riffen sind«, sagte Rüstig, »und vor zwei Stunden werden kaum alle gelandet sein, wir haben also noch genügend Zeit. Juno, geh und bring den Wagen, und Ihr, Master William, nehmt den Speer, wir wollen noch einige Schildkröten holen. Mr. Seagrave, Eure Hilfe brauche ich nicht; seid so freundlich und seht nach den Gewehren, damit alles gut in Ordnung ist.«

»Die Gewehre müssen doch auch geladen werden«, bemerkte Mrs. Seagrave, »das werden Juno und ich besorgen.«

In einer halben Stunde hatten sie sechs Schildkröten herbeigeschafft.

»Ich sehe die Ziege nicht, William«, sagte Rüstig, »aber da wir doch kein Futter für sie haben, wollen wir sie draußen lassen; sie wird schon davonlaufen, wenn sie den Kampflärm hört.«

Dann rollten sie die Fässer an die Seitenwände der Befestigung, stellten sie dort auf und legten Bretter darüber. Wenn sie darauf standen, konnten sie über die Palisaden sehen und auf den Feind feuern. Mrs. Seagrave und Juno wurden unterwiesen, wie ein Gewehr zu laden war.

»Nun sind wir mit allem fertig, Sir«, sagte Sigismund Rüstig. »Eure Frau Gemahlin und Juno könnten nun nach den Kindern sehen und das Frühstück besorgen.«

»Das Frühstück ist schon fertig«, warf Juno ein.

Als die Kinder angezogen waren, rief Mr. Seagrave Rüstig, der noch draußen stand und die Kanus beobachtete. Eilig würgten sie ein paar Bissen hinunter. Niemand hatte Appetit. Wie man sich denken kann, waren sie alle viel zu aufgeregt zum Essen. Mrs. Seagrave hatte ihre Kinder an sich gedrückt, blieb aber mutig und gefaßt.

»Ich wollte, sie wären schon da«, sagte sie schließlich, »dieses Warten ist schlimmer als alles andere!«

»Soll ich zu Rüstig gehen, meine Liebe, und hören, was er sagt? Ich bin in drei Minuten wieder hier.«

Nach kurzer Zeit kehrte Mr. Seagrave zurück und berichtete, daß die Kanus schon dicht an der Bai seien; die Eingeborenen kannten scheinbar die Stellen genau, wo sie die Riffe passieren konnten. Rüstig wollte sie so lange wie möglich beobachten, er hatte sich hinter den Bäumen versteckt.

»Es ist besser, wir sind über ihre Manöver genau unterrichtet«, erklärte Mr. Seagrave seiner Frau.

William stellte sich zu Rüstig. Sie beobachteten jede Bewegung der Angreifer. Eine große Anzahl war aus den ersten zehn Kanus bereits an Land gekommen, die anderen folgten so schnell wie möglich. Die Eingeborenen waren bemalt, kriegsmäßig gekleidet und mit Speeren und Keulen bewaffnet. Jede Hoffnung, daß sie in friedlicher Absicht hergefahren seien, wurde nun hinfällig. Zunächst waren die Insulaner damit beschäftigt, ihre Kanus aufs Land zu bringen, und obgleich diese sehr groß und schwer waren, war dies nur das Werk von einigen Minuten, es waren ja genug Leute zum Zugreifen da.

William, das Fernrohr am Auge, beobachtete sie und sagte zu Rüstig: »Es scheint ein grausamer Menschenschlag zu sein; was für Fratzen sie sich gemalt haben! Das erinnert mich an die Steine beim Brunnen. Es sieht scheußlich aus. Sie werden uns gewiß töten, wenn sie uns besiegen.«

»Daran ist kein Zweifel, William, wir müssen tapfer kämpfen und dürfen uns nicht überwältigen lassen, denn sonst werden wir getötet und nachher aufgefressen, viele dieser Stämme sind noch Kannibalen.«

William schauderte bei dem Gedanken und erwiderte dann mit fester Stimme: »Ich werde bis zum letzten Atemzug kämpfen. Jetzt rennen sie herauf, Rüstig, so schnell sie nur können.«

»Wir dürfen nicht länger warten! Kommt, Master William, sie gehen direkt auf das alte Haus zu.«

»Ich glaube, Rüstig, ich habe gerade, als wir uns umwandten, noch ein anderes Schiff gesehen, weit draußen. Ein sehr großes.«

»Das ist schon möglich, es wird ein Kanu gewesen sein, das sich während der Nacht von den andern getrennt hat. Oder vielleicht das Prunkkanu des Häuptlings. Schnell, William, habt Ihr Geheul gehört?«

Einige Augenblicke darauf waren sie innerhalb der Befestigung, sie schlossen die Tür und verbarrikadierten sie inwendig.

»Das ist fest genug«, sagte Rüstig, »nun müssen wir uns auf Gott und auf uns selbst verlassen.«

Als Mrs. Seagrave das laute Geschrei der Angreifer hörte, erschrak sie bis in ihr Innerstes. Es war gut, daß sie die bemalten Körper und deren wilde Bewegungen nicht gesehen hatte, sonst hätte sie doch vielleicht die Fassung verloren. Der kleine Albert und Karoline drängten sich an ihre Mutter; sie schrien nicht, trotz aller Angst, sondern sahen sich nur um, woher das fürchterliche Geheul käme. Tommy war dabei, alles, was vom Frühstück übriggeblieben war, aufzuessen; heute verwehrte es ihm niemand. Juno war bei den Männern und zeigte keine Furcht. Mr. Seagrave hatte inzwischen Löcher in die Stämme gebohrt, sie konnten die Gewehrläufe durchstecken und so völlig geschützt auf die Angreifer feuern. William und Rüstig erwarteten mit ihren geladenen Flinten in der Hand das Herannahen des Feindes.

»Jetzt sind sie noch mit dem alten Haus beschäftigt«, sagte Rüstig, »aber lange wird sie das nicht mehr aufhalten.«

»Sie kommen«, rief William. »Seht doch, Rüstig, ist das nicht eine von den entflohenen Frauen, die dort mit den beiden ersten Männern herausläuft? Wirklich, das ist sie!«

»Ihr habt recht, William, es ist eine von ihnen. Jetzt machen sie halt, die Befestigung haben sie nicht erwartet, das ist klar. Seht nur, wie sie die Köpfe zusammenstecken und miteinander beraten. Jener große Mann dort muß einer ihrer Häuptlinge sein. Obgleich ich entschlossen bin, bis zum Äußersten zu kämpfen, möchte ich doch nicht anfangen, ich werde mich ihnen oberhalb der Befestigung zeigen; wenn sie mich angreifen, dann kann ich mit ruhigem Gewissen auf sie schießen.«

»Nehmt Euch in acht, Rüstig, daß Ihr nicht getroffen werdet.«

»Habt keine Sorge, Master William. Jetzt kommen sie näher.«

Rüstig stieg auf das Brett, um sich den Angreifern zu zeigen. In dem Augenblick brach ein fürchterliches Geheul aus, die Insulaner stürzten vorwärts und warfen ein Dutzend Speere nach ihm, die ihn sicher getroffen und getötet hätten, hätte er sich nicht rechtzeitig gebückt. Drei oder vier Speere blieben oben in der Befestigung stecken, die anderen gingen darüber hinweg und fielen im Innern nieder.

»Jetzt, William, zielt gut«, rief Rüstig, aber noch ehe dieser sein Gewehr abdrückte, hatte Mr. Seagrave, der an der Ecke stand, gefeuert, und der große Häuptling brach zusammen. Nun schossen auch Rüstig und William, und zwei weitere Angreifer stürzten unter dem Geheul der anderen. Juno reichte ihnen geladene Gewehre, und Mrs. Seagrave brachte die Kinder ins Haus hinein, schloß die Tür und half dann Juno beim Laden.

Zahlreiche Speere sausten durch die Luft, es war gut, daß unsere Freunde von der Festungswand gedeckt waren und durch diese feuern konnten, ohne sich zeigen zu müssen. Das Geheul nahm zu, und die Insulaner begannen von allen Seiten anzugreifen. Die Gewandtesten erreichten den Rand der Umfriedung, aber sobald ihre Köpfe darüber erschienen, durchbohrte sie eine Kugel. Der Kampf dauerte über eine Stunde. Endlich ließen die Insulaner, die eine große Anzahl Leute verloren hatten, von dem Angriff ab, die Freunde innerhalb der Befestigung konnten aufatmen.

»Auf diese Art haben sie jedenfalls nicht viel erreicht«, sagte Rüstig. »Wir haben uns tapfer gewehrt, und Ihr, lieber William, habt vorzüglich geschossen; ich glaube nicht, daß Ihr ein einziges Mal Euern Mann verfehlt habt.«

»Glaubt Ihr, daß sie jetzt abfahren werden?« fragte Mrs. Seagrave.

»O nein, Madam, sicher nicht, sie werden erst andere Arten des Angriffs versuchen, ehe sie aufgeben. Es sind tapfere Männer, und sie kennen die Wirkung von Schußwaffen, sonst wären sie mehr geschockt gewesen.«

»Das meine ich auch«, erwiderte Mr. Seagrave, »wenn die Eingeborenen zum erstenmal die Wirkung der Feuerwaffen sehen, sind sie gewöhnlich ganz bestürzt.«

»Ganz recht, Sir, und da das bei diesen Leuten nicht der Fall war, vermute ich, daß sie schon öfter mit Europäern gekämpft haben. Vielleicht sind sie wirklich schon überfallen worden und vergelten jetzt Gleiches mit Gleichem.«

»Sind sie alle fort, Rüstig?« fragte William, der zu seiner Mutter hinuntergestiegen war.

»Nein, ich sehe sie noch hinter den Bäumen, sie sitzen in einem Kreis und halten Reden. Das ist so die Art dieser Völker.«

»Ich bin ganz durstig«, sagte William. »Juno, gibst du mir etwas Wasser?«

Juno ging zu dem Wasserfaß, um Williams Wunsch zu erfüllen, kehrte aber nach einigen Augenblicken in größter Aufregung zurück. »O Gott! Kein Wasser, das Wasser ist alles ausgelaufen!«

»Das Wasser ist ausgelaufen!« riefen Rüstig und alle anderen wie aus einem Mund.

»Ja, es ist kein einziger Tropfen mehr im Faß!« sagte Juno.

»Ich habe es doch bis an den Rand gefüllt.« Rüstig war ganz bestürzt. »Ich weiß genau, daß das Faß nicht undicht war.«

»Madam, ich glaube, ich weiß es jetzt«, sagte Juno. »Ihr habt Tommy in den Tagen, wo wir wuschen, nach der Quelle geschickt, Wasser zu holen, Ihr wißt, wie bald er zurückgekommen ist. Beim Mittagessen habt Ihr Eurem Mann noch erzählt, daß Tommy so artig gewesen sei. Nun, ich bin ganz sicher, Tommy ist nicht zur Quelle gegangen, sondern hat Wasser aus dem Faß geholt, und darum ist es leer.«

»Ich bin ganz erschrocken, aber du hast recht, Juno«, erwiderte Mrs. Seagrave. »Was sollen wir nun anfangen?«

»Ich werde mit Tommy sprechen.« Juno lief ins Haus.

»Das kann böse ausgehen«, sagte Rüstig.

Mr. Seagrave schüttelte den Kopf, sie alle erschraken vor dem Ernst ihrer Lage. Wenn die Feinde die Insel nicht verließen, mußte man vor Durst sterben oder sich ergeben, und im letzteren Falle war ihnen ein grausamer Tod gewiß.

Juno kam zurück; der Verdacht war nur zu berechtigt. Tommy hatte es gefallen, daß er gelobt worden war, er hatte den Hahn aufgedreht und das Wasser aus dem Faß genommen, um noch schneller zu sein. Jetzt versprach er hoch und heilig, nie wieder Wasser aus dem Faß zu nehmen, auch wenn er an der Quelle immer Angst habe.

»Seine Versprechungen nützen uns nichts mehr«, sagte Mr. Seagrave. »Es scheint mir, als sei es der Wille des Himmels, daß alle unsere sorgfältigen Vorbereitungen durch die Angst und die Faulheit eines Kindes zunichte gemacht werden, wir müssen uns da hineinfügen.«

»Wenn ich nur ein wenig Wasser für die Kinder hätte«, sagte Mrs. Seagrave.

»Ist nicht doch noch etwas übrig, Juno?«

Juno schüttelte den Kopf. »Alles fort, nichts mehr da.«

Mrs. Seagrave ging ins Haus, um nachzusehen, Juno begleitete sie.

»Das sieht böse aus, Rüstig«, sagte Mr. Seagrave, »was würden wir jetzt für einen Regenschauer geben.«

»Es sieht leider gar nicht nach Regen aus«, Rüstig sah zum Himmel, »wir müssen auf Gott vertrauen, er wird uns nicht verlassen.«

»Ich wünschte, sie kämen bald wieder«, bemerkte William, »je früher, desto schneller wird der Kampf entschieden sein.«

»Heute werden Sie nicht noch einmal angreifen. Wahrscheinlich werden sie die Nacht abwarten, und ich fürchte diesen Angriff in der Nacht mehr als einen am Tag. Wir müssen unsere Vorkehrungen treffen.«

»Und was können wir tun?«

»Wir werden unsere Festungswände erhöhen, indem wir oben noch eine Planke aufnageln. Dann wird es schwieriger für sie, hochzuklettern, einige von ihnen wären beinahe zu uns hereingesprungen. Die sind gewandt wie die Katzen. Ferner müssen wir Holz zusammentragen, um ein Feuer anzumachen, damit wir nicht im Dunkeln zu kämpfen gezwungen sind. Das wird zwar den Wilden einen Vorteil bringen, sie sehen uns hinter der Befestigung, aber da sie ihre Speere nicht durch die Stämme stoßen können, hat das nicht viel zu sagen. Das Feuer wollen wir möglichst in der Mitte der Festung anlegen, auch werden wir viel Teer hineinschütten, damit es hell brennt. Selbstverständlich werden wir es erst anzünden, wenn wir angegriffen werden, wir haben aber dann den Vorteil, daß wir wissen, wo sie versuchen durchzubrechen und wohin wir schießen müssen.«

»Die Idee ist gut, Rüstig«, sagte Mr. Seagrave, »wenn dieser unglückliche Wassermangel nicht wäre, hätte ich die Hoffnung, daß wir sie zurückschlagen.«

»Wir haben viel zu ertragen, Mr. Seagrave, doch aufgeben dürfen wir nicht. Sie sind voller Rachedurst, denn wir haben viele von ihnen getötet. Für manche Völker ist Rache sogar eine heilige Pflicht.«

»Das ist wahr, Rüstig. Seht Ihr sie jetzt noch?«

»Nein, Mr. Seagrave, sie haben die Stelle, wo sie vorhin ihre Beratung hielten, verlassen. Ich höre auch nichts. Vermutlich werden sie sich jetzt erst um ihre Verwundeten und Toten kümmern.«

Rüstig hatte richtig vorausgesagt: An diesem Tag erfolgte kein neuer Angriff. Alle waren mit Vorbereitungen beschäftigt. Die Männer nagelten neue Planken an die Baumstämme und machten dadurch drei Seiten um mindestens fünf Fuß höher, so daß ein Übersteigen beinahe unmöglich war. Dann richteten sie ein großes Teerfaß, das sie mit trockenem Holz und Kokosblättern füllten, vor, um es in der Nacht anzuzünden. Sie aßen weder zu Mittag noch zu Abend, das Salzfleisch hätte ihren Durst nur vermehrt, und sie hatten kein Wasser, um die Schildkröten zu kochen.

Die Kinder litten sehr, der kleine Albert weinte und schrie. Karoline, die wußte, daß es kein Wasser gab, verhielt sich trotz ihres Durstes ruhig, Tommy saß da wie ein Häufchen Unglück.

»Siehst du nun, was du angerichtet hast?« sagte William.

Tommy schluchzte auf. »Keiner mag mich mehr.« Er verkroch sich in eine Ecke.

Die Hunde lagen am Boden und hechelten. Rüstig blieb auf seinem Wachtposten, Mr. Seagrave und William gesellten sich zu ihm. Es war so trübselig im Haus, daß sie lieber draußen blieben. Es war für Mrs. Seagrave eine schwere Aufgabe, die Kinder ruhig zu halten, besonders da das Wetter warm und schwül war, wodurch der Durst der Kleinen noch unerträglicher wurde.

Sobald es dunkel war, hörten sie wieder das Kriegsgeschrei. Die Insulaner versuchten es jetzt mit einem Nachtangriff, wie Rüstig vorausgesagt hatte. Alle vier Seiten der Festung wurden gleichzeitig bestürmt, sie unternahmen erneut den Versuch hinüberzuklettern. Nur selten wurde ein Speer geworfen. Sie wollten die Festung nehmen. Es wäre ihnen auch sicher gelungen, wenn Rüstig nicht vorsichtshalber die neuen Planken hätte annageln lassen. Als auf Rüstigs Befehl Juno das Teerfaß anzündete, sahen sie im Licht der emporschlagenden Flammen, daß trotzdem bereits drei oder vier die Wand erklettert hatten, sie wurden von William und Mr. Seagrave erschossen. Als das Feuer hell loderte, konnten sie auf die draußen stehenden Angreifer besser zielen, eine große Anzahl von ihnen fiel bei dem Versuch, die Befestigung zu übersteigen. Der Angriff dauerte mehr als eine Stunde, schließlich sahen die Insulaner ein, daß sie nichts erreichten. Sie zogen ab, ihre Toten und Verwundeten mit sich schleppend.

»Ich wünschte, daß sie sich wieder einschifften und die Insel verließen«, sagte Mr. Seagrave.

»Möglich wäre es schon«, sagte Rüstig. »Ich habe übrigens überlegt, Sir, ob wir nicht auf jenem Baum, der die andern überragt, einen Wachtposten einrichten sollten, um uns über die Bewegung unserer Feinde zu vergewissern. Wenn wir im Abstand von ungefähr einem Fuß Nägel in den Stamm schlagen, ist er leicht zu erklimmen. Von oben aus überblickt man die ganze Bai. Wir wüßten dann, was sie tun.«

»Aber wird nicht der, der hinaufklettert, gefährdet?«

»Nein, er würde die Insulaner bemerken, wenn sie sich näherten, und es bliebe ihm genug Zeit herunterzusteigen.«

»Ich glaube, Ihr habt recht, Rüstig, aber wir müssen bis zum Anbruch des Tages warten. Es könnten einige von den Angreifern dicht an den Befestigungen verborgen liegen. Nachts vermögen wir sie nicht zu sehen.«

»Ja, wir müssen den Tag abwarten. Glücklicherweise haben wir noch eine Anzahl großer Nägel.«

Mr. Seagrave ging ins Haus, Rüstig überredete William, sich niederzulegen und zwei oder drei Stunden zu schlafen. Er selbst wollte wachen. Mr. Seagrave würde ihn am Morgen ablösen, dann wollte er auch ein wenig schlafen.

»Ich kann nicht, Rüstig; ich werde vor Durst noch wahnsinnig«, antwortete William.

»Ja, Durst tut weh – ich fühle es an mir selber. Was müssen erst die Kinder leiden, sie bedaure ich am meisten.«

»Ich bedaure besonders meine Mutter, Rüstig, es muß für sie eine Qual sein, die Leiden mit anzusehen und nicht helfen zu können.«

»Allerdings, es muß schrecklich für eine Mutter sein. Vielleicht ziehen die Wilden morgen ab, dann sind unsere Entbehrungen bald vergessen.«

»Gott gebe es, noch scheint es nicht so.«

»Leider, William. Vielleicht haben ihre Verluste sie nur hartnäckiger gemacht. Aber wir mußten uns doch wehren. Nun kommt, Ihr legt Euch auf alle Fälle nieder, selbst wenn Ihr nicht schlaft.«

Mr. Seagrave blieb zwei oder drei Stunden bei seiner Gattin, half ihr, die Kinder zu beruhigen, und sprach ihr Trost zu, dann ging er wieder hinaus. Er fand Sigismund Rüstig auf seinem Posten.

»Ach, Rüstig, ich will lieber hundertmal von denen da draußen angegriffen werden und diesen Platz verteidigen, als noch fünf Minuten Zeuge der Leiden meiner Frau und der Kinder zu sein.«

»Das glaube ich«, erwiderte Rüstig, »aber verliert nicht den Mut, Sir. Laßt uns das Beste hoffen; ich halte es für wahrscheinlich, daß sie nach dieser zweiten Niederlage die Insel verlassen.«

»Hoffentlich habt Ihr recht, Rüstig. Ich bin herausgekommen, um die Wache zu übernehmen, wollt Ihr nicht ein bißchen schlafen?«

»Ja, Sir, wenn Ihr die Wache übernehmt, werde ich mich hinlegen. Weckt mich in etwa zwei Stunden, dann wird es Tag, und ich kann meine Arbeit beginnen. Ihr werdet auch müde sein und Schlaf nötig haben.«

»Ich bin zu erregt und zu niedergeschlagen, als daß ich schlafen könnte.«

»William meinte vorhin ebenfalls, daß er vor Durst nicht zu schlafen vermag, und nun schläft der arme Junge doch.«

»Er ist ja auch noch jung. Es lastet viel zuviel auf ihm. Gute Nacht, Rüstig!«

Mr. Seagrave trat seine Wache an und war seinen Gedanken überlassen. Daß diese nicht froher Art waren, kann man sich vorstellen, er hatte in seinem Leben mancherlei Unglück erfahren, und was er in der letzten Zeit auf der Insel durchgemacht, hatte ihn gelehrt, sich in sein Geschick zu fügen, wie es auch kommen mochte. Jetzt schien alles zu Ende, für ihn, für seine Frau, für seine Kinder.

Bei Tagesanbruch wachte Rüstig auf und löste Mr. Seagrave ab, der jedoch ging nicht in das Haus, sondern legte sich auf die Kokoszweige, wo soeben Rüstig neben William geruht hatte. Rüstig holte Hammer und Nägel, weckte dann William, damit er ihm helfe, die Nägel in den Baum einzuschlagen. Immer stand einer von ihnen Posten, während der andere bei der Arbeit war. In weniger als einer Stunde hatten sie die Spitze des Baumes erreicht. Von hier aus konnten sie alles übersehen. William, der das letzte Dutzend Nägel eingeschlagen hatte, orientierte sich zunächst und kam dann herunter zu Rüstig.

»Ich kann von oben alles beobachten. Sie haben unser altes Haus zerstört, und die meisten von ihnen liegen dort in der Nähe, mit ihren bemalten Mänteln bedeckt. Einige Frauen laufen zwischen ihnen und den Kanus hin und her.«

»Sie haben das Haus niedergerissen, um sich in den Besitz der eisernen Nägel zu setzen«, sagte Rüstig. »Habt Ihr ihre Toten gesehen?«

»Nein, aber ich habe auch nicht darauf geachtet. Ich werde sofort noch einmal hinaufsteigen. Ich bin so schnell heruntergeklettert, weil ich von dem Hämmern Schmerzen in den Händen hatte und der Hammer mir zu schwer war. In ein oder zwei Minuten werde ich mich erholt haben. Rüstig, meine Lippen brennen mir und sind geschwollen, die ganze Haut geht ab. Ich hatte keine Ahnung, daß Durst so qualvoll ist. Ich glaube, der faule Tommy hat seine Strafe reichlich erhalten.«

»Ein Kind denkt über Folgen nicht nach, lieber Junge, Ihr dürft ihm nicht böse sein. Seht einmal, Ihr habt Euch doch gewünscht, daß wir Eingeborenen begegnen. Daß es so ausgehen würde, konntet Ihr nicht ahnen. Wir alle nicht. Auch Tommy hat nicht gewußt, daß die Gefahr so nahe war.«

»Ich hatte gehofft, einige Kokosnüsse auf dem Baum zu finden, aber es war nicht eine daran.«

»Und wenn Ihr auch eine gefunden hättet, so wäre doch in dieser Jahreszeit keine Milch darin gewesen. Sollten die Insulaner heute nicht abziehen, William, müssen wir uns auf irgendeine Art Wasser verschaffen. Klettert bitte noch mal hinauf und seht nach, ob sie sich wieder rühren.«

William blieb einige Minuten oben und blickte sich aufmerksam um. Als er herunterkam, sagte er: »Sie sind jetzt alle wieder auf den Beinen und schwärmen wie die Bienen durcheinander. Ich zählte ungefähr zweihundertsechzig Männer mit Kriegsmänteln und Federschmuck. Einige Frauen trugen Wasser herbei aus unserer Quelle. In den Kanus sah ich nur acht oder zehn Frauen, die sich an die Köpfe schlugen.«

»Ich weiß, worum es sich handelt, William. Sie haben die Toten in die Kanus getragen, und diese Frauen haben die Totenklage angestimmt und verletzen sich dabei gegenseitig mit Messern. Das ist so Brauch bei diesen Völkern. Vielleicht fahren sie ab, da sie die Toten schon in die Kanus gebracht haben, aber genau kann man es nicht sagen.«

Am Vormittag sahen sie vom Baum aus, daß die Angreifer, die in einem großen Kreis zusammensaßen, Kriegsrat hielten. Einer von ihnen trat in die Mitte und hielt eine Ansprache, wobei er Keule und Speer schwang. Erst am Nachmittag ging die Versammlung auseinander. Sie gewahrten, wie die Insulaner an verschiedenen Stellen Kokospalmen fällten und Strauchwerk sammelten.

Rüstig beobachtete sie eine lange Zeit. »Mr. Seagrave«, sagte er, »für diese Nacht haben wir nach meiner Ansicht keinen Angriff zu befürchten, aber morgen müssen wir auf etwas sehr Ernstes gefaßt sein. Sie haben Bäume gefällt und Reisigbündel zusammengebunden. Zwar kommen sie damit nicht schnell voran, weil ihre Äxte aus Stein sind und nicht gut schneiden, doch durch ihre Ausdauer und ihre große Anzahl werden sie so viel Reisigbündel zusammenbringen, wie sie brauchen, notfalls werden sie die ganze Nacht durcharbeiten.«

»Was glaubt Ihr, Rüstig, welchen Zweck sie dabei verfolgen?«

»Entweder wollen sie das Holz an der Außenseite der Befestigung aufhäufen, um an der Bohlenwand heraufzuklettern, oder sie wollen es anzünden und uns so zur Übergabe zwingen!«

»Glaubt Ihr, daß ihnen dies gelingen wird?«

»Nicht ohne schwere Verluste. Vielleicht schlagen wir sie zurück, es wird freilich einen harten Kampf geben, viel schwieriger, als wir ihn bis jetzt zu bestehen hatten. Die Frauen müssen unsere Flinten laden, damit wir so schnell wie möglich feuern können. Einen Versuch, unsere Bohlenwände in Brand zu stecken, fürchte ich nicht. Wenn nur der Rauch nicht wäre!«

»Wir leiden jetzt schon unter Durstqualen, wie sollen wir es dann in Rauch und Feuer aushalten? Wir werden vor Ermattung umsinken.«

»Sollte mir während des Kampfes etwas zustoßen und sollte die Gefahr eintreten, daß wir überwältigt werden, dann müßt Ihr aus dem Rauch Vorteil ziehen und durch den Wald zu den Zelten flüchten. Ohne Zweifel wird Euch das gelingen. Natürlich werden sie, wenn sie Feuer anlegen, von der Windseite her angreifen; Ihr müßt dann nach der entgegengesetzten Seite fliehen. Ich habe William bereits gezeigt, wie er einen Baumstamm aus der Befestigung herausnehmen kann, wenn es nötig ist, Wenn die Insulaner in den Besitz des Hauses gelangen, werden sie zunächst nicht daran denken, nach Euch zu forschen. Was das Haus enthält, ist für sie unerhört wertvoll.«

»Warum sprecht Ihr davon, daß Euch etwas zustoßen sollte?« fragte William.

»Weil es nicht ausgeschlossen ist, lieber William, daß ich verwundet oder getötet werde und Ihr ebenfalls, wenn es ihnen gelingt, auf den Reisigbündeln über die Befestigung zu steigen.«

»Selbstverständlich kann uns allen etwas geschehen«, erwiderte William, »aber bis jetzt sind sie noch nicht in unserer Festung, und es wird sie einen schweren Kampf kosten hineinzukommen.«

Rüstig wollte die erste Wache halten, um Mitternacht sollte Mr. Seagrave ihn ablösen. Während der letzten beiden Tage hatten sie wenig gegessen, das Essen steigerte den Durst. Die Kinder wiesen das Fleisch zurück. Der Durst war unerträglich geworden, und Mrs. Seagrave war vor Sorge um ihre Kinder schon beinahe von Sinnen. Albert lag apathisch da, und auch Karoline schien fiebrig.

Sobald Mr. Seagrave im Haus war, rief Rüstig William und sagte: »Wir müssen auf alle Fälle Wasser haben. Ich kann es nicht mehr mit ansehen, wie Eure arme Mutter und die Kinder leiden. Der Kleine ist schon fast verdurstet. Ohne Wasser werden wir auch den Angriff nicht mehr zurückschlagen. Ich werde eins von jenen kleinen Fäßchen nehmen und zur Wasserquelle hinunterlaufen. Hoffentlich gelingt es mir. Und falle ich dabei, so kann ich es auch nicht ändern. Ich habe es wenigstens versucht.«

»Warum laßt Ihr mich nicht gehen, Rüstig?« fragte William.

»Aus vielen Gründen, William, vor allem glaube ich nicht, daß es Euch so gut glückt wie mir. Ich will den Kriegsmantel und den Federschmuck des Toten, der hier in der Befestigung liegt, nehmen und mich verkleiden, ich begnüge mich auch mit seinem Speer, ein Gewehr wäre nur hinderlich und würde mich unnütz beschweren. Nun paßt auf. Sowie ich zur Tür hinaus bin, schließt Ihr sie sofort, um einem plötzlichen Angriff vorzubeugen. Achtet auf meine Rückkehr und seid bereit, mich wieder einzulassen. Habt Ihr mich verstanden?«

»Ja sicher, Rüstig, aber ich bin in der größten Angst. Wenn Euch etwas zustoßen sollte, es wäre ein Unglück für uns alle.«

»Es läßt sich nicht ändern, lieber William. Wasser müssen wir haben, und jetzt ist eher Zeit, den Versuch zu wagen, als später, wenn sie ihre

Posten ausgestellt haben. Sie sind gerade mit Essen beschäftigt, und wenn ich wirklich jemanden treffe, so wird es vermutlich nur eine Frau sein.«

Rüstig holte ein Fäßchen, setzte den Federschmuck auf und hängte sich den Kriegsmantel des Toten um, dann nahm er den Speer in die Hand. Nun öffnete William leise die Tür. Rüstig drückte ihm die Hand, schritt über den freien Platz und erreichte glücklich die Palmen. William schob einen Querriegel vor und spähte durch einen Spalt. Ein Zustand äußerster Spannung hatte sich seiner bemächtigt, er horchte auf das leiseste Geräusch, selbst das Rauschen der Blätter ließ ihn erschrecken und zusammenfahren. So verweilte er einige Minuten, das Gewehr schußbereit neben sich.

Es ist Zeit, daß er zurückkommt, dachte William, die Entfernung beträgt noch nicht einmal zweihundert Fuß. Endlich glaubte er leise Fußtritte zu hören. Ja, es war so. Rüstig kehrte ohne jeden Zwischenfall zurück! William war gerade im Begriff, die Tür zu öffnen, als er ein Geräusch wie von einem Fall nahe bei der Tür vernahm, er warf den Riegel zurück und öffnete, Rüstig rief leise seinen Namen. William ergriff sein Gewehr und sprang hinaus; er fand Rüstig im Kampf mit einem Wilden, der ihn überwältigt hatte und gerade seinen Speer in Rüstigs Brust stieß. Den nächsten Augenblick feuerte William, und der Wilde fiel tot an Rüstigs Seite nieder.

»Schnell, das Wasser, William«, sagte Rüstig mit schwacher Stimme. »Ich schaffe es schon allein.«

William rollte das Wasserfaß hinein, dann eilte er zu Rüstig, der auf den Knien lag. Mr. Seagrave war bei dem Flintenschuß herausgestürzt, er folgte William, der sich um Rüstig bemühte. Gemeinsam trugen sie den alten Mann durch die Tür, die sie dann rasch verriegelten.

»Wasser, schnell, Wasser«, keuchte Rüstig.

»Wenn wir doch nur welches hätten«, sagte Mr. Seagrave.

»Wir haben welches, Papa«, erwiderte William, »es ist teuer erkauft.«

William rannte nach einem Becher und schöpfte etwas Wasser aus dem Faß. Rüstig trank es mit Begierde.

»Bitte, William, legt mich auf die Palmenzweige dort, und dann geht und gebt den andern zu trinken; wenn alle getrunken haben, dann kommt wieder zu mir. Sagt Eurer Mutter nicht, daß ich verwundet bin.«

»Papa, nimm bitte du das Wasser«, sagte William, »ich will Rüstig nicht allein lassen.«

»Schon gut, mein Sohn, aber trink erst selber.«

William schluckte hastig. Während sein Vater forteilte, um den Frauen und Kindern Wasser zu bringen, bemühte er sich um Rüstig, der schwer atmete.

22.

Nachdem alle ihren Durst gelöscht hatten, kam Mr. Seagrave William zu Hilfe, der Rüstigs Kleider geöffnet hatte, um sich von der Schwere der Wunde zu überzeugen.

»Wir sollten ihn zu dem andern Kokoszweigstapel bringen, dort liegt er bequemer«, sagte William.

Rüstig flüsterte: »Mehr Wasser!«

William holte es ihm. Dann trugen sie ihn behutsam zu den hochgeschichteten Palmenwedeln, wo er es wenigstens weich haben würde. Als sie ihn niederlegten, drehte sich Rüstig auf die Seite. Aus seiner Wunde strömte eine Menge Blut.

»Jetzt ist mir wohler«, sagte er mit schwacher Stimme, »verbindet mir die Wunde, William, ein alter Mann wie ich hat nicht viel Blut übrig.«

Mr. Seagrave und William untersuchten die Wunde nun gründlich. Der Speer war tief in die Lunge gedrungen. William zog sein Hemd aus, riß es in Streifen und verband die Wunde, um die Blutung möglichst zu stillen. Rüstig, der durch den Blutverlust sehr geschwächt war, erholte sich langsam.

Da kam Mrs. Seagrave aus dem Haus und rief: »Wo ist der brave Mann, daß ich ihn segne und ihm danke!«

Mr. Seagrave lief zu ihr und nahm sie in die Arme. »Er ist schwer verwundet, meine Liebe, ich wollte es dir nicht sofort sagen.«

Mr. Seagrave führte sie zu Sigismund Rüstig. Sie kniete an der Seite des alten Mannes nieder, nahm seine Hand und brach in Tränen aus.

»Weint nicht um mich«, sagte Rüstig, »meine Tage waren ohnehin gezählt, ich bin nur traurig, weil ich Euch nicht mehr helfen kann.«

»Lieber, guter, alter Mann«, sagte Mrs. Seagrave leise, »was immer unser Schicksal sein mag, solange ich lebe, werde ich nie vergessen, was Ihr für mich und die Meinen getan habt.«

Sie beugte sich über ihn und küßte seine Stirn; dann erhob sie sich und ging weinend ins Haus zurück.

»William«, flüsterte Rüstig, »ich kann nicht viel reden, hebt bitte meinen Kopf ein wenig höher und laßt mich allein, mir wird wohler werden, wenn ich Ruhe habe. Ihr habt Euch die ganze Zeit nicht nach den Gegnern umgesehen.«

Mr. Seagrave und William befolgten Rüstigs Wunsch, sie prüften die ganze Umgebung, von den Angreifern war nichts zu sehen.

»Der arme Rüstig«, sagte Mr. Seagrave.

»Er wollte mich nicht zur Quelle gehen lassen«, antwortete William,

»hätte er es doch getan! Seine Verwundung ist schwer, nicht wahr?«

»Ich glaube nicht, daß er wieder gesund wird. Wir werden ihn morgen vermissen, wenn sie uns wieder angreifen. Wie soll das nur enden?«

»Ich weiß es nicht, Papa, aber ich fühle mich wie neu gestärkt, seitdem ich getrunken habe.«

»Mir geht es auch so, mein Junge. Doch gegen eine solche Übermacht können zwei Leute wenig ausrichten.«

»Wenn Mutter und Juno die Flinten laden«, antwortete William, »verrichten wir beide ebensoviel wie zuvor zu dritt, als wir so erschöpft waren.«

»Ja, das hoffe ich auch. Wir kämpfen für unser Leben und das Leben derer, die uns am teuersten sind. Dieser Gedanke wird uns Kraft geben.«

William ging leise zu Rüstig hinüber. Der alte Mann schlummerte, William wollte ihn nicht stören, er kehrte zu seinem Vater zurück. Sie trugen das Wasserfaß ins Haus und übergaben es Mrs. Seagrave, damit nichts unnütz verbraucht wurde. Jetzt, da ihr Durst gestillt war, fühlten sie sich auch hungrig. Sie schlachteten eine Schildkröte, und Juno briet Stücke davon. Obwohl sie alle traurig waren, aßen sie reichlich nach dem zweitägigen Fasten.

Es war schon beinahe Tag, als William, der sich mehrere Male leise zu Rüstig hingeschlichen hatte, den alten Mann wach fand.

»Wie fühlt Ihr Euch?« fragte William.

»Ganz gut, William, ich habe nicht viel Schmerzen, doch ich spüre, daß es nicht mehr lange dauern wird mit mir. Ich möchte Euch noch um eins bitten: Wenn Ihr fliehen müßt, so laßt mich ruhig, wo ich bin, mit meiner Wunde kann ich doch nicht mehr lange leben, und wenn Ihr mich fortschafft, würde ich nur um so früher sterben.«

»Ich möchte lieber mit Euch sterben als Euch verlassen.«

»Das wäre sehr töricht. Ihr müßt Eure Mutter und Eure kleinen Geschwister beschützen; versprecht mir, daß Ihr das tun werdet!«

William zögerte.

»Ich kenne Eure Gefühle, lieber William, aber Ihr dürft ihnen nicht folgen und müßt Eure Pflicht tun, gebt mir Eure Hand.«

William drückte dem alten Mann die Hand, sein Herz war zu voll, als daß er sprechen konnte.

»Sie werden bei Tagesanbruch kommen, William, es ist nicht mehr viel Zeit, geht auf Euren Posten, denn der Tag graut. Beobachtet sie genau, dann kommt wieder zu mir und sagt mir, was Ihr gesehen habt.« Rüstigs Stimme wurde immer schwächer, das Sprechen strengte ihn an.

William stieg auf die Kokospalme und wartete dort. Als es hell wurde, bemerkte er, daß die Insulaner schon bei der Arbeit waren. Sie hatten Reisigbündel gesammelt. Jetzt nahm jeder ein Reisigbündel auf die Schulter. Sie rückten gegen die Befestigung vor. William stieg vom

Baum und teilte seinem Vater mit, was er gesehen hatte. Die Gewehre lagen alle geladen bereit. Mrs. Seagrave und Juno nahmen ihren Platz dicht hinter den Männern ein, um die geladenen Waffen hochzureichen und die abgefeuerten wieder schußbereit zu machen.

»Wir müssen auf sie schießen, sobald wir sicher sind, daß wir auch treffen«, sagte Mr. Seagrave, »damit wir ihr Vordringen möglichst aufhalten.«

Als die ersten auf ungefähr hundert Schritt heran waren, schossen sie beide. Die Vordersten stürzten. Zehn Minuten konnten sie die Angreifer aufhalten, dann drängten die Feinde in immer größerer Zahl heran. Sie hielten die Reisigbündel zum Schutz vor sich. Die ersten waren bereits an der Befestigung und schichteten die Bündel auf. Mr. Seagrave und William feuerten ununterbrochen, aber sie konnten nicht mehr so gut zielen, weil die Wand die Sicht behinderte.

Obgleich viele der Angreifer fielen, häuften sich die Reisigbündel doch nach und nach. Sie schichteten diese von der Erde schräg gegen die Befestigung, sie wollten offenbar versuchen, die Wand im Sturm zu nehmen. Als alle Bündel an Ort und Stelle waren, zogen sie sich in den Palmenwald zurück.

»Sie sind fort, Vater«, sagte William, »aber sie werden wiederkommen, und ich fürchte, dann ist es mit uns aus.«

»Das fürchte ich auch, mein lieber Junge«, erwiderte Mr. Seagrave, »sie haben sich nur zurückgezogen, um sich für den Sturm zu sammeln, und jetzt werden sie den Eingang erzwingen. Ich wünschte beinahe, sie hätten die Reisigbündel angezündet, dann wären wir, wie Rüstig uns vorgeschlagen, entflohen, aber so sehe ich keinen Ausweg.«

»Sag Mutter noch nichts«, flüsterte William, »und laß uns bis zum Äußersten kämpfen.«

»Da kommen sie, William, ein ganzer Haufen auf einmal. Gott segne dich, mein Sohn, wir werden uns im Himmel wiedersehen.«

Die Angreifer rückten jetzt geschlossen vor. Ihr Kriegsgeheul ließ Mrs. Seagrave und Juno erbeben, doch sie blieben an ihrem Platz. Als sie auf hundert Schritt heran waren, eröffneten Mr. Seagrave und William von neuem das Feuer. Die Angreifer beantworteten es mit lautem Geschrei. Sie hatten hohe Verluste, doch einige erreichten die Reisigbündel. Da wurden das Geheul und das Knallen der Flintenschüsse von einem viel lauteren Krachen übertönt. Beide Parteien hielten vor Überraschung inne, mehrere Schüsse folgten aufeinander, der Boden wurde von Kanonenkugeln aufgewühlt, die Reihen der Angreifer lichteten sich.

»Das muß Feuer von einem Schiff sein, Vater«, rief William, »wir sind gerettet, wir sind gerettet!«

»Ja, wir sind wie durch ein Wunder gerettet.«

Erschreckt ließen die Angreifer vom Sturm ab. Immer wieder sausten die Kanonenkugeln durch die Luft. Die Insulaner eilten, so schnell sie konnten, zu ihren Kanus.

Mr. Seagrave umarmte seine Frau. »Liebes, wir sind gerettet, wir werden leben«, flüsterte er.

William war auf die Kokospalme geklettert. Er rief: »Vater, ein großer Schoner feuert auf die Angreifer, die jetzt bei ihren Kanus sind. Da kommt ein Boot mit bewaffneten Leuten. Sie sind schon dicht am Ufer, neben dem Garten. Drei der Kanus sind abgestoßen. Das Boot ist gelandet, und die Mannschaft eilt zu uns herauf!« William stieg schnell von der Palme herunter, er lief zur Tür, um sie zu öffnen, und gerade als er den letzten Querriegel entfernte, trafen ihre Befreier draußen ein. Er riß die Tür auf, und eine Sekunde später lag er in Osborns Armen.

Bevor diese Geschichte ihr Ende findet, ist noch nachzutragen, wie es Kapitän Osborn ergangen war.

Die Brigg, die vor einigen Monaten an der Insel vorbeigefahren war, hatte nicht allein die Signale gesehen, sondern auch den Namen »Pacific« auf der Flagge gelesen. Durch den Sturm wurde sie dann so weit nach Süden verschlagen, daß sich der Kapitän entschloß, direkt nach Sydney zu segeln, wohin das Schiff bestimmt war. Dort angelangt, meldete er, was er auf der kleinen Insel gesehen hatte.

Kapitän Osborn war mit der Mannschaft von einem Schiff aufgenommen worden, hatte sich auf Vandiemensland niedergelassen und war gerade in Sydney, um Einkäufe für seine Farm zu besorgen. Als er von dem Vorfall hörte, suchte er sofort den Kapitän der Brigg auf und erkundigte sich nach der genauen Lage der Insel. Er ging dann zu dem Gouverneur. Dieser stellte ihm einen Regierungsschoner zu Verfügung, und an demselben Tag, an dem die Insulaner landeten, erreichte auch der Schoner die Insel. Schnell wurde ein Boot ausgeschickt, um nach einem Ankerplatz zu suchen, doch verging darüber längere Zeit, und die Mannschaft kehrte erst spät am Abend zurück. Am nächsten Morgen herrschte Windstille, deshalb war es Kapitän Osborn nicht eher möglich gewesen, seinen Freunden zu helfen.

Die Freude der Familie Seagrave kann man sich vorstellen. Kapitän

Osborn kam gerade zur rechten Zeit, um dem alten Rüstig, der ihn an der Stimme erkannte, die Augen zuzudrücken. William, dem die Tränen über die Wangen liefen, bedeckte den Toten mit der Schiffsflagge. Am nächsten Tag begruben sie ihn oberhalb der Quelle. Tief erschüttert kehrte die Familie Seagrave mit dem Kapitän zum Haus zurück. Am nächsten Tag wurden die Vorbereitungen zur Einschiffung getroffen, und am folgenden Nachmittag befanden sich alle an Bord. Die Tiere blieben auf der Insel, sie fanden sich ohne Menschen zurecht. Vielleicht würden sie anderen Schiffbrüchigen von Nutzen sein. Nur die Hunde wurden mitgenommen. Vixen hatte seinen alten Herrn voller Freude begrüßt. Der wunderte sich, daß er jetzt vier Hunde besaß.

Dem Kapitän kam es darauf an, noch vor der Nacht die Insel zu verlassen, deshalb wurde sofort der Anker gelichtet. Als sie um die Gartenspitze herumfuhren, nahm die ganze Familie noch einmal Abschied von der Insel, und als sie an der Bucht vorbeikamen, wo sie nach dem Schiffbruch gelandet waren, sagte Mrs. Seagrave: »Glücklicher, als wir auf dieser Insel gewesen sind, lieber Mann, werden wir nie wieder sein.«

Das Schiff lief mit günstigem Wind, jede Minute wurde die Insel kleiner, und bald sah man nur noch die Kronen der Kokospalmen. Allmählich verschwanden auch sie. William hatte das Fernrohr in die Hand genommen und blickte unverwandt hinüber. Da trat Kapitän Osborn zu ihm und fragte, wonach er jetzt noch Ausschau halte. »Ich nehme Abschied vom Grabe Rüstigs«, antwortete er.

Juno, die neben ihm stand, sagte leise: »Er war wirklich ein guter Mann.« Sie winkte noch einmal mit dem Taschentuch und ging in die Kajüte hinunter.

Das Wetter blieb schön, und nach wenig mehr als vier Wochen erreichten sie Sydney, den Hafen, dem ihre Reise gegolten hatte, als sie sich in England an Bord der »Pacific« einschifften.

Bei der Heimkehr fand Mr. Seagrave, daß der Verwalter, dem er seine Besitzung anvertraut hatte, ehrlich und fleißig gewesen war, obwohl sich das Gerücht verbreitet hatte, die ganze Familie sei umgekommen. Mr. und Mrs. Seagrave lebten noch lange. William unterstützte den Vater und übernahm später die Besitzungen. Tommy wuchs zu einem stattlichen Mann heran und trat in die Armee ein; trotz mancher dummen Streiche brachte er es bis zum Major. Karoline heiratete einen jungen Prediger und wurde eine gute Hausfrau; Albert ging zur Marine und wurde Befehlshaber eines großen Kriegsschiffes.

Mr. und Mrs. Seagrave starben kurz nacheinander, Juno aber wurde sehr alt. Sie blieb bei William auf dem Gut. Ihre größte Freude war es, seine Kinder auf den Knien zu schaukeln und ihnen lange Geschichten von der Palmeninsel und dem Tod des alten Sigismund Rüstig zu erzählen.

ERKLÄRUNG EINIGER SEEMÄNNISCHER BEGRIFFE

Back – von Bord zu Bord reichender Aufbau auf dem Vorschiff

Belegnagel – in die Nagelbank gesteckter Stab, an dem das bewegliche Tauwerk befestigt (belegt) wird

Besanmast – hinterster Mast eines Segelschiffes, wenn an ihm Gaffelsegel (sie sind an einer schräg nach oben zeigenden Spiere, dem Gaffelbaum, befestigt) gefahren werden

Block – Gehäuse zur Aufnahme einer oder mehrerer Seilscheiben (eines Flaschenzugs)

Bramsegel – das oder die Segel über den Marssegeln, gewöhnlich in Unterbram- und Oberbramsegel geteilt

Elmsfeuer – Flammen und Funkenbündel an Mastspitzen und oberen Aufbauten, die durch Gewitter entstehen

Focksegel – auf Rahseglern das unterste Segel des Fockmastes (bei mehrmastigen Segelschiffen der vorderste Mast)

Großmast – bei mehrmastigen Schiffen der zweite Mast von vorn (der größte)

Kabellänge – Längenmaß; 185,5 m

Knoten – Angabe der Geschwindigkeit eines Schiffes in Seemeilen je Stunde (1 Seemeile = 1852 m)

Lee – die dem Wind abgewandte Seite

Luv – die dem Wind zugewandte Seite

Marssegel – das oder die Segel über dem Großsegel (dem untersten Segel)

Nock – Ende einer Rahe

Rahe – Rundholz, drehbar und waagerecht vor dem Mast oder der Stenge angebracht; an ihm werden die Rahsegel gefahren

Schandeck – der das Oberdeck an der Bordwand abschließende Plankengang

Schanzkleid – geschlossene Weiterführung der Bordwand über die Höhe des Decks hinaus

Scherbalken — Hebevorrichtung

Spieren — alle Rundhölzer an Bord eines Schiffes mit Ausnahme der Masten

Stenge — Teilstück eines mehrteiligen Mastes; der Mast besteht aus Untermast, Kreuzstenge und Bramstenge

Stern — das Heck eines Schiffes

Sturmstagsegel — an den Stagen (den Masten und Stengen nach vorn Halt gebendes Tauwerk) befestigte Segel

Takelwerk — Sammelbezeichnung für alle Masten, Stengen, Rahen, Gaffelbäume, Segel und das zu ihrer Bedienung nötige oder sie haltende Tauwerk

Windvierung — das Schiff so drehen, daß der Wind von hinten einfällt